MAEVE HARAN

Mein Mann ist eine Sünde wert

Buch

»Wie oft hast du eigentlich Sex mit Dad? Jake aus meiner Klasse hat gesagt, seine Eltern machen's die ganze Zeit, und das ist echt igitt.« Diese unschuldige Bemerkung ihres kleinen Sohnes bringt Georgies Welt zum Einsturz: Steht es zwischen ihr und ihrem wundervollen Ehemann Nick wirklich nicht mehr zum Besten? Betrügt er sie etwa schon?
Fassungslos flieht Georgie spontan nach Paris, wo ihre lebenslustige Großmutter jahrelang lebte und erlebt dort ihr blaues Wunder: Georgie findet ein geheimnisvolles schwarzes Notizbuch mit Herrennamen. Hatte ihre Großmutter etwa einen Begleitservice? Halb entzückt, halb bestürzt geht Georgie auf Spurensuche und trifft mit frivoler Leichtigkeit ein paar der Herren. Anscheinend heilt nichts den verletzten Stolz einer jungen Frau so gut wie die fürsorgliche Aufmerksamkeit eines charmanten Franzosen. Aber was ist mit ihrem gebrochenen Herzen? Da hilft nur Nick. Ausgerüstet mit vielen frechen Ideen, schicken Dessous und der Erkenntnis, dass es sich lohnt, um die wirklich wichtigen Dinge im Leben zu kämpfen, fährt Georgie zurück nach England. Dort unterbreitet sie dem überraschten Nick ein höchst unsittliches Angebot …

Autorin

Maeve Harans Biographie könnte fast einem ihrer Romane entstammen, denn sie hat es geschafft, Karriere und Familie unter einen Hut zu bringen: U.a. war sie eine erfolgreiche TV-Produzentin. Dass dies nicht immer ohne Turbulenzen verlief, spiegelt sich in ihren selbstbewusst-frechen Bestsellern wie »Liebling, vergiss die Socken nicht« und zuletzt »Schokoladenküsse«. Inzwischen haben sich ihre Romane allein in Deutschland über zweieinhalb Millionen Mal verkauft, und soeben erst ist »Zwei Schwiegermütter und ein Baby« unter dem Titel »Mein Mann und seine Mütter« erfolgreich für das deutsche Fernsehen verfilmt worden.

Von Maeve Haran ist bereits erschienen

Die Scheidungsdiät (35187) – Schwanger macht lustig (35199) – Sonntags aufs Land (35399) – Alles ist nicht genug (35516) – Wenn zwei sich streiten (35607) – Liebling, vergiss die Socken nicht (35660) – Zwei Schwiegermütter und ein Baby (35713) – Ich fang noch mal von vorne an (35917) – Ein Mann im Heuhaufen (36087) – Schokoladenküsse (36121) – Der Stoff, aus dem die Männer sind (36270)

Maeve Haran

Mein Mann ist eine Sünde wert

Roman

Aus dem Englischen
von Eva Malsch

blanvalet

Titel der Originalausgabe: Her Little Black Book

Umwelthinweis:
Alle bedruckten Materialien dieses Taschenbuches
sind chlorfrei und umweltschonend.

1. Auflage
Deutsche Erstveröffentlichung Mai 2006 bei Blanvalet,
einem Unternehmen der Verlagsgruppe
Random House GmbH, München.

Umschlaggestaltung: Design Team München
Umschlagfoto: Corbis/Lou Chardonnay
MD · Herstellung: Heidrun Nawrot
Satz: DTP Service Apel, Hannover
Druck und Einband: GGP Media GmbH, Pößneck
Printed in Germany
ISBN-10: 3-442-36455-8
ISBN-13: 978-3-442-36455-8

www.blanvalet-verlag.de

1

»Wie oft hast du eigentlich Sex mit Dad?«

Georgie verschluckte sich an ihren Cornflakes, während der achtjährige Charlie eine Antwort erwartete, die großen Augen in gespielter Unschuld weit aufgerissen.

»Jake aus meiner Klasse hat gesagt, seine Eltern machen's die ganze Zeit, und das ist echt igitt.«

Um eine ausdruckslose Miene bemüht versuchte Georgie, den Blick ihres Ehemanns Nick einzufangen und herauszufinden, wie er auf dieses Verhör reagierte, das ihr Sexualleben betraf. Aber er war vollauf mit seinem Laptop beschäftigt, dem er irgendeine wahnsinnig wichtige Info entlockte.

Seit Wochen nicht mehr, würde die ehrliche Antwort lauten. Sie hatte drei Kinder mit Terminkalendern, die das Pensum des Premierministers bei weitem übertrafen. Dazu kamen Nicks immer längere Überstunden und eine endlose Liste von Forderungen, die ihre Mutter an sie stellte, weil sie noch immer nicht verstand, dass erwachsene Töchter ein Recht auf ein eigenes Leben hatten. Für Sex blieb da nicht viel Zeit. Schuldbewusst verdrängte Georgie den Gedanken an die Abende, an denen sie irgendwelche Dinge im Haushalt in der Gewissheit erledigte, Nick würde tief und fest schlafen, wenn sie schließlich nach oben ging. Und nun musste sie sich wirklich und wahrhaftig den Kopf zerbrechen, um sich zu erinnern, wann sie *tatsächlich* zum letzten Mal Liebe gemacht hatten.

Vielleicht entwickelten sie sich allmählich zu einem jener eigenartigen Ehepaare, die es nur ein Mal im Jahr und in Schaltjahren zwei Mal trieben. Kaum zu glauben, dass sie kaum geschafft hatten, die Finger voneinander zu lassen, als sie sich vor siebzehn Jahren in der Hochschule für Design begegnet waren ... Deutlich genug erinnerte sich Georgie, wie lasziv sie Nick über das vollständig versammelte Auditorium hinweg angestarrt hatte, ganz schwach vor Sehnsucht und in der verzweifelten Hoffnung, die Vorlesung würde möglichst bald aufhören, damit sie nach Hause laufen und ins Bett fallen könnten. Einmal hatten sie ein ganzes, von stürmischer Leidenschaft erfülltes Wochenende unter der Steppdecke verbracht. Und jetzt? Wie sie zugeben musste, fand sie es wesentlich aufregender, den Wäscheschrank in Ordnung zu bringen.

Zumindest besaß sie einen *sehr* ordentlichen Wäscheschrank.

»Was?«, fragte Nick, der endlich merkte, dass ihn seine ganze Familie mit ungewöhnlichem Interesse beobachtete. »Was?«

Nicks Augen fixierten die mit seinen eigenen identischen blauen Augen seines ältesten Kindes Bella. Immer wieder staunte Georgie über die Ähnlichkeit, die zwischen Vater und Tochter bestand – nicht nur äußerlich, auch im Charakter.

»Ach, nichts Besonderes.« Wie üblich ritt die sechzehnjährige Bella der Teufel. »Charlie will nur wissen, wie oft du und Mum Sex habt.«

Ein paar Sekunden lang fragte sich Georgie, ob Nick explodieren würde.

Stattdessen zeigte sich in seinen Augen ein Ausdruck übertriebener Verwirrung, sodass er wie ein total verdatterter Dorftrottel aussah. »Sex?«, wiederholte er und musterte Charlie, als würde er auf eine nähere Erklärung warten. »Was ist Sex? Meinst du das, was sie im Discovery Channel tun?

»Da-ad!« Kurzfristig aus dem Konzept gebracht, schien der Junge zu glauben, sein Vater hätte wirklich keine Ahnung von so grundlegenden Dingen. »Du musst doch wissen, was Sex ist.«

»Immerhin hast du drei Kinder«, warf der zehnjährige Rory ein, der sichtlich erfreut war, weil sein jüngerer Bruder ausnahmsweise verunsichert dreinschaute.

»Hm ... Hilf doch meinem Gedächtnis auf die Sprünge, Mrs Morrison ...« Skeptisch spähte Nick über den Frühstückstisch hinweg zu Georgie hinüber. »Wie haben wir diese drei entzückenden Sprösslinge gekriegt?«

»Ihr hattet Sex«, konstatierte Bella unverblümt, nachdem sie entschieden hatte, nun wäre das Geplänkel weit genug gegangen.

Aber Nick ging mit liebevollem Spott im Blick zielstrebig zu Georgie. »Meine Besprechung beginnt erst um neun. Haben wir genug Zeit, um noch ein Baby zu machen?« Dann zog er sie von ihrem Stuhl hoch, riss sie in die Arme und küsste sie gnadenlos.

Das war ein alter Gag in ihrer Ehe – er küsste sie, bis sie beinahe die Besinnung verlor und wie ein sterbender Goldfisch zappelte.

»Ni-ick!«, japste Georgie und führte ihre Goldfisch-Nummer vor. »Ich kriege keine Luft ...«

Da ließ er sie los. »Okay, vielleicht später.« In einer gekonnten Groucho-Marx-Imitation hob und senkte er die Brauen.

»Ach, um Himmels willen!« Angewidert verdrehte Bella die Augen. »Nehmt euch ein Hotelzimmer. Oder nehmt euch besser keins. Fahr mich zur Schule, Dad. Dann könnt ihr euch wenigstens nicht aneinander vergreifen.«

Nick schlüpfte in sein Jackett. »Heute Nacht, Josephine?«

Mit einem unverschämten Grinsen zwinkerte er seiner Frau zu.

In diesem Moment gewann Charlie die Überzeugung, seine Eltern hätten endgültig den Verstand verloren. »Aber Mum heißt nicht Josephine, sondern Georgina.«

»Das war eine kulturelle Anspielung, blödes Balg«, belehrte ihn seine Schwester in müdem Ton. »Was dir vielleicht klar wäre, wenn du jemals diese Playstation abschalten würdest. Es bedeutet: Willst du heute Nacht mit mir ins Bett gehen?«

»Dreifaches Igitt!« Charlie schnitt eine Grimasse, als hätte man ihm einen Teller Spinat serviert.

»Nun siehst du, was man sich einhandelt, wenn man dumme Fragen stellt«, ätzte Bella und schnappte sich ihre Schultasche.

Glücklicherweise läutete in diesem Moment das Telefon, eine willkommene Ablenkung, und Rory rannte zum Apparat.

»Mum, es ist Granny Isabel!«, schrie er und hielt den Hörer hoch. »Sie will wissen, ob du dich dran erinnerst, dass wir den Hund übernehmen sollen, wenn sie zum Trekking nach Nepal fliegen!«

Stöhnend runzelte Nick die Stirn. Allein schon der Gedanke, er müsste Pet, die verhätschelte Hündin seiner Schwiegermutter, beherbergen, erwies sich als effektiver Lustkiller. »O Gott!«, jammerte er laut genug, sodass Isabel es zweifellos hörte. »Sag bloß nicht, der verdammte Shih Tzu zieht hier ein.«

Damit versetzte er Charlie in einen lautstarken Begeisterungstaumel. »Der verdammte Shih Tzu zieht hier ein!«, kreischte der Junge und tanzte in der Küche herum. »Der verdammte Shih Tzu zieht hier ein!«

»Sag Gran, ich rufe später zurück, Rory, und – ja, wir kümmern uns um den Hund.« Georgie wandte sich zu Nick. »Tut mir Leid, ich hab vergessen, dir das zu erzählen. Die Hundepensionen sind überfüllt. Wenn wir nicht einspringen, fällt die Reise nach Nepal ins Wasser.«

»Klingt nicht besonders glaubhaft«, murrte Nick. »Ich wette, dieser fiesen, monströsen Kläfferin wurde von allen anderen Leuten wegen ihrer miserablen Manieren die Tür gewiesen.«

»Vielleicht«, gab Georgie zu und bezwang ihren Lachreiz. Pet zählte nicht gerade zu den sympathischen Hausgästen.

»Außerdem ist Rory allergisch gegen Hunde«, verkündete Nick, als wäre das ein unwiderlegbares Argument. »Von morgens bis abends wird er Rotz und Wasser heulen. Nicht wahr, Rory?«

Der arme, empfindsame Rory litt ständig unter irgendwelchen Wehwehchen, während seine beiden Geschwister noch nie im Leben auch nur einen einzigen Tag krank gewesen waren.

»Keine Bange, ich werde ihm Antihistamin geben. Er vergöttert Pet.«

»Klar, Dad«, bekräftigte Rory.

Da gab sich Nick geschlagen und zerzauste das blonde Haar seines älteren Sohnes. »Aber lass sie bloß nicht in dein Bett!«

Von einem untrüglichen Instinkt getrieben, steuerte Pet jedes Mal schnurstracks Rorys Schlafzimmer an und rekelte sich auf der Steppdecke. Weil der Junge zu gutmütig und zu glücklich über die Gesellschaft des Tieres war, stieß er es nicht runter. Prompt begannen seine Augen und seine Nase dann überzuquellen, als hätte man einen Wasserhahn aufgedreht.

Nick drohte Charlie mit dem Finger. »Und du setzt Pet nicht in die Mikrowelle, verstanden?«

Bei Pets letztem Hausbesuch hatte Georgie sie in allerletzter Sekunde aus der Mikrowelle gezerrt, bevor sie zu Hundeasche zerfallen war.

Rebellisch schob Charlie die Unterlippe vor. »Ich wollte doch nur das Fell trocknen lassen.«

»Nachdem ich inzwischen den Eindruck habe, ich müsste die Hoffnung auf Sex begraben, gehe ich besser zur Arbeit.« Grinsend hob Nick die Hände, um etwaige Vergeltungsmaßnahmen seiner Kinder abzuwehren. »Hat jemand meine Computertasche gesehen?«

Im Haushalt der Morrisons verschwanden regelmäßig irgendwelche Sachen, bevor sie Tage später mysteriöserweise genau dort wieder auftauchten, wo man sie deponiert hatte.

Schließlich entdeckte Nick die Tasche in der Diele unter einem Haufen aus Rucksäcken und Kricket-Schienbeinschützern. Obenauf hatte die Katze friedlich geschlafen, ohne die drohende feindliche Invasion in Gestalt eines Hundes zu erahnen.

Nick spähte in den staubigen Garderobenspiegel und rückte die Krawatte zurecht, die er sich nur für wichtige Besprechungen umband. Bei dieser Geste wirkte er jünger und ein bisschen unsicher, wie ein blutiger Anfänger auf dem Weg zu seinem ersten Job. Georgie lief in die Diele, um ihn zu küssen.

Vielleicht sollte diese Nacht wirklich zur Nacht aller Nächte avancieren. Sie erinnerte sich an die Flasche mit dem »Damn Sexy Massage Oil«, die Nick letztes Jahr in ihren Weihnachtsstrumpf gesteckt hatte. Solche Strümpfe tauschten sie traditionsgemäß aus.

»Wann kommst du heute Abend nach Hause?«, fragte sie.

»Wird's der Mühe wert sein, Miss Scarlett?«, konterte er und versuchte ein zynisches Rhett-Butler-Lächeln.

Georgie unterdrückte ein Kichern. »Ach, herrje, Mr Butler, ich werde mal sehen, was ich tun kann!«

»Heiliger Himmel!« Bella packte ihn am Arm. »Benehmt euch doch ausnahmsweise wie normale Eltern. Oder schafft ihr das nicht?«

»Okay, ich werde mich so früh wie möglich loseisen, Georgie«, versprach Nick. »Aber du weißt ja, wie's im Moment zugeht. In knapp drei Wochen bringen wir das B&B-Reisegepäck auf den Markt, und da fahre ich nach London.«

B&B bedeutete »Bag and Baggage«. Diese Handtaschen- und Gürtelfirma hatte Nick in London gegründet und in eine ausgebaute Scheune verlegt, als er mit seiner Familie aufs Land übersiedelt war.

Innerhalb weniger Jahre hatte sich B&B von einer Idee auf dem Küchentisch zu einem Unternehmen entwickelt, das exklusive Londoner Läden mit Taschen und

Schuhen belieferte. Und jetzt – vorausgesetzt, alles lief planmäßig – würde die Firma den glanzvollen internationalen Markt für Reisegepäck erobern.

Von plötzlichem Neid erfasst seufzte Georgie leise. Anfangs hatte sie für B&B gearbeitet und die großen Kaufhäuser mit einem Koffer voller Warenproben abgeklappert. Aber dann expandierte die Firma. Drei Kinder beanspruchten ihre Mutter immer stärker. Eifrig bestrebt, diese Forderungen zu erfüllen, hatte sie ihrem Mann schließlich vorgeschlagen, er sollte jemanden einstellen. Dieser »Jemand« war eine smarte junge Diplomkauffrau namens Alison – nach den missglückten Probezeiten einiger anderer Anwärter.

Meistens war Georgie glücklich mit dem Schicksal, das sie gewählt hatte. Nur hin und wieder vermisste sie die aufregende Hektik der Geschäftswelt.

»Ja, das weiß ich, Nick«, stimmte sie zu. »Wir alle freuen uns mit dir, es wird ganz bestimmt ein Riesenerfolg.«

»Hoffentlich. Davon hängt eine ganze Menge ab.«

Nachdem Nick und Bella das Haus verlassen hatten, scheuchte Georgie ihre Söhne aus der Küche. Heute blieben sie daheim, weil ihre Lehrer ärgerlicherweise schon wieder an einer Weiterbildung teilnahmen. Sie eilte umher und räumte auf, holte ein Paar schmutzige Socken und Sneaker unter dem Küchentisch hervor und brachte halbwegs Ordnung ins übliche Chaos. Diesen Raum liebte sie. Durch die Glastür strömte das helle Licht der Frühlingssonne herein, illuminierte die Staubkörnchen, die leider Rorys allergische Reaktionen auslösten, und übergoss den zerkratzten alten Tisch mit goldenen Strahlen. Auf einem Ende döste die Katze Manky neben einem angeschlagenen, aber immer noch hübschen Krug voller frischer Blumen aus dem Garten.

Eigentlich müsste Georgie das Tierchen von der Tischplatte jagen. Sein Anblick an einer Stelle, wo absolute Keimfreiheit herrschen sollte, würde ihre Mutter Isabel schockieren. Aber Manky sah so zufrieden aus. Mochte die Küche auch nicht besonders hygienisch wirken und dringend einen neuen Anstrich brauchen – die Szenerie stellte eindeutig dar, was ein Immobilienmakler das »Herz des Hauses« nennen würde.

Andererseits ..., dachte Georgie. In ihre heitere Stimmung mischten sich schwache Schuldgefühle. Wenn man eine dauerhafte Ehe anstrebte, sollte das Herz eines Hauses vielleicht im Schlafzimmer wohnen.

Reiß dich bloß zusammen, ermahnte sie sich und strich über Mankys Rücken, bis die Katze einen sinnlichen Buckel machte. Denk an Jerry Hall und den blödsinnigen Spruch, eine Frau müsste in der Küche eine süße Unschuld und im Bett eine Hure verkörpern. Die ist steinreich, über eins achtzig groß, sieht umwerfend aus – und was hat's ihr gebracht?

Als sie sich an Nick und seine Groucho-Brauen erinnerte, verspürte sie einen wohligen Schauer. Warum sollten nur *Jakes* Eltern ihren Spaß haben?

»Mum!«, unterbrach Charlie ihren Tagtraum. Der Ruf drang aus dem angrenzenden Spielzimmer herüber, wo das Kind aus unerfindlichen Gründen wirklich und wahrhaftig Klavier übte. »Kriegen wir ein KitKat?«

»Ihr habt erst vor zehn Minuten gefrühstückt«, erwiderte Georgie. Sowohl Rory als auch Charlie besaßen statt eines Magens ein großes Loch im Bauchraum. Sie konnten eine üppige Mahlzeit verschlingen und kurze

Zeit später schon wieder von unbändigem Appetit gepeinigt werden.

»Aber ich *wachse.*« Charlie erschien in der Küchentür und ließ die langen Wimpern klimpern. Obwohl erst acht Jahre alt, war er schon ein richtiger Charmeur – mit einem üppigen blonden Haarschopf, großen hellgrünen Augen und einer goldenen Haut, die den Eindruck erweckte, sie wäre eben erst poliert worden. Aber neben seinen zahlreichen Vorzügen bezauberte insbesondere eine unerschütterliche Überzeugung die Welt und würde ihn bis zu seinem letzten Atemzug begünstigen, nämlich sein fester Glaube, alles in seinem Leben wäre einfach großartig.

Also erlag Georgie wieder einmal Charlies Charme, der sie ebenso unbarmherzig attackierte wie der Hypnotherapeut Paul McKenna einen armen Zuschauer in seiner TV-Show: »Los, nun machen Sie schon.«

Wenn KitKats auch ernährungswissenschaftlich betrachtet absolute No-No's waren, so gehörten sie doch zu den größten Freuden des Lebens. Georgie würde sich sogar selber eins nehmen. Damit wollte sie sich für den Besuch bei ihrer Mutter stärken, den sie ertragen musste, um die gefürchtete Shih-Tzu-Hündin abzuholen. Zweifellos würde Isabel ihr einen langwierigen Vortrag über die Pflege und gesundheitsfördernde Betreuung von Ehemännern und Shih Tzus zumuten.

Sie rannte nach oben und nahm immer zwei Stufen auf einmal. Auf diese Weise versuchte sie, einigermaßen in Form zu bleiben, statt im Fitness-Center zu schwitzen. Beim Friseur hatte sie einen Artikel über Carolina Herrera gelesen, die amerikanische Mode- und Parfum-Ikone, die den Lift ihres New Yorker Hauses hatte ausbauen lassen, weil es ihrer Figur so gut tat, die Treppen rauf und runter zu steigen. Zweifellos würden Georgie und Carolina sofort ihre Seelenverwandtschaft erkennen, sollten sie einander jemals begegnen. Das war eher unwahrscheinlich, denn Georgie wohnte bei Hadworth, fünfundzwanzig Meilen außerhalb von London, und Carolina im Nobelviertel Manhattan. Aber trotzdem …

Da Pet dazu neigte, sich schmutzig zu machen und die Leute anzuspringen, suchte Georgie in ihrem Kleiderschrank nach alten Jeans und zog schließlich welche hervor. Dabei fiel ihr Blick auf das korrekte Kostüm, das sie in ihren B&B-Tagen getragen hatte. Impulsiv nahm sie es heraus. Gar nicht so übel, obwohl die lange Jacke und der kurze Rock mittlerweile etwas altmodisch wirkten … Ihre Freundin Sarah berichtete von der Arbeitsfront, inzwischen seien Kostüme völlig out. Heutzutage würde die Karrierefrau diverse Stylings mixen, um ihre Individualität zu betonen und ein übertrieben geschäftsmäßiges Image zu vermeiden.

Georgie legte die Jeans beiseite und schlüpfte in die Kostümjacke, die immer noch erstaunlich attraktiv aussah, obwohl sie seit Charlies Geburt im Schrank vor sich hin gammelte.

Zu ihrem Leidwesen bereitete ihr der Rock eine Enttäuschung. An der Stelle, wo sie den Reißverschluss hochziehen müsste, klaffte eine hässliche, etwa acht Zentimeter breite Lücke. Seufzend trat sie vor den Spiegel.

»Du hast dich gehen lassen, Georgie Morrison«, warf sie dem Spiegelbild mit den ausladenden Hüften vor. »Um der Wahrheit ins Auge zu blicken – du bist eine langweilige Ehe- und Hausfrau geworden.« Dass sie diesen Tadel laut ausgesprochen hatte, war ihr gar nicht aufgefallen.

»Also, *ich* finde dich nicht langweilig, Mum«, protestierte Rorys Stimme hinter ihr. »Ich meine, du bist die hübscheste Mum von der Welt …« Unsicher verstummte er, als würde diese Formulierung nicht genügen, um die einzigartigen Reize seiner Mutter zu beschreiben.

In Georgies Kehle entstand ein dicker Kloß. Wie konnte sie dem Leben nachtrauern, das sie aufgegeben hatte, selbst wenn ihre Hüften in die Breite gingen – wo sie doch mit so viel Liebe dafür belohnt wurde.

»Komm her, Rory, Darling.« Ganz fest drückte sie ihn an sich. »Und du bist der netteste zehnjährige Sohn, den sich eine Mutter nur wünschen kann.«

»Charlie sagt, ich bin ein mieser Wichser.«

»Hör nicht auf ihn. Dein Bruder weiß nicht einmal, was das ist.«

»Doch, Mum, das weiß er.«

Mit diesem Kind musste Georgie unbedingt mal ein ernstes Wort reden.

Die Fahrt zum Haus ihrer Eltern, wo sie Pet abholen musste, dauerte nur zehn Minuten. An einem so schönen, sonnigen Tag war es unmöglich, sich *nicht* des Lebens zu freuen. Ende Mai – das war schon immer ihre liebste Jahreszeit gewesen. Der Himmel leuchtete in klarem Blau, die Abende waren lang und hell. Da konnte man endlos Fußball spielen, im frisch gemähten Gras liegen oder auf den Stufen sitzen, die zum Garten hinabführten, und gut gekühlten Weißwein trinken. Unglücklicherweise meistens ohne Nick, was neuerdings mit seinem ständig wachsenden Arbeitspensum zusammenhing …

Als Rory in Charlies Alter gewesen war, hatte Nick gar nicht schnell genug nach Hause kommen können, um die Gesellschaft seiner Familie zu genießen. Jetzt war er immer so schrecklich beschäftigt.

Sie öffnete das Autofenster und lauschte dem Vogelgezwitscher. Irgendwo gurrten Ringeltauben. Lachend flatterte ein Specht vorbei. Amselweibchen tirilierten Liebeslieder für ihre Gefährten oder ermahnten Raubvögel, ihre Brut in Ruhe zu lassen. Was sie empfanden, verstand Georgie nur zu gut. Komisch, wie sehr sich Häuser und Nester glichen ... In der menschlichen und in der tierischen Welt gab es immer jemanden, der auf eine Chance zum großen Angriff wartete.

»Hi, Granddad!«, schrie Charlie und kurbelte hektisch sein Fenster herunter. Soeben hatte er als Erster die gebeugte Gestalt entdeckt, die im kleinen Hintergarten seiner Großeltern arbeitete.

Bill, Georgies Vater, hob den Kopf. Auf seine Schaufel gestützt winkte er zurück. »Sind das meine beiden Gehilfen, die ich da drüben im Auto sehe? Wenn ihr herkommt und buddelt, gebe ich jedem von euch einen Shilling.«

Da schauten Rory und Charlie ihn an wie ein Fußball-Agententeam, dem man soeben die lausige Ablösesumme von einer Million für seinen Starspieler angeboten hatte.

»Nur einen Shilling?«, rief Charlie entrüstet.

»Also gut, ein Pfund?«, schlug Bill vor und fand sich mit der galoppierenden Inflation ab.

Immer noch unbeeindruckt zögerten die beiden Jungs.

»Nimm dich in Acht, Dad«, mahnte Georgie belustigt. »Die bringen dich noch um deine Pension.«

»Wo ich doch nur ein armer alter Rentner bin«, appellierte Bill an das gute Herz seiner Enkel. »Eigentlich solltet ihr mir die Schufterei kostenlos abnehmen.«

Schließlich einigten sie sich auf einen Kompromiss – Charlie und Rory würden sich ein Pfund teilen, als Draufgabe handelten sie noch eine Fahrt auf dem Traktor-Rasenmäher aus.

Georgie musste nicht fragen, wo ihre Mutter steckte, denn sie würde stets die gleiche Antwort bekommen. Unentwegt organisierte Isabel ein lokales Event – von der Kirchenfeier über die Hundeschau oder den Flohmarkt zu Gunsten der Wasserhilfe in Afrika bis zum alljährlichen Seniorenausflug des königlichen Gartenbauvereins. Wenn sie nicht unterwegs war, saß sie daheim und telefonierte. Unermüdlich verkörperte sie das Idealbild einer viel beschäftigten Frau.

Deshalb fehlte ihr die Zeit – oder die Geduld –, um die Rolle einer aktiven Großmutter zu spielen. Genauso, wie sie früher keine Zeit für den Job einer aktiven Mutter gefunden hatte … Das versuchte Bill auszugleichen. Wann immer seine Enkel zu Besuch kamen, war er pausenlos verfügbar. Lächelnd beobachtete Georgie, wie ihre Söhne auf den Rasenmäher kletterten. Die Gesellschaft ihres Granddads genossen sie jedes Mal in vollen Zügen. Durch ein Fenster sah sie ihre Mutter telefonieren und winkte ihr zu.

Ihr Leben lang war Isabel um sechs Uhr dreißig aufgestanden. Noch im Morgenmantel machte sie das ganze Haus sauber. Danach trank sie eine Tasse Tee im Badezimmer, führte den Hund spazieren. Bevor sie ihn ins Haus brachte, spritzte sie ihn mit dem Gartenschlauch ab und rieb Teebaumöl in sein Fell. In ihrer Kindheit hatte sich Georgie darüber geärgert, ihre Mutter schien den Hund inniger zu lieben als ihre Tochter oder den Ehemann und auch viel aufmerksamer zu betreuen. Dadurch erzielte sie das unbeabsichtigte Resultat, dass Vater und Tochter einander immer näher kamen. Sobald der Hund versorgt war, griff Isabel zum Telefon und begann, irgendwas zu organisieren.

Als Hausfrau vergeudet sie ihr Talent, dachte Georgie, eigentlich müsste sie die UNO leiten.

Und nun überlegte sie unwillkürlich, wie oft die beiden wohl Sex hatten. Ihrer Mutter eine solche Frage zu stellen – das war unvorstellbar. Genauso gut könnte man Mrs Thatcher fragen, ob sie Denis manchmal einen blies, oder die Königin, ob sie multiple Orgasmen zu Stande brachte.

»Hast du schon alles für den großen Trekking-Urlaub gepackt, Dad?«, erkundigte sie sich.

»Allerdings. Willst du meinen Rucksack sehen?« Bill führte sie in die Diele mit der Eichentäfelung. Hier drinnen war es nach dem blendenden Sonnenschein dunkel, und es roch nach Möbelpolitur und nach Pfingstrosen. Der Duft ihrer Kindheit …

Am Fuß der Treppe lag ein riesiger Rucksack.

»Das willst du doch nicht wirklich tragen?« Der Umfang des Gepäcks und das offensichtliche Gewicht verblüfften Georgie. Wenn ihr geliebter Vater einen Herzanfall erlitt …

»Dort gibt's Sherpas, oder wie immer man diese Leute nennt.«

»In Nepal, aber nicht am Gatwick Airport.«

»So schlimm ist das nicht. Schau mal, ich zeig's dir.« Bill legte den Rucksack auf die Stufen und begann, die

Riemen über die Schultern zu ziehen. Plötzlich hielt er inne. Das Gesicht aschfahl, starrte er ins Leere. »Tut mir Leid. Böse Erinnerungen. Dieses schwere Ding erinnert mich an meine Zeit bei der Army. O Gott, wie ich das gehasst habe!«

»Dass du bei der Army warst, begreife ich nicht«, gestand Georgie. »Wo du doch so ein eingefleischter Individualist bist! Du verabscheust jede Art von Obrigkeit und alles, was mit Kriegen und Soldaten zusammenhängt. Als ich klein war, hast du sogar ›Mash‹ und ›Sergeant Bilko‹ abgeschaltet.«

»Tatsächlich? War ich so fanatisch? Das wusste ich gar nicht. Jedenfalls war's der größte Fehler meines Lebens, mich bei der Army zu melden.«

»Warum hast du's dann getan? Damals gab's keinen Krieg.«

»Das weiß nur der Himmel. Um die Welt zu sehen? Um was zu erleben? Vielleicht dachte ich, das würde einen Mann aus mir machen. Oder ich klammerte mich an irgendwelche anderen Klischees. Wie auch immer, es war grundfalsch.«

»Und warum bist du so lange dabei geblieben?«

»Weil sie's mir verdammt schwer machten, den Dienst zu quittieren. Man musste sich freikaufen und ein Vermögen dafür zahlen. Damals waren wir völlig pleite.«

»Wie hast du dich trotzdem rauslaviert?«

»Deine Mutter hat mich freigekauft.«

»Womit? Hast du nicht gerade gesagt, ihr wärt pleite gewesen?«

»Sie nahm einen Job als Übersetzerin an. Wie fabelhaft sie französisch spricht, weißt du ja. Während ich in Deutschland stationiert war, flog sie nach Paris, um zu arbeiten. Das waren die längsten drei Monate meines Lebens. Aber als sie zu mir kam, erlöste sie mich von der Army. Ich versprach ihr, sie würde nie wieder einen Penny verdienen müssen, und ich hielt mein Wort. So viel musste ich an deiner Mutter wieder gutmachen.«

Nach all den Jahren hörte Georgie immer noch die tiefe Dankbarkeit aus seiner Stimme heraus.

»Deshalb wollte ich mich mit einer großen Überraschung revanchieren«, erklärte er. »Bald feiert sie ihren Siebzigsten, und ich gebe eine große Party für sie. Da kommen alle Leute, die wir kennen. Die Einladungen habe ich schon verschickt.« Er öffnete die Schublade des Tischchens, das neben der Garderobe stand, und reichte seiner Tochter ein Kuvert. »Für euch. Würdest du mir einen Gefallen tun, während wir verreist sind? Machst du die Antworten auf und versteckst sie in meinem Schreibtisch?«

»Natürlich.« Heiße Liebe zu ihrem Vater durchströmte Georgies Herz. Würde Nick sich auch so viel Mühe geben, wenn sie siebzig war? Andererseits – würde sie ihre Familie verlassen, so wie es ihre Mutter getan hatte, und im Ausland Geld verdienen, wenn ein völlig verzweifelter Nick seinen Job wechseln wollte? Wahrscheinlich nicht.

»Mum!«, unterbrach Charlie ihre Gedanken, mittlerweile vom Traktor-Rasenmäher gelangweilt. »Darf ich ein paar Möhren ausbuddeln?«

Von oben bis unten mit Erde bedeckt grinste er sie an, schob blonde Ponyfransen aus der Stirn und machte sich noch schmutziger. In seinen hellgrünen Augen funkelte es boshaft, und Georgie fragte sich plötzlich, ob der Hund wirklich nur wegen eines unschuldigen Versehens in der Mikrowelle geschmort hatte. Womöglich war ihr

Sohn ein engelsgleicher Psychopath wie in einem Hollywood-Horrorfilm.

»Okay, Charlie.« Zu ihrem Vater gewandt, fragte sie: »Braucht Ma noch lange? Ich wollte mir nur die versiegelte Order für Pets Betreuung abholen.«

»Anscheinend ist sie vollauf beschäftigt.« Bill schaute zu seiner Frau hinüber, die immer noch telefonierte. »Im Augenblick geht's um die Senkgrube im Dorf, die öfter gereinigt werden soll. Deshalb verhandelt sie mit dem Gemeinderat. Wenn der Wind in die falsche Richtung weht, spürt man die Nähe der Mitmenschen viel zu deutlich. Ganz zu schweigen von den Toiletten gewisser Leute.«

»Tut mir Leid, ich muss jetzt gehen. Kommt, Jungs, ich habe alle Hände voll zu tun.«

Rory und Charlie stöhnten. Was das hieß, ahnten sie. Öde Supermärkte und ein endlos surrender Staubsauger.

»Wenn du willst, lass die beiden hier«, schlug Bill vor, »ich bringe sie später nach Hause.«

»Willst du ihnen wirklich so viel Zeit opfern? Deine Reisevorbereitungen …«

»Oh, ich bin bestens organisiert. Alles erledigt. Nimm ein bisschen Gemüse mit. Wäre doch schade, wenn's verdirbt.«

Beladen mit Salatköpfen, Frühlingszwiebeln, Möhren und den ersten kostbaren Erdbeeren, stieg Georgie in ihr Auto und fühlte sich wie Pomona, die römische Obst- und Gemüsegöttin.

In aller Eile erledigte sie ihre Einkäufe, fuhr nach Hause und genoss den Luxus ihrer unerwarteten Freizeit. Genau genommen müsste sie die Küche sauber machen und entscheiden, was sie zum Abendessen kochen sollte. Aber die Sonne sandte verführerische Strahlen in ihre Richtung. Im Garten entfalteten die Rosen ihre ganze Pracht. Georgie hatte den grünen Finger ihres Vaters geerbt. Seit sie vor zehn Jahren mit ihrer Familie hier herausgezogen war, hatte sie ein unansehnliches Fleckchen Erde voller Unkraut und Dornen, alter Sofas und entsorgter Gefriertruhen in ein vorstädtisches Paradies verwandelt. Dank endloser Fußball- und Kricketpartien sah der Rasen ein bisschen fleckig aus. Doch das hatte Georgie mit einer Rabatte aus hohem Fingerhut, Rittersporn und Malven, die im Halbkreis um den Spielplatz herumführte, geschickt kaschiert.

Am anderen Ende hatte sie eine Rosenlaube errichtet, die von der Statue eines Liebespaars bewacht wurde – bei einem Flohmarkt erstanden. Die Statue erinnerte Georgie an all die Volkslieder über schöne Jungfrauen, die an Sommertagen spazieren gingen und dem Gesang der Vögel lauschten. Unglücklicherweise handelten dieselben Lieder von gewissenlosen, liebestollen Bauernburschen, die den schönen Jungfrauen auflauerten, um sie der Unschuld zu berauben und fürs Leben zu brandmarken.

Georgie schaute auf ihre Uhr. Zeit für den Lunch. Von einem köstlich lasterhaften Gefühl getrieben, lief sie in die Küche, nahm eine Flasche Weißwein aus dem Kühlschrank und füllte ein Glas.

Nur ein Wein aus dem Supermarkt. Aber an einem solchen Tag, draußen im Sonnenschein und ohne Kinder, würde der Tropfen wie Nektar schmecken. Sie setzte sich in ihre Laube, wo diverse Rosensorten ganz unterschiedliche Düfte verströmten. Hellrosa Adelaide d'Orleans hüllte sie in Schlüsselblumenaromen, Rambling Rector entsandte mit jedem Windhauch würziges Ingwerparfum.

Während sie im Sonnenlicht an ihrem Wein nippte, dachte sie an Nick und das eheliche Sexualleben. Offenbar gewöhnte man sich den Sex mit der Zeit ab, und dann war es wahnsinnig schwierig, wieder damit anzufangen. Teilweise lag's an den Kindern. Besonders Rory hatte einen sechsten Sinn für jene Momente entwickelt, wo Sex in der Luft lag, und prompt an mysteriösen Ohren- oder Bauchschmerzen gelitten. Und jetzt, wo es endlich mal knisterte, musste Nick nach London verschwinden.

Plötzlich ging ihr ein Gedanke durch den Sinn. Sollte sie Nick begleiten? Lorna, ihre Schwiegermutter, würde sich nur zu gern um die Kinder kümmern. Bei jeder Begegnung versuchte sie Georgie einen Kurzurlaub mit Nick einzureden. Hotels wirkten immer sexy. Irgendetwas hatten diese Minibars und winzigen Toilettenartikel an sich. Und dass jemand anderer das Bett aufgeschlagen hatte, turnte Georgie an. Selbst wenn Nick beschäftigt war – abends würde er sicher Zeit für sie finden. Vielleicht konnte sie ihm sogar bei der Arbeit helfen. Mit plötzlichem Feuereifer nahm sie die Einkaufsliste aus ihrer Tasche und notierte auf der Rückseite, was sie alles mitnehmen würde.

»Georgina! Georgina, wo zum Teufel steckst du?« Gnadenlos unterbrach die gebieterische Stimme ihrer Mutter den beglückenden Tagtraum subtil wie eine Dampfwalze, die eine gezuckerte Mandel überrollte.

Hastig versteckte Georgie ihr Weinglas hinter einem Begonientopf. Wäre ihre Mutter ein anderer Mensch, würde sie ihr ein Glas Wein anbieten, und sie würden den Tag gemeinsam genießen. Aber Isabel setzte sich nie, schwatzte nie, und zu Mittag trank sie niemals Alkohol.

Nun tauchte sie hinter den Rosenbüschen auf, das kurz geschnittene weiße Haar untadelig frisiert. Wahrscheinlich verbrachte sie viel mehr Zeit beim Friseur als ihre Tochter. Zu einer eleganten beigen Hose und einer passenden Weste trug sie eine blütenweiße, frisch gebügelte Bluse. Geradezu bravourös hatte Isabel das schwierige Problem gelöst, vor dem alle Frauen über sechzig standen. Wie zog man sich an, ohne altmodisch zu wirken oder sich mit einem übertrieben jugendlichen Stil lächerlich zu machen?

»Um Himmels willen, Georgina!« Niemand außer ihrer Mutter nannte sie Georgina. »In deiner Küche sieht's grauenhaft aus! Wie eine Müllhalde! Auf der Arbeitstheke leckt eine schwarzweiße Katze an der Butter …«

Damit erregte sie Georgies Unmut, weil Manky eine *getigerte* Katze war.

»Und ich wette, du hast noch nicht einmal überlegt, was du Nick heute Abend servieren wirst.« Isabel lebte immer noch in jener eigentümlichen Welt, wo eine Ehefrau ihrem Herrn und Meister ein anständiges Menü auftischte, für das sie sich den ganzen Tag in der Küche abgerackert hatte. In Georgies Haus sah die moderne Realität anders aus. Hier entschieden sich Rory und Charlie allabendlich um sechs für schlichte Pasta mit Butter. Bella erhitzte ihre Fast Food meistens selber in der Mikrowelle und aß vor ihrer Lieblingsserie »Hollyoaks«. Während Georgie die Koteletts briet, trank sie zu viel Wein. Dann kam Nick nach Hause, verspeiste sein Dinner und schlief vor dem Fernseher ein.

»Also wirklich, Georgina, du musst dich endlich zusammenreißen.« Mit gerunzelter Stirn musterte Isabel das nicht besonders attraktive Haar ihrer Tochter, das zugegebenermaßen eine Auffrischung an den Wurzeln brauchte, aber nach Georgies optimistischer Meinung ein gewisses anrüchiges Flair à la Cameron Diaz erzielte.

Der Blick ihrer Mutter schweifte zur nicht ganz sauberen Leinenhose und zum zerknitterten hellrosa Hemd, das sogar ziemlich schick gewirkt hätte, wäre es gebügelt worden. Eine unrealistische Vorstellung, denn der Bügelwäscheberg hatte inzwischen Empire-State-Dimensionen erreicht.

»So ungern ich mich auch einmische, Georgina …« Absoluter Schwachsinn! Nichts auf dieser Welt tat Isabel lieber, als überall ihr Nase hineinzustecken. »Trotzdem muss ich es erwähnen – du bemühst dich nicht um ein Heim, in das man freudig zurückkehrt. Wenn ein Mann nach Hause kommt, wünscht er sich friedliche Ruhe und Ordnung. Sonst sieht er sich woanders um.«

Warum ist sie so unerträglich, fragte sich Georgie. Niemals fiel es ihrer Mutter ein, anerkennend zu betonen: »Wie schön dein Garten ist!« Oder: »Was für wunderbare Rosen in diesem Krug auf dem Tisch stehen!« Nicht einmal: »Charlie ist ja richtig charmant geworden!«

Entschlossen raffte Georgie ihre gesamte Geistesgegenwart zusammen und hievte sich aus dem Liegestuhl hoch – zweifellos eines der unwürdigsten Unterfangen im Leben. Als sie aufstand, blieb ein Hosenbein irgendwie an der Armstütze hängen, und sie verlor beinahe das Gleichgewicht.

Isabel schüttelte den Kopf. Wie so oft trug sie jene spezielle Miene zur Schau, die besagte: *Offensichtlich bist du bei deiner Geburt vertauscht worden.* »Ich habe dir eine Liste mitgebracht. Darauf steht alles, was Pet während meiner Abwesenheit braucht. Am Morgen trockenes Brot. Nicht mehr. Und denk daran – sie ist an zwei Spaziergänge pro Tag gewöhnt. Noch etwas …«

»Danke, meine Liebe, dass du meinen Hund übernimmst, obwohl dein Mann allein schon seinen Anblick hasst?«, schlug Georgie sarkastisch vor, was ignoriert wurde.

Isabel gab ihr ein Blatt Papier. »Hier steht der Name unseres Reiseführers, wenn du uns in Nepal kontaktieren musst. Nur im äußersten Notfall. Bei dieser Tour sind Handys nicht erlaubt, weil wir das einundzwanzigste Jahrhundert hinter uns lassen wollen.«

Wie viele Meilen trennen Nepal von England, überlegte Georgie. Sicher nicht genug …

»Morgen früh brechen wir auf. Deshalb ist es wohl am besten, wenn Pet schon jetzt hier bleibt. Fällt dir irgendetwas ein, das wir noch besprechen sollten?«

Plötzlich drängte es Georgie zu erwidern: »Ja, meine Kindheit. Warum hast du deine verdammten Hunde Dad und mir immer vorgezogen?«

Doch sie konnte sich die Reaktion ihrer Mutter nur zu gut ausmalen. »Wer dürfte mir das verübeln?«

Und außerdem, erinnerte sich Georgie, ist das schon viele Jahre her. Jetzt war sie ein großes Mädchen und führte ein eigenes glückliches Leben. Man sollte seinen Eltern nicht bis in alle Ewigkeit Vorwürfe machen. Nicht einmal, wenn sie sich wie ihre Mutter benahmen. »Nein, abgesehen von der Frage, wann ihr zurückkommt.«

»Am 29.«

Fast ein Monat mit Pet. Andererseits auch fast ein ganzer Monat ohne Isabels kritische Kommentare, die darauf hinausliefen, Georgie würde alles in ihrem Leben falsch machen. Kein schlechtes Geschäft ... Nur ihren Vater würde sie vermissen.

»Also dann – auf Wiedersehen, Georgina.« Die Mutter hielt ihr eine kühle, gepuderte Wange hin, um sich küssen zu lassen. »Oh, da wäre noch etwas ...« Mit Röntgenaugen inspizierte sie den Begonientopf. »Musst du wirklich schon mittags trinken?«

Während Georgie die Hundeleine umklammerte, stieg Isabel in ihr Auto. Mit Leidensmiene beobachtete Pet ihr Frauchen. Sobald der Wagen aus ihrem Blickfeld verschwand, begann sie gellend zu bellen.

Georgie trug sie in die Küche und schaute in die verschleierten, überzüchteten Augen. »Das müssen wir sofort klarstellen, du Biest – einen Monat lang wirst du *nicht* kläffen. Oder ich verfrachte dich selber in die Mikrowelle.«

Ein letztes Mal bellte Pet und leckte über Georgies Hand.

»Wie bedrohlich das klingt! Muss ich den Tierschutzverein anrufen?«

Georgie drehte sich um und sah ihre Schwiegermutter Lorna durch die Hintertür eintreten.

Bei Komikern von altem Schrot und Korn mochten Schwiegermütterwitze immer noch hoch im Kurs stehen. Aber Georgie wollte nichts dergleichen hören. In ihrem Leben zählte Lorna zu den eindeutigen Pluspunkten – genau das Gegenteil ihrer Mutter. Warmherzig, hilfsbereit und sehr eigenständig hatte sie Nick und seine

Schwester großgezogen, ohne zu klagen oder über ihren Exmann zu lästern. Als Maler und Kunstdozent hatte er, ziemlich vorhersehbar, die meisten seiner Studentinnen ins Bett gelockt, bevor er mit der reichsten und hübschesten davongerannt war.

Die Eltern der Studentin hatten ihn dazu überredet, die Kunst aufzugeben und in das Auktionsunternehmen einzusteigen, das der Familie gehörte. Jetzt sah Lorna ihn nur noch selten. Nick hatte erzählt, sein Vater sei fett geworden, ein aufgeblasener Wichtigtuer und besessen von der Idee, die Kunst als Investment zu betrachten.

»Großer Gott!« Lorna schnitt eine Grimasse, und Georgie glaubte, das Missfallen würde dem ungespülten Geschirr gelten. Aber darauf schien ihre Schwiegermutter nicht zu achten. Stattdessen erregte Pet ihren Widerwillen. »Ich wusste gar nicht, dass ihr euch einen Hund zugelegt habt.«

»Haben wir nicht. Wir passen nur auf ihn auf, weil meine Eltern zum Trekking nach Nepal fliegen.«

»Wie grässlich!«, stöhnte Lorna. »Noch mehr Oldies, die ihre perverse Abenteuerlust nicht bezähmen können! Überall tauchen sie auf, von Goa bis Gambia. Die werden in meinem Reisebüro ›graue Vagabundentölpel‹ genannt. Also, *ich* will meinen Ruhestand im hintersten Surrey mit einem großen G&T verbringen, und mich nur aus meinen vier Wänden bewegen, um Tennis zu spielen oder meinen Bridgeclub zu frequentieren.«

»Freut mich zu hören. Ich möchte dich nicht verlieren.« In aufrichtiger Zuneigung lächelten sich die beiden Frauen an.

»Soeben hat sich meine Mutter mit einer messerscharfen Lektion verabschiedet«, seufzte Georgie. »Ich lasse mich gehen, und ich müsste Nick mit einem exquisiten Dinner verwöhnen. Sonst läuft er mir davon.«

»Was für ein Quatsch! Du tust viel mehr für Nick als deine Mutter für Bill. Wahrscheinlich muss sich dein armer Dad eines Tages von Hundefutter ernähren. Mein Sohn kann von Glück reden. Sicher weiß er das.«

»O Lorna, du bist einfach wunderbar! Am liebsten würde ich dich in einem Schraubglas einmachen. Meine Mutter hält mich für eine Schlampe. Bis zum Lunch lungere ich mit einer Flasche Gin in der Hand im Morgenmantel herum.«

»Das würde Nick gar nicht merken. Immerhin ist er bei *mir* aufgewachsen – erinnerst du dich?«

»Hi, Lorna, wie geht's?« Völlig unerwartet stürmte Bella in die Küche.

Wenn Lorna auch nicht besonders eitel war, zog sie es vor, mit ihrem Vornamen angeredet zu werden, statt mit »Gran« oder »Grandma«.

Verwirrt zuckte Georgie zusammen. »Du meine Güte, ich dachte, du wärst in der Schule.«

Seit Bella begonnen hatte, für ihre Abschlussprüfung zu büffeln, zerrte sie ganz gewaltig an den Nerven ihrer Mutter. Georgie war an Kinder gewöhnt, die morgens zur Schule gingen, nachmittags nach Hause kamen und ihr die Chance gaben, im Garten zu arbeiten oder Romane zu lesen und die Küche zu ignorieren – wenigstens bis zum Lunch. Jetzt besuchte Bella die sechste Klasse der Oberstufe und verbrachte nur ein bis zwei Stunden täglich in der Schule, kehrte zu unvorhersehbaren Zeiten heim und jammerte, wenn Georgie den Computer benutzte. Oder sie behauptete, es sei nichts zu essen da, obwohl ihre Mutter erst am Vortag eingekauft und den Kühlschrank voll gestopft hatte.

»Hi, Mum, was gibt's zum Dinner?«

»Wer weiß?«, entgegnete Georgie. »Der große Michelin-Chefkoch im Himmel hat mir sein Menü noch nicht zugeflüstert.«

»Heißt das – schon wieder Pasta?« Bella fing Lornas Blick ein.

»Schau bloß nicht mich an!«, mahnte Lorna und lachte. »Meine Kinder haben ein paar Reste aus dem Hundenapf gegessen.«

Dankbar lächelte Georgie ihr zu. In Wirklichkeit plante sie eine große Fleischpastete im Kartoffelteig, mit der sie es irgendwie schaffte, die unterschiedlichen kulinarischen Forderungen ihrer Familie zu erfüllen. Von einem kräftigen Rotwein begleitet, war das sogar ein brauchbares Dinner für Nick und sie selbst.

»Wo sind die Jungs?«

»Bei Granddad. Bald werden sie heimkommen. Deine Großeltern reisen morgen in aller Herrgottsfrühe ab.«

»Fährst du sie zum Flughafen?«

»Nein, dem Himmel sei Dank«, erwiderte Georgie. »Schon vor drei Monaten haben sie ein Taxi bestellt. Meine Mutter will so was immer möglichst früh regeln.« Grinsend zwinkerte sie Lorna zu.

Als ihr Vater Rory und Charlie nach Hause brachte, fühlte sie sich plötzlich einsam und verlassen bei dem bedrückenden Gedanken, sie würde ihn fast einen Monat lang nicht sehen. Seine Anwesenheit in ihrem Leben und die bedingungslose Liebe, die er ihr schenkte, boten ihr immer wieder beruhigende Sicherheit.

Ebenso gerührt, nahm er sie in die Arme.

»Bye, Granddad!«, schrien die Jungs.

»Vergiss nicht, nach Yetis zu suchen.« Bella küsste ihn. »Oder treiben sich die in Tibet rum?«

»Jedenfalls werde ich Augen und Ohren offen halten.«

»Gute Reise.« Zu ihrer eigenen Verblüffung beneidete Georgie ihren Dad. Wie traumhaft musste es sein, einfach davonzufliegen, von Kindern und allen Pflichten erlöst, und in einem neuen Morgen voll goldener Gipfel zu landen, unter einem atemberaubend blauen Himmel ... Welch eine sonderbare Welt, in der es die ältere Generation war, die genug Zeit und Geld hatte und grenzenlose Freiheit genoss ...

Nachdem sich Bill und Lorna verabschiedet hatten, bereitete Georgie die Fleischpastete zu, räumte die Küche auf und ging in den Garten, um Rosen zu pflücken. Weil sie so köstlich dufteten, ließ sie sich hinreißen und sammelte so viele, dass sie drei Vasen füllen konnte.

Damit erzielte sie eine erstaunliche Wirkung – wie aus einem Hochglanzmagazin. »Georgina Morrison verrät ihre Geheimnisse und erklärt, was den vergammelten Schick eines familiären Zuhauses ausmacht.« In der Tat – ihr Heim sah nachahmenswert aus, gemütlich und wohnlich, mit Kinderzeichnungen an den Wänden, Krügen voller Rosen, Charlies Hausaufgaben, auf einem Ende des großen Kiefernholztisches ausgebreitet, und Rorys Skateboard in einer Ecke. Sogar Pets Korb neben dem Sideboard trug zur behaglichen Atmosphäre bei. Ausnahmsweise saß sie darin, kläffte nicht und wirkte richtig dekorativ.

An diesem Abend deckte sie den Tisch besonders sorgfältig mit Kerzen und Stoffservietten.

Misstrauisch beobachtete Bella, wie ihre Mutter eine Flasche vom besten Rotwein entkorkte, um ihn atmen zu lassen. »Ich dachte, den willst du für eine besondere Gelegenheit aufheben.«

»Nun, vielleicht ergibt sich heute Abend eine besondere Gelegenheit.«

Bella setzte ihre spezielle Miene auf, die besagte: *Erzähl mir um Himmels willen nicht, was für eine.*

Dann überraschte Nick sie alle, weil er früher als üblich nach Hause kam. Um weitere Pluspunkte zu sammeln, las er Charlie eine Geschichte vor, spielte Schach mit Rory und ließ ihn sogar gewinnen.

Als Georgie das oft so kummervolle Gesicht des Jungen vor Freude strahlen sah, durchströmte sie eine Welle heißer Liebe zu ihrem Ehemann, der so großmütig auf seinen Sieg verzichtete. Sie neigte sich zu ihm und flüsterte in sein Ohr: »Untersteh dich, unsere Nacht zu vergessen, Napoleon.«

Die Groucho-Brauen zuckten auf und ab. »Wie könnte ich, Josephine?«

Nach dem Essen scheuchte sie die Kinder mit geradezu unanständiger Geschwindigkeit in die Betten. Glücklicherweise war Bella bereits in ihr Zimmer gegangen.

»Gute Nacht, Rory«, murmelte sie, küsste seine Stirn und deckte ihn zu. »Gute Nacht, Charlie.«

»Nacht, Mum«, lautete die schläfrige Antwort. »Sag Napoleon, ich wünsche ihm schöne Träume.«

Dunkle Schatten verbargen Georgies Lächeln.

Während Nick im Badezimmer seine Zähne putzte, zog sie sich hastig aus und schlüpfte unter die Steppdecke, damit er keine Chance bekam, vorzeitig einzuschlafen.

Aber er hatte noch mehr Überraschungen auf Lager. Wie Napoleon einen Arm in der Schlinge, einen schwarzen Zweispitz auf dem Kopf, kam er aus dem Bad. Sonst trug er nichts.

»Das habe ich in einem Laden für Scherzartikel gefunden«, verkündete er, schlug die Decke zurück und legte sich zu ihr.

»Oh, wie nett ...« Georgie spähte nach unten, wo noch eine Überraschung wartete. »Da sehe ich jemanden strammstehen.«

2

Am nächsten Morgen stand sie vor allen anderen auf und ging nach unten. Zur Feier des großen Ereignisses beschloss sie, für die ganze Familie Pfannkuchen zu backen.

Nachdem sich Georgie und Nick geliebt hatten, war die alte Intimität triumphal zurückgekehrt. Eng aneinander geschmiegt, hatten sie die Nacht verbracht, wie Löffel in einer Besteckschublade. Genauso wie vor all den Jahren ... Wenn er herunterkam, würde sie erklären, dass sie ihn nach London begleiten wollte. Betonte er nicht immer wieder, sie müssten sich etwas spontaner verhalten?

»Wow, Mum, Pfannkuchen!«, jubelte Charlie.

»Krieg ich den ersten?«, bat Rory.

»Offenbar bist du gut gelaunt, Mum«, kommentierte Bella und wandte blitzschnell den Kopf ab. »Untersteh dich, mir zu erzählen, warum!«

»Ich frage mich«, bemerkte Charlie unschuldig und leckte Ahornsirup von seinem Löffel, »ob Jake heute Morgen *auch* Pfannkuchen isst.«

»Die bekommt er wahrscheinlich *jeden Tag*«, murmelte Bella und warf ihrer Mutter einen viel sagenden Blick zu.

Aber in diesem Moment gab es nichts, das Georgies heitere Stimmung trüben konnte.

Beladen mit einem Jackett, Papieren und der Aktentasche betrat Nick die Küche. Lächelnd legte er seine Sachen beiseite und küsste Georgie. »Hallo, meine Süße ... Oh, das sieht verlockend aus.«

»Dein Frühstück brutzelt noch im Backofen.«

Nach ein paar Minuten nahm er seine Pfannkuchen heraus und ertränkte sie in so viel Sirup, dass sie in einem goldenen See verschwanden.

»Vermutlich muss jemand seine Energiereserven aufstocken«, meinte Bella sarkastisch.

Nick grinste und ignorierte sie. »Habt ihr inzwischen vergessen, dass ich nächste Woche einige Tage in London verbringen werde?«, fragte er, den Mund voller Pfannkuchen. »Am Dienstag führen wir unser Gepäck im Harrods und im Selfridge's vor und am Mittwoch in den anderen großen Kaufhäusern.«

Als Georgie die Begeisterung aus seiner Stimme heraushörte, erkannte sie, wie schmerzlich sie die Zusammenarbeit mit ihm vermisste.

»Klar, ich weiß, das klingt idiotisch«, platzte sie heraus, »aber ich möchte mitfahren. Deine Mutter könnte sich ein paar Tage um die Jungs kümmern. Dauernd versichert sie mir, wie gern sie hierher kommen und ihre Enkel betreuen würde.«

Bis Nick antwortete, dauerte es eine Weile. Aber seine Miene sagte alles – fast panisches Entsetzen. »Natürlich würde ich mich freuen, wenn du mich begleitest«, versuchte er Georgie zu beschwichtigen. »Aber wir sind total ausgebucht. Nonstop Besprechungen und Präsentationen, dann geht's Hals über Kopf ins East End, zu einer Exportfirma ...« Unbehaglich verstummte er.

Wohl oder übel musste sie ihm Recht geben. Es war eine verrückte Idee gewesen. Da er vollauf beschäftigt war, würde sie ihm nur im Weg stehen. Trotzdem wünschte sie, er hätte gesagt: »Obwohl's reiner Wahnsinn ist – komm mit!«

»Warum verreisen wir nicht ein andermal?«, fügte er hastig hinzu, als er ihre Enttäuschung spürte. »Nur nicht nächste Woche, wenn mich B&B pausenlos auf Trab halten wird ...«

»Aber Mum freut sich drauf«, wandte Rory ein. »Gestern hab ich die Liste von all den Sachen gesehen, die sie nach London mitnehmen will.«

»Rory!« Sofort merkte Nick, dass er einen viel schärferen Ton anschlug, als er geplant hatte. »Halt dich bitte da raus, ja?«

Ohne ein weiteres Wort sprang der Junge auf und stieß seinen Orangensaft um.

Während Georgie die Bescherung aufwischte, überlegte sie, ob Rory das absichtlich getan hatte. So etwas würde ihm ähnlich sehen – der Versuch, seine Eltern von einem drohenden Streit abzulenken und die Spannung zu lockern, die in der Luft lag.

»Tut mir Leid, Alter.« Nick zerzauste das Haar seines Sohnes. »Wenn ich in der Stadt bin, schau ich mal im Game-Laden vorbei. Mal sehen, ob ich irgendwas für die Playstation finde, das deine Mutter missbilligen würde.«

Da glättete sich Rorys gefurchte Stirn. »›Vice City‹ würde ihr sicher nicht gefallen«, erklärte er grinsend. »In diesem Spiel wimmelt's von Nutten und Gangstern mit Pistolen.«

»Okay, also ›Vice City‹.« Nick lachte. »He!«, rief er und drehte Rory zu sich herum. »Was weißt du denn über Nutten? Du bist erst zehn.«

Fasziniert hörte Charlie zu. »Jake aus meiner Klasse hat gesagt, die tun Dinge, die Mummies nie machen würden. Zum Beispiel ...«

»Oh, besten Dank«, fiel Nick seinem jüngeren Sohn ins Wort und wechselte einen kurzen Blick mit Georgie. »Ich glaube, auf das Kleingedruckte musst du uns nicht hinweisen. Allem Anschein nach ist dieser Jake ein weltweit anerkannter Sex-Experte.«

»Seine Mum ist wirklich hübsch«, fuhr Charlie schamlos fort. »Und Jake sagt, unter ihren Jeans trägt sie diese Tanga-Dinger. Neulich hat sie sich gebückt, und da konnte man ihre Arschspalte sehen ...«

»Halt bloß den Mund!«, unterbrach ihn sein Vater ein zweites Mal und näherte sich im Seitwärtsgang der Tür, sichtlich bestrebt, die Flucht zu ergreifen. »Tut mir ehrlich Leid wegen nächster Woche, Georgie. Wir fahren ein andermal weg. Nur wir zwei. Ich bleibe ja nur drei Tage in London ...« Und dann erschien sein altes provozierendes, liebevolles Lächeln. »Wo hat Charlie eigentlich diesen Unsinn her? Dass Nutten Dinge tun, die Mummies nie machen würden?«

»Von Jake, dem weltweit anerkannten Sex-Experten.« Kokett hob sie die Brauen. »Aber wieso weiß man, was Mummies nie machen würden, wenn man sie nicht danach fragt?«

Am Tag vor Nicks Abreise sahen sie ihn kaum. Erst tauchte ein Problem bei einer Warenprobe aus dem B&B-Sortiment auf, das er in die Stadt mitnehmen wollte, dann musste der fehlende lederne Schulterriemen einer Reisetasche bis zum Hersteller zurückverfolgt werden. Aber am Abend brachte er alle Sachen nach Hause, um sie seiner Familie zu zeigen. Sogar seine Mutter kam zu Besuch und begutachtete das Gepäck.

Wie sie einmütig feststellten, sah es wundervoll aus.

»Das will ich alles haben«, hauchte Bella. »Vom Kosmetiktäschchen bis zu diesem großen Koffer. Und ich wünsche mir den Lifestyle, der dazu passt. St. Tropez. Das Ritz in Paris. Den Winter möchte ich in South Beach verleben, den Sommer in den Hamptons.«

»Wieso weißt du so genau, wo sich der Jetset rumtreibt?«, fragte Nick beeindruckt und amüsiert.

»Wegen dieser blöden Zeitschriften, die sie dauernd liest«, erklärte Rory. »Nie kann ich aufs Klo, weil Bella ständig drauf sitzt und diese Geschichten über Posh und Becks verschlingt, über Liz Hurley und Catherine Sowieso, und ob sie sich scheiden lassen oder nicht. Ich meine – wen interessiert es schon, ob diese Leute ihre Ehen gegen die Wand fahren? So was Langweiliges …«

Plötzlich fürchtete Rory, dass man seinen Wortschwall womöglich in die falsche Kehle kriegen würde, und sein Gesicht lief so rot an wie ein Feuerwehrauto.

»Wird's nicht Zeit für dich, ins Bett zu gehen?«, fragte Nick freundlich. »Und du, Charlie? Bilde dir bloß nicht ein, wir würden nicht merken, dass du dich hinter dem

Sofa versteckst! Jetzt müssen wir uns verabschieden, weil ich morgen früh schon weg bin, wenn ihr aufsteht.«

»Bye, Dad.« Rory kuschelte sich an ihn und kämpfte schnüffelnd mit den Tränen.

»Schon gut, Rory! So riskant, wie du glaubst, ist das Leben nicht.«

»Nacht, Dad.« Wie eine vergoldete Nacktschnecke wickelte sich Charlie um Nicks Bein. »Wenn Rory dieses ›Vice City‹-Game bekommt – bringst du mir auch was mit?«

»Moment mal, ich bin nur drei Tage in der Stadt«, protestierte sein Vater. »Aber ich werde sehen, was sich machen lässt.«

»Also, *mir* genügt das Gepäck.« Bella küsste ihn. »Viel Glück. Hoffentlich kaufen die Leute das Zeug gleich tonnenweise.«

»Wenn man sich das vorstellt ...«, seufzte Nicks Mutter Lorna sentimental. »Das alles fing nur an, weil ich ihm ein paar Lederreste zum Spielen gab, als er ein kleiner Junge war.«

»Dann bist du schuld, wenn's in London schief läuft«, witzelte Nick und umarmte sie. Sorgfältig packte er die Koffer und Taschen in ihre Plastikhüllen. »Nun muss ich mich bei euch entschuldigen. Ich weiß, in letzter Zeit wuchs mir die Arbeit über den Kopf, und ich war oft unausstehlich. Wenn's hinhaut, werden wir *alle* verreisen. Nicht nur Georgie und ich. Es muss ja nicht St. Tropez sein. Aber wenigstens Scunthorpe.«

»Da hätte ich nichts dagegen.« Georgie drückte einen Kuss auf seine Wange. »Angeblich hat Scunthorpe einiges zu bieten.«

»Nun gehe ich schlafen«, kündigte Nick an. »Bye,

Mum, wir sehen uns, wenn ich wieder da bin. Sicher macht's dir nichts aus, wenn ich dich mit meiner Frau allein lasse.«

Verdammt, dachte Georgie.

So sehr sie ihre Schwiegermutter auch liebte – Lorna würde noch endlos lange hier bleiben. Und nach der letzten Nacht wäre Georgie am liebsten zur gleichen Zeit wie Nick ins Bett gesunken.

Sobald er im oberen Stockwerk verschwunden war, musterte Lorna angelegentlich die Weinflasche, die auf dem Tisch stand – nur zu einem Drittel geleert. »Diesen Rest willst du wohl kaum in den Kühlschrank zurückstellen. Gönnen wir uns noch ein Schlückchen?«

Seit über zwanzig Jahren von Nicks Vater geschieden strotzte sie vor Lebenslust. Und sobald sie ein Glas in der Hand hielt, schaffte sie es, in stimmungsvollen Nächten viel länger auf den Putz zu hauen als Leute, die nur halb so alt waren wie sie. Normalerweise freute sich Georgie über ihre Gesellschaft. Lorna amüsierte sie mit ihrem trockenen Humor. Und ihr positives Denken wirkte stets ermutigend. Georgie konnte gar nicht mehr zählen, wie oft Lorna mit einer Flasche Wein unter dem Arm aufgetaucht war, wenn sie sich gerade mal wieder entnervt die Haare gerauft hatte. In solchen Situationen veranlasste sie Georgie, sich zu setzen und die Beine hochzulegen, während sie selber die Kinder von den geräuschvollen oder gefährlichen Aktivitäten ablenkte, die ihnen gerade Spaß machten.

Und wegen dieser durchaus anerkennenswerten Verdienste sagte sich Georgie, dürfte sie nicht einmal an diesem besonderen Abend ihrer Schwiegermutter ein oder zwei weitere Gläser missgönnen.

Es dauerte fast eine Stunde, bis Lorna endlich aufbrach – mit einem Versprechen, das sie zweifellos halten würde. In den langen Sommerferien würde sie sich so oft wie möglich um die Kinder kümmern.

Gerührt und dankbar begleitete Georgie sie zur Tür. »O Lorna, du bist ein Engel.«

»Nun, du brauchst zumindest eine Granny, die sich ab und zu von ihren kostbaren Komitees loseist und in Notfällen einspringt, nicht wahr? Natürlich will ich Isabel nicht beleidigen. Aber diese Sickergrube scheint sie mehr zu interessieren als ihre Enkel.«

Damit traf Lorna den Nagel so zielsicher auf den Kopf, dass Georgie kichern musste. Für Isabel waren Sickergruben schon früher viel wichtiger gewesen als ihr einziges Kind.

Obwohl sie beschloss, erst am nächsten Morgen aufzuräumen, überraschte sie die Tatsache nicht, dass ihr Ehemann bereits schlummerte und leise schnarchte, als sie neben ihm unter die Decke kroch.

Sie beugte sich hinüber und küsste seine entspannte Stirn. »Hoffentlich geht alles gut«, wisperte sie und schmiegte sich an ihn. »Für dich. Und für uns.« Sobald ihr Kopf das Kissen berührte, schlief sie ein.

Am nächsten Morgen erwachte sie um halb acht. Nick hatte das Haus bereits verlassen. Natürlich war es sehr rücksichtsvoll gewesen, sie *nicht* zu wecken. Trotzdem wünschte sie, er hätte es getan. Dann entdeckte sie die Nachricht, die er auf dem Nachttisch hinterlegt hatte.

»Für mein Dornröschen. Vielen Dank für die vorgestrige Nacht. Was würden Mummies tun, wenn man sie danach fragt?«

Neben dem Zettel lag eine Rose. Die musste er aus dem Krug in der Küche entwendet haben.

Lächelnd roch sie daran. Der Nick, den sie verloren geglaubt hatte, war zurückgekehrt.

Nach einem fünfminütigen Tagtraum seufzte sie und schleppte sich aus dem Bett, weil sie das langwierige Ritual beginnen musste, Bella zu wecken. Mindestens drei Mal würde sie an die Tür ihrer Tochter klopfen, ohne eine Antwort zu erhalten. Zwanzig Minuten bevor Bella weggehen musste, würde Georgie ein Kreischen hören, dann ein hektisches Rascheln, wenn ihre Tochter den Boden nach Kleidungsstücken absuchte.

Genauso lief es auch diesmal ab. Nur eine Viertelstunde, ehe der Bus davonfahren würde, tauchte Bella auf, sah sensationell sexy und verschlafen zugleich aus.

»Wie schaffst du das nur?«, wunderte sich Georgie.

»Ganz einfach«, erklärte Bella grinsend, »ich lasse das Make-up von gestern drauf.«

»Aber du wirst Pickel kriegen!« Wie Georgie zugeben musste, strotzte die Haut ihrer Tochter trotz der regelmäßigen Misshandlung vor Gesundheit.

»Bisher nicht.« Bella packte einen Bagel, beschmierte ihn mit Sahnekäse und stopfte ihn in den Mund, während sie ihre Jacke anzog. »Obwohl es auf meinem Porträt in der Dachkammer von Pickeln wimmelt. Das ist so gemein ... Warum müssen die Jungs nicht in die Schule?«

»Weil sie andere Trimesterferien haben als du, was du zweifellos weißt«, erwiderte Georgie und räumte das Frühstücksgeschirr weg.

Auf der Arbeitsplatte lag Nicks Rose. Georgie wollte sie zu den anderen in den Krug zurückstecken. Dann besann sie sich anders und kramte eine Vase für eine einzelne Rose hervor. Dafür würde sie einen Platz finden, wo sie sich den ganzen Tag daran freuen konnte.

»Mum?«

Versonnen lächelte Georgie und hörte ihrer Tochter kaum zu. »Ja? Hast du schon wieder deine Jahreskarte für den Bus verloren?«

Bella schüttelte den Kopf. »Keine Bange, die habe ich in meiner Brieftasche. Fährt Alison mit Dad nach London?« Alison war die Diplomkauffrau, die Nick eingestellt hatte, um Georgie zu ersetzen.

Worauf wollte Bella hinaus? Georgie stellte die Vase beiseite. »Das nehme ich an. Immerhin ist sie seine Marketing-Direktorin.«

»Machst du dir deshalb keine Sorgen?«

»Warum sollte ich? Er sieht sie ohnehin jeden Tag.«

»Bei der Arbeit. In einem Hotel zu übernachten – das ist was anderes. Manche Leute glauben, was auf einer Geschäftsreise passiert, würde nicht zählen.«

»Erstaunlich – das sagst ausgerechnet du?« Georgies Stimme klang bissiger als beabsichtigt. »Eigentlich dachte ich, deine Generation hält nichts von persönlichen Besitzansprüchen.«

»Quatsch! Es ist nur ...«

»Was?«

Bella zögerte.

»Nun?«

»Ich weiß nicht ... Ist dir noch nie aufgefallen, wie Alison ihn anschaut? Als würde sie ihn am liebsten zum Frühstück verspeisen.«

»Um Himmels willen, Bella!« Beinahe wäre Georgie in Gelächter ausgebrochen. »Was deutest du an? Dass

Dad mich nicht nach London mitnehmen wollte, weil Alison ihn begleitet?«

»So meine ich's nicht. Wahrscheinlich hat Dad keine Ahnung. Aber diese Frau ist hinter ihm her. Darauf wette ich hundert Pfund.«

Mit schmalen Augen starrte Georgie ihre Tochter an. Oft genug hatte Bella ihren Scharfsinn bewiesen ... »Was für ein Unsinn! Die Beziehung zwischen Alison und deinem Dad ist rein geschäftlich.«

»Okay.« Bellas Achselzucken bekundete, ihre Mutter sollte doch glauben, was sie wollte. »Und der Papst ist ein Protestant.«

Während Bella zur Bushaltestelle rannte, erschien Rhiannon, die Putzfrau, die ein Mal pro Woche ins Haus kam.

»Wer will mit Pet und mir spazieren gehen?«, rief Georgie ihren Söhnen zu, die im verdunkelten Spielzimmer vor dem TV-Apparat kauerten, wie zwei Vampire in Bart-Simpson-Pyjamas. Und draußen lachte die Frühlingssonne. »Wenn Rhiannon sauber macht, will sie nicht über euch stolpern.«

»Oh, das stört mich nicht«, widersprach Rhiannon.

»Das stört sie nicht«, wiederholten Charlie und Rory im Duett.

»Also kann ich die beiden hier lassen, wenn ich Pet rausführe?« Georgie schaute sich nach der Hundeleine um. Dabei erinnerte sie sich an ihr Versprechen, die Post ihrer Eltern durchzusehen und die Antworten auf die Einladung zu Isabels Überraschungsparty zu verstecken. Das wollte sie bei dieser Gelegenheit erledigen.

»Klar«, beteuerte Rhiannon, die Georgies Abwesenheit stets begrüßte, denn dann konnte sie ihre Pause verlängern und in Ruhe fernsehen. »Bis eins bin ich da. Lassen Sie sich nur Zeit. Die Jungs machen mir keinen Ärger. Oder etwa doch, ihr zwei?«

»Nein«, bekräftigten sie, weil Rhiannon sie den ganzen Vormittag mit Schokoladenbiskuits füttern würde. Von Georgie bekamen sie immer nur eins.

Wieder einmal war ein prachtvoller Morgen angebrochen, mit einem Himmel wie türkisblauer Taft, der sich kräuselte, wenn eine Brise darüber hinwegwehte. Die Felder leuchteten im nebligen Gold, der Mais begann gerade zu reifen. Auf dem Weg zum Haus ihrer Eltern fuhr Georgie durch ein Meer aus Flachs. Zu beiden Seiten der Straße wippten winzige blaue Blüten. Nur die Erinnerung an das Gespräch mit ihrer Tochter trübte die Freude an diesem schönen Tag. Bella sah zu viele Seifenopern. Darin lag ihr Problem. Okay, vor einiger Zeit waren Georgie und Nick in eine Phase geraten, in der sie einander – und insbesondere ihre erotische Beziehung – aus den Augen verloren hatten. Aber das war jetzt überstanden. Wenn sie Bellas Verdacht ernst nahm, würde sie ausflippen.

Als sie in die Zufahrt ihrer Eltern bog, erwartete sie halb und halb, die vertraute Gestalt ihres Vaters aus dem Gewächshaus auftauchen zu sehen. Leicht gebückt und lächelnd würde er ihre ausgestreckten Arme mit Obst füllen. Doch der Garten war leer und verlassen, das Haus verschlossen. Erst vor wenigen Tagen hatten sie ihre Reise angetreten, schon jetzt wirkte das Haus tot und unbewohnt.

Sie parkte das Auto und ließ den Hund im Garten umherlaufen, den er so gut kannte. Sofort markierte Pet ihr

Terrain, indem sie die Tomaten anpinkelte. Hinter ihr schlängelten sich Bills Wicken aus ihrem Spalier und glichen der Szenerie für eine Märchenhochzeit. Zuckermandelrosa, dunkles Delfterblau, rosarot und violett. Georgie beugte sich hinab, um den intensiven Duft einzuatmen. Vielleicht rochen die Wicken stärker als alle anderen Blumen. Jedes Mal, wenn sie hierher kam, forderte ihr Vater sie auf, welche mitzunehmen. Die Wicken besaßen das magische Talent, noch üppiger zu wuchern, wenn man sie pflückte. Und so holte sie eine Gartenschere aus dem Schuppen und stellte einen farbenfrohen Strauß zusammen.

Im Haus herrschte stickige Hitze. Georgie öffnete einige Fenster und ließ eine wütende Biene hinaus. Dankbar flog das Insekt davon und bestäubte die verschwenderische Blumenpracht im Garten. Niemals würde Bill ihr erlauben, Bienen zu töten. Für einen Gärtner waren sie viel zu nützlich. Um eine weitere seiner Bitten zu erfüllen, goss sie die Topfpflanzen im Haus. Als sie die kleine Kanne über eine Birkenfeige hielt, stieß sie gegen ein gerahmtes Foto, das an der Wand hing. Klirrend fiel es zu Boden, und das Glas zersplitterte. Scheiße!

Seufzend hob sie es auf. Das musste sie reparieren lassen.

Das Foto zeigte eine unglaublich glamouröse Isabel in einem Ensemble, das wie ein Chanel-Kostüm aussah, mit langen Handschuhen, einer Sonnenbrille und einem riesigen schwarzen Hut. Wie eine junge Audrey Hepburn. Obwohl nur eine Schwarzweißaufnahme, strahlte sie den Stil und den Glanz eines Titelblatts der *Vogue* aus. Natürlich kannte Georgie dieses Bild. Aber sie hatte es nie zuvor genauer betrachtet. Wann hatte ihre Mutter wie ein Topmodel ausgesehen? Seltsam … Während die meisten Frauen Familienfotos in ihren Häusern wie Trophäen verteilten, wurde im Haus ihrer Eltern kein einziges zur Schau gestellt. Nicht einmal ein Hochzeitsbild oder Kinderfotos von Georgie. Ihre Mutter war wirklich sonderbar. Vermutlich bewahrte sie außer diesem glamourösen Foto nur einige Schnappschüsse von ihren diversen Hunden auf.

Hatte Isabel einfach keinen Sinn für die emotionalen Meilensteine, die den meisten Frauen so viel bedeuteten? In einer Ecke des Zimmers stand der Schreibtisch, der den Papierkram ihrer verschiedenen Komitees enthielt. Aus einem Impuls heraus setzte sich Georgie davor und durchwühlte die Schubladen. Darin entdeckte sie ein oder zwei nichts sagende Fotos. Erst im untersten Schubfach wurde sie fündig. Ganz hinten lag ein rotes Album, offensichtlich uralt, mit schwarzen, von Plastikringen zusammengehaltenen Seiten.

Während sie in dem Album blätterte, inspizierte sie mehrere Fotos, die alte Leute zeigten, wahrscheinlich Verwandte ihrer Mutter, ein paar Aufnahmen von einer etwa 18-jährigen Isabel an einem Strand. Noch mehr geheimnisvolle Familienmitglieder … Und schließlich das Hochzeitsfoto, dann die Mutter in einem Outfit, das wie ein Reisekostüm aussah.

Merkwürdig … Obwohl Isabel auf dem Hochzeitsbild so glücklich wirkte wie jede Braut, besaß sie nichts von dem stilvollen Glanz, den das gerahmte Foto ausstrahlte. Georgie blätterte weiter, hielt inne und starrte eine andere Version der glamourösen Aufnahme an, aus einem anderen Blickwinkel geknipst, sodass man erkannte, wo Isabel stand. Direkt vor dem Eiffelturm.

Von dem Album fasziniert stellte Georgie verblüfft fest, wie lange sie schon am Schreibtisch saß. Fast eine Stunde. Nun musste sie sich endlich um die Post kümmern.

Auf der Fußmatte an der Hintertür häuften sich Umschläge, die wunderbar verlockend aussahen. Im Haushalt der Morrisons trafen hauptsächlich Rechnungen und grässliche Mahnungen ein, dazu Wurfsendungen, für die man vermutlich das Amazonasgebiet abgeholzt hatte, und gelegentlich schwarze Plastiksäcke von der Altenhilfe, mit der Bitte, man möge sie füllen und an Donnerstagen vor dem Eingang deponieren. Hingegen schienen Georgies Eltern jeden Tag den Inhalt eines ganzen Postschließfachs zu empfangen. Sie fand etwa zwanzig Antworten auf die Einladung, und fast alle diese Leute wollten zur Party kommen. Darüber würde sich Bill freuen. Die meisten Briefe waren in der spinnwebartigen Handschrift alter Verwandter abgefasst, auf den Kuverts standen nur wenige Adressen nicht mit der Hand geschrieben, sondern getippt.

Georgie teilte die Briefe in zwei Stapel. Viel mehr Zusagen als Absagen. Wie schön für Dad ...

Am interessantesten war der letzte Brief – ein Kuvert aus dickem, teurem Papier, in sehr individuellem Stil beschriftet. Da steckte sicher kein schäbiger Zettel von einem Notizblock drin. Tief beeindruckt, fühlte sich Georgie gezwungen, den Umschlag nicht einfach aufzureißen wie die anderen, sondern Isabels Brieföffner mit dem Glasgriff zu suchen und das Pergamentpapier ehrfürchtig aufzuschlitzen.

Hastig überflog sie das Schreiben, um herauszufinden, auf welchen Stapel sie es legen sollte.

Aber es ging gar nicht um die Geburtstagsparty. Erst jetzt wurde ihr bewusst, dass der Brief nicht an ihren Vater, sondern an die Mutter adressiert war. Und der Inhalt nahm Georgie den Atem.

Meine liebe Isabel, las sie, *sicher überrascht es dich, nach all den Jahren von mir zu hören, denn ich weiß, du wolltest mich aus deinem Leben verbannen.*

Wie ich erfahren habe, findet in »Our Lady of Mercy« eine Wiedersehensfeier statt. Natürlich wurde ich nicht eingeladen. Doch ich war niemals eine typische Klosterschülerin – ebenso wenig wie du, wenn ich mich recht entsinne. Nun frage ich mich, ob du hingehen willst.

Aus offenkundigen Gründen habe ich mich nie bei dir gemeldet. Aber jetzt möchte ich dir etwas Wichtiges geben. Also verzeih mir bitte, dass ich in deine Privatsphäre eindringe. Für ein paar Tage werde ich im Angel Hotel in Hadworth absteigen, ganz in deiner Nähe. Ich würde mich freuen, wenn du mich dort am Freitag, den 16. Juni, zum Tee triffst. Ab drei Uhr nachmittags werde ich in der Halle auf dich warten.

Meine liebe Isabel, ich hoffe, dein Leben war glücklich und erfolgreich.

Elisabeth.

Aufgeregt studierte Georgie den Briefkopf. *101 Quai St. Julien le Pauvre, Paris.*

Schon wieder Paris.

Hin und wieder hatte Isabel erwähnt, sie sei in eine Klosterschule gegangen, aber kein einziges Mal hatte sie von einer Elisabeth gesprochen. Georgie griff noch einmal nach dem Fotoalbum. Darin fand sich nichts, was auf diese Schule hinwies.

Zum zweiten Mal öffnete sie die Schubfächer ihrer

Mutter. Im untersten berührte ihre Hand eine Papierrolle, die sie herausnahm und auseinander zog. Etwa zweihundert Mädchen blickten ihr mit frischen Gesichtern, ordentlich gekämmt, in blauweiß gestreiften Schuluniformen entgegen. In Klassen unterteilt saßen sie beisammen. Verschiedenfarbige Bänder mit weißen Kreuzen hingen an ihren Hälsen. In regelmäßigen Abständen wurden die Reihen von schwarz gekleideten Nonnen unterbrochen, die Krähen glichen. Mit versteinerten Mienen ließen sie sich fotografieren – eine notwendige, aber irritierende Prozedur sündhafter Eitelkeit.

Georgie suchte nach ihrer Mutter, und es fiel ihr erstaunlich schwer, sie zu finden. Schließlich entdeckte sie ein Mädchen mit ernstem Gesicht und dunklem, lockigem, von einer Spange gebändigtem Haar. Ohne den Anflug eines Lächelns starrte sie geradeaus. Eindeutig Isabel. An den Rändern des Fotos verrieten Aufkleber die Namen ihrer Klassenkameradinnen. Elisabeth gehörte nicht dazu.

Direkt neben einer besonders Furcht erregenden Nonne saß eine schlanke junge Dame mit kunstvoll frisiertem Haar. Eine Braue leicht erhoben blickte sie mit kühlen Augen in die Kamera. Ihre Miene wirkte ironisch und erstaunlich erwachsen, als würde sie sich von der Farce distanzieren, für ein Schulfoto zu posieren – oder überhaupt eine Klosterschule zu besuchen.

Während Georgie im Arbeitszimmer ihrer Mutter saß, die gerade die fernen Gipfel von Nepal erklomm, hatte sie das Gefühl, dies müsste die mysteriöse Elisabeth sein – jene alte Schulfreundin, von der Isabel nichts mehr wissen wollte.

Georgie las noch einmal Elisabeths Zeilen. Wie sollte

sie ihrer Mutter erklären, dass sie diesen sonderbaren Brief geöffnet hatte? Willkommener Ärger verscheuchte ihr Unbehagen. So kühl war ihre Mutter immer gewesen, herzenskalt und geheimnistuerisch. Oft genug hatte Georgie gespürt, Isabel liebte ihre Hunde inniger als die Tochter oder den Ehemann. Gab ihr das nicht ein Recht, möglichst viel auf eigene Faust zu erforschen?

Mochte es richtig oder falsch sein, prickelnde Aufregung erfüllte ihre Brust. Da Nick in London und ihre Mutter am anderen Ende der Welt war, würde sie den Termin an Isabels Stelle wahrnehmen.

Übermorgen war der 16. Juni, der Tag, an dem Nick seine Warenproben im Selfridge's vorführen würde. Wenn sie ihn schon nicht nach London begleiten durfte – warum sollte sie nicht selber ein kleines Abenteuer erleben? Hadworth lag nur eine halbe Autostunde entfernt. Außerdem gab es dort einen Gärtnereibetrieb, der ihr gut gefiel. Also konnte sie die rätselhafte Elisabeth treffen und entgegennehmen, was für ihre Mutter bestimmt war. Danach würde sie irgendwas in der Gärtnerei kaufen.

Mit neuer Energie geladen ergriff sie ihre Handtasche, rief Pet zu sich und versperrte die Haustür ihrer Eltern.

Sobald sie Pet in die Diele führte, rannte Rory ihr entgegen. »Darf ich Dad anrufen? Ich will ihm nur von meiner neuen Mannschaftsaufstellung im ›Fantasy Football‹ erzählen.«

»Warte lieber, bis er im Hotel ist. Warum erzählst du's nicht *mir*?«

»Weil du nichts davon verstehst.« Um seine Kritik zu mildern, umarmte er sie kurz. »Dabei würdest du nur anfangen, eine Einkaufsliste zu kritzeln oder aus dem Fenster schauen.«

»Stimmt, Mum«, bestätigte Bella, die auf dem Sofa vor dem Küchenfernseher lag und eine Seifenoper verfolgte, ihren Bruder. »Lass doch Rory mit Dad über diese langweilige Fußballmannschaft reden.«

»Die *ist* nicht langweilig!«, protestierte Rory den Tränen nahe herausfordernd.

»Wer hat eigentlich behauptet, Jungs würden nicht heulen? Diese Leute scheinen Rory nicht zu kennen.« Natürlich hatten Bellas Adleraugen die Reaktion ihres Bruders registriert.

»Würdest du etwas für mich erledigen, Bella?« Georgies ungewöhnlich energischer Ton weckte sofort heftigen Teenagertrotz.

»Was?«

»Bleib am Donnerstag nach der Schule daheim und kümmere dich um die Jungs.«

»Um mich muss man sich nicht kümmern, Mum«, fauchte Rory. »Ich bin zehn. Erinnerst du dich?«

»Was niemand glauben würde, du Heulsuse«, giftete Bella.

»Haltet den Mund, alle beide!«, schrie Georgie plötzlich von hellem Zorn erfasst.

Verblüfft, aber beeindruckt blinzelten ihre Kinder.

»Wow, Mum versucht's auf die harte Tour«, murmelte Bella. »Wenn Dad bloß da wäre und das sehen könnte …«

»Aber er ist nicht da. Also? Bist du am Donnerstag daheim?«

»Wohin gehst du? Triffst du dich mit einem Liebhaber?«

Rory unterdrückte ein Kichern und vergaß seinen verletzten Stolz. »So ein Typ ist Mum nicht.«

»Vor einer Weile hatte Jakes Mutter einen Liebhaber«, drang Charlies Piepsstimme vom Küchenboden herauf, wo er Pets Fell eifrig nach Flöhen absuchte.

»Habe ich mir fast gedacht«, seufzte Georgie und fischte Chicken Kievs aus dem Gefrierschrank.

»Der gab Jakes Mum Golfstunden, und sie sagte, das würde ihren Schlag verbessern. Aber Jakes Dad meinte, ihr Schlag sei schon gut genug, und der Golflehrer musste verschwinden. Danach führten sie sich wieder wie die Turteltäubchen auf.«

»Einen so nützlichen Unterricht könnte ich auch gebrauchen«, bemerkte Georgie.

»Aber du würdest dir keinen Liebhaber zulegen, Mum«, entschied Charlie. »So wie Jakes Mum bist du nicht. Die zieht sich ganz anders an. Einmal hörte ich, wie unser Turnlehrer, Mr Minton, sagte, sie sieht knackig aus. Du siehst wie eine Mum aus ...« Als ihm Georgies Miene auffiel, machte er eine Pause. »Das finde ich großartig. Ich meine, wer will schon eine Mum, auf die alle Lehrer scharf sind? Igitt!«

Während Georgie die Hühnerteile in den Backofen legte, dachte sie, so übel wäre es gar nicht, wenn jemand scharf auf sie wäre. Sie erinnerte sich an Mr Minton, den gut gebauten australischen Aushilfslehrer. Sekundenlang hörte sie auf, die Kartoffeln zu schälen.

Etwas zu einfühlsam erriet Charlie ihre Gedanken. »Für dich ist Mr Minton viel zu jung, Mum. Außerdem«, und das musste nach seiner Ansicht ein unwiderlegbares Argument sein, »hat er sich mit Miss O'Reilly verlobt. Und die ist unwahrscheinlich gelenkig.«

Immer wieder genoss Georgie die Fahrt nach Hadworth durch eine leuchtend grüne, fruchtbare Landschaft mit Dörfern aus grauem Stein. Hadworth zählte zu den schönsten englischen Kleinstädten.

Dort gab es angeblich mehr Antiquitätenläden als in Brighton und mehr Teerestaurants als in Bath. Die Hauptstraße führte über eine hübsche geschwungene Brücke. Darunter plätscherte ein Fluss voller Schwäne, die anmutig dahinglitten, als wüssten sie, wie pittoresk sie aussahen. Zweifellos erhofften sie von den Passanten ein paar Leckerbissen zur Anerkennung ihrer Dienste für den Tourismus.

An der Hauptstraße reihten sich reizvolle Läden aneinander und boten lebenswichtige Dinge feil, zum Beispiel Cath-Kidston-Servietten, mit Seide bezogene Kleiderbügel, geblümte Krüge, falsche Blumen und noch falschere blauweiße Brotdosen, die so aussahen, als wären sie aus authentischem Vorkriegsemaille, aber in Wirklichkeit bestanden sie aus Kunstharzstoff. Warum, fragte sich Georgie, rochen all diese Geschäfte gleich? Vielleicht wurde darin ein spezielles Raumspray benutzt, das die charakteristischen Aromen rustikaler Souvenirläden verströmte.

Vor dem Angel Hotel beobachtete die Engelsstatue missbilligend, wie sich der Verkehr im Lauf der Jahre verändert hatte. Statt der Traktoren und Pferdekarren fuhren heutzutage glänzende Geländewagen und rasante BMW-Cabrios die Straße entlang.

Es war kurz nach drei, als Georgie einen Parkplatz gefunden und Münzen für die Parkuhr zusammengesucht hatte. Auf dem Weg zum Hotel wurde sie plötzlich nervös. Immerhin erwartete Elisabeth nicht sie, sondern ihre Mutter.

In der Lounge, wo der Tee serviert wurde, saßen gut betuchte kauflustige, schwatzende Damen in identischen pastellfarbenen Pashima-Schals und Touristen, eifrig bestrebt, das britische Teeritual zu zelebrieren. Als Georgie sich umsah, entdeckte sie in einer Ecke am anderen Ende des Raums eine Frau, die Elisabeth sein könnte – hoch gewachsen und stattlich, von jener Eleganz, die aus jeder größeren Versammlung hervorstechen würde, und mit entsprechendem Charisma. Ihr dunkles Haar war zu einer untadeligen Bobfrisur geschnitten, und obwohl auch sie einen Pashima-Schal über ihrer Seidenbluse trug, hatte sie einen Wollstoff in dezentem Tabakbraun gewählt. Damit erzielte sie einen exquisiten und kultivierten Effekt – schlicht und einfach Klasse.

»Wäre das alles, Madam?«, fragte die Kellnerin, während Georgie die schicke Dame ansteuerte.

»Ja, sicher«, lautete die Antwort in unverkennbarem Manhattan-Jargon.

Verwirrt zuckte Georgie zurück und trat beinahe auf die Zehen einer korpulenten, großmütterlichen Dame von Ende sechzig, die sichtlich entzückt ihren Teetisch begutachtete – winzige Gurkensandwiches, Gebäck mit dicker Sahne und Marmelade und fantasievolle kleine Kuchen. Dies alles hatte ihr gerade ein junger Kellner serviert, der wie ein Franzose aussah.

»Ist das wirklich dicke Sahne, junger Mann?«, fragte sie ebenfalls mit einem ausländischen Akzent, der aber nicht so markant wirkte wie bei der anderen Frau.

Gelangweilt hob er die Schultern. »Sahne, wie es auf der Speisekarte stehen.«

»Wie es steht«, verbesserte sie ihn.

»*Excusez moi?*«

»Wie es auf der Speisekarte *steht*«, erläuterte sie und lächelte freundlich. »Aber auf der Speisekarte steht – ›hausgemachte Scones mit dicker Sahne‹, nicht dieses armselige dünnflüssige Zeug, das Sie mir gebracht haben. Damit könnten Sie nicht einmal Ihren Schnurrbart abrasieren.«

»Wenn auf der Speisekarte *steht*, wir bieten dicke Sahne an, dann ist es dicke Sahne, Madame«, beharrte der Kellner und betonte jedes einzelne Wort, als wäre sie steinalt oder schwerhörig.

»Da bin ich anderer Meinung. Nehmen Sie das wieder mit, und bringen Sie mir *richtige* dicke Sahne, oder Sie können sich Ihre zwölf Pfund neunundneunzig in den Kamin schreiben. Ohnehin ein lächerlicher Preis, finde ich«

Der Kellner verdrehte die Augen. Geräuschvoll schnalzte er mit der Zunge, als er sich abwandte.

»Espèce de con«, murmelte die ältere Dame.

Wie von der Tarantel gestochen, fuhr er herum. Offenbar ist das eine schwere Beleidigung gewesen, vermutete Georgie.

»Ah, vous êtes Française!«, rief er freudestrahlend. Sobald er in der lästigen alten Frau eine Landsmännin erkannte, schien er die Schmähung zu vergessen. »Ich bringe Ihnen die dicke Sahne. *Immédiatement!*«

Forschend betrachtete Georgie die großmütterliche Vision. Die rundliche Gestalt steckte in einem schlichten marineblauen Rock, einer geblümten Baumwollbluse und einem gleichfalls marineblauen Cardigan. Dazu trug sie Stützstrümpfe und Schuhe, die Georgie an die Queen erinnerten. Das graubraune Haar war zu einem strengen Knoten hochgesteckt. An ihrer Erscheinung fiel nur die Handtasche auf – schwarz, groß und glänzend, mit dem unverwechselbaren Chanel-C geschmückt. Entweder eine Produktfälschung – oder die Lady gab ein Vermögen für Accessoires aus.

Als sie Georgies prüfenden Blick bemerkte, zwinkerte sie ihr zu.

»Lautet Ihr Name vielleicht Elisabeth?«, fragte Georgie.

Erstaunt hob die Dame ihre Brauen. »*Bien sûr.* Aber Sie heißen wohl kaum Isabel.«

»Ich bin ihre Tochter, Georgina.«

Sekundenlang wirkte die Dame konfus, sogar unbehaglich, dann kehrte ihr großzügiges Lächeln zurück. »Hat Isabel etwa *Sie* zu mir geschickt? Seltsam – das würde ihr gar nicht ähnlich sehen.«

»Sie unternimmt gerade mit meinem Vater eine Trekking-Tour in Nepal.«

»Sehr britisch. Ich persönlich reise lieber erster Klasse. Doch sie war schon immer ganz verrückt nach Sport.« Elisabeth zuckte die Achseln in jenem Stil, den nur Franzosen beherrschen. »Hat Ihre Mutter Ihnen von mir erzählt?«

»Nein … Aber Ihr Brief fiel mir zufällig in die Hände. Mein Vater gibt eine Party, um den siebzigsten Geburtstag seiner Frau zu feiern, und er bat mich, in seiner Abwesenheit die Antworten auf die Einladungen zu öffnen. Ich dachte, Ihr Schreiben gehört dazu.«

»Da ist Ihre dicke Sahne, Madame.« Der zuvor so missgelaunte Kellner stand neben dem Tisch und grinste breit, als hätte er ein Geschenk aus seiner Heimat erhalten. »Mit einem besonderen Kompliment unseres Hauses.«

»Merci bien.«

»Darf ich mich setzen?«, bat Georgie, nachdem der Franzose verschwunden war.

»Oh, natürlich!«, rief Elisabeth. »Wie unhöflich von mir! In meinem eifrigen Bestreben, diesem netten jungen Mann Manieren beizubringen, vergaß ich meine eigenen ... Nehmen Sie eine Tasse Tee mit Sahne? Als ich in England diese Klosterschule besuchte, war das Essen grauenhaft. Allein schon der Spinat! Schleimig wie Nacktschnecken! Diesen schrecklichen Fraß musste ich verstohlen in mein Taschentuch packen und wegwerfen, sonst wäre mir übel geworden. So viele Taschentücher habe ich verbraucht! Das Einzige, was ich jemals aß, waren Würstchen. Die gab's jeden Donnerstag zum Frühstück. Und all die Köstlichkeiten, die im kleinen dörflichen Teelokal serviert wurden ... Die haben mir das Leben gerettet. *Malheureusement* eignete ich mir dadurch einen typisch englischen Geschmack an, die Vorliebe für Kuchen und Puddings. Deshalb habe ich immer noch einen englischen Hintern.«

Für einen kurzen Augenblick glaubte Georgie, die alte Dame würde aufstehen und demonstrieren, was sie damit meinte.

Elisabeth häufte noch einen Löffel voll dicker goldgelber Sahne auf ihren Scone und fügte einen üppigen Marmeladeklecks hinzu. Schließlich glich das Gebilde einer Miniaturversion des schiefen Turms von Pisa. Ihre Leidenschaft für Süßigkeiten schien ihr Gewissen nicht im Mindesten zu belasten.

Weil der Scone so verlockend aussah, nahm sich Georgie auch einen – unfähig, der Versuchung zu widerstehen.

»Also sind Sie Isabels Tochter.« Den Kopf schief gelegt, musterte Elisabeth ihren Gast und erinnerte Georgie an einen rüstigen ergrauten Papagei, der trotz jahrelanger vornehmer Dressur jederzeit außerplanmäßige Obszönitäten plappern konnte. »Besonders ähnlich sind Sie ihr nicht.«

»Sie zieht sich viel besser an als ich.«

»Früher hatte sie überhaupt kein Stilgefühl.«

»Wie war sie denn?«

»Ziemlich provinziell. Eine graue Maus. Von Mode verstand sie rein gar nichts. Wie eine Bibliothekarin lief sie herum.« Elisabeth erschauerte.

»Jetzt ist sie todschick. Darf ich Sie was fragen?« Georgie nahm ihren ganzen Mut zusammen. »Was geschah zwischen Ihnen und Ma? Warum will sie nichts mehr von Ihnen wissen? Haben Sie mit ihr gestritten?«

Elisabeth schenkte sich gerade Tee ein. Einige Sekunden lang zitterte ihre Hand, und ein paar Tropfen fielen auf das weiße Tischtuch. »*Merde alors*! Wie ungeschickt ich bin! Wir waren Freundinnen. Und sehr jung. Dann entzweiten wir uns. Manchmal gehen Freundschaften in die Brüche. Das Ungestüm der Jugend …«

»Aber wieso spielt das nach all den Jahren noch immer eine Rolle?«

»Wie Sie sagen, Georgina, es ist so lange her.«

Georgie gewann den deutlichen Eindruck, Elisabeth würde dem Thema ausweichen. »In Ihrem Brief erwähnten Sie etwas Wichtiges, das Sie meiner Mutter geben wollen«, beharrte sie.

»Nur etwas von sentimentalem Wert«, erwiderte Elisabeth in beiläufigem Ton. »Glauben Sie mir, es kann warten.«

»Als Sie den Brief schrieben, schienen Sie es *wichtig* zu nehmen.«

»Nun, dann habe ich viel Lärm um nichts gemacht.« Plötzlich klang die Stimme der alten Dame stahlhart, wie eine Tür, die krachend ins Schloss fiel. »Möchten Sie noch etwas Tee?«

»Ja, bitte.« Georgie resignierte. Offenbar ließe sich Elisabeth keine Informationen entlocken. Verdammt, wie frustrierend!

»Erzählen Sie mir von sich, Georgina.« Der frostige Zug um Elisabeths Lippen verschwand, ihr Lächeln wirkte wieder warmherzig – und ein bisschen boshaft. Gleichzeitig hob sie ihre Hand, und der französische Kellner, der gerade jemand anderen bedienen wollte, blieb sofort stehen. »Eine Flasche Veuve Cliquot, bitte. Und zwei Gläser.«

»Gewiss, Madame.« Der abrupte Wechsel von Tee zu Champagner schien ihn nicht zu überraschen. Vielleicht war das in Frankreich üblich.

Wenige Minuten später kehrte er mit einem Eiskübel und zwei schlanken Kelchen zurück. Georgie lauschte dem beglückenden Korkenknall. Welch eine wundervolle Abwechslung, hier zu sitzen und exquisiten Champagner zu genießen, statt Charlie und Rory von der Schule abzuholen …

»Nun, Georgina?« Erwartungsvoll neigte sich Elisabeth vor.

»Bitte, nennen Sie mich Georgie. Ich – ich bin verheiratet und habe drei Kinder. Bella, die Älteste, ist sechzehn. Ganz zauberhaft, aber furchtbar eigensinnig und temperamentvoll, wie ihr Vater in seiner Jugend. Deshalb bekämpfen sie einander wie Hund und Katze. Und dann Rory, das typische verunsicherte mittlere Kind. Dauernd versucht er, familiäre Spannungen zu lockern.«

»Die gibt's sicher sehr oft, wenn man drei lebhafte Kinder im Haus hat.«

»Ja, ab und zu.«

Mit der Art, wie Elisabeth familiäre Probleme als völlig normal akzeptierte, gewann sie auf Anhieb Georgies Zuneigung. Isabel gab ihr stets das Gefühl, irgendwie wäre *sie* an den Reibereien schuld. Wäre sie eine bessere Ehefrau oder Mutter, würde es im Haushalt der Morrisons so ruhig und friedlich zugehen wie bei den »Waltons«.

Sie nippte an ihrem Champagner. »Und dann Charlie – er ist acht und sehr schlimm, aber unglaublich süß. Mein Ehemann heißt Nick und betreibt seine eigene Firma, B&B, das bedeutet Bag & Baggage. Früher hat er Handtaschen und Gürtel produziert. Jetzt sind wir alle sehr aufgeregt, weil er sein erstes Reisegepäck-Sortiment vermarkten will. Seit heute klappert er die großen Londoner Kaufhäuser ab und führt seine Warenproben vor. Und …«

»Georgie«, fiel Elisabeth ihr ins Wort und verteilte dicke Sahne auf einem weiteren Scone, wahrscheinlich ihrem dritten. »Ich habe mich nach *Ihnen* erkundigt.«

Für ein paar Sekunden sank Georgina in ihrem Sessel zusammen. »Okay, ich. Eine Ehefrau und Mutter. Früher habe ich für die Firma meines Mannes gearbeitet und das Marketing erledigt. Da war ich sogar sehr tüchtig. Aber dann wurde mir alles zu viel. B&B expandierte, dauernd hätte ich verreisen müssen, und die Kinder brauchten mich. Also gab ich's auf. In letzter Zeit denke ich immer öfter, ich würde gern wieder einspringen –

teilweise, um irgendwas mit Nick zu teilen, weil er so viel arbeitet. Nachdem ich Schluss gemacht hatte, übernahmen verschiedene Leute meinen Job. Niemand war geeignet. Zum Glück fand Nick eine Diplomkauffrau mit einem Abschluss in Marketing, eine überaus tüchtige Person. Heute hat sie ihn nach London begleitet.«

»Ah, ich verstehe.« Mit geübten Gesten füllte Elisabeth die Gläser nach. »Den meisten Akademikern begegne ich mit gesundem Misstrauen. Vor allem, wenn sie Betriebswirtschaft studiert haben. Nach meiner Erfahrung ist es am besten, wenn die Leute während ihrer Berufstätigkeit lernen, was zu tun ist.« Sie lehnte sich zurück und schaute Georgie eindringlich an. »Und diese Diplomkauffrau – ist sie attraktiv?«

Georgie nickte. Allmählich führte sich Elisabeth wie Bella auf. Was sollte das alles?

»Jünger als Sie?«

Unwillkürlich seufzte Georgie.

»Und natürlich ist sie frei und ungebunden. Jederzeit bereit, auf Reisen zu gehen. Keine privaten Interessen …«

»So würde ich es nicht nennen.« Unbewusst bekundete Georgie mit ihrem Tonfall, wo Alisons Interessen lagen.

»Aha! Warum erzählen Sie mir nicht die ganze Geschichte, Georgie? Ich bin berühmt für meine Diskretion und fälle niemals ein vorschnelles Urteil.«

Bestürzt spürte Georgie, wie brennende, zweifellos wenig anziehende Röte in ihre Wangen stieg. »Worauf wollen Sie hinaus?«

Elisabeth antwortete nicht. In ihren Sessel zurückgelehnt, nahm sie einen Schluck Champagner. Das Schweigen zog sich in die Länge, bis es unerträglich wurde.

Schließlich gab Georgie klein bei. »Also gut. Meine Tochter glaubt, Alison – so heißt die Diplomkauffrau – wäre hinter meinem Mann her.«

»Und was glauben *Sie*?«

»Dass sie übertreibt. Nick und ich hatten eine Krise. Aber jetzt ist alles wieder in Ordnung.«

»Auch im Bett? Machen Sie immer noch Liebe mit Ihrem Ehemann?«

Beinahe hätte Georgie nach Luft geschnappt. Sie kannte Elisabeth erst seit wenigen Minuten. Und jetzt stellte ihr die Frau so intime Fragen. Wie eine Sextherapeutin.

Und doch – Georgie fasste instinktiv Vertrauen zu ihr. »Um die Wahrheit zu gestehen – monatelang hatten wir uns nicht geliebt. Und was ich besonders schrecklich fand, ich fühlte mich erleichtert. Nick war immer so beschäftigt. Allmählich kam er mir wie ein Fremder vor. Aber eines Nachts hat sich alles geändert. Da war er wieder der alte Nick, in den ich mich verliebt hatte.« Unwillkürlich lächelte sie vor sich hin.

»Sehr gut. Zu viele Frauen behandeln den Sex wie ihre Hausarbeit, die Pflicht einer Ehefrau. Damit treiben sie die Männer in die Arme einer Geliebten ... Stattdessen sollten sie den Sex genießen. Und Ihr Mann, Georgie? Bemüht er sich, um begehrenswert auf Sie zu wirken?«

Kichernd erinnerte sich Georgie an die napoleonische Armschlinge und den Zweispitz. Fast hätte sie Elisabeth davon erzählt, aber sie hielt sich gerade noch rechtzeitig zurück. Vielleicht würde Nick der alten Dame bald begegnen.

»Offenbar bringt er Sie zum Lachen, und das ist genauso wichtig wie Sex. Diese Alison ... Wahrscheinlich steckt gar nichts dahinter. Aber bedenken Sie, Georgie, das angeblich stärkere Geschlecht benimmt sich immer nur so schlecht, wie es die Frauen zulassen.« Elisabeth hob ihr Glas. »Auf die Kunst, den Kerlen nichts Ungehöriges zu erlauben.«

Belustigt prostete Georgie ihr zu und fragte sich, wieso Elisabeth so genau wusste, wie man mit den Männern umging.

»Verzeihen Sie, Madame ...« Der junge französische Kellner trat mit einer Miene an den Tisch, als hätte jemand soeben vor seinen Augen seine Großmutter erschossen. »Tut mir Leid – der Manager müsste kurz mit Ihnen wegen der Zimmerreservierung reden. Würden Sie mich begleiten?«

»*Çà, alors* ...« Elisabeth erhob sich und folgte ihm majestätisch. Auch Georgie schloss sich an, falls die alte Dame Hilfe brauchte.

»Dieses Missverständnis bedauere ich zutiefst, Madam«, beteuerte der Empfangschef, ein attraktiver junger Südafrikaner. »Wir haben die Hadworth-Suite für Sie reserviert, wie Sie es gewünscht haben. Aber wie aus unseren Unterlagen hervorgeht, ist sie erst morgen frei. Heute sind wir leider völlig ausgebucht. Deshalb habe ich Ihnen ein anderes Zimmer besorgt, ganz in der Nähe. Selbstverständlich nur für diese Nacht.«

»Junger Mann, versuchen Sie mir zu erklären, ich würde fünfhundertzehn Pfund für drei Nächte ausgeben, und heute werfen Sie mich auf die Straße?«

Fasziniert beobachtete Georgie die Verwandlung einer reizenden alten Dame in eine eiskalte, arrogante Diva.

»Um Himmels willen, nein, wir bringen Sie in einem

anderen erstklassigen Hotel unter, zwei Minuten entfernt – nur für eine Nacht ...«

»Wenn das so ist«, unterbrach sie den verzweifelten Manager, »werde ich mich in einem Haus einquartieren, wo man die Gäste zu schätzen weiß.«

»Natürlich haben wir unser Bestes getan. Zur Entschädigung bekommen Sie einen Rabatt. Aber heute Nacht ist im Angel *wirklich* kein einziges Zimmer frei.«

»Rufen Sie mir sofort ein Taxi, ich ziehe woanders hin.«

Dabei hätte es ein erfahrener Hotelmanager sicher bewenden lassen, dachte Georgie. Aber der Südafrikaner beging den Fehler, auf einen besonderen Punkt hinzuweisen. »Wenn Sie eine Buchung innerhalb von achtundvierzig Stunden stornieren, müssen wir unglücklicherweise den Preis für die erste Nacht verlangen. Ich fürchte, das ist unsere Geschäftsphilosophie.«

»Bitte, Elisabeth«, versuchte Georgie sich einzumischen, »warum wollen Sie nicht ...«

Aber Elisabeth gefiel sich in der Attitüde einer Rachegöttin. »Hoffentlich scherzen Sie, Sir.« Sie zerriss ihr Buchungsformular in winzige Fetzen und stopfte sie seelenruhig in die Brusttasche des Südafrikaners. »Was wollten Sie sagen, Georgie?«, fügte sie hinzu und wandte sich gleichmütig ab.

Georgie bezähmte ihren Lachreiz. Offensichtlich war der junge Mann bei seiner Ausbildung zum Hotelmanager nicht auf eine *grande dame* vorbereitet worden. »Was ich vorschlagen wollte – warum wohnen Sie nicht bei uns?«

»Nein, meine liebe Georgie, das kann ich Ihnen unmöglich zumuten.«

»Nick ist verreist, und meine kleinen Söhne vermissen ihn ganz schrecklich. Für die beiden wäre Ihr Besuch eine großartige Überraschung, Elisabeth. Auch ich würde mich freuen. Über der Garage haben wir eine Wohnung, da können Sie schlafen. Eigentlich waren diese Räume für Nicks Mutter Lorna gedacht. Doch sie besann sich anders.«

Eine Zeit lang schien Elisabeth zu zögern, als würde sie die Vor- und Nachteile der Einladung gegeneinander abwägen.

»Sicher wäre meine Ma wütend auf mich, wenn ich Sie nicht bei uns aufnehmen würde.«

Da hob Elisabeth skeptisch die Brauen. »Was ich bezweifle ...« Sie ergriff Georgies Hand und schaute ihr in die Augen. Mit diesem Blick erweckte sie den Eindruck, sie würde das ganze Leben der jüngeren Frau durchleuchten. »Also gut – wenn Sie glauben, es wäre richtig ...«

Während Georgie der alten Dame auf den Beifahrersitz ihres Autos half und die Tür schloss, hüpfte der junge Kellner hektisch auf dem Gehsteig umher und schwenkte die unbezahlte Rechnung für den Tee durch die Luft.

Seltsam, überlegte Georgie, wie viel ich Elisabeth in den wenigen Minuten unserer Bekanntschaft erzählt habe – viel mehr, als ich wollte ...

Aus unerfindlichen Gründen störte sie das nicht, und sie empfand weder Verlegenheit noch Reue. Irgendwie ahnte sie, dass Elisabeth eine bedeutsame Rolle im Leben der Morrisons spielen würde.

Wie bedeutsam – das sah nicht einmal Georgie voraus.

3

»Was für ein zauberhaftes Haus!« Bewundernd stand Elisabeth vor dem eher hässlichen Heim der Morrisons, einem roten Ziegelbau, der nur an sonnigen Frühsommertagen wie diesem – und dank der wuchernden Kletterrosen am Verandageländer – entfernt an ein Cottage erinnerte.

Weil das Dach dringend repariert und der Riss, der seit Jahren im Küchenboden klaffte, geflickt werden musste, hatte Georgie die attraktiven Aspekte ihres Zuhauses längst vergessen.

Während sie dem Steinplattenweg folgten, aus dem da und dort Vergissmeinnicht lugten, flog die Tür auf. Beide Jungs stürmten heraus, einer drängte den anderen beiseite, jeder wollte die Mutter zuerst erreichen.

»Mum! Mum!«, kreischte Charlie. »Rory hat Erdnusskekse gebacken. In der Küche sieht's aus, als wäre jemandem schlecht geworden!«

Rorys neues Hobby bestand daraus, Fernsehköchen nachzueifern. Dazu gehörten ausführliche Erklärungen einzelner Maßnahmen vor einer imaginären Kamera.

»Mum!«, konterte er. »Charlie hat Manky am Schwanz gepackt und versucht, sie in der Küche herumzuschwenken.«

Beleidigt starrte Charlie seinen Bruder an. »Das war ein Experiment«, verteidigte er sich mit der selbstgerechten Empörung eines Peter Sellers in der Rolle Dr. Seltsams, als er Nuklearwaffen testet. »Dabei wollte ich herausfinden, wie viel Platz man braucht, um eine Katze im Kreis zu drehen.«

»O Gott, Jungs!«, stöhnte Georgie. Wie grauenhaft mussten sie einer Frau erscheinen, die an wohlerzogene französische Kinder gewöhnt war … Die saßen sicher immer artig am Tisch, respektierten die Erwachsenen und schwenkten nur selten, wenn überhaupt, Katzen durch die Luft, um wissenschaftliche Erkenntnisse zu gewinnen. »Wo bleiben nur eure Manieren? Merkt ihr denn nicht, dass wir einen Gast haben?«

Zwei Augenpaare – eines groß, grün und voller Liebreiz, das andere fleckig braun und zögerlich – schweiften in Elisabeths Richtung.

»Hallo, ich heiße Elisabeth. Früher ging ich mit eurer Großmutter in die Schule.«

»Das muss schon ewig lange her sein«, meinte Rory unverblümt.

»Warum reden Sie so komisch?«, fragte Charlie mit einem gewinnenden Lächeln.

»Du Ignorant!«, mahnte Rory. »Das ist ein französischer Akzent. Wie bei Mr Brichard in der Schule.«

»Also …« Eingehend musterte Elisabeth die beiden. »Du bist Charlie, nicht wahr?«, wandte sie sich an Rory und zwinkerte Georgie zu. »Und du …«, sie beugte sich zu Charlie hinab, » … musst Rory sein.«

Da brach Charlie in Gelächter aus, worauf sie zwei Plastiktüten hinter dem Rücken hervorholte und jedem Jungen eine überreichte.

Charlie bekam ein Einbrecher-Set aus Plastik, komplett mit Handschellen, Rory ein Spielzeugmotorrad.

»Wo um alles in der Welt haben Sie das her?«, rief Georgie verblüfft. »Sie wussten doch gar nicht, dass Sie bei uns wohnen würden.«

»Aus dem kleinen Laden neben der Zapfstelle, wo Sie

getankt haben. Viel Auswahl gab's da nicht, eigentlich nur Schrott.«

»Den Jungs gefällt's trotzdem.« Aus den Augenwinkeln beobachtete Georgie, wie Charlie die leidgeprüfte Katze mit den Handschellen an ein Stuhlbein fesselte. »Haben Sie Enkel?«

»Leider nicht«, erwiderte Elisabeth und wechselte entschlossen das Thema. »Sie haben noch ein Kind, nicht wahr? Eine Tochter?«

»Ja, Bella. Vermutlich macht sie es sich in ihrem Zimmer gemütlich und lässt die Musik so ohrenbetäubend laut laufen, dass sie nicht hört, wenn man irgendwas von ihr verlangt.«

»Zum Beispiel, sonderbare alte Damen zu begrüßen …«

»Wann gibt's was zu essen, Mum?«, unterbrach Charlie das Gespräch. Offenbar war Manky der Verhaftung entronnen.

»Ach, du lieber Himmel, das Dinner!« Wie sich Georgie erst jetzt erinnerte, konnte sie ihrem Gast nichts Respektables anbieten. Da Nick verreist war, hatte sie Bohnen mit Toast geplant. In der Hoffnung auf ein kulinarisches Wunder durchsuchte sie den Kühlschrank, fand aber nur einige leicht angegraute Lammkoteletts. »Viel ist nicht mehr da. Also müssen wir ins Pub gehen.«

»Unsinn!« Elisabeth zog ihre Jacke aus und hängte sie über einen Küchenstuhl. »Warum soll *ich* denn nicht kochen?«

»Nein, unmöglich, Elisabeth … Sie sind unser Gast. Deshalb müssen *wir* für Ihr leibliches Wohl sorgen.«

»Oh, ich bin sehr leicht zufrieden zu stellen«, erklärte

Elisabeth mit ihrem französischen Achselzucken. »Und es ist meine Spezialität, aus praktisch nichts was auf den Tisch zu bringen. Rory ist mein *sous-chef. Alors, Rorr-ry* …«

Der Junge lachte sich fast schief über das rollende R.

»Zeigst du mir, wo die Zwiebeln sind?«

Eifrig wühlte er im Gemüsekorb. »Ich glaube, wir haben keine.«

Zum ersten Mal geriet sie aus dem Konzept. »Keine Zwiebeln! Präsident de Gaulle bemerkte einmal, eine Zivilisation ohne Zwiebeln sei unvorstellbar.«

»Sicher wird uns der Nachbar welche geben«, sagte Georgie. »Die baut er in seinem Gemüsegarten an. Lauf doch zu Mr Williams rüber, Charlie, und bitte ihn um ein paar Zwiebeln.«

Charlie verschwand grinsend durch die Hintertür. Inzwischen hatte er sich selber mit den Handschellen gefesselt.

»Und lass Zac in Ruhe!«, rief Georgie ihm nach.

Zac war die riesengroße schwarzweiße Katze des Nachbarn, so überdimensional und verschlafen, dass Charlie behauptete, sie sei gar kein lebendiges Tier. Einmal hatte er mit einem Zweig in ihrem Fell herumgestochert, bis ihm ihre Krallen – kein bisschen träge – über die Nase gefahren waren.

Zehn Minuten später kehrte er mit einem Karton zurück, der nicht nur Zwiebeln enthielt, sondern auch junge Möhren mit frischem Grün, Zucchini, Tomaten und zwei Lauchstangen.

»Ausgezeichnet!«, lobte Elisabeth. Mittlerweile hatte sie eine Latzschürze gefunden und um ihre umfangreiche Taille gebunden.

»Wenigstens kann ich Ihnen ein Glas Wein anbieten.« Georgie nahm eine Flasche Corbières Reserve aus dem Kühlschrank.

»Oh, perfekt! Ein Schluck Wein erleichtert so vieles im Leben.«

»Darauf trinke ich.«

»Du würdest auf *alles* trinken, Mum«, betonte Charlie illoyal.

»Und *du* …« Rachsüchtig drehte sich Georgie zu ihm um. »Dein Bad ist überfällig. Rauf mit dir! Sofort!«

»Darf ich Pet mitnehmen?«

Vor Georgies geistigem Auge erschien die Vision eines klatschnassen, derangierten Shih Tzu, der »zufällig« ins Wasser gefallen war. »Nein, Pet bleibt hier. Und mach dich von oben bis unten richtig sauber. Auch unter den Fingernägeln.« Sie wandte sich zu Elisabeth, die bereits den Eindruck erweckte, sie wäre hier seit Jahren zu Hause. »Jetzt laufe ich rasch in die Granny-Wohnung hinauf und beziehe das Bett.«

»*Merci, bien*, Georgie. Wäre es Ihnen recht, wenn wir in einer Stunde essen? Dann können Sie ein Bad nehmen und dabei Ihren Wein trinken, wenn Sie möchten.«

»Also wirklich, Elisabeth«, protestierte Georgie verlegen, »*Sie* sind der Gast, und es geht einfach nicht …«

»Natürlich geht es«, fiel Charlie ihr ins Wort und nahm ihren Arm, als wäre *sie* acht Jahre alt. »Ich weiß doch, wie gern du in der Wanne sitzt und ein Glas Wein trinkst. Das hast du mal zu Dad gesagt, als er dir eins gebracht hat. Nun mach schon! Genau das willst du. Ich bade nach dem Essen.«

»Wie unwiderstehlich einen dieses Kind in Versuchung führt …«, murmelte Georgie.

Wundervoll erfrischt, stieg sie eine Stunde später die Treppe hinab und wurde vom hinreißenden Aroma mehrerer Tomaten- und Olivenöl-Bruschettas begrüßt. Danach gab es gegrillte Lammkoteletts und Risotto mit gebratenem Gemüse.

»Ich mag kein Gemüse«, verkündete Charlie nach einem kurzen Blick auf die Mahlzeit.

»Zu schade«, entgegnete Elisabeth freundschaftlich. »Gutes Essen ist ein Geschenk. Wenn du es ablehnst, weist du mein Geschenk zurück.«

Unbehaglich senkte Charlie den Kopf.

»Mein anderes Geschenk hast du sehr gern angenommen, nicht wahr?«, fügte sie hinzu. »Vielleicht möchtest du's mir zurückgeben?«

Zu Georgies Überraschung setzte sich Charlie und knabberte an einer winzigen Bruschetta-Ecke. Dabei verzog er das Gesicht, als hätte er einen Cocktail aus Schneckengift und Unkrautvertilgungsmittel im Mund. Endlich gab er zu: »Schmeckt gar nicht so übel. Ein bisschen wie Tomatenketchup.«

Danach schaufelte er ein Lammkotelett und eine große Portion Risotto in sich hinein. Und weil es zum Dessert keinen Pudding, sondern eine französische Apfeltarte gab, wusste er sich vor lauter Begeisterung kaum zu fassen. »Mum zwingt uns immer zum Pudding gesundes Obst zu essen«, beschwerte er sich mit ausdrucksvoller Leidensmiene und glich einem Opfer wiederholter Kindesmisshandlung.

Elisabeth öffnete den Backofen, und eine Dampfwolke voller Apfelduft wehte in die Küche.

»Hiermit serviere ich meine spezielle Tarte Tatin. Ich habe Rory mein Geheimrezept verraten. In Zukunft kann er sie für euch backen. *Alors*, dazu brauchen wir Sahne.«

In Gedanken durchforstete Georgie den Kühlschrank. Doch sie wusste, dass sie keine Sahne darin finden würde. Bei der Rückfahrt von Hadworth hatte sie im Supermarkt einkaufen wollen. Sogar den widerwärtigen fettarmen Joghurt hatte Bella gegessen. Bella! In der ganzen Aufregung um Elisabeths Ankunft hatte sie ihre Tochter völlig vergessen. Offensichtlich war das Mädchen gar nicht oben. »Wo zum Teufel steckt Bella?«

»Verlier bloß nicht die Nerven, Mum«, mahnte Rory, der als Hilfskoch ganz in seinem Element war. »Vorhin hat sie angerufen. Sie isst bei Hannah.« Dann rief er im Triumphgefühl eines Magiers, der einen Hasen aus einem Hut zaubert: »Jetzt hab ich's! Ich mach Vanillesauce!« Blitzschnell sprang er auf, holte eine Dose aus der Speisekammer und mischte den Inhalt mit kochendem Wasser.

Angesichts der zähflüssigen hellgelben Sauce schaute Elisabeth leicht erschrocken drein. Aber sie goss das Gebräu höflich auf die Apfeltorte. »*Mais c'est délicieux*!«

»Sie meint, das ist total lecker«, übersetzte Charlie hilfreich.

»In der Tat, *Rorr-ry*, du bist ein Genie!« Elisabeth strahlte den Jungen entzückt an, als hätte er soeben die DNA-Analyse erfunden.

Glückselig lächelte Rory zurück. So fröhlich hatte Georgie ihn seit Wochen nicht mehr gesehen.

»Darf ich noch ein Stück essen, Mum?«, flehte Charlie. »Noch nie im Leben habe ich eine so gute Apfeltorte gegessen.«

»Was?«, erklang eine Stimme hinter ihnen in gespielt

beleidigtem Ton. Auf die Vanillesauce konzentriert, hatte niemand Lornas Ankunft bemerkt. »Sogar noch besser als meine?«

Georgie drehte sich zu ihrer Schwiegermutter um, die in der Küchentür stand. Da Lorna einen eigenen Schlüssel besaß, schaute sie oft vorbei.

»Hi, Lorna!« Charlie sprang auf und küsste seine Großmutter. »Deine Apfeltorte kommt von Marks and Sparks, das zählt nicht.«

»Wenn du mich das nächste Mal darum anbettelst, werde ich dich dran erinnern«, drohte Lorna.

»Setz dich doch zu uns!« Georgie rückte ihr einen Stuhl zurecht. »Wie nett, dass du uns besuchst! Darf ich dich mit Elisabeth bekannt machen, einer alten Schulfreundin meiner Mutter? Das ist Lorna, meine Schwiegermutter und erprobte Lebensretterin.«

Höflich nickten die beiden älteren Frauen einander zu. Obwohl sie ungefähr im gleichen Alter waren, stellte Georgie einen gewaltigen Unterschied in ihrem Styling fest. Kurz vor ihrem siebenundsechzigsten Geburtstag sah Lorna fünfzehn Jahre jünger aus.

Von wem Nick seine attraktive äußere Erscheinung geerbt hatte, war offensichtlich. Lornas gut geschnittenes Haar schimmerte immer noch dunkelbraun, und in ihren grünen Augen funkelte helle Lebenslust. Ein oder zwei Mal hatte Georgie überlegt, ob ihre Schwiegermutter das jugendliche Flair einem Chirurgenmesser verdankte. Doch Lorna erwähnte nichts dergleichen, und solche Fragen würden sie zweifellos kränken.

Außerdem war Georgie ihr viel zu sehr verpflichtet. Im Gegensatz zu ihrer eigenen Mutter, die sich dauernd um diverse Komitees kümmerte, sprang Lorna immer wieder bereitwillig in die Bresche und betreute die Kinder.

Und Elisabeth sah genauso aus, wie man sich eine kleine, betagte französische Dame vorstellte. Inmitten einer Schar von Witwen und alten Jungfern würde sie nicht hervorstechen. Während Lorna gern auffiel und sich freute, wenn die Leute ihr sagten, sie würde fabelhaft aussehen, schien Elisabeth nicht den geringsten Wert auf Komplimente zu legen.

»Tut mir Leid, dass ich einfach so hereinplatze, wenn du Besuch hast, meine liebe Georgie«, entschuldigte sich Lorna. »Ich wollte nur wissen, wie's im Selfridge's gelaufen ist. Hat Nick schon angerufen?«

»Nein.« Zu ihrer eigenen Verblüffung war Georgie wütend auf Nick, statt sich schuldig zu fühlen, weil *sie* ihn nicht angerufen hatte. Natürlich hätte er sich schon längst melden müssen. »Wollen wir's in seinem Hotel versuchen?«

Sie wählte die Nummer, aber in Nicks Zimmer nahm niemand den Hörer ab.

»Wahrscheinlich ist er ausgegangen, um einen Auftrag zu feiern oder seinen Kummer zu ertränken«, meinte Lorna taktvoll.

Ja, dachte Georgie, und ehe sie's verhindern konnte, bohrte sich ein anderer Gedanke ätzend in ihr Gehirn. *Mit wem ist er ausgegangen?*

Hastig wechselte sie das Thema. Diesen albernen Verdacht musste sie sofort aus ihrem Gehirn verbannen. »Lorna liebt Frankreich, es ist ihr Lieblingsland.«

»Sicher wegen des Weins, der dort in Strömen fließt«, ergänzte Charlie.

Lorna lachte. »Kleiner Schlingel! Verrat Elisabeth

bloß nicht meine Geheimnisse. Wo in Frankreich leben Sie, Elisabeth?«

»Natürlich in Paris«, lautete die gleichmütige Antwort, als wäre die Frage überflüssig.

»Wie großartig!«, seufzte Lorna. »Während mein Mann Malerei studierte, fuhren wir sehr oft dorthin. Wohnen Sie im Zentrum?«

»An der Seine, in der Nähe von Notre Dame.«

»Diese Gegend finde ich am allerschönsten! Sind da immer noch all die Buchhandlungen und der wundervolle Laden Shakespeare & Co?«

»Nach wie vor.«

»Und Ihre Familie?«

»Außer mir gibt es niemanden. Ich habe nie geheiratet, weil mir die Männer immer viel zu anspruchsvoll vorkamen.«

»Ja, ich weiß, was Sie meinen. Haben Sie einen Beruf ergriffen?«

»Gewiss. Arbeit gehört zum Leben. Finden Sie nicht auch?«

Zustimmend nickte Lorna, die – soweit Georgie sich entsann – niemals einen Job angenommen hatte. »Und in welcher Branche sind Sie tätig, Elisabeth?«

Nun entstand eine kurze Pause, bevor sich Elisabeth erhob, als hätte sie soeben festgestellt, wie schrecklich schmutzig Charlie war.

»*Viens, les gars.* Höchste Zeit für euer Bad, Jungs. Lassen wir eure *Maman* in Ruhe mit ihrer Schwiegermutter plaudern.«

Lorna wollte einwenden, das Bad wäre verfrüht und die Chance, Charlie würde gehorchen, verschwindend gering. Stattdessen beobachtete sie erstaunt, wie er pflichtbewusst gähnte und zusammen mit seinem ebenfalls widerspruchslosen Bruder der voluminösen Kehrseite des Hausgastes folgte.

An der Tür drehte sich Elisabeth um. »Übrigens, was die Tarte Tatin betrifft … Keine Französin, die auf sich hält, würde sie selber backen. Viel zu mühsam – wir kaufen sie lieber in der Pâtisserie.«

Lachend winkte Lorna ihr zu. »Ich mag sie«, erklärte sie, nachdem die drei verschwunden waren. »Was glaubst du, wie lange sie hier bleiben wird?«

»Keine Ahnung. So lange sie will. Sie hat uns schon gezeigt, wo's langgeht.«

»Für dich wird es angenehm sein, wenn du ein bisschen Hilfe hast. Mein Sohn ist im Augenblick ja wohl keine große Hilfe. Hast du nie von Elisabeth gehört?«

»Besonders mitteilsam war meine Mutter noch nie. Über ihre Vergangenheit zu schwatzen – das passt nicht zu ihr. Sicher wäre sie eine formidable Spionin. Aber ich habe Elisabeths Andeutungen entnommen, dass sich die beiden vor einer halben Ewigkeit aus den Augen verloren haben. Vielleicht will sie jetzt irgendwas wieder gutmachen.«

Einige Sekunden lang überlegte Georgie, ob sie ihrer Schwiegermutter den Brief zeigen sollte – mit jener mysteriösen Anspielung, dass Isabel ihre einstige Schulkameradin womöglich nicht sehen wollte. Doch sie entschied sich dagegen. Auch ohne Lorna hineinzuziehen, würde es ihr schwer genug fallen, ihrer Mutter zu erklären, warum sie den Brief geöffnet und Elisabeth im Hotel getroffen hatte.

»Nacht, Mum!« Rorys kleines geschrubbtes Gesicht grinste zur Tür herein.

»Wie sauber du aussiehst! Und glücklich.«

»Elisabeth sagt, sie zeigt mir, was man machen muss, wenn man ein berühmter Chefkoch werden will. Wie Gordon Ramsay, der drei Sterne hat. Nur netter«, fügte er hinzu und rannte davon.

»Wow!« Lorna blinzelte. »Nun hat sie Rory doch tatsächlich aus seinem Schneckenhaus herausgelockt.«

»Fantastisch, nicht wahr? Gerade jetzt, wo ich mir Sorgen um ihn gemacht habe.«

»Warum?«

Reumütig erkannte Georgie, dass sie zu viel gesagt hatte. »Ach, die Schule, weißt du ...«

»Da ist doch alles in Ordnung?«

»Ja, sicher«, stimmte Georgie hastig zu. »Möchtest du noch ein Glas Wein?«

Das Gespräch wurde von Bella unterbrochen, die in die Küche stürmte, die Arme voller Tragetüten. »Hallo, Mum. Hi, Lorna. Was riecht denn hier so köstlich?« Sie legte ihre Einkäufe auf den Tisch. »Wo sind die dämonischen Bälger?«

»Im Bett«, antwortete Lorna fast ehrfürchtig. »Und jetzt hören sie Gutenachtgeschichten.«

Ungläubig runzelte Bella die Stirn. »Seit Jahren hören sie keine Gutenachtgeschichten mehr.«

»Anscheinend schon, wenn ihnen Elisabeth etwas erzählt.«

»Wer zum Teufel ist Elisabeth?«

»Eine alte Schulfreundin von Gran«, erklärte Georgie. »Sie hatte Probleme mit ihrem Hotel. Deshalb habe ich sie eingeladen, bei uns zu wohnen. Falls du noch hungrig bist – sie hat ein köstliches Dinner gekocht.«

»Nein, danke, ich habe mir einen Big Mac reingezogen. Fett *und* salzig. Mmmm! Übrigens …« Bella drückte einen Kuss auf Georgies Haar. »Vorhin hat mir Dad eine SMS geschickt. Im Harrods waren sie ganz scharf auf das Reisegepäck. Jetzt ist er ausgegangen und trinkt Champagner.«

»Oh, großartig!«, rief Georgie etwas zu fröhlich. »Das feiern wir morgen mit einem ganz tollen Dinner.«

Während sie sich von Lorna verabschiedete und in aller Eile die Küche aufräumte, wurde sie von gemischten Gefühlen erfasst. Einerseits freute sie sich, weil Nicks Beziehung zu Bella so großartig war, dass er ihr seinen Erfolg gesimst hatte. Und andererseits ärgerte sie sich über sein Versäumnis, auch *sie* zu verständigen.

Aber morgen würde er nach Hause kommen. Dann wollte sie ihm klar machen, dass sie gern wieder in der Firma mitarbeiten würde. Vielleicht war es an der Zeit, nicht nur im Bett Ansprüche zu stellen.

Bella packte diverse Mikro-Mini-Hüftröcke und T-Shirts mit unpassenden Slogans aus, die sie bei dem Einkaufsbummel mit ihrer Freundin erworben hatte.

»Jetzt will ich mal sehen, ob Elisabeth irgendwas braucht, dann gehe ich ins Bett.« Georgie küsste Bellas dunklen Scheitel. In letzter Zeit sah das Mädchen immer hübscher aus, doch das durfte man nicht erwähnen.

»Mum, ich vermisse Dad«, gestand Bella.

»Ich auch.«

Als Georgie ins Zimmer der Jungs schaute, hörte Rory eine CD und las gleichzeitig ein Buch, eine Fähigkeit, die seine Mutter immer wieder verblüffte. Charlie, der wie ein Engel aussah, schlief tief und fest. Neben ihm lag Elisabeth und schnarchte leise.

Georgie schüttelte sie sanft, und die alte Dame fuhr verwirrt hoch. »Jetzt gehe ich ins Bett. Soll ich Sie in die Wohnung über der Garage führen?«

Steifbeinig stand Elisabeth auf. »Ja, das wäre sehr nett.«

Auf Lornas Wunsch war die Granny-Wohnung der Morrisons in hellen, neutralen Farben gestrichen worden. »Meine Persönlichkeit möchte ich mit meinem Hab und Gut demonstrieren, nicht mit dem Dekor«, hatte sie pompös verkündet, bevor sie nicht hierher, sondern in ein kleines Haus gezogen war, in dem sie in einer Chintz-Orgie schwelgte.

Die Wohnung hatte ziemlich unbewohnt ausgesehen, als Georgie mit dem Gepäck ihres Gastes hinaufgegangen war. Deshalb hatte sie rasch ein paar Rosen gepflückt und in eine Vase gestellt.

»Nicht ganz der Standard des Angel Hotels«, meinte sie nun.

»Ganz egal, wohin man fährt – die Hotels sind überall gleich.« Elisabeth beugte sich hinab und roch an den Rosen. »Himmlisch! Immer, wenn ich irgendwo etwas länger bleibe, laufe ich sofort los und kaufe Blumen. Vielen Dank, Georgie, es war so freundlich von Ihnen, mich hier aufzunehmen, bei Ihrer wundervollen Familie.«

»Den Jungs macht Ihr Besuch großen Spaß«, erklärte Georgie wahrheitsgemäß.

Elisabeth küsste ihre Wange, und ihr Mund fühlte sich weich und zart an. Wie eine duftende Puderquaste. Die Umarmung – ganz anders, als Isabels knochige Gestalt zu spüren … Georgies Mutter hielt nun mal nichts von Liebkosungen.

Nachdem die Gastgeberin das Schlafzimmer verlassen hatte, hob Elisabeth ihren Koffer auf das schmale Bett. In ihrem Leben gab es keine Familie, und um ehrlich zu sein, darunter hatte sie nie gelitten.

Aber irgendetwas an dieser Familie war besonders – die Großzügigkeit, das liebenswerte Wesen der Kinder hinter der Fassade ihrer dreisten Ausdrucksweise, dazu eine vage und trotzdem deutlich spürbare Verletzlichkeit, die Elisabeth rührte und den Wunsch erweckte, die beiden zu umsorgen, seelische Wunden zu heilen. Durfte sie das wagen, trotz ihrer Schwierigkeiten mit Isabel?

Wäre es der einstigen Freundin gegenüber unfair, hier zu bleiben und die Vergangenheit heraufzubeschwören, die Isabel so entschlossen begraben hatte?

Plötzlich wurde sie von beklemmender Erschöpfung erfasst. Die letzten Monate waren geistig und körperlich sehr anstrengend gewesen. Hastig holte sie das Porzellandöschen mit den Pillen hervor, das sie stets bei sich trug, und schluckte zwei.

Am nächsten Tag würde sie entscheiden, wie sie vorgehen wollte. Dafür war sie jetzt zu müde.

Sie klappte den Kofferdeckel hoch und nahm ihr seidenes Nachthemd heraus.

Einige Sekunden lang geriet sie in Panik. Wo mochte ihre lederne Computertasche sein? Sie fuhr herum und entdeckte sie in einer Ecke. *Gott sei Dank* … Elisabeth legte sie aufs Bett, öffnete den Reißverschluss und griff in die verschiedenen Fächer, bis sie fand, was sie suchte – ein kleines schwarzes Buch in einem seidenen Einband, das von einem Gummiband zusammengehalten wurde.

Elisabeth entfernte die Hülle und blätterte in dem Buch. Dann packte sie es wieder ein und verstaute es in einem Fach ihrer Computertasche. Die schob sie, um ihre Privatsphäre zu schützen, unter das Bett, ganz nach hinten bis zur Wand, sodass man sie nicht sehen konnte.

Ermattet stieg sie ins Bett. Auf dem Nachtisch standen ein Krug und ein Glas, und sie trank etwas Wasser. Bevor sie in friedlichen Schlaf sank, atmete sie noch einmal den Rosenduft ein.

Ihr letzter bewusster Gedanke galt Isabel, die auf einem Gipfel in Nepal stand. Die Augen mit einer Hand gegen die grelle Morgensonne abgeschirmt, die ringsum von schneebedeckten Bergen reflektiert wurde, starrte sie in mörderischem Zorn auf Elisabeth herab.

4

»Hi, alle zusammen!«, ertönte Nicks muntere Stimme, als er am nächsten Morgen die Haustür öffnete. »Endlich bin ich wieder bei meiner geliebten Familie, die mich schon so ungeduldig herbeisehnt!«

»Hi, Dad!«, rief Bella erstaunlicherweise, denn im Normalfall war sie die Letzte, die jemanden an der Tür begrüßte. Sie rannte zu ihrem Vater und fiel ihm um den Hals. »Danke für deine SMS. Wie viele Billionen Kosmetikkoffer hast du verkauft?«

»Trillionen. Abertrillionen. Jedenfalls genug, um erst mal im Geschäft zu bleiben.«

»Genug, damit wir endlich mal in South Beach überwintern können?«

»Eh – nein, vielleicht nächstes Jahr. Ich habe gehört, Bournemouth soll sehr schick sein.«

»Da-ad!«

»Und wie ist's euch allen in meiner Abwesenheit gegangen? Habt ihr eure arme Mutter mit euren unaufhörlichen Forderungen in den Wahnsinn getrieben?« Nick schlenderte in die Küche, die ungewohnt ordentlich wirkte und einen köstlichen Duft verströmte. Weil sich Georgie nirgends blicken ließ, fragte er seine Tochter: »Übrigens, wo ist denn Mum?«

»Elisabeth hat ihr das Frühstück ans Bett gebracht und Pfannkuchen gebacken. Jetzt läuft Charlie rum, fragt alle, ob sie sich heute schon mit *crêpes*-Papier den Hintern abgewischt haben, und dann kugelt er sich vor Lachen. Wann überwinden die Jungs eigentlich ihre Begeisterung für dreckige Witze?«

»Wenn sie nach mir kommen – nie.« Nick nahm ein Päckchen aus seiner Tasche, drückte es in Bellas Hand und grinste jungenhaft. »Wolltest du nicht was von Calvin Klein haben? Der Mann in diesem Laden fragte, ob ich ein Eau de Toilette brauche, damit ich's in der Toilette versprühen kann. Ha! Ha! Ha!«

»Da-ad!«, jammerte Bella zum zweiten Mal. Von den grausigen Scherzen ihres Vaters genervt, verdrehte sie die Augen und schüttelte den Kopf.

»Und wer ist dieses Juwel namens Elisabeth? Habt ihr ein Au-pair-Mädchen eingestellt, während ich weg war?«

»Nein, das ist eine alte Freundin von Gran. Da gab's Ärger mit ihrem Hotel, und Mum hat ihr die Granny-Wohnung angeboten.«

In diesem Moment stieg Elisabeth mit Georgies Frühstückstablett in den Händen die Treppe herab. Um Nick nicht in Verlegenheit zu bringen, falls er irgendwas Unhöfliches über ihre unerwartete Ankunft sagte, blieb sie diskret in der Küchentür stehen.

Aber sie ahnte sofort, wie warmherzig er sie willkommen heißen würde. Nun wusste sie, warum sich Georgie in ihn verliebt hatte. Er war sehr charmant und attraktiv. Mit seinem dunklen Haar und den grünen Augen glich er den Gitane-Reklamen ihrer Jugend. Er strahlte die Aura eines noch nicht vollends gezähmten Mannes aus.

Offensichtlich war er ein guter Vater. Das hatte sie bereits an der Art und Weise gemerkt, wie Bella und die anderen Kinder über ihn redeten. Aber in Nick Morrisons Brust lebte immer noch die Abenteuerlust eines Freibeuters.

Elisabeth glaubte, die Männer zu kennen. Darauf war sie stolz. Nick mochte es aufrichtig meinen, wenn er behauptete, er würde das Verhalten seines Vaters, der seine Mutter verlassen hatte, hassen. Doch er wirkte irgendwie rastlos, und das konnte gefährlich werden. Andererseits machte es einen Großteil seiner Anziehungskraft aus.

Jetzt wandte er sich zu ihr und sah, dass sie ihn beobachtete. »Elisabeth, wie ich vermute …«

Er sprach ihren Namen französisch aus und grinste sie an. Plötzlich erinnerte er sie an seinen Sohn Charlie, trotz der unterschiedlichen Haar- und Augenfarbe, und ihr robustes altes Herz flatterte ein bisschen. Zweifellos muss er zurechtgebogen werden, überlegte sie, eine Mühe, die sich gewiss lohnt. Wenn Nick Morrison achtzig ist, wird das Leben an seiner Seite immer noch Spaß machen.

»Hallo, Nick, ich muss mich entschuldigen, weil ich hier einfach hereingeschneit bin.«

Georgie tauchte hinter ihr auf. Nach einem erholsamen Nachtschlaf, einem Frühstück im Bett und einem ausgedehnten Bad sah sie hübsch und entspannt aus. Sie ging zu ihrem Mann und küsste ihn. »Wie ist's gelaufen, Nick?«

»Sehr gut. Sogar großartig.«

Elisabeth stellte das Tablett ab, und er schüttelte ihr die Hand.

»Willkommen! Zum Teufel mit sämtlichen Formalitäten«, fügte er hinzu und küsste sie auf beide Wangen.

Wie wunderbar er riecht, dachte sie. Eine Kombination aus dem Duft frischen Leinens und eines subtilen Colognes. Keins dieser schrecklichen Aftershaves, die einen schon aus einer Entfernung von zehn Schritten umwarfen. Darin ertränkten sich so viele Briten. Aber dieses Aroma wirkte kühl, sauber und maskulin.

»Freut mich, Sie bei uns zu begrüßen, Elisabeth«, beteuerte er. »Bella sagt, Sie seien eine Schulfreundin von Isabel. Wie schade, dass sie verreist ist und Ihren Besuch verpasst! Wahrscheinlich organisiert sie gerade ein Bridge-Turnier auf einem nepalesischen Gipfel. Wie ich meine Schwiegermutter kenne, wird sie einen Unterausschuss gründen, der das Catering überwacht.«

»Damals im Kloster war sie genau der Typ, der zur Schulsprecherin geboren ist.«

»Das kann ich mir vorstellen. Und Sie nicht?«

»Oh, ich war eins von den unartigen Mädchen im Hintergrund. Dauernd waren die Nonnen und ich verschiedener Meinung.«

»Obwohl Sie Französin sind, wurden Sie in einem englischen Kloster ausgebildet?«

»In jener Zeit war das fashionabel. Meine Eltern wollten mich in ein Internat schicken und dachten, mit einer englischen Klosterschule könnten sie vor ihren Nachbarn angeben.«

»He, Elisabeth!« Plötzlich stürmte Rory in die Küche und stieß mit seinem Vater zusammen. »Oh … Hi, Dad! Dass du wieder da bist, wusste ich gar nicht. Ich wollte Elisabeth fragen, ob sie mit der Playstation spielen will. Im ›Italian Job‹ kann sie die Minis unglaublich rumkurven.«

Nick brüllte vor Lachen. »Haben Sie Ihren Beruf verfehlt, Elisabeth? Da fällt mir ein …« Er nahm eine kleine Tragetüte aus seiner Reisetasche. »Da, Rory – ›Vice City‹. Unglaubliche virtuelle Technik, hat der Mann im Laden behauptet.«

»Wow! Danke, Dad! Komm, Elisabeth, probieren wir's aus!«

»Moment mal, Rory!«, mahnte Nick. »Hast du deine Manieren vergessen? Gerade wollte ich Elisabeth fragen, wie lange sie hier bleiben möchte. Sicher nicht allzu lange, wenn du Sie mit diesen elektronischen Spielen nervst.«

»Die finde ich fabelhaft«, gestand Elisabeth. »Und die Erkenntnis, dass mein Gehirn immer noch funktioniert, tut mir richtig gut.«

Nick legte einen Arm um Georgies Taille und drückte sie an sich. »Wenn Sie meinen Sohn so glücklich machen und meine Frau von allem Stress befreien, müssen sie eine Zauberin sein, Elisabeth. Jetzt sollte ich wieder an die Arbeit gehen. Alison und ich haben alle Hände voll zu tun. Die Aufträge an Land zu ziehen, das war gut und schön. Aber jetzt fängt die Schufterei erst richtig an.«

Elisabeths scharfen Augen entging fast nichts, und sie sah, wie Georgie sich ein wenig versteifte, als Alisons Name erwähnt wurde. Da beschloss sie einzugreifen. In ihren Jobs hatte sie gelernt, Frauen zu beurteilen, sie würde sofort merken, ob Alison eine echte Bedrohung oder nur eine aufdringliche Kollegin war. »Übrigens, Nick, ich habe eine kleine Schwäche für Handtaschen«, log sie. »Wann immer ich Lederwaren sehe, eifere ich Madame Marcos nach. Dürfte ich mich mal in Ihrer Firma umschauen? Es würde mich wahnsinnig interessieren, wie all diese schönen Sachen hergestellt werden. Natürlich nur, wenn es Ihnen keine Unannehmlichkeiten bereitet – und wenn es Ihre kostbare Zeit erlaubt.«

In Wirklichkeit waren ihr die Qualität und die Produktion der Bag & Baggages-Lederwaren völlig egal, sie wollte nur die Marketing-Direktorin unter die Lupe nehmen.

»Da komme ich auch mit«, kündigte Georgie an. »Ich will endlich mal sehen, was da so läuft.«

Sichtlich erstaunt runzelte Nick die Stirn. Dann schien er seinen Gedankengang zu korrigieren. »Fabelhaft! Am besten unternehmen wir die Besichtigungstour morgen Abend, da erwarten wir ein paar nette Italiener, die unsere Sachen vielleicht für ihre Boutiquen bestellen werden. Um sechs gibt es Drinks. Dabei können Sie uns mit Georgie Gesellschaft leisten, Elisabeth, danach führe ich Sie beide zum Dinner aus. Bella wird nur zu gern den Babysitter mimen, wenn ihre betagten Eltern mal weggehen. Nicht wahr, Bella?«

Bella schnitt eine Grimasse und verschwand, um irgendwelche Schularbeiten auszudrucken.

Nun tauchte Charlie auf und versuchte, sich wie ein

wild entschlossener kleiner Klammeraffe an den Hals seines Vaters zu hängen.

»Aber, aber, Charlie!«, mahnte Elisabeth in strengem Ton. »Wollen wir beide diesen lächerlichen Hund hinausführen? Unterwegs könnten wir beim Metzger was fürs Dinner einkaufen. Essen Sie gern Steaks, Nick?«

Wie die meisten Männer würde er am liebsten jeden Tag Rindfleisch verspeisen. Er grinste so strahlend, als hätte er sie am liebsten hochgehoben und in der Luft umhergewirbelt. »Vergessen Sie die alberne Idee, nur vorübergehend hier zu wohnen, Elisabeth. Ziehen Sie für immer ein.«

»Mum!«, schrie Bella und stürmte in die Küche zurück, wie üblich zu spät für ihren Unterricht. »Jetzt ist der Computer schon wieder abgestürzt! Nur weil die Jungs dauernd diese blöden Spiele reinklicken! Ich muss *sofort* meine Physikarbeit ausdrucken! Das gehört zu meinem Leistungskurs!«

»Schalt die Kiste aus und wieder ein«, empfahl ihr Georgie, die längst an Bellas Computerkrisen gewöhnt war. Obwohl diese Methode dem Rechner nicht gerade gut tat, funktionierte sie tatsächlich mindestens neun von zehn Mal. Aber diesmal offenbar nicht.

»Habe ich schon ausprobiert. Trotzdem klappt's nicht. Was soll ich nur *tun*?«, klagte Bella im Ton einer Bühnentragödin. »Von dieser Arbeit hängen fünfzehn Prozent ab. Spätestens heute Vormittag muss ich sie abliefern.«

»Vielleicht versuchst du das nächste Mal, das etwas früher auf die Reihe zu kriegen?« Diesen Vorschlag konnte sich Georgie nicht verkneifen.

»Oh, herzlichen Dank, Mum, das ist wirklich eine echte Hilfe. Hast du deinen Laptop dabei, Dad?«

»Leider im Büro.«

Elisabeth überlegte kurz. »Oben in meiner Wohnung habe ich einen Laptop, Bella. Wenn du meinst, der würde dir was nützen …«

»Elisabeth!«, jubelte Bella, als wäre sie soeben vor dem Schafott gerettet worden. »Einfach genial! Darf ich mir das Ding ausleihen?«

»Natürlich, ich hol's dir.«

»Moment mal …« Neue Tragik umwölkte die Stirn des Mädchens. »Wahrscheinlich ist er mit unserem Drucker nicht kompatibel.«

Wortlos verschwand Elisabeth, ein paar Minuten später kehrte sie mit ihrem Laptop und einem kleinen grauen Gerät zurück. »*Avec ce petit truc.* Sicher wird's klappen.«

»Danke, Elisabeth.« Mit einem schmatzenden Kuss drückte Bella ihre Gefühle aus. »Wie um alles in der Welt haben wir bisher ohne Sie überlebt?«

Georgie fahndete in ihrem Kleiderschrank nach einem Outfit, das ihr beim Besuch in der B&B-Firma ein glamouröses, elegantes Flair verleihen würde. Warum besaß sie seit einiger Zeit fast nur noch rosafarbene Sachen im Stil »braves Hausmütterchen«? Vor der Mutterschaft hatte sie Designerklamotten in Schwarz getragen, gelegentlich mit grauen Akzenten. Dieses schleichende Schwäche für Rosarot war ihr gar nicht aufgefallen. Vielleicht wurde man in der Schwangerschaft von solchen Marotten heimgesucht, zusammen mit geschwollenen Fußknöcheln und einem gespenstischen Heißhunger auf extravagante Speisen.

Schließlich entdeckte sie inmitten der Pink-Orgie etwas aus weinrotem Leinen mit einer Borte am Hals – natürlich in Rosarot. Wenn sie nächstes Mal einkaufen ging, brauchte sie ein Tattoo am Arm – »keinesfalls Pink«.

Sie zog das Kleid an. Dabei bemerkte sie ein paar Schmutzflecken. Die würde ein feuchter Lappen sicher entfernen. Und die Schuhe? Während sie den Boden des Schranks abtastete, sah sie in ihrer Fantasie genau, was sie sich wünschte – schicke graue Pantoletten. Doch sie wusste genauso gut, dass sie nur beige Sandalen finden würde und die hatten schon bessere Tage gesehen.

Im Leben einer Frau gibt es Zeiten, entschied Georgie, in denen sie das Haushaltsgeld für was anderes als Lebensmittel ausgeben musste. Dies war so ein Moment. Glücklicherweise gab es in Hadworth einen LK Bennett-Laden, und Elisabeth passte nur zu gern auf die Jungs auf.

Nach Georgies Erfahrung war ein Wunschobjekt umso schwerer aufzuspüren, je klarer man es sich vorstellte. Aber nicht an diesem Tag. Zuerst fand sie einen günstigen Parkplatz mit dreißig verfügbaren Minuten auf der Parkuhr. Und dann stachen sie ihr ins Auge – die perfekten hochhackigen, taubengrauen Pantoletten.

»Was für ein Glück Sie haben!«, meinte die Verkäuferin lächelnd. »Die wurden runtergesetzt, also sparen Sie zwanzig Pfund.«

Die richtigen Schuhe, konstatierte Georgie, können den Unterschied zwischen Verzweiflung und Seligkeit ausmachen. Noch dazu, wenn sie zwanzig Pfund billiger sind …

Elisabeth war zuerst fertig. In einem bronzebraunen Seidenanzug wartete sie in der Diele, das Haar hatte sie adrett im französischen Stil hochgesteckt. Als sie Georgie die Treppe herabsteigen sah, unterdrückte sie einen Schauder, den ihr beleidigter Schönheitssinn auslöste.

Gewiss, die Schuhe sind in Ordnung, dachte sie. Aber das Kleid! Nach ihrer Erfahrung waren die meisten Engländerinnen recht hübsch, neigten aber zu birnenförmigen Figuren. Und dieses formlose, schräg geschnittene Leinenzelt lenkte den Blick unweigerlich auf die Hüften. Zudem hatte Georgie den Fehler begangen, das Kleid in aller Eile zu bügeln. Deshalb glänzten die Nähte. Und – *quel horreur* – zeigte sich tatsächlich eine Laufmasche in der Strumpfhose?

Auch Rory stand in der Diele und begutachtete seine Mutter mit ganz anderen Augen. »Wunderschön siehst du aus, Mum!«, rief er loyal, wenn auch nicht ganz wahrheitsgemäß. »Wie Prinzessin Fiona in ›Shrek‹.«

Georgie beschloss, das als Kompliment zu betrachten und nicht für die Andeutung, sie habe fünfundzwanzig Kilo Übergewicht und sei wie ein Schwerlaster gebaut. Immerhin gehörte »Shrek« zu Rorys Lieblingsfilmen.

»Danke, Darling.«

Plötzlich spürte Elisabeth, wie sich ihre Kehle verengte. Georgie mochte zwar nicht das unfehlbarste modische Gespür von der Welt besitzen, aber ganz gewiss die innige Liebe ihres Sohnes.

Und jetzt mussten sie sich auf den Weg machen und herausfinden, was die Feindin zu bieten hatte. Falls Alison wirklich eine Feindin war.

Das B&B-Büro lag in einem großen Komplex ehemaliger Stallungen. Inmitten von Feldern gruppierten sich drei Flügel um einen Hof. Die Gebäude waren so raffiniert umgestaltet worden, dass die Fenster über zwei Etagen hinweg vom Boden bis zur Decke reichten und trotz des dicken Tafelglases den Anschein erweckten, die Räume würden mit der Landschaft verschmelzen.

»Hallo, Georgie, wie schön, dich wiederzusehen!« Erfreut strahlte Barbara, die Empfangsdame, die Ehefrau ihres Chefs an. »Wir vermissen dich immer noch. Erinnerst du dich an den Tag, als es so heiß war? Da bist du losgerannt und hast für die ganze Belegschaft Eiscreme gekauft.« Verschwörerisch senkte sie die Stimme und zwinkerte Georgie zu. »Die jetzige Managerin würde sagen, wir sollen Leitungswasser trinken. Soll ich Nick sagen, dass du mit deiner Begleiterin hier bist? Er unterhält sich mit Signor Marelli und Signor Gianini im Konferenzraum.«

»Ja, ruf ihn bitte an, Barb.«

»Er hat mir eingeschärft, ich soll ihn sofort verständigen, wenn ihr kommt.«

»Wie lange hast du für die Firma gearbeitet, Georgie?«, fragte Elisabeth die jüngere Frau, mit der sie inzwischen Freundschaft geschlossen hatte. Sie folgten einem langen Korridor mit Seegrasteppichen. Aus allen Räumen spähten Angestellte heraus, und einige winkten der früheren Kollegin lächelnd zu.

»Etwa fünf Jahre, mit einigen Pausen. Natürlich war der Betrieb damals viel kleiner. Am Anfang saßen wir alle um einen Küchentisch herum, damals hat es den größten Spaß gemacht. Nick entwarf fantastische Modelle. Damit ging ich in den Läden hausieren. Oder ich bemühte mich darum, dass unsere Waren in Zeitungen und Zeitschriften erwähnt wurden. Bald hatten wir erstaunlich viel Erfolg.«

Sie erreichten einen zentralen Raum mit Glaswänden. Darin stand ein spektakulärer runder Tisch aus bemaltem Holz mit dem B&B-Logo in der Mitte. Sieben oder acht Leute standen darum herum und hielten Weingläser in den Händen.

»Hi, Georgie, Elisabeth! Kommt, ich möchte euch mit Enzo Marelli bekannt machen.« Nick führte sie zu zwei Männern in eleganten hellgrauen Anzügen. »Und das ist sein Vize, Marco Gianini. Enzo, meine Frau …«

Lächelnd streckte Georgie ihre Hand aus, die Enzo Marelli mit festem Druck umfasste. Er erwiderte das Lächeln, dann wandte er sich zu Elisabeth. »Und wer ist diese Dame?«

»Eine alte Freundin meiner Mutter, Mademoiselle Elisabeth Aubigny«, erklärte Nick. »Sie will sich bei uns umsehen.«

»Wie ich gestehen muss, Signora Morrison – Marco und ich sind tief beeindruckt von den Produkten Ihres Mannes.« Enzo grinste und fügte hinzu: »Fast würde ich sagen – in Italien machen wir's nicht besser.«

Lachend hob sie die Brauen. Enzo gefiel ihr. »Und ich muss Sie das einfach fragen – wenn Sie Lederwaren für Italien kaufen, wäre das nicht genauso, als würde Newcastle Kohlen importieren?«

»Das erkläre ich Nick immer wieder«, mischte sich eine hoch gewachsene junge Frau ein, die den Raum soeben betreten hatte. »B&B könnte Coach oder Mulberry ausbooten, wenn er im ganz großen Stil expandieren würde.«

Sie hatte kurzes schwarzes Haar und trug eine stilvolle Brille mit schwarzem Gestell, die eigentlich grauenhaft wirkte, aber irgendwie zu ihr passte.

Das muss Alison sein, entschied Elisabeth. Um das zu erkennen, muss ich nicht mit ihr bekannt gemacht werden …

Erstens stimmte das Alter. Die Frau schien um die dreißig zu sein, zehn Jahre jünger als Georgie. Nach Elisabeths reichhaltiger Erfahrung waren Rivalinnen, die um die Gunst anderweitig gebundener Männer kämpften, immer zehn Jahre jünger. Zweitens ignorierte sie Georgie und Elisabeth, als wären sie unsichtbar – eine gebräuchliche Taktik, die den Eindruck hervorrief, die Ehefrau wäre unscheinbar und entbehrlich. Und drittens – möglicherweise war dies der gefährlichste Hinweis – warf sie Nick einen ganz besonderen Blick zu. Intim und besitzergreifend.

Offensichtlich sollte man sie ernst nehmen, dachte Elisabeth. Nicht zuletzt, weil sie sich ganz gewaltig von Georgie unterscheidet …

Sie war nicht nur jünger und schlanker, sondern strahlte auch noch die Energie eines Rassepferds aus, wozu die etwas kantigen Züge passten, während die Konkurrentin von einer Aura träumerischer Herzenswärme umgeben wurde. Beinahe entstand der Anschein, sie würde mit aller Kraft nach hinten gezerrt, um nicht vorwärts preschend ihr Ziel anzusteuern, das sie sich in wilder Entschlossenheit gesetzt hatte. Eine formidable Gegnerin, wie Elisabeth zugeben musste.

»Schon tausend Mal hab ich das Nick gesagt«, fuhr Alison fort. Mit einer subtilen Körperdrehung postierte sie sich so geschickt, dass Georgie und Elisabeth noch eklatanter ausgeschlossen wurden. »Wenn wir unsere Geschäftsräume in eine bessere Lage mit gutem Warenverkehr umsiedeln, statt hier im ländlichen Märchenland zu versauern, wäre B&B nicht mehr zu stoppen.«

Amüsiert hörte Enzo ihr zu. »Schon jetzt sind Sie sehr erfolgreich. Marco und ich finden Ihre Erzeugnisse einfach wundervoll. Höchst originell. Darauf werden sich die Italiener geradezu enthusiastisch stürzen«, prophezeite er und hob sein Glas. »Herzlichen Glückwunsch.«

»Danke, Enzo.« Beglückt prostete Nick ihm zu. »Das bedeutet mir sehr viel. Aber die Anerkennung gebührt nicht mir allein. Einen Großteil des Verdienstes hat meine Partnerin erworben ...«

Georgie blinzelte verwirrt. Normalerweise nannte er *sie* seine Partnerin. Nun würde er sicherlich ihr für all die Unterstützung danken, die sie ihm gewährt hatte. Von heißer Liebe erfüllt, seufzte sie erleichtert. Also hatte sich Bella nur lauter Unsinn eingebildet.

»... Alison Swinton.« Statt Georgie anzulächeln, schaute er in das selbstgefällige Katzengesicht ihrer Rivalin. »Noch haben wir es nicht bekannt gegeben. Aber sie ist bereit, als Teilhaberin bei B&B einzusteigen.«

Elisabeth beobachtete Georgie, die sich an einer Sessellehne festhielt und die Lippen wütend zusammenpresste.

Nachdem sie die Gläser geleert hatten, verkündete Enzo, nun müsse er mit Marco aufbrechen, weil sie zu einer Dinnerparty eingeladen seien.

»Auf Wiedersehen, Signora«, verabschiedete er sich, küsste Georgie auf beide Wangen und schüttelte Nicks Hand.

»Natürlich begleite ich Sie hinaus«, sagte Nick.

»Fühlt sich Ihre Frau nicht gut?«, fragte Marco, während sie die Treppe neben einer der Glaswände hinabstiegen. »Bei Ihrer kleinen Ansprache kam sie mir ein bisschen aufgeregt vor. ›*La donna immobile*‹, und so weiter. Frauen sind nun mal launisch und unberechenbar.«

»Oh – war sie ungehalten?«

Zu spät erkannte Nick, dass es besser gewesen wäre, Georgie vorher über Alisons Partnerschaft zu informieren – oder sie zu warnen.

»Auf Wiedersehen, Enzo, Marco. Nochmals vielen Dank für Ihre freundlichen Worte.«

»Hoffentlich sehen wir uns bald in Mailand«, meinte Enzo.

»Übrigens«, fügte Marco hinzu, kurz bevor sie das Gebäude verließen. »Wer ist die alte Dame? Einen Moment lang dachte ich, dieses Gesicht hätte ich schon mal irgendwo gesehen.«

»Elisabeth? Wohl kaum. Sie ist eine alte Freundin meiner Schwiegermutter, die beiden haben zusammen eine Klosterschule besucht.«

»Ah ... Nun, dann habe ich es mir sicher eingebildet. Ciao, Nick.«

Unbehaglich kehrte Nick in den Konferenzraum zurück, wo ihn drückendes Schweigen erwartete. Er hatte mit dem Gedanken gespielt, auch Alison zum Dinner einzuladen. Doch das war offensichtlich keine gute Idee.

»Bis morgen, Alison. Und herzlichen Dank für alles.« Dann wandte er sich zu Georgie und Elisabeth und zwang sich zu einem munteren Ton. »Was wollen die Mädchen jetzt unternehmen?«

»*Dieses* Mädchen ...« In Georgies Stimme bebte unverhohlener Zorn. »... würde dich am allerliebsten umbringen.«

»Tut mir Leid«, entschuldigte er sich und lächelte sie

nervös an. »Sobald ich es gesagt hatte, war mir klar – das hätte ich dir vorher erzählen sollen.«

Während Alison ihre Sachen zusammenpackte, ließ sie sich kein Wort entgehen. Das merkte Georgie der angespannten schlanken Gestalt an. Immer noch wütend, fixierte sie die Frau mit einem so eisigen Blick, dass Alisons Hände, die in ihrer Handtasche wühlten, zitterten.

»Also, es ist so …«, begann Nick.

»Nicht vor dem Personal«, unterbrach ihn Georgie und schaute Alison immer noch an.

Nur mühsam unterdrückte Elisabeth ein Lächeln. Endlich begann Georgie, sich zu behaupten.

»Bis morgen, Nick«, versuchte Alison an Boden zu gewinnen. »Jetzt, wo wir Marelli im Sack haben, können wir in die vollen gehen.«

»Ja, okay.« Nicks Antwort klang ein bisschen ungeduldig.

Sehr gut, dachte Elisabeth.

Georgie wartete, bis Alison endlich verschwunden war. »Verdammt noch mal, Nick, wie konntest du nur vergessen, mir das zu sagen?«, fauchte sie. »Darüber hättest du mit mir reden müssen. Alisons Partnerschaft ist kein Pappenstiel.«

»Nun, ich dachte, die Firma würde dich nicht sonderlich interessieren – und du wärst viel lieber mit den Kindern zusammen.«

»Natürlich, ich kümmere mich sehr gern um die Kids. Aber ich habe fünf Jahre mit dir zusammengearbeitet. An unserem Küchentisch wurde B&B gegründet. Und ich habe mich mächtig ins Zeug gelegt, um die Firma auf die Beine zu stellen. Was Alison beisteuert, ist ein Haufen

Unsinn, den sie auf dem College gelernt hat. Vielleicht wäre sie eine fabelhafte Managerin bei IBM. Aber B&B kennt sie nicht halb so gut wie ich.«

»Bleiben wir bei der Wahrheit«, verteidigte Nick seine Mitarbeiterin. »Mit ihrem Knowhow im Marketing ist sie mir wirklich eine große Hilfe. Ja, ich war nicht besonders taktvoll, und das tut mir Leid. Aber übertreibst du nicht ein bisschen?«

»Keineswegs«, beharrte sie. »Hör mal, auch mir tut es Leid. Obwohl ich mit den Kindern vollauf beschäftigt war, habe ich hin und wieder in der Firma ausgeholfen. Und nach Alisons Ankunft wurde ich abserviert.«

»Großer Gott, Georgie!« Ärgerlich schüttelte Nick den Kopf. »Das ist doch lächerlich.«

»Nein, Nick, das ist *nicht* lächerlich. Ganz und gar nicht. Wann hast du mir zum letzten Mal etwas Nennenswertes über deine Geschäfte erzählt, über deine Aussichten, Pläne und Träume?«

»Um Himmels willen, was soll das? Wann immer ich B&B erwähne, fängst du an, mit den Kindern zu reden.«

Georgie war ehrlich genug, um das nicht schlicht zu leugnen. »Okay. So geht's nun mal zu im Familienleben, manchmal werden Gespräche unterbrochen.«

»Und du hast dich fürs Familienleben entschieden. Nachdem du beschlossen hattest, daheim zu bleiben, musste ich jahrelang vor mich hin wursteln. Schließlich besserte sich die Lage, und ich brauchte jemanden, auf den ich mich verlassen konnte. Also stellte ich Alison ein. Und sie ist sehr wichtig für mich geworden.«

»Das sehe ich«, erwiderte Georgie frostig.

»Ich meine – fürs Geschäft.«

»Tatsächlich?«

Stöhnend zuckte Nick die Achseln. »Das wird ja immer verrückter.«

»Teilweise ist es meine Schuld, das sehe ich ein. Ich hätte das Thema früher anschneiden müssen. Jetzt wird Charlie alt genug, dass ich wieder bei B&B einsteigen könnte. Vielleicht am Anfang nur halbtags. Wenn die Jungs größer sind, könnte ich mehr Aufgaben übernehmen. Oh, Nick, ich merke doch, was mit uns geschieht. Früher haben wir so viel miteinander geteilt. Das wünsche ich mir zurück.«

»Wenn du das willst«, entgegnete er müde, »werde ich mal sehen, ob ich irgendeine Beschäftigung für dich finde.«

»Moment mal, in dieser Branche bin ich kein Neuling«, strich Georgie hervor. »In diesem Laden möchte ich eine *einflussreiche* Rolle spielen.«

»Gut, denken wir darüber nach – in den nächsten Monaten.«

»Ich werde dich beim Wort nehmen.«

»Einverstanden. Übrigens, Elisabeth muss uns furchtbar unhöflich finden. Gehen wir essen?«

Beim Dinner war Nick wieder der personifizierte Charmeur. Er horchte Elisabeth über Paris aus, ihr Leben in ihrer Heimat, ihre Freundschaft mit Isabel.

Da sie die Spannung spürte, die immer noch zwischen Nick und Georgie knisterte, brachte sie die beiden mit Anekdoten aus der Klosterschule zum Lachen.

»Stimmt es, dass ihr niemals eure eigenen nackten Körper anschauen durftet?«, erkundigte sich Nick.

»Nur ein Mythos, ich nehme an, um euch Heiden zu erschrecken. Aber man schärfte uns tatsächlich ein, Sex sei eine Todsünde, und eine gute Katholikin habe die Pflicht, die schändlichen Triebe eines Mannes zu kontrollieren. Gewissermaßen waren wir die Hüterinnen wilder männlicher Begierde.«

»Sind Sie dadurch zu etwas verqueren Ansichten über das Leben gelangt?«

»*Au contraire!* Diese Philosophie fand ich sogar äußerst nützlich.«

»Dann halten Sie wohl nicht viel von den Männern?«

»Was sie stets bestätigt haben.« Diese Spitze äußerte sie mit einem so gewinnenden Lächeln, dass Nick lachen musste.

Während Georgie in der Toilette verschwand, beugte sich Nick zu Elisabeth hinüber und fragte leise: »Wurde die Attacke meiner Frau ebenfalls von Ihrer Einstellung zum maskulinen Geschlecht inspiriert?«

»O nein, Nicholas. Georgie hat ganz alleine erkannt, dass es vielleicht an der Zeit wäre, Sie etwas strenger zu behandeln.«

Als Georgie an diesem Abend nach oben ging, lag Nick ausnahmsweise hellwach im Bett. Vom Kissen gestützt schaute er sich im Schlafzimmer um, zum ersten Mal schien er die gemütliche Atmosphäre wahrzunehmen, das geschmackvolle Dekor, die frischen Blumen aus dem Garten. »Was für ein schöner Raum! Du schaffst es wirklich, eine ganz besondere Aura zu erzeugen.«

»Danke. Siehst du dein eigenes Schlafzimmer heute zum ersten Mal?«

»Komm her«, befahl er brummig.

Georgie zögerte. Oft genug hatte sie festgestellt, dass ein Mann den Sex instinktiv benutzte, um sich zu entschuldigen. Hingegen neigten die Frauen dazu, *vor* dem Sex um Verzeihung zu bitten. Sie stieg neben ihm ins Bett, und er streifte sofort die schmalen Träger ihres Nachthemds hinab. Während seine Hand die weichen Innenseiten ihres Schenkels liebkoste, versuchte sie ihren Zorn zu vergessen. Zunächst gelang es ihr nicht.

Aber dann glitten seine Finger nach oben, und er senkte den Kopf, um ihre Brüste zu küssen. Da flossen elektrisierende Ströme zum Zentrum aller ihrer Gefühle, und bald verflog der letzte Rest ihres Grolls. In vollen Zügen genoss sie die aufreizenden Zärtlichkeiten ihres Ehemanns.

»Wie ich annehme, habt ihr euch geküsst und Versöhnung gefeiert«, bemerkte Elisabeth neckisch, nachdem Nick und die Kinder am nächsten Morgen weggegangen waren. Über dem sonst so chaotischen Haushalt lag eine verräterisch friedliche Ruhe.

Lächelnd musterte Georgie die alte Frau und rührte in ihrem Kaffee. »Wie kommst du darauf?«

»Nun, ich spüre eine subtile Veränderung.«

»Ja, wir haben uns versöhnt. Aber gestern wollte ich ihn wegen dieser Sache mit Alison *wirklich* ermorden. Glücklicherweise hat mich die gute alte Leidenschaft daran gehindert.«

»Ich muss deinen Wäschetrockenschrank inspizieren.«

»Wieso um alles in der Welt?«

»Weil du neulich zugabst, früher hättest du ihn lieber aufgeräumt, als Liebe zu machen. Wahrscheinlich sieht er jetzt nicht mehr so ordentlich aus.«

Georgie lachte schallend. »Mit dem Problem stehe ich

nicht allein da. Vor kurzem habe ich eine Statistik gelesen, laut der vierzig Prozent der Engländerinnen unter dreißig es vorziehen zu bügeln.«

»Welch ein Land! Mit dem Bügeleisen lässt sich eine Ehe nicht retten, mit Sex schon. Ich fürchte, es gibt noch eine andere Tatsache, die wir Franzosen beherzigen.«

»Und die wäre?«

»Wenn ein Mann nicht mit seiner Frau schläft, gibt es nur einen einzigen Grund dafür – er schläft mit einer anderen.«

»Oh, das ist viel zu zynisch!«, protestierte Georgie. »Wenn die Ehefrau krank ist oder gerade ein Baby bekommen hat oder lieber den Wäscheschrank in Ordnung bringt …«

»Et voilà!«, konterte Elisabeth, als wären ihre Argumente bestätigt worden.

Georgie hörte auf, in ihrem Kaffee zu rühren. »Glaubst du, Alison ist eine echte Bedrohung? Oder bin ich paranoid, so wie Nick behauptet?«

Niemals könnte sie mit ihrer Mutter solche Dinge erörtern. Aber obwohl Elisabeth der gleichen Generation entstammte, besaß sie ein ganz anderes Wesen. Offenherzig. Zugänglich. Und es war völlig unmöglich, diese Frau zu schockieren.

»Ja, Georgie, ich fürchte, du musst Alison im Auge behalten. Sie redet auf eine besondere Art mit Nick, so als wäre er ihr Eigentum, schaut ihn an, berührt ihn …« In ihrem unnachahmlichen französischen Stil hob Elisabeth die Schultern und schien die Situation sorgfältig zu erwägen. »Ich bin mir nicht sicher, ob er das merkt. Wenn ja, fühlt er sich vielleicht einfach nur geschmeichelt. Sonst nichts …«

Bevor sie die nächsten Worte aussprach, zauderte sie. Durfte sie eine so persönliche Frage stellen? Letzten Endes entschloss sie sich dazu.

»Wenn er dich mit dieser Alison betrügt – was würdest du tun?«

»Natürlich würde ich ihn rauswerfen«, entgegnete Georgie ohne Zögern.

»Einfach so?«

»Hätte ich eine Wahl? Ich meine – würdest du nicht so handeln?«

Eine Zeit lang runzelte Elisabeth nachdenklich die Stirn. »Ich bin Französin. In Frankreich sehen wir solche Probleme etwas anders.«

»Wie denn?«

»Für uns ist die Familie am wichtigsten. Viele betrogene Frauen lassen sich scheiden, *bien sûr*. Aber die meisten sind toleranter. Vermutlich hängt das mit dem Einfluss der Religion zusammen. Männer sind schwach, sagt die Kirche, Frauen sind stark. Deshalb müssten die Frauen ihren untreuen Ehemännern verzeihen.«

»Eigentlich dachte ich, eines der Zehn Gebote lautet: ›Du sollst nicht Ehe brechen.‹«

»In Frankreich achten wir nicht so sehr auf die Zehn Gebote. Wir halten uns lieber ans Vaterunser. ›Vergib uns unsere Schuld, wie auch wir vergeben unseren Schuldigern.‹«

»Heißt das – ich müsste es dulden, wenn Nick eine Affäre mit Alison anfängt?«

»Nein, Georgie, du lebst in England. Hier brauchst du das nicht hinzunehmen. Schau dir eure Scheidungsrate an! Die Hälfte eurer Ehen enden vor dem Scheidungsrichter. Davor fürchten sich die Franzosen, und deshalb drücken die meisten Französinnen beide Augen zu, wenn ihre Partner fremdgehen. Der Ehemann vergnügt sich mit seiner Geliebten, die Ehefrau kümmert sich um die Familie und das traute Heim. Im Sommer fährt sie mit den Kindern aufs Land, und er bleibt in Paris, um zu arbeiten. Und um sich zu amüsieren. In Paris ist der August ein sehr gefährlicher Monat.«

Georgie schüttelte den Kopf. »So was würde ich nicht aushalten. Was für ein schreckliches Lügengespinst! Entweder man liebt jemanden, oder man liebt ihn nicht.«

»O Georgie«, seufzte Elisabeth und lächelte sie liebevoll an. »Wie romantisch du bist! Ganz anders als deine praktisch veranlagte Mutter …«

»Meinst du, Ma würde eine Affäre meines Vaters tolerieren?«

Georgie konnte sich kaum vorstellen, dass der gute, treue Bill, der seine Frau trotz all ihrer Zicken vergötterte, jemals einen Seitensprung erwägen könnte.

»Nicht nur Männer haben Affären.« Elisabeth schien eifrig bestrebt, das Thema zu wechseln, als hätte sie etwas gesagt, das sie bereute. »Was machen wir heute?«

»Wie wär's mit einem Trip nach Sissinghurst? Dort könnten wir Vita Sackville-Wests berühmten Garten besichtigen. Übrigens war das eine ungewöhnlich tolerante englische Lady. Ebenso wie ihr Mann hatte sie Affären, und zwar mit anderen Frauen.«

»Nicht einmal wir Franzosen würden so etwas dulden!«

»Gehen wir? Um vier muss ich die Jungs von der Schule abholen.«

Elisabeth zog ihre Jacke an. »Noch etwas, Georgie – ich bin sehr froh, dass du letzte Nacht mit deinem Mann geschlafen hast. Vielleicht solltest du das öfter tun, solange diese Alison im Hintergrund lauert. Vergiss nicht – du bist die Ehefrau und hast die besten Karten. Die Kinder. Ein gemütliches Zuhause. Und das Ehebett.«

»Also muss ich einfach nur jeden Abend ein großartiges Dinner servieren?«, fragte Georgie unwirsch. »Und zum Dessert soll ich ihm einen blasen?«

Elisabeth lächelte sanft. »Nimm dir ein Beispiel an den Französinnen. Betrachte es als Investment.«

In gespielter Verzweiflung stöhnte Georgie. »Lass dir gesagt sein, Elisabeth, zum Glück bin ich eine Engländerin.«

Sissinghurst war wunderschön. Im Frühsommer zeigten sich die Gärten von ihrer besten Seite, mit einer traumhaften Blütenpracht, so weit das Auge reichte. Sie schlenderten durch den Lime Walk, den Cottage Garden, den Orchard. Schließlich gelangten sie in den weltberühmten White Garden.

Während sie dahinwanderten, erzählte die Führerin pikante Klatschgeschichten über Vitas Leidenschaft für Violet Trefusis und Virginia Wolf, bis Elisabeth eine Hand auf ihren Arm legte. »*Merci, Madame.* Mittlerweile habe ich genug über die Engländerinnen und ihr Sexualleben erfahren. Sogar mehr, als ich ertragen kann … Nun würde ich gern etwas über die Gärten hören.«

Da ihr Faible für die englische Teestunde offenkundig war, konnten sie Sissinghurst nicht verlassen, ohne diesem Ritual zu frönen. Allerdings bemängelte sie, hier sei das Angebot längst nicht so gut wie in Hadworth.

Als sie ihren zweiten Scone mit dicker Sahne verspeiste, schaute Georgie ihr zu und wunderte sich, weil ihr

Elisabeth in dieser kurzen Zeit so wichtig geworden war. »Ich finde es einfach fabelhaft, dass du hier bist.«

Elisabeth betupfte ihre Lippen mit einer Serviette. »Und ich bin sehr gern bei euch. Aber ich muss bald abreisen. Ich habe eure Gastfreundschaft schon viel zu lange beansprucht.«

»Unsinn, du musst für immer dableiben! Du darfst uns nicht verlassen!«

Vor Charlies und Rorys Schule erhielt Elisabeth zum ersten Mal die Gelegenheit, einen Querschnitt durch die englische Mutterschaft zu studieren. Wie ihr dabei bewusst wurde, stellte Georgie keineswegs die modische Ausnahme dar, denn die meisten Frauen kleideten sich genauso exzentrisch. Fast alle hatten alte Blue Jeans und Sweatshirts an, manche ein Hemd darunter. Dieses Outfit munterten einige, nach Elisabeths Ansicht höchst unpassend, mit Perlenketten auf. Andere trugen Parkas und Gummistiefel.

»Haben sie gerade ihre Pferde gestriegelt?«, fragte sie konsterniert.

»O Gott, nein!« Georgie sah sich um. »So zieht man sich hier nun mal an.«

In diesem Moment rannte Charlie mit einem Jungen an der Hand zu ihnen. »Hi, Mum! Hi, Elisabeth! Das hier ist mein Freund Jake. Und dort drüben ist seine Mutter.«

Georgie reckte den Hals, um dieses Musterbeispiel zu begutachten, das mit Tangas, einem Golfprofi-Liebhaber und einem zügellosen Sexualleben brillierte. Und Jakes Mum bereitete ihr keine Enttäuschung. Im Gegensatz zu den anderen Müttern wirkte sie vom Superminirock und dem winzigen, natürlich bauchfreien Tanktop, das ein Diamant im Nabel unterstrich, bis zu den Halbstiefeln aus Wildleder mit Pelzbesatz, der gefälschten Chaneltasche und der wasserstoffblonden Mähne geradezu ultra-feminin.

»Mon Dieu«, hauchte Elisabeth, nachdem die Frau und ihr Sohn verschwunden waren. »Wie eine *putain* sieht sie aus. Was sagt ihr Engländer doch gleich dazu? Im Kloster haben wir dieses Wort nicht gelernt ... Straßendirne.«

Georgie lachte. »O nein, sie stylt sich nur zu jugendlich für ihr Alter. Hier laufen alle Mädchen so herum. Wahrscheinlich sehen die Prostituierten wie Debütantinnen aus.«

»Was für ein Land!«, bemerkte Elisabeth nicht zum ersten Mal.

Inzwischen hatte sich Rory hinzugesellt. Auf dem Weg zum Auto schwatzte Charlie fröhlich über seinen Schultag und erzählte, der Klassenhamster sei für die Hälfte des Trimesters zu Jake gezogen und unter dem Sofa verloren gegangen. Als Jakes Mum und sein Dad darauf gelegen und sich geküsst hatten, war das Tier wieder aufgetaucht.

Während Elisabeth diesen komischen kleinen Geschichten lauschte, spürte sie, wie die kleine Hand des Jungen in ihre glitt, warm und vertrauensvoll. Und obwohl sie Emotionen stets bekämpft und für bedrohliche Feindinnen gehalten hatte, wurde sie plötzlich von heißer Liebe zu Charlie und seiner Familie erfasst – von dem drängenden Bedürfnis, alle Morrisons zu beschützen. Als wären sie ihre eigenen Verwandten ... *So muss sich eine Großmutter fühlen.*

Aber ich bin nicht Charlies und Rorys Großmutter. Das ist Isabel … Und ihr nächster Gedanke ermahnte sie: *Geh fort! Du hättest gar nicht erst hierher kommen dürfen!*

Auf der Heimfahrt hielt Georgie beim Metzger, um Hackfleisch für die Spaghettisauce zu kaufen. Neben dem Hack lagen zwei Filetsteaks, Nicks Lieblingsspeise.

»Die beiden letzten, Mrs Morrison«, betonte der Metzger. »Schauen Sie doch, wie einsam sie aussehen und Sie anflehen, Sie sollen ihnen ein Zuhause bieten.«

»Die würde ich essen und nicht bemitleiden«, erwiderte Georgie.

»Hören Sie, weil's die zwei letzten sind, gebe ich Ihnen das Hack umsonst dazu. Das ist wirklich fair, nicht wahr? Mit ein paar Pilzen werden sie köstlich schmecken. Oder Sie versuchen mal das hier, die Sauce *Barneese*. Die hat meine Frau gemacht. Ich selber würde so was nicht anrühren. Blöder französischer Fraß. Geht aber weg wie warme Semmeln, das muss ich schon sagen.«

Dieser exzentrischen Verkaufstaktik konnte Georgie unmöglich widerstehen. »Okay, ich nehme die Steaks und auch die Sauce.«

»Erzählen Sie mir nächstes Mal, was Sie von dem Zeug halten.« Der Metzger senkte seine Stimme. »Nur unter uns beiden – allmählich bildet sich meine Frau zu viel ein und glaubt, sie wäre der verdammte Gordon Ramsay.«

»Also, das ist wirklich *sehr* schönes Fleisch«, lobte Elisabeth, als Georgie die Steaks auf dem Küchentisch auspackte. »Diese Qualität überrascht mich.«

»Was für ein Snob du bist!«, spöttelte Georgie. »In England haben wir erstklassiges Fleisch.«

»Ich dachte, alle eure Rinder wären wahnsinnig.«

»Wahnsinnig vielleicht nicht«, mischte sich Rory ein und begann den Kühlschrank zu plündern. »Aber auch nicht besonders glücklich. Wärst *du* das, wenn man dich in ein Rumpsteak verwandeln würde?«

»Nur zwei Stück, Georgie …«, meinte Elisabeth gedehnt. »Hoffentlich brätst du sie für Nick und dich?«

Der Blick, der diese Worte begleitete, brachte Georgie zum Lachen.

»Hör mal, Elisabeth, von dieser Methode, ein Gourmet-Dinner zu kochen und mich selber als Dessert zu servieren, halte ich nichts. Das hätte Lady Caroline Lamb wahrscheinlich getan. Aber so verzweifelt bin ich nicht.«

»Was hat diese Lady Lamb denn getrieben?«

»Sie hüllte sich in Früchte und wurde bei Lord Byron abgeliefert, zusammen mit Käse und Portwein.«

»Ts, tss … Nach einem üppigen Abendessen sollte eine Frau niemals versuchen, einen Mann zu verführen, weil es seine Leistungskraft beeinträchtigen würde. Gewiss wäre es besser gewesen, Lady Lamb hätte sich zum Horsd'œuvre angeboten. Mit einem Scheibchen Salami, ein paar geschickt platzierten Oliven …«

Georgie schrie vor Lachen.

»Wie auch immer«, beharrte Elisabeth auf ihrem Standpunkt, »du solltest mal ein ungestörtes *dîner à deux* planen. Morgen gehe ich mit den Kindern ins Kino.«

»Schauen wir uns ›Into The Clear Blue‹ an!«, verlangte Charlie. »Da geht's um Haie, die irgendwelche Leute in ihren Flitterwochen fressen.«

»Wenn es deine Mutter erlaubt, will ich hoffen, dass ich stark genug für so was bin.«

»Oh, vielen Dank, Elisabeth!«, jubelte Charlie, warf seine Arme um ihre runden Hüften und presste sich an sie, so fest er es vermochte. »Du bist viel lustiger als Granny Isabel!«

Schon wieder diese ungewohnten heftigen Emotionen ...

»Vermutlich, weil ich nicht deine Großmutter bin. Da ich nur für eine kleine Weile hier bin, darf ich euch nach Herzenslust verwöhnen.«

»Granny Isabel verwöhnt uns nie. Dauernd behauptet sie, wir werden schon genug verwöhnt.«

»Wie unklug! Wo es doch die Pflicht aller Großeltern ist, ihre Enkel zu verhätscheln!«

»Du gehst doch nicht weg?« Die grünen Augen voller Angst schaute Charlie zu ihr auf.

»Noch nicht.« Elisabeth tätschelte seine Schulter. »Aber bald.«

Erstaunlich, dachte Georgie und beobachtete die beiden, wie schnell die Kinder sie ins Herz geschlossen haben ... Das muss mit der Art zusammenhängen, wie sie die Jungs behandelt, so als wären sie liebenswerte, hochgeschätzte Erwachsene.

Während Isabel immer nur nach ihren Fehlern suchte, fand Elisabeth alles, was sie machten, großartig und wunderbar. Trotzdem hatte sie keine eigenen Enkel, war nie verheiratet gewesen. Und allem Anschein nach gab es keine Verwandten in ihrem Leben.

Das Einzige, was Georgie ein bisschen irritierte, war die geheimnisvolle Barriere, hinter der sich Elisabeth verschanzte, wenn man ihr gewisse Fragen stellte. Mit dieser merkwürdigen unsichtbaren Mauer blockte sie weitere Nachforschungen kategorisch ab.

»Okay, jetzt kümmere ich mich um die Spaghetti«, verkündete Georgie.

In forderndem Ton wandte sich Charlie an Elisabeth. »Liest du mir die Geschichte vom Fuchs vor, der die Henne frisst und dann vom grauen Wolf verschlungen wird?«

»Wenn du unbedingt willst, du blutrünstiges Kind ... Zuerst muss ich meine Lesebrille finden.«

Die Brille lag in der Wohnung über der Garage, direkt neben dem Handy. Im Display blinkte ein kleines Kuvert und wies auf eine neue Nachricht hin. Ungeduldig starrte Elisabeth das Gerät an. Hier, bei den Morrisons, begann ihr Leben in Paris – und insbesondere, womit sie sich dort beschäftigte – in immer weitere Ferne zu rücken.

Doch das war eine Illusion, was ihr der Text unbarmherzig vor Augen führte.

Sie scrollte zurück und las ihn noch einmal.

»Merde«, murmelte sie, obwohl sie solche Flüche normalerweise missbilligte.

Sie griff unter das Bett und zog die Ledertasche mit dem Laptop hervor. In einem der Fächer steckte das kleine, in Seide gebundene, mit einem schwarzen Gummiband umwundene Buch. Elisabeth packte es aus, blätterte darin, dann klappte sie es zu, verstaute es an seinen Platz und ließ die Tasche wieder verschwinden.

Eine Zeit lang stand sie nachdenklich da, bevor sie eine Antwort auf die Mitteilung in ihr Handy tippte.

Unten rief Rory nach ihr, und sie lächelte vor sich hin.

Aus diesen kostbaren Tagen wollte sie möglichst viel herausholen. Das goldene Zwischenspiel ihres Großmutterglücks würde nicht mehr lange dauern, bald käme die Wahrheit ans Licht. Elisabeth nahm sich vor, das Beste daraus zu machen.

5

»Ooooh, schau mal, Dad!«, schrie Charlie am nächsten Morgen. »Da ist eine Karte von Granddad!« Aufgeregt schwenkte er die Ansichtskarte, die blendend weißen Schnee und mittendrin ein absonderliches Tier zeigte, vor dem Frühstücksmüsli seines Vaters.

»Das muss ein Yeti sein!« Rory packte die Karte und studierte sie eingehend.

»Oder Granny Isabel mit schlechter Laune«, kommentierte Nick.

»Genau genommen ist es ein Yak«, erklärte Bella herablassend.

»Was ist ein Yak?«, wollte Nick wissen.

»Ein wildes oder domestiziertes Rind mit langen, seidigen Haaren, das man im zentralasiatischen Hochland findet«, informierte ihn seine Tochter gönnerhaft.

»Wow!«, meinte Nick. »In dieser Schule lernst du *tatsächlich* was.«

Bella grinste. »Um ehrlich zu sein – das musste ich fürs Scrabble im Lexikon nachschlagen.«

»Was schreibt Granddad?«, übertönte Georgie das lebhafte Stimmengewirr.

»›Meine Lieben‹«, las Bella vor, »›Nepal ist fantastisch. Das Essen leider nicht. Gran hat jeden Abend eine Protestaktion gegen den Catering-Service Batchelors Cup-A-Soup organisiert. Jetzt bekommen wir ein Dinner mit drei Gängen. Ich bin froh, dass ich kein Sherpa bin, der das alles schleppen muss. Herzliche Grüße von Gran und Granddad.‹«

»Stell dir das mal vor, Georgie …«, japste Nick und krümmte sich vor Lachen. »Auf halbem Weg zum Gipfel des K2 macht deine Mutter den Koch zur Schnecke.«

»Der K2 liegt nicht in Nepal«, korrigierte Rory seinen Vater. »Wahrscheinlich meinst du den Annapurna. Außerdem steigen Granny und Granddad nicht auf hohe Berge, sie trecken nur.«

»Offenbar bin ich alt geworden«, gestand Nick. »An diesem Morgen wissen meine Kinder schon zum zweiten Mal mehr als ich.«

»Ja, du bist alt, Dad«, bestätigte Charlie. »Aber wenigstens hast du immer noch deine Haare. Mr Ross, unser Naturkundelehrer, ist so kahl wie ein Wasserhuhn.«

»Sind Wasserhühner kahl? Eigentlich dachte ich, die wären durchgeknallt. Vielleicht sind die durchgeknallt *und* kahl, mit kleinen Schnurrbärten wie die Männer in San Francisco.« Nick fahndete nach seiner Computertasche, die wie üblich neben der Haustür unter einem Berg aus zahllosen Sachen – dem Annapurna nicht unähnlich – vergraben lag.

»Vergiss nicht!«, überschrie Georgie den lautstarken Streit zwischen den Kindern, der über die Kahlköpfigkeit des Wasserhuhns entbrannt war. »Heute Abend gibt's Steaks zum Dinner!«

»Bis später!«

Wie gewohnt rannte Bella in letzter Minute in ihr

Schlafzimmer hinauf und wieder herunter, wobei sie überall Papiere und Heftmappen verstreute. »Oh, verdammt, die Physikarbeit ... Darf ich sagen, Pet hätte sie gefressen?«

Georgie hob die Papiere auf. »Da ist sie. Hast du das Geld für deinen Lunch?«

»Das brauche ich nicht, weil ich gerade eine Diät mache«, erwiderte Bella und küsste ihre Mutter. »Hoffentlich funktioniert das romantische Dinner. Und merk dir bloß die allerwichtigste Regel – keine Babys mehr. So was Peinliches würde ich nicht ertragen.«

»Oh, um Himmels willen«, stöhnte Georgie und schob sie zur Tür hinaus.

Elisabeth hielt Wort. Was sie versprochen hatte, übertrumpfte sie sogar. Erst holte sie Rory und Charlie von der Schule ab, dann überredete sie Bella dazu, nach Hadworth zu kommen und mit ihnen ins Kino zu gehen.

»Nein, ich benehme mich *nicht* wie eine Ehefrau aus den fünfziger Jahren«, flüsterte Georgie, während sie den Tisch mit Kerzen, Rosen aus dem Garten und ihren schönsten Gläsern deckte. »Ich *investiere* nur ein bisschen was in meine Ehe.«

Um halb acht lag sie mit einem Glas Wein in der Badewanne. Sehnsüchtig hoffte sie, Nick würde früher nach Hause kommen und sich zu ihr gesellen. An diesem Nachmittag hatte sie in der Abteilung für Selbsthilfe der lokalen Buchhandlung in einem hellrosa Buch geblättert, das den Titel trug »Tausend und zwei Nächte voller Supersex«. Dieser aufschlussreiche Band enthielt den Vorschlag, eine Ehefrau sollte im ganzen Haus kleine Zettel für ihren Mann hinterlegen, mit Nachrichten wie:

»Ich trage kein Höschen«. Wenn Nick so was fände, würde er sich schief lachen.

Weil er sich um acht noch immer nicht blicken ließ, stieg sie aus dem Bad und zog sich an. Kein Slip mit einem Schlitz zwischen den Beinen, kein aufreizendes Krankenschwesteroutfit, wie es in dem rosa Handbuch empfohlen wurde. Sondern ein fließendes schwarzes Kleid, das sie schlank machte. Diesmal gab sie sich besondere Mühe mit ihrem Make-up. Dann sprühte sie Calvin Kleins »Glamorous« hinter die Ohren und auf die Handgelenke. Eine boshafte innere Stimme spottete: »Du benimmst dich tatsächlich wie eine Hausfrau aus den fünfziger Jahren«, worauf Georgie in Gedanken konterte: »Halt den Mund, verdammte Germaine Greer. Wenigstens habe ich einen Ehemann.«

Dann traf sie die letzten Vorbereitungen.

Der Grill war eingeschaltet, der Salat angerichtet. Nun ja, genauer ausgedrückt, war er geöffnet, denn er stammte aus einem jener Päckchen mit gemischtem Blattsalat und der Aufschrift »frisch und fertig«. Aber meistens kam man gar nicht dazu, ihn zu essen, also sollte der Text eher lauten: »Fertig für den Abfalleimer«. In der entkorkten Weinflasche fehlte nur die Menge, die sie schon getrunken hatte. Zum Dessert würde sie sich nicht selber offerieren, zumindest nicht sofort, sondern Himbeeren mit Sahne und waffeldünnem Buttergebäck auftischen.

Alles, was sie jetzt noch brauchte, war Nick.

Leise summte sie vor sich hin, während sie die Kerzen anzündete. Wie sie in aller Bescheidenheit feststellte, sah der Tisch wunderschön aus. Sie schaute zur Küchenuhr hinauf. Halb neun. Wo zum Teufel blieb Nick?

Sie wählte die Nummer seines Handys. Ärgerlicherweise war es abgeschaltet. Hatte er das Dinner zu zweit etwa vergessen? Unmöglich …

Jetzt summte sie nicht mehr vor sich hin. Stattdessen schenkte sie sich noch ein Glas Wein ein. Wo mochte er stecken?

Sie setzte sich vor den Fernseher und zappte durch die Kanäle. Nichts, was ihre Aufmerksamkeit fesselte. In plötzlicher Selbsterkenntnis überdachte sie ihre Situation. Warum war aus der einst so smarten Georgina Morrison, die all die Furcht erregenden Einkäufer von Harrods und Selfridge's umgarnt und überredet hatte, die unbekannte Ware ihres Ehemanns zu erwerben, eine unsichere Hausfrau geworden, die daheim herumsaß und besorgt überlegte, ob Nick sich verspätete, weil er es mit Alison trieb?

Um halb zehn war er noch immer nicht erschienen. Resignierend goss Georgie den restlichen Wein in ihr Glas, nahm die beiden Filetsteaks aus dem Kühlschrank und schenkte sie Pet, der sein Glück gar nicht zu fassen vermochte.

Dann blies sie die Kerzen aus, spülte das Glas, hob den Deckel des Abfalleimers, um den Salat hineinzuschütten – und in diesem Augenblick hörte sie Nicks Schlüssel in der Haustür knirschen.

Beim Anblick des geschmückten Esstisches mit den Kerzen und Blumen schien er ehrlich zu erschrecken. »O, mein Gott, Georgie, ich hab's völlig vergessen …«

Voller Unbehagen kam er zu ihr. Da nahm sie das verräterische Whiskeyaroma in seinem Atem wahr, vermischt mit dem Duft eines Frauenparfums, ganz eindeutig – eine dieser schwülen Moschusnoten, die besagten: *Komm mit mir ins Bett*, und die alle Möchtegernverführerinnen bevorzugten. Während sie die ganze Zeit hier mit ihrem armseligen Dinner gewartet hatte, war er in einem Pub oder einer Weinbar gewesen, zweifellos mit Alison.

Wütend schaute sich Georgie in der Küche um. Auf der Arbeitsplatte stand die Salatschüssel und sah so verlockend aus, dass sie impulsiv danach griff, um sie auf Nick zu schleudern. Rucola und Radicchio landeten in wildem Durcheinander auf seinen Schultern, und die Schüssel, die zu Georgies Lieblingsservice gehörte, zerbrach am Boden.

»Und da ist das verdammte Dressing!«, kreischte sie und warf das Glas mit der französischen Salatsauce hinterher. Als es an seinem Ohr vorbei flog, öffnete sich die Haustür, und Rory stürmte gefolgt von Charlie und Bella herein. Aus allen drei Gesichtern strahlte erwartungsvolle Freude.

»Offenbar habt ihr beide einen romantischen Abend genossen«, mutmaßte Bella, während Rory in Tränen ausbrach. In einer Ecke erbrach Pet die Steaks und hinterließ eine widerwärtige Bescherung am Eichenboden.

»War der Film gut?« Den Kindern zuliebe versuchte Georgie eine normale Atmosphäre zu heucheln. »Kommt her, ihr beiden.« Einen Arm legte sie um Charlie, den anderen um Rory. Dabei fing sie Elisabeths Blick auf. »Höchste Zeit fürs Bett. In ein paar Minuten komme ich hinauf, und dann gibt's für jeden einen extra Knuddel. Inzwischen kann Dad die Küche sauber machen.«

»Nacht, Dad.« Nur widerstrebend verließen die Jungs den Schauplatz der dramatischen Ereignisse, auf die sie so unterschiedlich reagierten, wie es ihren Persönlichkeiten entsprach.

Zuerst ging sie in Rorys Zimmer.

»Ihr werdet euch doch nicht trennen, Dad und du?«, fragte er mit einer tränenerstickten Stimme, die Georgie beinahe das Herz brach.

Liebevoll streichelte sie sein nasses Gesicht und wünschte, sie könnte ihm den ersehnten Trost spenden. Doch sie wusste nicht einmal selber, wie die Antwort lauten müsste. »Manchmal benehmen sich die Erwachsenen ziemlich albern, und dann übertreiben sie maßlos.«

»Also wird Dad nicht fortgehen?«

»Ich hoffe, er ist unten und räumt die Küche auf.«

»Darf ich heute Nacht bei Charlie schlafen?«

»Natürlich, ich trage deine Decke hinüber. Vergiss den Panda nicht«, fügte sie hinzu und gab ihm das weiche Plüschtier, das er jeden Abend ins Bett mitnahm.

»Mum ...« Charlie war noch wach, und Georgie wappnete sich gegen weitere Fragen, die sie nicht zu beantworten vermochte. »Was waren das für schwarze Krümel, die Pet gekotzt hat?«

Vor lauter Erleichterung drückte sie ihn fest an sich, bis er keine Luft mehr bekam. »Pilze. Ich hab vergessen, sie von der Platte zu nehmen, auf der die Steaks lagen.«

»Haben Hunde was gegen Pilze?«

»Ja, nach Pets Magenverstimmung zu schließen.«

Immer noch in der Küche, die Augen voller Kampfgeist, fauchte Bella: »Du meine Güte, Dad, wie konntest du so verdammt selbstsüchtig sein?«

»Untersteh dich, in diesem Ton mit mir zu reden, junge Dame!«, stieß Nick hervor. Er hatte sein Jackett ausgezogen und den Salat in den Mülleimer geschüttet. Jetzt fegte er die Scherben der Salatschüssel zusammen.

»Du warst über Mums Plan informiert. Ein ganz besonderes Dinner. Nur für euch zwei. Das hat sie beim Frühstück gesagt.«

Niedergeschlagen ließ Nick die Schultern hängen. »Ich hab's vergessen. Da war Andrew Davisons Abschiedsparty. Mums Dinner fiel mir erst wieder ein, als irgendjemand fragte, ob wir essen gehen sollten. Da fuhr ich so schnell wie möglich nach Hause.«

»War die grässliche Alison auch auf der Abschiedsparty?« Bella beugte sich vor und schnüffelte am Jackett ihres Vaters. »Offensichtlich. Genau der Typ von Sado-Maso-Sirene, die diesen Duft benutzt. Weißt du was, Dad? Dauernd ermahnst du mich, die richtigen Entscheidungen zu treffen. Keine Drogen, nicht herumschlafen, hart arbeiten, damit ich auf die Universität gehen kann. Und nun hast *du* beschlossen, deine Ehe zu ruinieren. Eine Affäre passiert nicht aus heiterem Himmel. Dazu muss man sich *entscheiden.*«

»Wie kannst du es wagen, mir Lektionen zu erteilen«, donnerte Nick. »Außerdem – ich habe keine Affäre!«

»Wenn das so ist – lauf nach oben und sag es Mum. Sie ist schon ins Bett gegangen. Wahrscheinlich, weil sie es nicht erträgt, mit dir zu reden. Wer sollte ihr das verübeln?«

Für einen kurzen Moment sah es so aus, als wollte Nick seine Tochter schlagen.

Im Wohnzimmer hielt Elisabeth den Atem an. Hierher hatte sie sich diskret zurückgezogen. Nur wenn es unbedingt nötig war, würde sie eingreifen. Oft genug hatte sie beobachtet, wie ein Mann die Beherrschung verlor und zur Gewalttätigkeit neigte.

Stattdessen nahm er Bella in die Arme und hielt sie fest. »Um Gottes willen, Bella, warum bist du mit deinen sechzehn Jahren so verdammt scharfsinnig?«

In ihren Augen brannten Tränen, und sie erwiderte die Umarmung. »Weil ich deine Tochter bin, du Dummkopf. Diese Bella, der du beigebracht hast, selber zu denken. Erinnerst du dich? Von der alle Leute behaupten, sie sei wie du. Geh jetzt hinauf und entschuldige dich bei Mum. Kümmere dich nicht um die Küche, ich bringe das in Ordnung.«

Sobald er im oberen Stockwerk verschwunden war, eilte Elisabeth aus dem Wohnzimmer, um dem Mädchen zu helfen.

»Tut mir so Leid«, seufzte Bella. »Manchmal führen sich die Männer wie die letzten Idioten auf.«

»Dafür musst du dich nicht entschuldigen.« Elisabeth faltete das blütenweiße Tischtuch zusammen und räumte das saubere Besteck weg. »Offenbar liebst du deinen Vater sehr.« Das war keine Frage, sondern eine Feststellung.

»O ja. Wenn er kein Arschloch ist. In all den Jahren hat er mich ermutigt und aufgefordert, meine Interessen leidenschaftlich zu verfolgen, für mich selber einzustehen, niemals am gleichen Strang wie alle anderen zu ziehen. In seiner Jugend war er ein Rebell. Wie er sich jetzt benimmt – das glaub ich einfach nicht. Liegt das am Sex? Wenn *so was* dabei herauskommt, werde ich nie Sex haben.«

Das Haar fiel in Bellas Gesicht, die Augen blitzten wie blaue Kristalle. In ihrer Intensität wirkte sie so liebenswert, dass Elisabeth alles tun würde, um sie zu schützen. Lange würde es nicht mehr dauern, bis Bella den problematischen Lockruf des Sex vernehmen würde.

»Das alles ist viel komplizierter«, entgegnete Elisabeth. »Die Ehe ist schwierig, und Sex ist ein Teil davon, aber nicht alles.«

»Okay, Schluss damit. Ich glaube, ich will nicht noch mehr über das Sexualleben meiner Eltern wissen. Jedenfalls bin ich froh, dass du da bist, Elisabeth«, fuhr Bella unerwartet fort. »Seit du bei uns wohnst, kommt mir unsere Familie irgendwie – sicherer vor.«

Zum zweiten Mal innerhalb weniger Tage verspürte Elisabeth das dringende Bedürfnis, das Schiff der Morrison-Ehe unbeschadet durch die Versuchungen des modernen Lebens zu steuern, damit es im heftigen Wellengang den Kurs beibehielt.

»Gute Nacht.« Bella stöpselte die Kopfhörer ihres Pods in die Ohren, um die Katastrophen dieses Abends mit den Red Hot Chillie Peppers zu verdrängen.

Nachdem Elisabeth das Licht abgeschaltet hatte, folgte sie ihr aus der Küche.

Oben in der Granny-Wohnung blinkte eine weitere Nachricht auf dem Handy. »Krise in Paris«, las sie. »Muss sofort mit dir reden. Ruf mich an. Armande.«

Elisabeth wählte eine Nummer und führte ein kurzes, hektisches Gespräch mit Armande. Offenbar gab es Probleme, die ihre sofortige Aufmerksamkeit erforderten. Wenn sie nicht sofort nach Paris zurückkehrte, erfuhr sie, würde es vielleicht keinen Auftrag mehr für sie geben. Seufzend fügte sie sich ins Unvermeidliche. Sie wollte nicht heimreisen. Aber ihr blieb wohl nichts anderes übrig. Außerdem war es sicher am besten. Wer wusste schon, was geschehen würde, wenn sie noch länger hier blieb? Am nächsten Morgen wollte sie Georgie und den Kindern mitteilen, sie würde nach Paris fliegen.

Zögernd stand Georgie am Treppenabsatz, nachdem sie Rory in Charlies Bett gebracht hatte, und lauschte.

War Nick schon eingeschlafen? Wenn ja, widerte sie der Gedanke an, neben ihm unter die Decke zu kriechen. Dieses breite Bett hatten sie gekauft, damit sich die Kinder in den verschlafenen sonntäglichen Morgenstunden zu ihnen kuscheln konnten. Wie träge junge Hündchen hatten sie sich übereinander gewälzt. Schon jetzt spürte sie die kalte Fläche des weißen Lakens, das sie von ihrem Mann trennen würde.

Und so sank sie erschöpft in Rorys schmales Bett und schlief sofort ein.

»Georgie?« In der Dunkelheit spürte sie seine Hand, die sie behutsam wachrüttelte. »Komm in unser Bett.« Es war Nick, das Gesicht gezeichnet von Schmerz und Reue. »Tut mir furchtbar Leid wegen heute Abend, das war unverzeihlich.« Er schlug die Decke zurück und versuchte sie auf die Beine zu ziehen. »Wenn die Kinder dich hier finden, werden sie sich Sorgen machen.«

Das war zu viel für Georgie. »Hättest du früher an die Kinder gedacht!«, fuhr sie ihn an und war plötzlich hellwach.

Aber sie ließ sich ins eheliche Schlafzimmer führen, und Nick drückte sie aufs Bett. »Glaub mir, Georgie, ich weiß – irgendwas müssen wir tun. So geht's nicht weiter.«

»Hast du eine Affäre mit Alison?«

»Nein.«

»Würdest du was mit ihr anfangen?«

Er zuckte zusammen, als hätte sie ihn geohrfeigt. »Nun, ich finde sie sehr attraktiv«, entgegnete er mit ruhiger Stimme.

»Will sie mit dir schlafen?«

Darauf gab er keine Antwort.

»Wie weit ist es bisher gegangen?«

»Ein paar Mal haben wir uns geküsst.«

»Und was hat dich in solchen Momenten zurückgehalten?«

»Du, Georgie. Du und die Kinder. Sei versichert, ich bin nicht so wie mein Dad, der überall wie ein brunftiger Hund Sex wittert. Zufällig gerieten wir in eine Situation, in der wir uns zueinander hingezogen fühlten.«

»In London?«

Nick seufzte. »Ja.«

»Dann solltet ihr vielleicht nicht mehr zusammenarbeiten.«

»So einfach kann ich sie nicht feuern, Georgie. Immerhin habe ich ihr diese verdammte Partnerschaft angeboten. In Zukunft werde ich solche verfänglichen Situationen meiden.«

»Nun könnte ich verlangen – nie mehr gemeinsame Geschäftsreisen. Aber das spielt keine Rolle. Genauso gut könntest du sie auf einem Parkplatz bumsen.«

Gequält zuckte er zusammen. »Nicht, Georgie. Das ist nur …« Unsicher suchte er nach Worten, die keinen weiteren Schaden anrichten würden. »In letzter Zeit dachte ich, vielleicht hast du die Nase voll vom Sex und dich stattdessen für die Familie entschieden.«

In Georgies selbstgerechten Zorn mischten sich schwache Schuldgefühle. »Wahrscheinlich habe ich mich nicht genug bemüht.« Dann erinnerte sie sich unwillkürlich an Elisabeths Worte. *Bemüht er sich, um begehrenswert auf Sie zu wirken?* »Aber du hast auch nicht viel getan, um mich zu verführen.«

»Hätte das was genützt? Hätte ich eine Schleife um mein bestes Stück binden und dich mit duftendem Öl massieren sollen?«

Unfähig, ein Lächeln zu unterdrücken, mahnte sie: »Jetzt tust du so, als könnte ich gar nicht genug kriegen.«

Auch Nick grinste. »Vermutlich haben wir einander für selbstverständlich gehalten«, meinte er und setzte sich zu ihr. »Hör mal, fahren wir doch weg. Nur wir beide. Die geplante Reise mit der Familie holen wir ein andermal nach.« Plötzlich strahlte sein Gesicht vor jungenhaftem Eifer. »Was hältst du vom nächsten Wochenende? Oder wir bleiben eine ganze Woche weg, nehmen uns viel Zeit, um auszuspannen und uns richtig zu amüsieren. Inzwischen wird Elisabeth den Haushalt schmeißen und die Kids hüten.« Sein eindringlicher, flehender Blick begann Georgies eisigen Groll zu schmelzen. »Soll ich mal im Hotel Esmeralda anrufen?«

Das Esmeralda war ein kleines Hotel am linken Pariser Seine-Ufer, in dem sie kurz nach ihrer ersten Begegnung abgestiegen waren – winzig, billig und unglaublich romantisch, mit einer zauberhaften Aussicht auf Notre Dame.

»Also gut.« Sie strich ihm eine Haarsträhne aus der Stirn, und er küsste ihre Hand.

»Auf nach Paris. Und Sex am Nachmittag.«

»*Nur* Sex am Nachmittag.«

»Heute siehst du viel glücklicher aus, Georgie«, bemerkte Elisabeth am nächsten Morgen, nachdem die Kinder zur Schule gegangen waren.

»Das bin ich auch.«

Elisabeth nahm ihren ganzen Mut zusammen, um zu erklären, sie müsse England verlassen. Erstaunlich, wie weh das tat ... Wenn sie abgereist und Isabel aus Nepal zurückgekehrt war, würden gewisse Dinge ans Licht kommen. Vielleicht würde Georgie sie nie wiedersehen wollen. »Nun sollte ich wirklich ...«, begann sie unsicher.

Aber Georgie fiel ihr ins Wort. »Nick und ich möchten dich um einen ganz großen Gefallen bitten.«

Elisabeth hielt den Atem an. Dass Georgie ihren Mann in das Anliegen einschloss, musste ein gutes Zeichen sein.

»Also – er schlug mir vor, mit ihm zu verreisen. Für eine ganze Woche! Würdest du in der Zwischenzeit auf die Jungs aufpassen? Bella ist zu jung, um die Verantwortung zu übernehmen. Und Lorna beteiligt sich gerade an einem Bridge-Turnier. Danach wird sie dir sicher helfen. Kaum zu fassen – Nick will eine Woche blau machen! Wahrscheinlich ist's genau das, was unsere Ehe braucht.« Georgie wirkte so aufgeregt und überschwänglich wie ein verliebtes junges Mädchen.

Bedrückt erinnerte sich Elisabeth an die beschwörenden Nachrichten aus Paris. Wenn sie nicht sofort zurückkehrte, würde ihr Geschäft womöglich zusammenbrechen. Aber durfte sie Georgie im Stich lassen, die ihre Ehe retten wollte? Keinesfalls. Die Leute in Paris mussten eben etwas länger warten, ganz egal, zu welchen Konsequenzen das führen würde. »Ja, selbstverständlich, meine Liebe, es ist mir ein Vergnügen. Wohin wollt ihr fahren?«

»Nach Paris. Dort steigen wir in einem kleinen Hotel namens Esmeralda ab.«

»*Absolument pas*. Für Touristen und Studenten ist das Esmeralda ganz nett. Aber ihr beide müsst echten Pariser Luxus genießen. Es wäre mir eine Freude, euch in ein schönes Hotel einzuladen, zum Dank für eure Gastfreundschaft, und euch das Paris zu präsentieren, das ich liebe.«

»Oh ...« Georgie zögerte.

»Denk an das Geld, das ich spare, weil ich hier wohne, und widersprich mir nicht! Du wirst keine Enttäuschung erleben. Das verspreche ich. Vertrau mir.«

»Wenn du's so ausdrückst – wie könnte ich dein Angebot ablehnen?«

»Gut, dann wäre das geregelt. Wann werdet ihr abreisen?«

»Am Freitag. Heute Vormittag möchte ich nach Hadworth fahren und ins Reisebüro gehen.«

»Da begleite ich dich, wenn's dir recht ist.«

»Deine Gesellschaft ist mir immer willkommen.«

»Es ist sehr freundlich von dir, das zu sagen ...«

»Gar nicht freundlich, sondern die reine Wahrheit«, beteuerte Georgie. Seltsam, wie leicht es ihr fiel, diese Frau zu mögen, die sie erst seit kurzem kannte – während sie zu ihrer Mutter ein so distanziertes, kühles Verhältnis hatte ... »Ich glaube, Nick und ich werden alles wieder hinkriegen«, fügte sie leise hinzu.

In diesem Moment stieg Bella die Treppe herab, wie üblich zu spät, die Augen immer noch vom Schlaf verschleiert. Trotzdem sah sie zauberhaft aus.

»Bye, Bella!«, rief Georgie.

»Heute bleibe ich daheim und arbeite am Computer.«

»Dann sehen wir uns später. Elisabeth und ich fahren nach Hadworth.«

»Hast du dich gestern Abend mit Dad versöhnt? Ich hörte euch wie Teenager wispern.«

Wortlos lächelte Georgie.

»Hat er die Salat-Dusche unbeschadet überstanden?«

»Scheint so ... Ist es okay, wenn Dad und ich für eine Woche nach Paris fahren? Elisabeth kümmert sich um die Jungs.«

»Großartig!«, seufzte Bella. »Das muss ich mir merken. Wenn ich nächstes Mal einen Kurzurlaub brauche, werfe ich einfach irgendwem Radicchio und Rucola ins Gesicht.«

Der Reisebürokaufmann freute sich sichtlich über eine Kundin, die das ganze Paket *nicht* im Internet gebucht hatte. »Also ist der persönliche Service immer noch gefragt. Sehr gut. Eine Flugreise oder der Eurostar? Ich empfehle Ihnen die Bahnfahrt. Da gibt's ein paar günstige Angebote. Und es ist viel besser, mitten in Paris anzukommen, als in der Rushhour am Freitag von Charles de Gaulle ins Zentrum zu zockeln.«

»Okay, ich nehme den Eurostar«, stimmte Georgie zu.

Während sie die Tickets buchte, saß Elisabeth im Auto und telefonierte mit ihrem Handy.

»Da habe ich sie!« Beglückt schwenkte Georgie die Tickets durch die Luft.

»Wunderbar!«, erwiderte Elisabeth. »Das müssen wir mit Champagner feiern.«

»Aber es ist noch nicht einmal Mittag«, wandte Georgie ein, dann merkte sie, dass sie sich wie eine Bibliothekarin benahm, die empört die Rückgabe eines seit Jahren überfälligen Buchs anmahnte.

»Hör mal, du fährst nach Paris!«, schimpfte Elisabeth. »Sei keine britische Langweilerin!« Entschlossen führte sie Georgie zu den einladend ausgebreiteten Armen der Engelsstatue über dem Eingang des Angel Hotels.

Wie Georgie bald herausfand, waren ein paar Gläser Champagner an einem Dienstag um elf Uhr dreißig nicht zu verachten.

Währenddessen geriet Bella in ganz besondere Schwierigkeiten. Was ihr diesmal passierte, grenzte an eine ernsthafte Krise. Am nächsten Morgen *musste* sie ihre Physikarbeit abliefern. Ausnahmsweise ging ihre gewohnte Strategie, alles bis zum letzten Sekundenbruchteil hinauszuzögern, gründlich schief. Das Problem lag im gottverdammten Computer. Soeben war er wieder abgestürzt, und sie brauchte dringend Zugang zu einem anderen. Ihre Freundin Leah meldete sich nicht am Telefon, die andere Freundin war in der Schule.

Reg dich nicht auf, befahl sie sich, die Handflächen schweißnass, ein schrecklich flaues Gefühl im Magen. Dafür *muss* es eine Lösung geben …

Und dann erinnerte sie sich an Elisabeths Laptop.

Sicher hätte sie nichts dagegen, wenn ich ihn benutze, überlegte sie. In den fast zwei Wochen, seit Elisabeth bei den Morrisons wohnte, hatte sie kein einziges Mal die Fassung verloren. Offenbar besaß sie eine erstaunliche Ruhe. Allerdings verwandelte sie sich in Granit, wenn man ihr zu viele persönliche Fragen stellte. Aber sie würde zweifellos verstehen, wie wichtig die Physikarbeit war. In der Welt der Erwachsenen schien die Maxime *Du sollst eine gute Ausbildung bekommen, um deine Zukunftschancen zu verbessern* einem elften Gebot zu entsprechen.

Bella fand den Schlüssel zur Granny-Wohnung und rannte die Treppe hinauf. Seltsam – der Computer war nirgends zu sehen. Mit wachsenden Schuldgefühlen begann sie Elisabeths Schubladen und den Schrank zu durchsuchen. Nichts ... Ah, ein edler Mulberry-Koffer, etwa drei Mal so teuer wie das Reisegepäck, das ihr Vater produzierte ... Doch der Laptop steckte nicht darin. Hatte Elisabeth ihn nach Hadworth mitgenommen? Wohl kaum.

Einer Panik nahe, spähte Bella unter das Bett.

Da lag die Tasche.

Womöglich hatte Elisabeth gehört, die britische Kriminalitätsrate sei noch schlimmer als die französische, oder so was Ähnliches. Bella zerrte die Tasche hervor, legte sie aufs Bett und öffnete den Reißverschluss. Dabei fiel ein kleines, in schwarze Seide gebundenes, von einem Gummiband umwundenes Buch auf die weiße Decke.

Fasziniert schlug sie es auf. Führte die alte Lady ein geheimes Tagebuch? Und wie wäre *ihr* zumute, würde Elisabeth oder sonst jemand ihr *eigenes* geheimes Tagebuch lesen? Wie Bella erleichtert feststellte, enthielt das Bändchen nichts weiter als eine lange Liste von Namen. Jeder war mit einem Herz, einem Karo, einem Kreuz oder einem Pik versehen. Elisabeths Poker-Taktik? Verdankte sie ihren Wohlstand irgendwelchen mysteriösen Internet-Pokerpartien? Oder hing es mit Bridge zusammen? Granny Lorna war eine fanatische Bridge-Spielerin. Vielleicht sollten sich die beiden mal zusammentun.

Bella schlang das Gummiband um das kleine schwarze Buch und schob es in das Fach der Tasche, aus dem es herausgerutscht war. Nun konnte sie ihre Physikarbeit vollenden. Endlich wieder online, klickte sie die benötigten Informationen an, dann stellte sie die Charts und Tabellen erfreulich schnell zusammen und kopierte ihr Werk auf eine Diskette. Als sie den Computer ausschalten wollte, sah sie das E-Mail-Zeichen blinken. Neugierig betätigte sie die Maus.

Sonderbar – in den letzten zehn Tagen hatte Elisabeth etwa zwanzig E-Mails erhalten, alle von einer Person namens Armande, und keine einzige geöffnet.

Sie sprach nie von einem Ehemann oder sonstigen Angehörigen. War sie schwul – und Armande ihre Liebhaberin? Aber diese Interpretation, zweifellos aufregend und eine Episode in der Jerry-Springer-Freak-Show wert, vielleicht mit dem Titel »Meine Ersatzgroßmutter liebt eine Frau«, erschien Bella grotesk. In ihrer eindeutig normalen, eher nüchternen Art würde sich Elisabeth gewiss nicht auf eine lesbische Affäre einlassen. Also musste es eine andere Erklärung für die zahlreichen E-Mails geben. Bella schaltete den Laptop aus und verstaute ihn wieder unter dem Bett.

Eigentlich brauchte sie Elisabeth nicht zu verraten, dass sie ihn erneut benutzt hatte. Aber dagegen sträubte sich ihre ausgeprägte Ehrlichkeit. Außerdem würde Elisabeth vielleicht merken, dass sich jemand in den »GCSE Physics Revision Guide« eingeloggt hatte.

Als Bella hörte, wie die Haustür geöffnet wurde, lief

sie nach unten. »Elisabeth, ich muss dir was gestehen. Bitte, versprich mir – du wirst mich nicht ermorden!«

Gutmütig belächelte die alte Dame Bellas Vorliebe für maßlose Übertreibungen. »Was für ein Geständnis ist es denn? So schlimm kann's doch gar nicht sein.«

»Ich habe mir deinen Laptop noch mal ausgeliehen.«

Erstaunt beobachtete Bella, wie Elisabeth zum ersten Mal seit ihrer Ankunft nervös wurde. »Du meinst – du warst in meinem Schlafzimmer und hast ihn unter dem Bett gefunden?«

»Tut mir sooooo Leid. Unser mieser alter Computer ist schon wieder zusammengekracht.« Vorwurfsvoll starrte Bella ihrer Mutter nach, die gerade im Haus verschwand. Aber um fair zu bleiben, durfte sie ihr nicht die alleinige Schuld an der minderwertigen Hardware geben, mit der sie sich dauernd abplagte. »Und ich *musste* die Physikarbeit fertig kriegen. Sonst hätte ich meine ganze künftige Karriere versaut.« Gewinnend grinste sie.

Diesmal entlockte sie Elisabeth kein nachsichtiges Lächeln. »Warst du im Internet?«

»Ja.«

»Hast du eine meiner privaten E-Mails geöffnet?«

»Natürlich *nicht!*«, entgegnete Bella mit der ganzen Würde ihrer sechzehn Jahre. »Aber du hast eine ganze Menge bekommen und nicht aufgemacht. Alle von derselben Person. Solltest du nicht antworten?«

»Ich finde, das ist meine Sache. Nicht wahr, Bella?« Elisabeth schob sich an ihr vorbei und stieg die Treppe zur Granny-Wohnung hinauf. »Und würdest du mich gefälligst um Erlaubnis bitten, bevor du nächstes Mal mein Eigentum benutzt?«

Erschrocken schaute Bella ihr nach. Nun benahm sich Elisabeth kein bisschen großmütterlich – eher wie eine strenge Schuldirektorin, die einer unartigen Schülerin die Tür wies.

»Was ist denn los mit Elisabeth?«, fragte Georgie, als Bella erbost auf einen Küchenstuhl sank.

»Sie ist sauer, weil ich mir ihren Laptop ausgeliehen habe.«

»Was? Du bist einfach in ihre Wohnung gegangen und hast dich an ihrem Computer vergriffen? Also – das ist ungeheuerlich!«

Plötzlich glich Bella einer Sechsjährigen. »Ja, ich weiß. Und jetzt ist sie mir böse. Aber wenn ich's nicht getan hätte, würde ich in Physik durchfallen. Und – ja, ich weiß, ich hätte früher mit der Arbeit anfangen sollen.« Abrupt wechselte sie das Thema und griff in eine Tasche ihrer Cargo-Hose. »Da – ich habe dir ein kleines Geschenk gekauft. Das musst du mitnehmen, wenn du mit Dad für eine Woche voller zügelloser Ausschweifungen nach Paris fährst.«

»Bella!«

»Ist das nicht der Sinn der ganzen Sache?« Bella öffnete ihre Faust und enthüllte ein winziges Etwas aus dünnem Stoff, nicht größer als ein zusammengefaltetes Taschentuch, mit einem gestickten roten Herz in der Mitte. »Ein Tanga.«

»Dass das ein Tanga ist, sehe ich.«

»Ich dachte, der wäre ein gutes Omen. Für dich und Dad. Weil ihr euch anscheinend wieder vertragt. Übrigens, das ist kein gewöhnlicher Tanga.« Bella grinste ihre Mutter an. »Sondern ein Tanga voller Hoffnung.«

Nun schlüpfte sie in die Rolle von Georgies inoffizieller Image-Beraterin und verbot ihr, vernünftige, praktische Kleidungsstücke einzupacken. Stattdessen sollte ihre Mum nur Sachen mitnehmen, die sie, Bella, für angemessen hielt. Unglücklicherweise waren das nicht allzu viele.

»Tut mir echt Leid, Mum, aber du bist eine wandelnde modische Katastrophe.«

»Besten Dank«, erwiderte Georgie gekränkt. »Ich ziehe mich so an, wie es meinem Lebensstil entspricht.«

»Eben ... Schau mal, das habe ich im Internet für dich gefunden.« Bella holte einen Zettel aus einer ihrer Hosentaschen. Darauf waren die romantischen Top Ten Locations in Paris aufgelistet, von einer kleinen Weinbar bei Sacré-Coeur bis zu einem Restaurant an einem See mitten im Bois de Boulogne.

»Bella, du bist erstaunlich«, musste Georgie ihr zugestehen. »Wo um alles in der Welt kommst du bloß her?«

»Wie soll ich das wissen? Eigentlich habe ich bisher immer gedacht, du wärst bei meiner Empfängnis dabei gewesen.«

»Findest du's okay, wenn wir für eine ganze Woche wegfahren, Lorna?«, fragte Georgie, als ihre Schwiegermutter am nächsten Tag anrief. »Ich meine – mitten im Trimester und so ...«

»Natürlich ist es okay. Du tust viel zu viel für deine Kinder. Und wie wird dir die ganze Schinderei gedankt? Das ist wohl kaum der Rede wert. Außerdem – wie oft habt ihr denn *zwei* alte Schachteln zur Verfügung, die euch alle familiären Pflichten abnehmen? Elisabeth und ich werden das Ding schon schaukeln. Bei dieser Gelegenheit kann sie ihr Versprechen einlösen und mir erklären, wie ich einen Mann an Land ziehe. Offenbar muss ich zu rauchen aufhören. Und lügen, was mein Alter angeht. Da bin ich mir nicht ganz sicher. Ist es irgendein Mann wirklich wert, Benson & Hedges-Glimmstengel aufzugeben? Daran zweifle ich. Fahr du nur nach Paris und amüsier dich mit meinem Sohn.«

»Ruft ihr jeden Tag an?«, fragte Rory zum zehnten Mal.

»Ja, alter Junge«, beteuerte Nick.

»Bringt ihr uns Geschenke mit?« In Charlies grünen Augen funkelte begierige Vorfreude.

»Ganz bestimmt«, erwiderte sein Vater.

»Und versprichst du, nichts erzieherisch Wertvolles zu kaufen?«

»Das schwöre ich hoch und heilig.«

Am Tag vor der Abreise wollte Nick früher als normalerweise zur Arbeit gehen, um klar Schiff zu machen, ehe er seinen Urlaub antrat. Verschlafen rekelte sich Georgie im Bett.

Nick beugte sich hinab und gab ihr einen Abschiedskuss. »Heute Abend komme ich wahrscheinlich später nach Hause, weil ich noch eine ganze Menge erledigen muss, bevor wir wegfahren. Also keine Attacken mit gefährlichen Salaten, okay?«

»Schade«, witzelte Georgie gähnend. »Ich dachte an einen dreigängigen Angriff. Erst durchbohre ich dich mit Spargelspitzen, dann lasse ich dich an einer Fischgräte würgen, und ein vergifteter Schokoladenpudding könnte dir den Rest geben.«

»Dann ist es wohl besser, wenn sich meine Verspätung in Grenzen hält.«

Glücklich döste sie vor sich hin und träumte, sie würde in einem Pariser Café sitzen, warmen Sonnenschein am Rücken spüren, ein Omelett mit Pommes frites essen und Rotwein trinken.

Nach einer Stunde schrillte der Wecker. Sie richtete sich auf und stellte ihn ab. Dabei sah sie Nicks Handy neben seiner Seite des Betts am Boden liegen. Wie ärgerlich ... Das würde er sicher brauchen. Sie schaltete es ein, um herauszufinden, ob irgendwelche Nachrichten eingetroffen waren, die ihn vielleicht interessieren würden. Prompt begann es zu blinken.

Unschlüssig starrte Georgie das Display an. Sollte sie das Handy ausschalten oder die Mitteilung öffnen? Wäre es ein Vertrauensbruch?

Der Gewissenskonflikt dauerte nicht lange.

Nur sieben Tage, lautete die Nachricht. *Aber es kommt mir wie eine Ewigkeit vor. Denk an unser Wiedersehen. A.*

Beinahe fürchtete Georgie, sie müsste erbrechen. Ihr Magen drehte sich um, ihre Handflächen schwitzten. Wie ein dummes junges Mädchen vor dem ersten Rendezvous hatte sie sich gefühlt. Während ihr Ehemann mit seinen Gedanken bei einer anderen gewesen war.

Bei wem, musste sie ihn nicht fragen.

6

»Kommst du, Mum? In ein paar Minuten müssen wir losfahren!«

Nicht einmal Rorys sorgenvolle Stimme konnte den

Nebel aus Schmerz und Kränkung durchdringen. Reglos saß Georgie auf der Bettkante und starrte den Text im Display des Handys an.

Während sie sich dumm und zutiefst verletzt fühlte, begann sie langsam, die anderen Nachrichten abzuspulen. Wenn Alison diese eine Nachricht geschickt hatte, gab es vielleicht noch mehr.

Insgesamt las sie sechs, keine so belastend wie die letzte. Doch der Tonfall krampfte ihr Herz beklemmend zusammen. Kokett, liebevoll, schelmisch ... Und eins war geradezu eklatant: Nick und Alison dachten unentwegt aneinander.

»Mu-um!«

Mühsam zwang sich Georgie aufzustehen. Ihr ganzer Körper fühlte sich bleischwer an. In einer Ecke des Schlafzimmers stand ihr geöffneter Koffer, der fast fertig gepackt war, und schien sie zu verhöhnen. Eins von den schicken neuen B&B-Modellen ...

Diesen Koffer hatte ihr Nick geschenkt. Wütend trat sie dagegen, Kleidungsstücke flogen in alle Richtungen. Sie zog sich hastig an, ohne zu überlegen, wonach sie dabei griff.

Elisabeth war schon auf den Beinen und servierte den Jungs das Frühstück. Nach einem kurzen Blick in Georgies Gesicht erkannte sie, dass irgendetwas nicht stimmte.

Schweigend reichte ihr Georgie das Handy mit dem verräterischen Text im Display. Elisabeth umfasste ihre Schulter. Wie dumm und selbstsüchtig die Männer doch waren, sogar die attraktiven, liebenswerten von Nicks Sorte ...

»Sobald ich Rory und Charlie zur Schule gebracht

habe, fahre ich hin und stelle ihn zur Rede«, flüsterte Georgie. »Seid ihr fertig, Jungs?« An diesem Morgen konnte sie nicht kontrollieren, ob sie ihre Sachen beisammen hatten. Alle ihre Energie musste sie darauf konzentrieren, nicht den Boden unter den Füßen zu verlieren – nicht umzukippen.

Nachdem sie die Kinder vor der Schule abgesetzt hatte, fuhr sie zum Bürogebäude von B&B und sah Nicks Auto auf dem Parkplatz stehen.

»Hallo, Georgie!«, rief die Empfangsdame lächelnd. Offenbar bemerkte sie nichts Eigenartiges an Georgies Verhalten. »Sicher freust du dich schon ganz wahnsinnig aufs Pariser Leben. Soll ich Nick anrufen?«

»Nein, danke, ich gehe einfach hinauf.«

Als Georgie das Büro ihres Mannes betrat, hatte er gerade eine Besprechung beendet. Nur Alison war bei ihm.

Wieder trug sie einen der eleganten Hosenanzüge, auf die sie spezialisiert war. Die kurze Jacke und die schmale Hose betonten ihre schlanke, im Fitness-Center gestählte Figur. Glatt und glänzend schmeichelte ihr Haarschnitt den slawischen anmutenden Wangenknochen. Beim Anblick ihres perfekten, dezenten Make-ups versuchte Georgie zu vergessen, wie schrecklich sie selber zweifellos aussah.

»Nun sollte ich mich beeilen …« Bestrebt, möglichst schnell zu verschwinden, stieß Alison gegen einen Stuhl.

»Hi, Darling …« Mit einem schuldbewussten Zögern in den Augen lächelte Nick. »Ich wusste gar nicht, dass du vorbeischauen wolltest.«

»Das hatte ich auch nicht geplant.« Georgies frostige Stimme überraschte ihn sichtlich. »Aber du hast dein Handy im Schlafzimmer liegen lassen.«

»Oh … Das hättest du mir nicht bringen müssen. Heute Abend könnte ich es auch noch checken. Trotzdem – vielen Dank.«

»Da ist eine wichtige Nachricht drauf. Die möchtest du wohl kaum verpassen. Von Alison.«

Nick konnte seine Nervosität nicht länger verhehlen.

»Soll ich dir den Text vorlesen? Er lautet: ›Nur sieben Tage. Aber es kommt mir wie eine Ewigkeit vor. Denk an unser Wiedersehen. A.‹ Was meint sie damit? Die sieben Tage, die du mit deiner Frau in Paris genießen willst?«

»Georgie, ich …«

»Natürlich tust du mir furchtbar Leid. Eine ganze Woche von Alison getrennt – das muss die reine Hölle für dich sein. Und für *sie* genauso. Für euer Problem gibt es eine simple Lösung. Bleib einfach hier.«

»Okay«, stieß er in die Enge getrieben hervor. »Es war ohnehin eine idiotische Idee, eine Woche Urlaub zu nehmen. Ausgerechnet jetzt, wo ich alle Hände voll zu tun habe! Doch ich dachte dummerweise, du würdest dich darüber freuen. Ganz egal, was Alison mir mitgeteilt hat – es wäre *nicht* die reine Hölle für mich. Aber du hast ja immer Recht, vergessen wir's also einfach.«

»Wovon redest du?«, fauchte sie, ebenso erbost wie Nick. »Von der Reise nach Paris oder unserer Ehe?«

»Um Himmels willen, Georgie, sei nicht so melodramatisch! Die Texte sind blödsinnig, alberne Spielereien, und ich bedauere, dass du sie gelesen hast.«

»Und was wäre, wenn ich's nicht getan hätte? Dann wären deine ›albernen Spielereien‹ mit Alison völlig in Ordnung?«

Bisher hatten ihr Zorn und helle Empörung Kraft gegeben, doch nun spürte sie, wie heiße Tränen in ihre Augen stiegen. Verdammt wollte sie sein, wenn sie hier zusammenbrach, während Alison vermutlich an der Tür lauschte. Deshalb ergriff sie ihre Handtasche und wandte sich zum Gehen.

»Warte, Georgie!«, bat Nick und folgte ihr. »Das war unglaublich dumm von mir. Fahren wir nach Paris. Dort werden wir wieder zueinander finden. Genau das brauchen wir – ein paar Tage zu zweit, ohne die Kinder, ohne die Firma.«

»Nein, Nick. Versuch nicht, dich auf diese simple Tour aus der Affäre zu ziehen.« Hätte ein schwerer Gegenstand auf dem Schreibtisch gelegen, wäre sie vielleicht versucht gewesen, ihn an Nicks Kopf zu werfen. »Verpiss dich einfach!«

Krachend fiel die Bürotür hinter ihr ins Schloss, und ihr Mann blieb hilflos zurück. Sollte er ihr nachlaufen? Oder besser nicht?

Als sie in ihr Auto stieg und den Motor startete, zitterte sie immer noch vor Wut. Letzten Abend hatte sie einer romantischen Urlaubswoche entgegengefiebert. Jetzt fragte sie sich, ob ihre Ehe die Krise überstehen würde.

Was sie am schlimmsten fand – die Kinder ahnten nichts von der Gefahr, die wie ein zerstörerischer Hurrikan zur schutzlosen Küste des Familienlebens raste. Am Ende ihrer Nervenkraft musste sie während der Rückfahrt am Straßenrand halten. Unbewegt saß sie da, den Kopf auf dem Lenkrad, bis sie das Gefühl hatte, sie könnte wieder funktionieren. Als sie sich aufrichtete, pochte es schmerzhaft in ihren Schläfen.

In der Diele ihres Hauses wurde sie von Elisabeth erwartet.

»Gerade war Nick am Telefon. Anscheinend regt er

sich ziemlich auf. Er bat mich, dir auszurichten, du sollst ihn sofort anrufen, wenn du heimkommst. Mach das doch, Georgie!«, drängte Elisabeth ermutigend. »Diese unselige Affäre ... Vielleicht ist er gar nicht so weit gegangen, wie du glaubst.«

»Bei einem Betrug geht es nicht nur um Sex, Elisabeth, sondern auch um die ständigen Gedanken an eine andere Frau.«

»Wie hat er sich verteidigt?«

»Er behauptet, er würde nur ein albernes Spiel mit Alison treiben.«

»Wahrscheinlich stimmt das sogar. Ein Flirt macht nun mal Spaß. Offensichtlich stellt die junge Frau deinem Mann nach. Aber möglicherweise ohne Erfolg.«

»Diesen Eindruck habe ich nicht gewonnen. Außerdem sollten die Tage in Paris *uns beiden* gehören – eine Chance, das Herzklopfen der ersten Liebe wiederzubeleben.«

»Deshalb hat sie Nick schätzungsweise die Nachricht geschickt. Um eure Reise zu sabotieren, weil sie die Gefahr kennt, die ihr droht. Ruf wenigstens in Nicks Büro an. Ich habe ihm versprochen, ich würde dich darum bitten.«

Wider besseres Wissen wählte Georgie die Nummer. Es dauerte sehr lange, bis sich jemand meldete.

»Hallo, ich würde gern Nick Morrison sprechen. Hier ist seine Frau. Bitte sagen Sie ihm, es ist dringend.«

»Tu mir Leid, er hat gerade eine wichtige Besprechung. Jetzt darf ich ihn wirklich nicht stören.«

In wachsendem Zorn erkannte sie Alisons Stimme. »Okay!«, schrie sie das Telefon an, nachdem sie aufgelegt hatte. »Mir reicht's! Paris mit meinem Mann – das fällt ins Wasser! Von mir aus kann Alison ihn haben. Ich bin's leid, immer nur daheim zu warten, dankbar für jedes bisschen Aufmerksamkeit, das er mir gelegentlich schenkt. Ich reise allein nach Paris. Und zwar sofort! Sicher kann ich die Fahrkarte umtauschen und einen früheren Zug nehmen.« Sie wandte sich zu Elisabeth, stahlharte Entschlossenheit in den Augen, die völlig neu und ein wenig beängstigend wirkte. »Wie du mir erzählt hast, war meine Mutter bei eurer ersten Begegnung eine kleine graue Maus. So sieht sie auf diesem Pariser Foto nicht aus. Auch ich werde mich verändern. Statt die Rolle der braven Ehefrau und Mutter zu spielen, möchte ich glamourös, unabhängig und sexy auftreten. Könntest du mir bloß dabei helfen ...«

»Weißt du, Georgie ...«, begann Elisabeth in ernstem Ton. »Eine so starke Veränderung kann eine Frau aus dem Gleichgewicht bringen. Genau das ist deiner Mutter passiert. In Paris hat sie sich verwandelt. Mit meiner Hilfe ...«

»Vielleicht *will* ich aus dem Gleichgewicht geraten – und Nick aufrütteln. Jetzt gehe ich hinauf und hole meine Sachen ... Soll er doch mal sehen, wie das ist, wenn man sich hier um alles kümmern muss! Vielleicht wird er merken, was er an mir hat.«

In ihrem Schlafzimmer sah es wie nach einer Explosion aus. Nachdem sie ihre Kleidungsstücke mit einem Fußtritt aus dem Koffer befördert hatte, lagen sie am ganzen Boden verstreut.

Und wenn schon ... Georgie sammelte sie ein und legte sie in den Koffer zurück. Aber so schick der auch aussah – plötzlich repräsentierte er alles, was in ihrem Leben schief gelaufen war: die enge Beziehung zwischen

Nick und Alison – und die bittere Erkenntnis, sie hätte sich schon längst ausgeschlossen fühlen müssen.

Also packte sie ihre Sachen wieder aus und stopfte sie in Rorys alte Sporttasche von Adidas, steckte ihren Reisepass und die Bahnfahrkarte in die Handtasche und rannte nach unten, ohne auch nur einen kurzen Blick in den Spiegel zu werfen.

»O Gott, Georgie …« Dieses verrückte Unterfangen schien Elisabeth große Sorgen zu bereiten. »Bist du dir sicher? Könntest du nicht ein bisschen *französischer* denken und die Situation akzeptieren?«

Aber Georgie kramte schon den Autoschlüssel hervor, um zum Bahnhof zu fahren. Mit ihrem geröteten Gesicht glich sie einem wild entschlossenen Kind, das ein verbotenes Abenteuer wagen wollte.

»Was meinst du, was Nick dazu sagen wird?«, mahnte Elisabeth.

»Das ist mir völlig egal«, entgegnete Georgie mit einem lässigen Achselzucken. »Natürlich tut's mir Leid, dass ich dich mit dieser ganzen Scheiße allein lasse. Aber wegen der Kinder wird er sich damit abfinden. Ich habe eine Nachricht im Schlafzimmer hinterlegt, mit einer kurzen und bündigen Erklärung, warum ich gehe. Sag ihm, er soll irgendeine Geschichte für die Jungs erfinden. Voraussichtlich wird Bella zwei und zwei zusammenzählen. Bye, Elisabeth. Ich glaube – diese Reise brauche ich wirklich. So geht's nicht weiter.«

Bedrückt schaute Elisabeth ihr nach, als sie den Gartenweg entlang eilte. In den zwei kurzen Wochen, seit sie Georgie kannte, hatte sie fast mütterliche Gefühle für sie entwickelt. Was Isabel eindeutig versäumt hatte …

Wenn Georgie ihren Willen durchsetzte und sich völlig verwandelte – würde das irgendetwas an ihrer Beziehung zu Nick ändern? Gefährliche Erinnerungen aus der Vergangenheit gingen Elisabeth durch den Kopf, doch sie verdrängte sie mit aller Macht.

Georgie drehte sich um und winkte ihr. Sie trug einen hübschen Rock, aber eine Bluse, die überhaupt nicht dazu passte, und beige Schuhe aus der Kategorie »derb und praktisch«. Ihr Haar hatte sie hastig am Hinterkopf zusammengebunden, und während sie rannte, löste sich eine dünne, flatternde blonde Strähne.

Dieser Herausforderung konnte Elisabeth unmöglich widerstehen. »Georgie!«, rief sie und rannte zur Zufahrt. Im heftigen Wind begann sich ihr untadeliger französischer Haarknoten ausnahmsweise aufzulösen. »Ich werde meine Freundin anrufen – und sie bitten, dich vom Zug abzuholen. Halt nach ihr Ausschau! Armande ist blond, benutzt immer einen leuchtend roten Lippenstift, du wirst sie wohl kaum übersehen, denn sie ist *toute petite*. Wie ein zierliches, winziges Püppchen!«

Sie beobachtete, wie Georgie davonfuhr. Dann stieg sie die Treppe zur Granny-Wohnung hinauf und holte ihr Handy hervor.

»*Bonjour,* Armande!«

»Gott sei Dank, Elisabeth!« In der Stimme ihrer Freundin schwang unüberhörbare Panik mit. »Warum hast du meine telefonischen Nachrichten und die E-Mails nicht beantwortet? *Ici on a des grands problèmes!* Jemand macht uns Schwierigkeiten, wirbt unsere Klienten ab und streut das Gerücht aus, die Agentur würde bald schließen. Das glauben die Leute, weil du dich nicht blicken lässt. Wir glauben, es ist Katrina. Neulich ist sie nach München verschwunden. Um Himmels willen, Elisabeth, wann kommst du zurück?«

»Bald. Das verspreche ich dir. Aber zuerst muss ich dich um einen Gefallen bitten, Armande. Eine Freundin namens Georgina fährt heute nach Paris. Dort wollte sie ursprünglich mit ihrem Mann Urlaub machen. Aber soeben ist sie allein abgereist. Sie bedeutet mir sehr viel. Deshalb sollst du dich um sie kümmern. Ich habe ein schönes Zimmer im Archange für sie gebucht, und ich flehe dich an – hol sie von der Bahn ab!«

»Wie erkenne ich sie?«

»Sie wird nach dir Ausschau halten. Und – Armande, du musst sie in eine andere Frau verwandeln. Ganz neuer *chic*, neue Kleider, neues Make-up, eine neue Frisur. Heb das Geld von meinem Konto ab. Meine liebe Georgie soll wie eine *Parisienne* aussehen.«

»Aber – Elisabeth!«, protestierte Armande erschrocken. »*Elle est Anglaise!* Diese Frauen haben einen grauenhaften Geschmack! Denk an Madame Thatcher!«

»Geh mit ihr zu Max.«

»O Elisabeth ...« Nun geriet Armande in neue Panik und begann, was für sie ungewöhnlich war, zu rebellieren. »Glaubst du wirklich, das ist eine gute Idee?«

»Mach eine Schönheit aus ihr, Armande. Mir zuliebe. Keine Bange, ich komme bald zurück. Schon Ende nächster Woche.«

»*Bien*. Hoffentlich ist das früh genug.«

Georgie saß am Fenster eines Abteils in der ersten Klasse und blickte hinaus. Zum Glück war es erstaunlich einfach gewesen, die Fahrkarte umzutauschen. Und sie fand die Reise in der ersten Klasse genau so romantisch, wie sie sich das ausgemalt hatte. Zwischen den weichen, mit Samt bezogenen Sitzen standen kleine Tische, die von rosaroten Art-déco-Lampen beleuchtet wurden, die ein ganz besonderes, etwas zweideutiges Licht verströmten – so als würde das Coupé manchmal die Funktion eines Bordells erfüllen.

»Sind Sie allein, Madame?«, erkundigte sich die Kellnerin und schenkte ihr ein Glas Champagner ein.

»Ja – ich …« Beinahe hätte Georgie eine langwierige Erklärung abgegeben, warum ihr Ehemann nicht neben ihr saß. Doch sie hielt sich gerade noch rechtzeitig zurück. Warum sollte sie *nicht* allein verreisen? Immerhin könnte sie eine Industriemagnatin auf dem Weg von einer Metropole zu anderen sein, die an wichtigen Besprechungen teilzunehmen hatte. »Ja«, wiederholte sie etwas selbstbewusster, »ich fahre allein nach Paris.«

»Mit diesem Zug haben Sie eine ausgezeichnete Wahl getroffen, Madame«, gratulierte ihr die Kellnerin. »Das ist nämlich ein französischer, und das Essen ist viel besser als das englische.« Lächelnd reichte sie Georgie eine Speisekarte.

In der ersten Klasse wirkten alle Fahrgäste elegant und gut situiert. Mit geschlossenen Augen fragte sich Georgie, wie man sich fühlen mochte, wenn man so schick aussah, dass einen alle Leute verstohlen musterten und ihren Neid zu verbergen suchten. Während der Zug aus der Station rollte und die Themse überquerte, blinzelte sie in den Sonnenschein, der sich im Fluss spiegelte. Das Zentrum Londons am Themseufer erinnerte sie an ein gigantisches Kinderspielzeug, das sich vor dem strahlend blauen Himmel des Junitages abzeichnete. Allmählich begannen Zorn und Kummer zu verfliegen. Zur

Abwechslung wäre es einmal *Nick*, der zu Hause wartete, ohne zu wissen, wann sie zurückkommen wollte und was sie tat.

Sie hielt ihr Champagnerglas in die Sonne und beobachtete, wie die Luftbläschen übermütig im goldenen Licht tanzten. »Auf mein Abenteuer!«, wisperte sie fast unhörbar.

Hätte sie gewusst, welch ein Abenteuer auf sie wartete, hätte sie vielleicht in aller Ruhe ihren Champagner getrunken und die Fahrt in Ashford beendet.

Drei Stunden später erreichte der Zug den Gare du Nord. Georgie hob ihre Sporttasche aus dem Gepäcknetz und stieg aus. Auf der Suche nach Armande ließ sie ihren Blick über die Menge schweifen, unzählige Pariser waren erschienen, um Besucher vom Eurostar abzuholen. Da tummelte sich die übliche Schar von Taxifahrern, die auf Geschäftsreisende warteten, aufgeregte Leute, die ein lang ersehntes Wiedersehen mit alten Freunden feiern wollten, französische Mütter, deren Kinder sich vielleicht im Zuge eines Schüleraustausches in England aufgehalten hatten. Nirgendwo zeigte sich jemand, der einem »zierlichen, winzigen Püppchen« glich.

Georgie wartete, bis die letzten Fahrgäste den Bahnsteig verließen. In wachsendem Unbehagen bereute sie ihren überstürzten Aufbruch. Verdammt, sie wusste nicht einmal, in welchem Hotel sie sich einquartieren sollte.

Da entdeckte sie Elisabeths Freundin. Offenbar war es ein Fehler gewesen, nach einer Porzellanpuppe auszuschauen, einem zerbrechlichen geishagleichen Geschöpf. Stattdessen ähnelte Armande eher Barbies Urgroßmutter. Sie war tatsächlich winzig klein, aber mit schulterlangen blonden Haaren und einer Haut von der Farbe und Textur eingeweckter Walnüsse. Und die Kleidung … Trotz des Junitages trug sie mehr Tierhäute als Buffalo Bill – eine braune Lederhose mit einem braunen Ledergürtel über einem graubraunen Seidenhemd, eine hellbraune, mit Fransen besetzte Wildlederjacke und Cowboystiefel. Glücklicherweise schien sie den Stetson vergessen zu haben.

Diese extravagante Frau war mit der zurückhaltenden, fast unscheinbaren Elisabeth befreundet? Das konnte sich Georgie kaum vorstellen.

Aber Armandes Lächeln beseitigte alle Zweifel – ein einladendes Grinsen, das manchen Menschen angeboren war und jeden in ihrer Umgebung zwang, ebenfalls zu lächeln.

»Hallo, Sie müssen Georgina sein.« Armande inspizierte die altmodische Bluse und den Rock, das zusammengezurrte Haar, die grässlichen Schuhe, die den Anschein erweckten, sie wären für eine Preisverleihung in einer konservativen Schule gekauft worden. Und – großer Gott – hing wirklich und wahrhaftig eine schäbige Sporttasche an Georginas Schulter? Damit wollte sie in einem der exklusivsten Pariser Hotels absteigen? Armande seufzte. Was hatte Elisabeth ihr da aufgebürdet – ein fast unlösbares Problem … Als hätte sie noch nicht genug am Hals!

Georgie streckte ihre Hand aus, was Armande ignorierte und sie stattdessen ganz fest in die Arme nahm, um sie nicht zwei Mal, sondern drei Mal auf die Wangen zu küssen. »*Bienvenu à Paris!* Hatten Sie eine angenehme Reise? Mit dem Eurostar bin ich nur einmal gefahren, und da bekam ich einen Steak-und-Nieren-Pudding. Nie wieder! Geben Sie mir Ihre Tasche, mein Auto steht auf dem Parkplatz.«

Statt ein unwürdiges Gerangel um das Gepäck anzuzetteln, überließ Georgie ihr die Adidastasche. »Vielen Dank für Ihre Mühe. Es war so freundlich von Elisabeth, Sie anzurufen. Wie ich gestehen muss, weiß ich nicht einmal, wo ich wohnen werde.«

»Ja, Elisabeth steckt voller Überraschungen. Das werden Sie bald herausfinden. Erst einmal bringen wir Ihr Gepäck ins Hotel, danach müssen wir was Wichtiges erledigen.« Armande führte sie zum Parkplatz, und sie stiegen in einen winzigen Peugeot.

Wohin Georgie während der Fahrt auch schaute – alles, was sie sah, entzückte sie, obwohl sie durch ganz gewöhnliche Nebenstraßen fuhren. Geschäftige Leute eilten vorbei, Müßiggänger saßen in Straßencafés, wo sie bei Bier oder Espresso schwatzen. Dies alles wirkte so wundervoll in Szene gesetzt, als würde es eigens zu ihrem Amüsement geschehen. Sie war erst ein paar Mal in Paris gewesen, aber noch nie allein und bereit zu einem Abenteuer.

Der Gedanke, Nick könnte eine Affäre haben und ihre Ehe scheitern, verschwand irgendwo im Hintergrund ihres Bewusstseins. Doch der Kummer sickerte hin und wieder durch die Freude, wie ein Rotweinfleck auf einem weißen Tischtuch. Jedes Mal verdrängte sie ihr Leid. Damit würde sie sich später befassen.

Als sie um eine Ecke bogen, tauchte die grüne Kuppel der Opera Garnier in ihrem ganzen Rokokoglanz auf.

»Ist das nicht herrlich?« Georgie kurbelte ihr Fenster herunter, um das Gebäude genauer zu betrachten.

»Das absurdeste Bauwerk von Paris«, meinte Armande verächtlich. »Trotzdem liebe ich es. Da gibt es sogar eine Rampe, über die Kaiser Napoleon zu seiner imperialen Loge fuhr. Heutzutage würde er in einem Hubschrauber eintreffen.«

Nun erreichten sie die Avenue de l'Opéra, und Georgie steckte den Kopf aus dem Autofenster.

»Vielleicht hätte ich die direkte Route wählen sollen«, bemerkte Armande. »Aber ich bevorzuge diese pittoreske Strecke.«

Dann fuhren sie durch Seitenstraßen, über hübsche Plätze, und Armande wies auf alle Sehenswürdigkeiten hin.

»Das Musée du Louvre mit der sensationellen Pyramide! Das müssen Sie unbedingt besichtigen, Georgina.« Auf dem Pont Notre Dame überquerten sie die Seine und sahen zur Linken die Kathedrale. »Eine düstere, schreckliche Kirche«, urteilte Armande. »Mit mittelalterlichem Elend voll gestopft. Sacré-Coeur könnte ich jeden Tag besuchen. Wenn dieser Bau auch wie eine Hochzeitstorte aussieht – er stimmt mich wenigstens fröhlich.«

Schließlich bogen sie nach links, auf einen großen Platz, in dessen Zentrum eine Kirche mit einer Kuppel emporragte.

»Die Place du Pantheon«, verkündete Armande. »Hinter der Ecke liegt Ihr Hotel. L'Archange zählt zu den am besten gehüteten Pariser Geheimnissen.«

Schon auf den ersten Blick liebte Georgie das Haus. Es erhob sich auf einem kleinen Platz hinter der Place du Pantheon. Im neunzehnten Jahrhundert war es von einem Ehepaar aus der Pariser Oberschicht errichtet worden, das keine Kosten gescheut hatte. Die Eingangshalle glich eher einem Antiquitätenladen oder einem Museum als einer Hotel-Lounge. Doch die historische Fassade verbarg ein Restaurant, eine luxuriöse Bar und sogar einen Ballsaal.

»*Bonjour*, Madame, willkommen im Hotel Archange.« Mit dramatischer Geste öffnete der Portier, wie der Offizier eines besonders grandiosen Husarenregiments kostümiert, die Schwingtür. Dann schnippten seine Finger, und er winkte einen trägen Pagen zu sich. »Richard, bring das Gepäck der Dame zur Rezeption!«

Beim Anblick der unansehnlichen Sporttasche hob der Empfangschef die Brauen nur um einen Millimeter. Aber dieser Millimeter sagte alles: *Gucci und Vuitton, ja. Mulberry, eventuell. Adidas, bitte nein.*

Nachdem sie eingecheckt hatte, ergriff der Page die Sporttasche erneut – so ehrerbietig, als bestünde sie aus purem Gold – und geleitete die beiden Damen zum Lift. Im dritten Stock trat er beiseite und ließ sie aussteigen. »Rechts, am Ende des Korridors.«

Vor dem Zimmer nahm er Georgie höflich den Schlüssel aus der Hand und sperrte die Tür auf. Hingerissen hielt sie den Atem an. Noch nie hatte sie einen schöneren Raum gesehen.

Einem durchschnittlichen anonymen Hotelzimmer ähnelte er etwa so sehr wie Mata Hari Julie Andrews. Da gab es ein wunderbares Bett mit Baldachin, kostbare Empire-Möbel, Blumenvasen, exquisite kleine Kunstgegenstände auf edlen Wandtischen und mehrere farbenfrohe türkische Teppiche. Durch die Fenster, die vom Boden bis zur Decke reichten, sah Georgie einige Baumwipfel und die Kuppel der Pantheon-Kirche.

»Einfach perfekt!«, jubelte sie und biss auf ihre Lippen – denn sie wollte sich nicht vorstellen, wie himmlisch es wäre, dies alles mit Nick zu teilen. Zu schade …

»Ein so fabelhaftes Hotelzimmer habe ich nie zuvor bewohnt.«

»Im L'Archange sieht jeder Raum so aus«, erklärte Armande. »Sie werden sich wie in einem Privathaus fühlen. Und jetzt – *viens vite!* Ihre Sachen können Sie später auspacken. Wir gehen erst mal zum Friseur.«

Fünf Minuten später saßen sie wieder im Auto.

»Welch ein Glück Sie haben, dass Ihr Zimmer in meinem Lieblingsstadtteil liegt!«, konstatierte Armande. »Am linken Ufer. Irgendwann müssen Sie sich unbedingt in ein Café setzen und Françoise Sagan lesen.«

Der kleine, aber teure Friseursalon lag an der Rue Mazarine, nahe dem berühmten Boulevard St. Germain. Hier schien jeder Armande zu kennen, und alle begrüßten sie mit Küsschen.

»Max, ich habe dir Georgina mitgebracht!« Triumphierend wies sie auf Georgie, als hätte sie die Engländerin soeben aus einem Hut hervorgezaubert.

Inmitten der glamourösen Pariser und Pariserinnen fühlte sich Georgie ein bisschen wie ein weißes Kaninchen, das von schimmernden dunklen Nerzen mit Halsbändern voller funkelnder Juwelen umringt wurde.

Eine lange Minute musterte Max ihre Frisur, ohne auch nur ein einziges Wort zu äußern. Er war weißhaarig und alterslos, mit schlanker, gestählter Figur, von oben bis unten schwarz gekleidet.

Gleich wird er fragen, wer meine Haare geschnitten hat, dachte Georgie, einer Panik nahe. Doch das ersparte er ihr und runzelte stattdessen ausdrucksvoll die Stirn. Einen Kommentar zu diesen Strähnen abzugeben, besagte seine Miene, wäre unter der Würde eines Coiffeurs von seinem Rang.

»Blond«, stellte er unvermittelt fest. »Offensichtlich brauchen Sie mehr Blond. Diese Farbe passt zu einer Eisjungfrau. Wie hieß doch gleich Ihre Eiskönigin? Boadicea!«, rief er und klatschte in die Hände. »*Bien!* Würde sich jemand bequemen, Boadiceas Haar zu waschen?«

Klugerweise verkniff sich Georgie den Einwand, Boadicea sei eher eine Kriegerin als eine Eiskönigin gewesen. Sie hielt es auch für ziemlich unwahrscheinlich, dass die Frau seinerzeit, im ersten Jahrhundert, einen Friseursalon besucht hatte.

Zwei dunkelhaarige, unglaublich dünne junge Männer stürzten sich gleichzeitig auf sie. Der kleinere siegte. »*Venez,* Madame«, bat er und führte sie zu den Haarwaschbecken am anderen Ende des Raums.

Boadicea, dachte Georgie, während sie sich dem köstlichen Duft von Ylang Ylang und dem wohltuenden Gefühl hingab, als ihre Kopfhaut massiert wurde. Hoffentlich werde ich nicht mit Färberwaid bemalt …

Danach erschien der Color-Stylist und bedeckte ihren Kopf mit so zahlreichen zusammengezwirbelten Folienstreifen, dass sie wie eine Klobürste mit silbernen Borsten aussah. »Warum so viele?«, fragte sie.

»Drei verschiedene Blond-Nuancen, Madame.«

Als die Folien verschwunden waren, tauchte Max wieder auf und schwenkte eine beängstigende Schere.

»Keine Bange«, wisperte Armande, »das ist seine Spezialität. Aus einem Umkreis von hundert Kilometern kommen die Frauen hierher, um sich in Max' fachkundige Hände zu begeben.«

»Und die Schafe?«, murmelte Georgie. »Nein, sagen Sie's nicht, die sind sicher vernünftiger.«

Max schnippelte so lange an ihr herum, dass sie befürchtete, letzten Endes würde sie wie Jeanne d'Arc von Jean Seberg gespielt aussehen. Zudem hatte er die irritierende Angewohnheit, nicht hinter ihr zu stehen, sondern vor dem Spiegel, so dass sie das Resultat seiner Bemühungen nicht einschätzen konnte. Zweifellos wandte er diese Strategie mit Absicht an.

Verwundert blickte sie zu Boden, wo sich unzählige Strähnen häuften, und fragte sich, warum ihr Haar vor dem Schnitt gefärbt worden war. Welch eine Verschwendung von *drei* Blond-Schattierungen ...

»*Voilà*«, entschied Max schließlich. Dann neigte er sich zu ihr hinab und zischte: »Wagen Sie es bloß nicht, in den Spiegel zu schauen! Sonst werden Ihnen auf meinen persönlichen Befehl alle Haare ausfallen.« Gebieterisch schnippte er mit den Fingern. »Celine wird für Ihr Make-up sorgen.«

Georgie erhob sich gehorsam und folgte Celine. Beklommen überlegte sie, was Max ihr angetan haben mochte. Hatte er ihr einen lächerlichen barbarischen Schnitt verpasst, der nur zu einer mageren Siebzehnjährigen passen würde? Meistens benutzte sie ihr Haar als Tarnung, als willkommenen Vorhang, hinter dem sie sich versteckte, wenn sie nervös war.

Nun hatte Max diesen Vorhang weit auseinander gezogen.

Celine führte sie in eine hell erleuchtete Ecke des Salons, rückte ihr einen Sessel zurecht und bat sie, die Augen zu schließen. Zunächst klemmte sie Georgies neue Ponyfransen mit einem gigantischen Lockenwickler nach hinten. Isabel hatte ihr stets von Ponyfransen abgeraten, weil sie das Mondgesicht ihrer Tochter betonen würden.

Dann trug die junge Frau den leichtesten Moisturizer auf, den Georgie je gespürt hatte, gefolgt von einer Grundierung und losem Puder.

Von der Puderquaste gekitzelt, musste Georgie lachen.

»Zum Glück habe ich Ihr Augen-Make-up noch nicht aufgetragen, sonst wär's jetzt verschmiert«, schimpfte Celine, die fürchtete, diese Kundin würde das Ritual kosmetischer Kunst nicht ernst genug nehmen.

Sie zog ein Etui voller Pinsel hervor, das einem Picasso genügt hätte, und trug Lidschatten, Lidstrich und massenhaft Mascara auf.

»Damit die Augen aus dem Gesicht springen«, erklärte sie zu Georgies Entsetzen. Zum Schluss zeichnete Celine eine weiche braune Linie am unteren Lid und überpuderte das ganze Gebilde, um es zu fixieren.

Geschäftig kehrte Max zurück und legte letzte Hand an die Frisur, wobei er wieder zwischen Georgie und dem Spiegel stand.

»*C'est fini,* Queen Boadicea«, verkündete er und trat zurück, um sein Kunstwerk zu bewundern.

Verblüfft schnappte Georgie nach Luft. Sie sah nicht nur fünfzehn Jahre jünger aus, sondern sogar noch jünger als vor fünfzehn Jahren. Blonder, schicker – und sexy wie nie zuvor.

»*Excusez moi,* Monsieur Max«, mischte sich das hübsche Mädchen an der Rezeption ein. »Wo ist die englische Lady, die vorhin hereinkam? Soeben sind ein paar Kleider für sie geliefert worden.«

»Da sitzt sie!«, rief Max enthusiastisch und zeigte auf Georgie.

»*Merde, alors!*«, japste die junge Empfangsdame, dann errötete sie wie eine Verkehrsampel, zutiefst erschrocken über ihre Indiskretion. Für immer würde diese Miene in Georgies Gedächtnis haften.

»Ah, Ihre Kleider, meine Liebe!«, gluckste Armande. »Im Moment erinnern Sie mich an das Kinderspielzeug, bei dem man Köpfe und Körper vertauscht.«

»Herzlichen Dank«, entgegnete Georgie, »das ist mein bestes Outfit.«

Verständnislos schüttelte Armande den Kopf und murmelte mehrmals »Madame Thatcher« vor sich hin.

»Okay«, fauchte Georgie. »Ich mag ja einen grauenhaften Geschmack haben. Aber wie Mrs T. ziehe ich mich nun wirklich nicht an.«

Ihr Protest wurde ignoriert. »Darf sie sich irgendwo umkleiden, Max?«, fragte Armande.

»Im Personalraum. Wenn sie einen Spiegel braucht – den findet sie in der Toilette.«

»Da.« Armande drückte ein paar Einkaufstüten in Georgies Hand. »Das alles habe ich selber ausgesucht.«

Inständig hoffte Georgie, sie würde in diesen Sachen nicht wie Calamity Jane aussehen, ganz in Leder und Fransen. »Aber – Sie kennen meine Größe nicht.«

»Oh, so was kann ich sehr gut abschätzen. Ich kaufe dauernd Kleider für Mädchen. Los, gehen Sie!«

Im Personalzimmer überlegte Georgie sekundenlang, welche Mädchen Armande meinte, bevor sie sich auf die Einkaufstüten konzentrierte. Deren Inhalt nahm ihr den Atem. Vom spitzenbesetzten Push-up-BH und dem passenden Slip bis zum schräg geschnittenen Tweedrock und dem altrosa Pullover aus feinstem Seiden- und Kaschmirgemisch saß alles perfekt. Schließlich packte sie göttliche rosa Wildlederstiefel mit süßen kleinen Schleifen an den Seiten aus.

Aufmerksam musterte sie ihr Spiegelbild. Solche Kleidungsstücke hatte sie noch nie besessen. Der Rock war so raffiniert geschnitten, dass er sie um mindestens zehn Pfund erleichterte. Dank des Seidenfutters ließ er sich unglaublich angenehm tragen. Der von Armande fachkundig ausgewählte Pullover hatte am Bügel eher gewöhnlich ausgesehen. Aber an Georgies Oberkörper wirkte er auf subtile, diskrete Weise verführerisch.

Was mochte dies alles gekostet haben? Das wagte sich Georgie gar nicht auszumalen.

Plötzlich durchzuckte sie ein bedrückender Gedanke. Wenn ihr die Rechnung präsentiert wurde ... Immerhin hatte *sie* Elisabeth gebeten, ihren Look zu verändern. Der Himmel allein wusste, wie viel sie dafür bezahlen musste.

Aber nicht einmal diese Sorge trübte ihre Freude, als sie in den Salon zurückkehrte und alle Anwesenden spontan applaudierten.

»Noch besser als eine Chanel-Show«, lobte Armande. »Sie sehen beinahe französisch aus, meine Liebe.«

Georgie griff nach ihrer Handtasche und holte die Geldbörse. »Danke, Max, Sie waren sehr freundlich. Könnte ich die Rechnung begleichen?«

Entschieden schüttelte der Friseur den Kopf, schnalzte missbilligend mit der Zunge und erwiderte gekränkt: *»Absolument pas!«*

»Das ist ein Geschenk von Elisabeth«, erläuterte Armande. »In England ist sie Ihr Gast, in Paris sind Sie ihrer. *C'est entendu?* Wenn Sie ihre Gastfreundschaft ablehnen, wäre sie beleidigt. Was diesen Punkt betrifft, hat sie sich unmissverständlich ausgedrückt. Warten Sie hier, ich muss nur kurz auf die Toilette.«

»Hallo, Max!« Soeben hatte eine elegante Blondine den Salon betreten, schlank und hoch gewachsen, mit üppig langem Haar. »Ich möchte einen Termin für morgen buchen. Ein ganz wichtiger Abend! Netter reicher Mann ...« Nun fiel ihr Georgies Frisur auf. »*J'aime la coupe! Comme c'est joli!* Würde mir das auch stehen, Max?«

»Dir steht alles, Maya.«

Beglückt lachte sie. »Also – morgen um drei. Ist das möglich?«

Max lächelte nachsichtig und nickte.

Als das Mädchen den Salon verließ, kehrte Armande aus der Toilette zurück, wechselte einen kurzen Blick mit Max und schüttelte fast unmerklich den Kopf. »*Venez,* Georgina, ich bringe Sie ins Hotel zurück.«

Georgie konnte kaum fassen, dass sie erst seit wenigen Stunden in Paris war und sich schon jetzt wie eine andere Person fühlte.

Während sie durch den Nachmittagssonnenschein fuhren, beobachtete sie die fröhlichen Menschen, die in den Straßencafés saßen und das Ende der Arbeitswoche feierten. Da konnte sie den Gedanken an Nick und ihre Familie nicht länger verdrängen. Wie würden sie den Schock verkraften, wenn sie erfuhren, sie sei allein nach Paris gereist?

»So, wir sind wieder vor dem glorreichen Hotel Archange angelangt«, unterbrach Armande diese sorgenvollen Überlegungen. »Elisabeth ist eine sehr kluge Frau. Gewiss, sie hätte auch das Ritz oder das Georgies V wählen können. Aber da steigen hauptsächlich Geschäftsleute ab. Im Archange wohnen die Leute, die einen unfehlbar guten Geschmack haben.« Sie sprang aus dem Auto und öffnete den Kofferraum. Darin befanden sich weitere Einkaufstüten. »Für den Tag und für den Abend«, erklärte sie lächelnd.

»Bitte, Armande ...«, begann Georgie. »Das werde ich Elisabeth nicht erlauben. Ich meine, dass sie unsere Granny-Wohnung benutzt – das lässt sich wohl kaum mit all dem vergleichen ...«

»Glauben Sie mir, meine liebe Georgie – seit Jahren hat sie sich nicht mehr so glücklich gefühlt wie in Ihrem Familienkreis. Das hörte ich aus ihrer Stimme heraus. Soll ich Ihnen morgen die Stadt zeigen? Es wäre mir ein Vergnügen.«

»Vielen Dank.« Georgie küsste sie auf beide Wangen wie eine richtige *Parisienne*. »Aber ich bin hierher gekommen, um ein Abenteuer zu erleben. Erst einmal möchte ich allein auf Entdeckungsreisen gehen.«

»Ja, das sollten Sie tun.«

Armande winkte ihr zum Abschied zu und beobachtete, wie sie die Hotelhalle von bewundernden Blicken verfolgt durchquerte. Sogar der snobistische Empfangschef starrte die Engländerin an, ohne seine Begeisterung zu verhehlen.

Inbrünstig hoffte Armande, ihre Freundin Elisabeth wüsste, was sie tat. Georgina war eine Ehefrau und Mutter. Trotzdem hatte sie beschlossen, allein nach Paris zu fahren und ihre Abenteuerlust zu befriedigen.Armande zuckte die Achseln. Wenn eine Französin von Abenteuern redete, gab es nur eines, das sie anstrebte.

7

In den nächsten Stunden versuchte Nick fünf oder sechs Mal, seine Frau anzurufen – daheim und auf dem Handy. Aber sie war anscheinend verschwunden. Zuletzt entschied er, das Büro früher zu verlassen und Georgie zu suchen. Er musste sie unbedingt um Verzeihung bitten. Also packte er seine Papiere in die Aktentasche.

Als er in sein Auto steigen wollte, rannte Barb zu ihm. »Nick, warte – Enzo Marelli ist am Telefon!«

Unschlüssig runzelte er die Stirn. Wenn Enzo persönlich anrief, musste es wichtig sein. Andererseits fand Nick seine Ehe mindestens ebenso bedeutsam. »Sag ihm, ich bin nicht da. Am Montag komme ich wieder ins Büro. Vielleicht erst am Dienstag.« Falls Georgie mit mir nach Paris fahren will, ergänzte er in Gedanken.

Entschlossen verbannte er Marelli und die Krise, die das Telefonat verursacht haben mochte, aus seinen Gedanken. Nun brauchte er seine ganze innere Kraft, um Georgie klar zu machen, dass er sein Verhalten ehrlich bedauerte. Warum war er bloß so dumm gewesen? Wie ein vertrottelter Teenager per Handy zu flirten, um Himmels willen! Und dann hatte er das Ding auch noch im Schlafzimmer liegen lassen! Natürlich musste Georgie glauben, das hätte er absichtlich getan.

Als er die Tür aufsperrte und die Diele betrat, wirkte das Haus beklemmend leer und still. Nur Bella lag mit einem Notizblock auf dem Sofa.

»Wo ist Mum?«, fragte er nervös und schaute sich in der Diele nach Georgies Gepäck um. Weil er es nirgends entdeckte, blinzelte er verwundert.

»Ist sie nicht bei dir?« Auch Bella war verwirrt. »Ihre Sachen sind verschwunden. Deshalb nahm ich an, sie würde dich vom Büro abholen und dann mit dir zum Bahnhof fahren.«

Nick rannte die Treppe hinauf und nahm immer zwei Stufen auf einmal. Im Schlafzimmer angelangt, musste er seiner Tochter zustimmen. Da stand nur sein eigener Koffer, B&B's neuestes Modell, fertig gepackt, genau dort, wo er ihn letzten Abend hingestellt hatte.

Seltsam – der Koffer, den er Georgie geschenkt hatte, lag leer am Boden. War sie nach dem Streit am Vormittag nach Hause zurückgekommen? Hatte sie alles wieder ausgepackt? Verdammt, warum war er so dumm gewesen, ihr zu erzählen, er habe alle Hände voll zu tun? Stattdessen hätte er sich einfach für den albernen Flirt mit Alison entschuldigen und hoffen sollen, seine Frau würde ihm verzeihen.

Von wachsender Sorge erfasst, spähte er in Georgies Hälfte des Einbauschranks, um festzustellen, ob sie ihre Sachen wieder hineingehängt hatte. Aber ihre Lieblingskleider fehlten.

Dann sah er die Nachricht, die an der Nachttischlampe auf seiner Seite des Betts lehnte. Durch seinen Magen ging ein beängstigender Ruck, als würde er in einem Traum rasend schnell hinabstürzen. Doch im Gegensatz zu einem Traum erwachte er nicht sofort, das Grauen war Wirklichkeit.

Er öffnete den Brief, las ihn und sank schwerfällig aufs Bett. Eine Zeit lang starrte er blicklos vor sich hin. Georgie hatte einen früheren Zug nach Paris genommen, sie war allein gefahren. Vielleicht sei Alisons SMS nur ein »dummes Spiel« gewesen, schrieb sie, und es gebe gar keine richtige Affäre. Aber sie habe es satt, immer nur daheim zu warten und sich mit ihrem Verdacht zu quälen. Nun würde sie nach Paris fahren, weil sie ungestört nachdenken wollte – über sie beide und die Möglichkeit einer gemeinsamen Zukunft. Um den Jungs zu erklären, warum er ihr nicht folgen würde, müsse er eben irgendeine Geschichte erfinden.

»Ist sie nach Paris abgehauen? Hat sie dich allein gelassen, damit du in aller Ruhe überlegen kannst, was du falsch gemacht hast?«

Als er die Stimme seiner Tochter hörte, zuckte er zusammen und hob den Kopf. »Wovon redest du, Bella?«

»Von dir und Alison. Mum fühlt sich total ausgebootet. Entweder bist du verreist oder vollauf mit deinem Job beschäftigt – und mit der schrecklichen Alison.«

»Um Himmels willen, Bella! Alison ist meine Marketing-Direktorin.«

»So lautet also die Bezeichnung, die man heutzutage dafür benutzt? Ich ziehe diese schönen Shakespeare-Wörter vor, zum Beispiel ›Hure‹.«

Diesen Kommentar ignorierte er. »Wann kommen die Jungs nach Hause? Oder muss ich sie von der Schule abholen?«

»O Gott, du hast nicht die leiseste Ahnung, wie unser Familienleben funktioniert! Wahrscheinlich kümmert sich Elisabeth drum. Ich nehme an, in Mums Auftrag.«

»Vielleicht sollte ich zur Sicherheit hinfahren.«

»Weißt du, wo die Schule liegt?«, fragte Bella in verächtlichem Ton.

»Ja, natürlich!« Nick hätte sie fast angeschrien. Stattdessen grinste er. »Autsch … Okay, ich habe mich etwas zu intensiv mit B&B befasst.«

»Von deinen Mitarbeiterinnen ganz zu schweigen.«

Auf diese Spitze ging er nicht ein. »Kommst du mit?«

»Nein, ich muss was für meinen Leistungskurs tun.«

Wie er zu seiner Schande erkannte, holte er die Jungs zum ersten Mal seit Jahren von der Schule ab.

Seine Tochter brachte er manchmal hin. Aber fürs Abholen war immer Georgie zuständig gewesen.

Vor Rorys und Charlies Schulgebäude hatte sich eine kleine Schar versammelt, die meisten waren Mütter, die angeregt miteinander schwatzten. Etwas abseits warteten zwei oder drei Dads.

In der Mitte einer besonders lautstarken Gruppe stand Elisabeth. Offenbar erzählte sie eine amüsante Geschichte, denn die Frauen lachten schallend.

Bei Nicks Anblick unterbrach sie sich. »Hallo, Nicolas! Georgina hat mich gebeten, Ihre Söhne heute abzuholen.« Wie sie zufrieden feststellte, sah er ziemlich schuldbewusst und verlegen aus.

»Ja, das hat Bella erwähnt. Ich dachte nur – vielleicht fahren Sie lieber mit mir im Auto als im Bus.«

In diesem Moment stürmten die Jungs aus dem Schultor. Wie ein wilder kleiner Elefant preschte Charlie voraus, gefolgt von Rory, der von seinen Klassenkameraden abgesondert und vom Gewicht seines Schulranzens gebeugt war. Diese Szene wirkte unglaublich rührend. Sein Sohn erinnerte Nick an eine Schnecke, die ihr Haus mit sich schleppt. Aber in Rorys Fall waren es alle Probleme dieser Welt.

»Hi, Dad«, grüßte Charlie beiläufig, als würde sein Vater jeden Tag vor der Schule auftauchen.

»Dad?«, fragte Rory sichtlich geschockt. »Alles okay?

Es ist doch nichts passiert, oder? Heute wolltest du mit Mum nach Paris, nicht wahr?«

Nick atmete tief durch. »Leider gibt's Ärger im Büro. Deshalb konnte ich nicht weg ... Statt alles abzublasen, ist Mum allein nach Paris gefahren.«

»Oh.« Lässig zuckte Charlie die Achseln. »Dann kannst du ja später mit mir Fußball spielen.« Seine Weltsicht konzentrierte sich völlig auf die eigene Person.

Für seinen älteren Bruder sah die Situation ganz anders aus. Misstrauisch musterte Rory seinen Vater. »Aber sie hat sich so darauf gefreut, mit dir zu verreisen. Bella hat ihr sogar einen Tanga gekauft.«

Nick versuchte zu lächeln und fühlte sich wie ein Kletterer, dem die Felsenwand seiner eigenen Familie völlig fremd war. Außer ihm schien jeder die gängige Route des Aufstiegs zu kennen.

»Wer will auf der Heimfahrt Eis essen?«, fragte er, als sie alle im Auto saßen.

»Das dürfen wir nicht«, erwiderte Rory in entschiedenem Ton. »Mum bringt uns immer Äpfel und eine Flasche Wasser mit.«

»Ach so.« Noch eine Familiensitte, von der er nichts wusste.

Da erwachte Elisabeths Mitleid. »Sicher hätte Georgie nichts gegen eine Ausnahme einzuwenden.«

Dankbar warf er ihr einen kurzen Blick zu.

Daheim angekommen beschloss er zu kochen. Glücklicherweise bemerkte er die Mienen seiner Kinder nicht, weil er im Vorratsschrank wühlte. Elisabeth hätte ihn beinahe gerettet. Dann überlegte sie, es wäre besser, wenn er diese Schwierigkeiten allein meisterte.

»Wie wär's mit Spaghetti Bolognaise?«, fragte er. »Was anderes kriege ich ohne Hilfe nicht hin.«

Charlie verschwand, um unter Elisabeths Aufsicht seine Hausaufgaben zu erledigen. Währenddessen saß Rory am Küchentisch und beobachtete, wie sein Vater die Zutaten zusammensuchte. Hackfleisch aus der Gefriertruhe, Zwiebeln, Dosentomaten, Knoblauch ...

»He, Dad!«, protestierte der Junge erschrocken. »Bist du übergeschnappt? Erst holst du uns von der Schule ab, und jetzt kochst du ... Probst du etwa die Rolle eines allein erziehenden Vaters?«

Nicht zum ersten Mal staunte Nick über Rorys unheimlichen Scharfsinn. »Unsinn ...«

Später konnte er kaum fassen, wie schnell der Abend vergangen war. Sie hatten das Dinner verspeist, das großartig gelungen war, was allerdings niemand außer ihm konstatierte ... Dann spielte er mit Charlie Fußball, danach forderte Rory ihn zu einer Schachpartie am Computer heraus. Und schließlich musste er dafür sorgen, dass die beiden ihre Schulranzen für den nächsten Morgen mitsamt den Lunchpaketen, die er vorbereitet hatte, packten.

Kaum zu glauben – es war fast zehn Uhr, als er sich endlich mit seinem ersten wohlverdienten Bier aufs Sofa setzte. Elisabeth hatte sich inzwischen diskret zurückgezogen.

Was mochte Georgie in Paris treiben – ohne ihn? Mittlerweile musste sie im Hotel abgestiegen sein. Verdammt, er wusste nicht einmal, wo sie wohnte. Plötzlich empfand er heißen Zorn, weil sie sich einfach aus dem Staub gemacht hatte, ohne noch einmal mit ihm zu reden. Aber schon wenige Sekunden später meldete sich ehrliche Selbsterkenntnis. Zweifellos hatte er sich wie der letzte Idiot benommen und seine Frau zu dieser spontanen Reaktion provoziert.

Vielleicht wäre es die beste Lösung, Georgie anzurufen und sich zu entschuldigen. Er griff zum Telefon, wollte die Nummer ihres Handys wählen, doch da drang Rorys klagende, von tiefer Scham erfüllte Stimme aus dem oberen Stock herab. »Komm herauf, Dad! Schnell! Ich fürchte, mir ist in deinem Schlafzimmer ein bisschen schlecht geworden!«

»Ein bisschen« war eine eklatante Untertreibung. Rory hatte sein Abendessen über dem ganzen Schlafzimmerboden erbrochen. In seiner Angst und Verwirrung war er auch noch hineingetreten. Wegen der Tomatensauce glich die Bescherung der Szenerie eines Spaghetti-Western nach einer besonders blutrünstigen Schießerei.

»O Gott!«, schrie Nick und schaute sich entgeistert um. Als er Rorys Gesicht sah, fügte er etwas sanfter hinzu: »Reg dich ab. Du bist ja weiß wie die Wand. Geh ins Bad und setz dich für eine Weile aufs Klo.«

Nick rannte nach unten, suchte ein paar Putzutensilien zusammen und eilte in sein Schlafzimmer zurück. Als er alles sauber gemacht und den üblen Geruch mit einem Duftspray übertüncht hatte, fühlte er sich völlig ausgelaugt.

»O Da-ad!« Auf Rorys verhärmten Zügen erschien ein schwaches Lächeln. »Vorhin hat's hier gestunken, als hätte jemand gekotzt. Und jetzt riecht's so, als hätte jemand in ein Lavendelfeld gekotzt.«

Ermattet grinste Nick und ließ sich auf seine Matratze fallen.

»Soll ich dich ins Bett bringen?«, fragte das unverschämte Kind.

»Nein, geh schlafen, bevor ich *dich* vollspucke.«

»Dad, ich liebe dich.«

»Ich dich auch ...« Ohne sich auszuziehen, schlief Nick schon nach wenigen Minuten ein. Längst hatte seine Erschöpfung die Absicht, in Paris anzurufen, aus seinem Gedächtnis verbannt.

Georgie packte die Einkaufstüten aus. Hingerissen betrachtete sie das erste Outfit. Das traumhafte grüne Cocktailkleid aus fließender Seide erinnerte sie an die Robe, die Julianne Moore bei einer Preisverleihung getragen hatte. Dazu gehörte eine kuschelweiche smaragdgrüne Wildlederjacke, deren Kragen wie ein Wasserfall drapiert war. Aus der zweiten Tüte holte sie ein schwarzes Taftkleid, das eher simpel aussah – bis sie es sich über den Kopf streifte und sich in eine Vision schlichter, typisch französischer Eleganz verwandelte.

Schließlich hängte sie die neuen und ihre alten Kleider auf die edlen, mit Seide bezogenen Bügel in den in Gold und Weiß gehaltenen Schrank des Hotelzimmers. Ihre Unterwäsche verstaute sie in einem Schubfach. Zum Glück hatte sie die angegrauten weißen M&S-Baumwollhöschen daheim gelassen. Irgendwie gerieten sie immer zusammen mit Rorys Sportsachen in die Waschmaschine und kamen leicht verfärbt wieder heraus.

Zuletzt legte sie den Tanga, den Bella ihr geschenkt hatte, in die Schublade. Die damit verknüpften Hoffnungen musste sie wohl oder übel begraben.

Das Gefühl bedrückender Einsamkeit sickerte in ihr Herz wie Wasser aus einem langsam tropfenden Wasserhahn und stimmte sie so traurig, dass sie beinahe den Telefonhörer abgenommen hätte.

Nein, sie würde sich keine Schwäche erlauben.

Falls Nick mit ihr sprechen wollte, hätte er bereits angerufen. Selbst wenn er den Namen des Hotels nicht kannte, den Elisabeth ihm auf Nachfrage sicher verraten würde, könnte er sie auf ihrem Handy erreichen. Offensichtlich war er froh, dass er sich nicht mit ihr auseinander setzen musste.

Weil sie sich so schrecklich allein fühlte, nahm sie einen Schokoladeriegel und eine Viertelflasche Champagner aus der Minibar und sank in das Luxusbett unter dem Baldachin. Vom nächsten Tag an würde sie sich verdammt gut amüsieren.

Mit gesenkten Lidern wappnete sie sich gegen eine schlaflose Nacht, in der sie qualvolle Gewissensbisse verfolgen würden. Stattdessen schlummerte sie sofort ein und erwachte erst, als an ihre Tür geklopft wurde. Ruckartig setzte sie sich auf und griff nach ihrem Wecker, der auf dem exquisiten Nachttisch lag. Schon neun Uhr morgens ... Für diese Zeit hatte sie das Frühstück aufs Zimmer bestellt.

Hastig schlüpfte sie in den flauschigen Bademantel, den ihr das Hotel zur Verfügung stellte, und öffnete die Tür. Ein junger Kellner mit einem Tablett in den Händen stand davor.

»Möchte Madame im Bett frühstücken?«, erkundete er sich in einem Ton, der beinahe den Anschein erweckte, er würde mit ihr flirten.

»Nein, danke.« Georgie zog den Bademantel enger um ihre Schultern. »Da drüben am Tisch.«

Der junge Mann entfaltete ein weißes Damasttuch,

breitete es über den Tisch und richtete warme *croissants* und *chocolatines* in einem rosa ausgekleideten Korb an, dazu gab es duftenden Kaffee und heiße Milch. Dann nahm er kostbares Porzellan und Silberbesteck vom Tablett.

»*Madame est toute seule?*«, fragte er.

Warum zum Teufel wollten die Leute dauernd wissen, ob sie ganz allein war?

»Wie schade, in einem so prachtvollen Zimmer ...«, fuhr er seufzend fort. »Es gehört zu den schönsten Räume unseres Hauses. *Voilà, Madame, tout est prêt.*« Verführerisch lächelte er sie an und blieb neben dem Tisch stehen.

Wartete er auf ein Trinkgeld, oder hoffte er herauszufinden, was für ein Nachthemd sie trug?

Weder das eine noch das andere würde sie ihm gönnen.

Schließlich schien er ihren Unmut zu bemerken, denn er grinste ein bisschen zu dreist und verneigte sich übertrieben tief. »*Au revoir, Madame. Bonne journee.*«

Das Gebäck schmeckte göttlich, und der Kaffee war genau das, was sie brauchte. Nur kurzfristig dachte sie an ihr Zuhause. Was mochten sie gerade tun? Würde sich Nick an Charlies Fußballclub erinnern? Nun, er musste sich eben ohne sie zurechtfinden.

Energisch lenkte sie ihre Gedanken auf das Bad, das sie einlaufen ließ. Sie goss Badeschaum aus zwei luxuriösen Fläschchen ins Wasser und stellte ihre zweite Tasse Kaffee auf den Wannenrand. Mochte Hemingway sich auch gefragt haben, ob der Himmel so wunderbar sein könnte wie das Pariser Ritz – er war ganz sicher niemals im Archange abgestiegen.

Nach dem Bad setzte sie sich in ein großes, warmes Frotteetuch gewickelt an den antiken Toilettentisch und trug ihr Make-up auf. Schritt für Schritt folgte sie den Anweisungen, die sie von Celine erhalten hatte. Dann zog sie den Tweedrock, den Pullover aus dem rosa Kaschmir-Seiden-Gemisch und die perfekt darauf abgestimmten Wildlederstiefel an. Wie sie erfreut feststellte, sah sie genauso gut wie am Vortag aus.

»Okay, Paris«, flüsterte sie ihrem Spiegelbild zu. »Hoffentlich bist du bereit für mich.«

Eine dramatische Doppeltreppe führte zur Halle hinab. Über solche Stufen mochte Madame Pompadour in einem voluminösen Ballkleid zur wartenden Kutsche hinabgerauscht sein …

Der Portier, der in seiner lächerlich romantischen Livree vor dem Hotel stand, begrüßte Georgie und beobachtete, wie sie einen Stadtplan aus ihrer Handtasche zog.

»*Vous voulez un taxi, Madame?*«

Ohne eine Antwort abzuwarten, steckte er zwei Finger in den Mund. Mit seinem gellenden Pfiff hätte er jeden New Yorker beschämt, der das letzte verfügbare Taxi in Manhattan erspähte.

Eigentlich hatte Georgie beabsichtigt, die nächste Metro-Station zu suchen. Aber sie konnte den freundlichen Mann wohl kaum enttäuschen – schon gar nicht, weil bereits ein Taxi angehalten hatte und er schwungvoll den Wagenschlag öffnete.

»*Merci, Monsieur.*« Während sie einstieg, kramte sie in ihrer Börse nach einem Trinkgeld. Deshalb bemerkte sie den Mann nicht, der sich auf der anderen Seite des Autos in den Fond setzte.

Aber der Aufmerksamkeit des Portiers entging er keineswegs. »*Je suis désolé, Monsieur* – dieses Taxi ist für Hotelgäste reserviert«, verkündete er und wies mit einer theatralischen Geste auf das imposante Portal des Archange.

»*Entendu.* Auch ich bin ein Gast dieses Hotels. Der Empfangschef versprach mir das nächste freie Taxi, weil er vergessen hatte, eins für mich reservieren zu lassen. Wegen dieses beklagenswerten Versäumnisses werde ich mich ohnehin schon verspäten, und ich muss einen äußerst wichtigen Termin wahrnehmen.«

Georgie wandte sich zur Seite und blickte in die schokoladenbraunen Augen eines lächelnden Franzosen. Wie Nick trug er seine Haare etwas zu lang. Aber damit hörte die Ähnlichkeit auch schon auf. Der Fremde besaß dichte Locken, und seine Teddyboy-Koteletten faszinierten sie. Sollten sie seinen musikalischen Idolen huldigen oder ein ironisches postmodernes Statement ausdrücken?

An seinem restlichen Äußeren konnte sie nichts Postmodernes oder Cooles entdecken. Er war etwas kleiner als Nick und kräftiger gebaut. Irgendwie erinnerte er sie an einen Rugbyspieler von der attraktiven Sorte – nicht an diese riesengroßen, hässlichen Typen mit den Blumenkohlohren. Obwohl er nur einen ganz gewöhnlichen korrekten Anzug trug, erschien er ihr außergewöhnlich elegant und *sehr* maskulin. Einen solchen Mann, dachte sie respektlos, würde man niemals mit Gummihandschuhen bei der Gartenarbeit sehen.

»Vielleicht können wir einen Kompromiss schließen«, schlug er vor. »Sie erlauben mir, mit Ihnen zu fahren, und ich bezahle das Taxi.« Dann beugte er sich über

Georgie hinweg und drückte dem Portier zwanzig Euro in die Hand. »Und unser Freund, der Chauffeur, bekommt von uns beiden ein Trinkgeld.«

»Nun, das hängt von Ihrem Ziel ab …« Etwas zu spät merkte sie, wie kokett das klang. »Ich meine – wenn Sie zum Flughafen Orly fahren, könnte ich mir nicht allzu viele Sehenswürdigkeiten ansehen.«

»Wie schade für mich, dass ich nur zum fünften *arondissement* fahre … Würde ich den Flughafen ansteuern, könnte ich Ihre Gesellschaft eine Stunde lang genießen. Aber wo bleiben meine Manieren! Darf ich mich vorstellen? Jean-Marie Bredin aus Toulouse, derzeit aus geschäftlichen Gründen in Paris. Und Sie? Möchten Sie Paris kennen lernen?«

»Ja …« In diesem Moment hätte sie erklären müssen, sie sei verheiratet und die Mutter dreier Kinder. Das tat sie nicht. »Paris ist eine wunderschöne Stadt. Heute wollte ich mit dem Louvre anfangen und mich danach im Centre Pompidou umsehen.«

»Also interessieren Sie sich für Kunst«, bemerkte er lächelnd. »Wenn Sie genug Kultur getankt haben, sollten Sie das charmante Restaurant im Centre Pompidou besuchen – eine herrliche Aussicht und auf jedem Tisch eine Rose. Aber vor allem müssen Sie Paris bei Nacht erleben.« Er neigte sich zu ihr, und seine funkelnden Augen schauten direkt in ihre. »Wenn wir Liebe gemacht haben, zeige ich Ihnen das Paris, das mir am besten gefällt.«

Georgie zuckte zusammen, als würde ein Stromstoß durch ihren Körper rasen. Durfte sie ihren Ohren trauen? Sollte sie Monsieur Bredin ohrfeigen? Oder war das ein raffinierter Witz, mit dem er Touristinnen traktierte, um das weltweit bekannte Image französischer Liebhaber zu fördern?

Er benahm sich, als wäre nichts Besonderes geschehen. »Ah, jetzt hält das Taxi«, teilte er ihr beiläufig mit. »Leider haben wir den Louvre bereits erreicht«, fügte er hinzu und zeigte auf den üppig verzierten Palast mit der erstaunlichen ultramodernen Kuppel. »Unsere Pyramide ist das Beste von Präsident Mitterands großen Projekten. Damals haben wir uns darüber beklagt, jetzt sind wir ihm dankbar.«

Wegen seines Konversationstons begann sie zu glauben, sie hätte sich vorhin tatsächlich verhört. Eins stand so oder so fest. Auf keinen Fall würde sie ihm erlauben, das Taxi zu bezahlen. Fieberhaft suchte sie in ihrer Handtasche nach der Geldbörse, nahm ihren Schlüsselring und einen Knirps heraus, auch das kleine Röhrchen mit den Kopfschmerztabletten.

Belustigt schaute er ihr zu. »Oh, ein Regenschirm ... *Très britannique*. So etwas tragen wir Franzosen nie, weil wir Optimisten sind.«

»Ja, möglicherweise ist das Wetter hier besser«, entgegnete sie bissig.

»Mag sein ... Und was ist das?« Jean-Marie griff nach dem Tablettenröhrchen. »Führen Sie so ein stressiges Leben, dass Sie solche Hilfsmittel brauchen? Versuchen Sie's lieber mit Champagner. Meine Großmutter empfiehlt ein Glas zu jedem Mittagessen. Und sie ist immerhin neunzig.«

Endlich fand sie ihre größeren Euroscheine, die immer noch im Plastiketui von der Bank steckten.

Jean-Marie runzelte schockiert die Stirn. »In *France* lassen wir Frauen nicht *bezahlen*, Madame. Das überlassen wir den Holländern. Wahrscheinlich das langweiligste Volk der Welt. Von den Belgiern abgesehen. Wenn man sich dauernd darum sorgt, wer bezahlen soll, bringt man sich um alle Lebensfreude. Und bedenken Sie bitte – ich habe Sie Ihres Taxis beraubt. Hoffentlich genießen Sie Ihren kulturellen Streifzug in vollen Zügen.«

Ohne zu antworten, öffnete Georgie die Tür und stieg aus.

»Übrigens ...« Jean-Marie kurbelte das Taxifenster herunter und beugte sich heraus. »Wollen Sie mir nicht verraten, wie Sie heißen? Alles andere werden wir später herausfinden.«

Schon wieder diese anmaßende Frechheit! Plötzlich widerstrebte es ihr, sich als »Georgie« vorzustellen, mit all den albernen Assoziationen – »Georgy, Porgy, Pudding and Pie«. Andererseits nannte sie sich fast nie Georgina. Nur ihre Mutter redete sie so an. Beinahe glaubte sie Isabel im Ton tiefster Verachtung »Georgina« sagen zu hören.

Und ihre Mutter erklomm gerade einen Gipfel im fernen Nepal ...

»Georgina«, sagte sie kühl und entschlossen, »Georgina Morrison.«

»*Au revoir,* Georgina. Ich wünsche Ihnen einen angenehmen Tag in Paris. Vergessen Sie nicht, Champagner zu trinken.«

Während sie davonging, warf sie keinen einzigen Blick zurück. Sie fühlte sich erhitzt und verwirrt – und trotz ihrer neuen, schicken äußeren Erscheinung nicht mehr so sophisticated, wie sie wirken wollte.

Auf dem Weg zur Pyramide, die den Eingang des

Louvre überragte, fragte sie sich, warum sie verschwiegen hatte, Georgina Morrison sei verheiratet und die Mutter dreier Kinder. Dafür fand sie keine Erklärung. Sie konnte nur noch an den gefährlich attraktiven Mann denken, den sie erst vor wenigen Minuten kennen gelernt hatte und der offenbar annahm, sie würde mit ihm »Liebe machen«.

Sie wählte eine Führung durch den Louvre, die alle Glanzpunkte beinhaltete. Sie sah all die Kunstwerke, die sie so sehr interessierten – darunter einige Zeichnungen von Michelangelo, Vermeers Spitzenklöpplerin und natürlich die Mona Lisa in ihrer neuen Szenerie.

Die Mona Lisa hatte sie schon zuvor gesehen. Sie erinnerte sich an ihre Enttäuschung über die kleinen Dimensionen und das dicke Glas, das dieses berühmte Gemälde geschützt hatte. In der jetzigen Umgebung kam es besser zur Geltung. Das Lächeln erschien ihr noch mysteriöser. Hatte der Maler damit ein unsittliches Angebot andeuten wollen? Wenn ja, wusste Georgie ganz genau, welche Emotionen so etwas erregte.

Nach der Besichtigung des Louvre schlenderte sie durch die schicke Rue St. Honoré und die Rue de Rivoli, bevor sie sich nach links zum Bezirk Beaubourg wandte. Auch das Centre Pompidou hatte sie schon früher gesehen. Trotzdem blieb sie stehen, um es zu bewundern. Erstaunlich, wie modern es immer noch wirkte, mit den verrückten intensiven Farben und den schimmernden stählernen Entlüftungsrohren …

Zu Georgies Freude fand in einem Teil des Komplexes gerade eine kleine Ausstellung von Werken Modiglianis statt, der zu ihren Lieblingsmalern zählte. Nachdem sie eine Stunde lang umhergewandert war, schaute sie auf ihre Uhr. Schon fast zwei … Plötzlich spürte sie, dass ihr Magen knurrte.

Sie schaute in das Restaurant, das ihr von Jean-Marie empfohlen worden war. Wie er es beschrieben hatte, prangte auf jedem Tisch eine einzelne Rose.

Eine Zeit lang stand Georgie in der Warteschlange. Zwischen Paaren und Grüppchen fühlte sie sich einsam und unsicher.

Um Gottes willen, Georgina, ermahnte sie sich, bist du eine selbstbewusste, attraktive Frau oder ein albernes Hausmütterchen vom Lande?

»Möchten Sie einen Platz, Madame?«, erkundigte sich eine lächelnde junge Kellnerin.

Ausnahmsweise wurde Georgie nicht gefragt: »*Vous êtes toute seule?*« Sie setzte sich, und das Mädchen reichte ihr eine Speisekarte. Als sie ein paar Sekunden später aufblickte, war das Gedeck ihr gegenüber diskret entfernt worden.

Sie studierte die Speisekarte und entschied sich für ein Ziegenkäsesoufflé mit Rucola. Während sie überlegte, ob sie ein Glas Wein trinken sollte, stellte die Kellnerin einen Champagnerkelch auf den Tisch.

Verblüfft schaute sich Georgie um. Saß Jean-Marie irgendwo in der Nähe? Oder war der Champagner ein Werbegag, den sie auf der Speisekarte übersehen hatte?

Verschwörerisch lächelte ihr das Mädchen zu. »Ein Monsieur hat uns angerufen und uns gebeten, falls Sie das Lokal besuchen würden, Ihnen dieses Glas mit seinen herzlichen Grüßen zu bringen.«

»Woher wussten Sie, wer ich bin?«

Da lachte die Kellnerin fröhlich. »Nun, er sagte, Sie

wären *très blonde, très belle,* und Sie würden einen Reiseführer bei sich tragen.«

Georgie musterte das verräterische Buch, das neben ihrem Ellbogen lag.

»Außerdem erwähnte er, Sie seien *anglaise*. Doch das hätte ich ohnehin gemerkt.«

In diesem Moment wurde das Soufflé serviert – es war so aufgegangen, dass Georgie an einen gigantischen goldenen Ochsenfrosch denken musste, der auf einem Bett aus Rucola und gehobeltem Parmesan ein Sonnenbad genoss.

Wie konnte Jean-Marie es wagen, so selbstverständlich anzunehmen, sie würde seinen Rat befolgen? Geradezu widerwärtig, wie der Mann von sich überzeugt war!

Dann nippte sie an ihrem Champagner und kicherte. Wenn Jean-Maries Verhalten unverzeihlich war – warum fühlte sie sich dann so verdammt sexy, sobald sie daran dachte?

8

»Los, Charlie, wirf dich drauf!«, rief Nick einem kleinen, völlig verdreckten Tormann zu, der einen Querpass seines großen, muskulösen Gegners abzuwehren versuchte.

Auf keinen Fall kann der Kerl jünger als elf sein, entschied Nick.

»Ist Georgie heute nicht da?«, fragte Brian, der Fußballcoach. »Sie tut unserer Moral so gut. Immer wieder feuert sie die Jungs an. Sie hat doch keine Grippe?« Seit Menschengedenken trainierte er die Jungs, die unter elf Jahre alt waren.

»Nein, sie ist für eine Woche nach Paris gefahren.«

»Ohne *dich*? Hoffentlich lacht sie sich keinen Verehrer an«, witzelte Brian. »Auf diese Froschfresser muss man höllisch aufpassen. Meine Susan hatte mal eine Schwäche für Maurice Chevalier. Oder war's Louis Jourdan? Jedenfalls zwang sie mich, etwa hundertmal ›Gigi‹ zu ertragen. Jetzt schwärmt sie für diesen Gerard Depardieu. Sie meint, unter seiner rauen Schale würde ein weicher Kern stecken. Ach Gott, die Frauen ...«

»He, Dad, war ich okay?« Über und über mit Schmutz bedeckt, glich Charlie einer dieser Schokoladenfiguren, die man an den Weihnachtsbaum hängte.

»Brillant«, gratulierte ihm Nick und fragte sich, wie um alles in der Welt Georgie das schaffte, ihn nach dem Training sauber zu kriegen.

Sie gingen zum Auto, wo Rory wartete. »Also, *Mum* bringt immer frische Kleider mit und setzt ihn auf einen Müllsack«, erläuterte er hilfsbereit.

»Echt Klasse von Mum«, fauchte Nick.

»Reg dich ab«, empfahl ihm sein älterer Sohn besänftigend. »Nur weil du nicht zurechtkommst ...«

Grinsend zerzauste Nick sein Haar. »Tut mir Leid. Auf der Heimfahrt kaufen wir irgendwas für den Lunch.«

»Nicht nötig«, widersprach Charlie und kratzte sich lässig am Kinn. »Elisabeth wollte ein Huhn braten. Wahrscheinlich bedauert sie dich, weil Mum einfach abgehauen ist.«

»Charlie!«, mahnte sein Vater und bemühte sich um einen strengen Ton. »Was für eine Ausdrucksweise!«

»Vermutlich hat sie's absichtlich getan«, spekulierte Rory.

»Was hat sie absichtlich getan?«, fragte Nick.

»Abgehauen. Vielleicht dachte sie, wenn sie verschwindet, würde sie dich beschämen und zwingen, mehr Zeit mit deiner Familie zu verbringen. So wie's alle diese Politiker versprechen, wenn sie wegen ihrer Affären rausfliegen.«

»Aber ich verbringe genug Zeit mit meiner Familie«, verteidigte sich Nick bestürzt. Seine Kinder schienen mehr über die Welt der Erwachsenen und Sex zu wissen, als er sich vorgestellt hatte.

»Nur weil Mum …«

»… abgehauen ist. Schon gut, ich hab's begriffen.«

Nick startete den Motor und verkniff sich die Bemerkung, Charlie würde den schicken Ledersitz furchtbar schmutzig machen.

Wie sein blinkendes Handy verriet, erwartete ihn eine Nachricht. Ausnahmsweise wollte er sie nicht öffnen. Sicher eine SMS von Alison … Bisher hatten ihn ihre Nachrichten stets in freudige Erregung versetzt. Aber im Augenblick vermisste er nur Georgie, sonst gar nichts – und das keineswegs, weil er mehr zu tun hatte, sondern weil das Haus ohne sie trotz mehrerer Bewohner irgendwie leer wirkte.

Warum war er so verdammt dumm gewesen, sich auf diese Spielerei mit Alison einzulassen? Es lag schlicht und einfach an der Begeisterung, mit der sie sich ebenso wie er für den Erfolg der Firma einsetzte. Außerdem schmeichelte ihm ihr Interesse, und ihr Sexappeal faszinierte ihn. Bisher war es nicht über ein paar Fummeleien im Auto hinausgegangen. Aber er benahm sich unfair.

Schon längst hätte er ihr klipp und klar sagen müssen: *Hör mal, daraus wird nichts, weil ich glücklich verheiratet bin.*

Stattdessen hatte er die Gewissheit, dass Alison ihn begehrte, als lustvolles Geheimnis betrachtet, so wie eine Bonbonniere, die unter dem Bett versteckt war.

Wenn er wollte, könnte er noch weiter gehen. Dieser Gedanke verlieh ihm ein erregendes Machtgefühl. Und das brauche ich, gestand er sich ein. Denn Georgie schien das Interesse an ihm und am Sex verloren zu haben. Während Alison ...

Mittlerweile waren sie zu Hause angelangt. Wie zwei junge Hündchen hüpften Charlie und Rory aus dem Auto. Elisabeth schaute aus dem Fenster und stellte fest, wie attraktiv Nick wirkte, wenn er mit seinen Söhnen zusammen war. In solchen Momenten glätteten sich die Sorgenfalten auf seiner Stirn. Übermütig begann er den älteren Jungen zu kitzeln.

Elisabeth versuchte optimistisch zu denken. Aber es fiel ihr schwer. Nach ihren Erfahrungen mit Männern siegte – wenn sie zwischen der Familie und Sex wählen mussten – meistens der Sex. Wie mochte es Georgie wohl in Paris ergehen? Hatte Max ein Wunder an ihr vollbracht?

Wenn ja, wünschte Elisabeth inbrünstig, Georgie würde möglichst schnell zurückkommen und ihren Ehemann für sich beanspruchen.

Der Lunch war ausgezeichnet. Zunächst hatte Charlie beim Anblick der zwanzig Knoblauchknollen, die Elisabeth zusammen mit dem Huhn servierte, eine Grimasse geschnitten. Doch dann lernte er den köstlichen, würzigen Geschmack schätzen, und schließlich sog er den Brei mit den Zähnen aus den weich geschmorten Knoblauchzehen heraus.

»Warum sind die Franzosen so gut in allem?«, grübelte Rory und verschlang die restlichen Kartoffeln mit Zwiebelsahne.

»Wobei?«, fragte Elisabeth.

»Essen ...«, murmelte Rory mit vollem Mund. »Sex ...«

»Sind die Franzosen gut im Sex, Elisabeth?«, hänselte Nick die alte Dame.

»So wie die Avis-Autovermietung tun wir zumindest unser Bestes«, entgegnete sie lächelnd.

Am späten Nachmittag ins Archange zurückgekehrt, ging Georgie zum Empfang und erkundigte sich, ob irgendwelche Nachrichten für sie eingetroffen seien. Natürlich müsste sie hoffen, von ihrem Mann und den Kindern zu hören. In Wirklichkeit dachte sie jedoch an jemand anderen.

Keine einzige Nachricht ...

Um Himmels willen, redete sie sich ins Gewissen, du bist keine liebeskranke Fünfzehnjährige, sondern eine verheiratete Frau um die vierzig. Reiß dich gefälligst zusammen!

Wieder in ihrem luxuriösen Zimmer nahm sie ein ausgedehntes Bad und überlegte, was sie mit dem Abend anfangen sollte. Daheim verliefen die Sonntagabende meistens chaotisch. Die Kinder holten die Hausaufgaben nach, die sie während des Wochenendes absichtlich vergessen hatten, suchten hektisch nach diversen verschwundenen Sachen, und Georgie erledigte in aller Eile ihre Wäsche, bevor sie die Lunchpakete vorbereitete.

Stattdessen konnte sie jetzt tun, was sie wollte. Sie trocknete sich ab und cremte ihren Körper mit dem Annick-Goutal-Moisturizer ein, den sie der fürsorglichen Hoteldirektion verdankte. All die übrigen Fläschchen und Tiegelchen würde sie ihrer Tochter mitbringen, denn Bella liebte solche schicken kleinen Kosmetika. Bei diesem Gedanken krampfte sich Georgies Herz zusammen. Sollte sie daheim anrufen?

Nein, sie war viel zu wütend auf Nick. Und da sich weder ihr Ehemann noch die Kinder bei ihr meldeten, bedeutete das wahrscheinlich, dass sie wundervolle Zeiten miteinander verbrachten. *Ohne mich* …

»Also«, verkündete Nick, »ich habe beschlossen, diese Woche nicht ins Büro zu gehen.«

»Wow!«, rief Rory tief beeindruckt. »Auch in unserer Zeit geschehen noch Zeichen und Wunder – Dad verwandelt sich in einen neuen Mann!«

Schon ein paar Mal hatte Bella ihren Vater ertappt, als er das Telefon anstarrte. »Warum rufst du sie nicht an, Dad?«

»*Sie* ist doch davongerannt.«

»Und *du* hast sie mit deinem unmöglichen Benehmen dazu getrieben.«

In Paris etwa um die gleiche Zeit hielt Georgie es nicht länger aus. Sie griff zum Telefon.

»Mum!«, schrie Charlie. »Hört mal alle her, es ist Mum … Amüsierst du dich gut? Isst du Schnecken und Froschschenkel? Jake sagt, die Franzosen essen nur die Vorderbeine, und deshalb müssen die Frösche auf winzigen Krücken herumhumpeln. Stimmt das?«

»Bisher habe ich noch keine Frösche auf Krücken gesehen. Aber ich werde die Augen offen halten. Wie läuft's auf dem Fußballplatz?«

»Gestern haben wir vier zu eins gewonnen. Wärst du bloß dabei gewesen ... Willst du mit Bella reden?«

Aber seine Schwester hatte ihm den Hörer bereits entrissen. »Hallo, *Maman!* Hast du schon ein Parfüm für mich gekauft? In Paris soll's fabelhafte Läden namens Pinkie geben, so ähnlich wie unsere Topshops.«

»Oh, besten Dank für den guten Tipp. Ich habe in viel edleren Geschäften eingekauft.«

»Was? Tatsächlich? Klingt ziemlich teuer. Möchtest du mit Dad reden?«

»Nun – eigentlich nicht. Wenn er mit mir sprechen will, soll er mich anrufen.«

»Okay, dann gebe ich dir Rory.«

»Hi, Mum. Warst du schon auf dem Eiffelturm?«

»Noch nicht.«

»Und was hast du die ganze Zeit getrieben?«

»Ich habe die Mona Lisa besichtigt und wahnsinnig viel eingekauft.«

»Eingekauft?«, wiederholte Rory angewidert. »Das kannst du hier auch machen.«

»In Paris ist es ein bisschen anders. Hoffentlich bist du ein braver Junge. Ich liebe dich.«

»Ich dich auch.«

Nachdem sie aufgelegt hatte, kochte sie vor Zorn. Unfassbar, dass Nick nicht anrief, um sich zu entschuldigen! Sie stand auf, trat ans Fenster und starrte auf Paris hinab. So traumhaft sah die Stadt aus, so sauber und einladend.

»Verdammt, wo ich schon mal hier bin, werde ich das

Beste draus machen«, flüsterte sie und versuchte das nächstliegende Problem zu lösen. Was sollte sie anziehen? Den Tweedrock und den Kaschmirpullover hatte sie schon zwei Mal getragen, und ihre alten Sachen waren schrecklich langweilig, verglichen mit den fantastischen Kleidern, die Armande für sie ausgesucht hatte.

Ach, was zum Teufel ... Schließlich nahm sie das schwarze Taftkleid aus dem Schrank. Sicher war es zu elegant für ihre Pläne – ein Drink in der Hotelbar, dann ein Imbiss in einem Bistro. Aber sie würde sich wenigstens glamourös fühlen. Wie sie sich ohne falsche Bescheidenheit eingestand, musterte sie ein sensationelles Spiegelbild. Da Armande auch aufs Detail achtete, hatte sie passende Accessoires besorgt, eine schicke Tasche und Stilettos. Seltsam – in Paris sah Georgie erstaunlich aus, ganz anders als in ihrem normalen Leben. So wie ihre Mutter auf jenem Foto ...

Sie öffnete ihre Handtasche und stopfte mehrere Euros hinein. Plötzlich grollte sie den Männern im Allgemeinen, und über diese Ironie musste sie lachen. Ärgerte sie sich, weil Jean-Marie einen unsittlichen Vorschlag gemacht und ihr ein Glas Champagner geschickt hatte? Oder weil seine Avancen ohne Folgen blieben?

Statt den Lift zu benutzen, stieg sie die majestätischen Stufen hinunter. Dabei dachte sie an die Menschen, die früher hier gewohnt hatten. Wie mochte es sein, ein so opulentes Heim ganz für sich allein zu haben und ein komfortables Privatleben darin zu genießen? Die doppelte Treppe führte von einem extravaganten schmiedeeisernen Balkon nach unten, oberhalb der Halle und der verschwenderisch dekorierten Rokokobar. Offenbar hatte die erste Hausherrin für effektvolle Auftritte geschwärmt.

Als Georgie innehielt und hinabschaute, merkte sie, dass sie von einigen Gästen beobachtet wurde, die in der Bar ihre Aperitifs tranken. Ausnahmsweise konnte sie in ihrem ansonsten wenig spektakulären Dasein einmal den Kopf hoch tragen. Sogar hier, im unangefochtenen Zentrum modischen Schicks, fiel sie auf.

Schon am frühen Abend war die Bar gut besucht. Aber zur Rechten gab es noch ein paar freie Tische. Georgie holte tief Atem und stieg die restlichen Stufen hinab. Auf halbem Weg durch den Raum blieb sie abrupt stehen.

Drei bildschöne, gut gekleidete Mädchen saßen an einem Tisch neben der Theke und tranken Champagner. In einer der jungen Frauen erkannte sie die stilvolle Blondine, der sie beim Friseur begegnet war und die ihren Haarschnitt bewundert hatte. Wie hieß sie doch gleich? Maria? Martha? *Maya.*

In England würde Georgie niemals auf jemanden zugehen, den sie nicht kannte und irgendwo nur kurz gesehen hatte. Aber sie war in Paris, ganz allein, und die Mädchen sahen so fröhlich aus.

»*Bonsoir,* Mademoiselle«, grüßte sie und reichte Maya ihre Hand. Wie Elisabeth erklärt hatte, legten die Franzosen großen Wert auf eine gewisse Förmlichkeit, wenn sie Bekanntschaften schlossen.

»Oh … *Bonsoir,* Madame!« Das Mädchen lachte, entblößte perfekte, schneeweiße Zähne und ergriff Georgies Hand.

Sollte die Anrede »Madame« Respekt bezeugen? Oder war das eine Spitze, die Georgie auf ihren Platz verweisen sollte?

»Gestern haben wir uns in Max' Salon getroffen, und Sie waren ganz begeistert von meiner Frisur.«

»Ah, *oui. L'anglaise.*«

»Darf ich Sie alle zu einem Drink einladen?« Lächelnd wandte sich Georgie zu den beiden anderen jungen Damen.

Die eine sah mit fast schwarzem, exquisit frisiertem Haar italienisch aus. Offenbar trug sie ein Chanel-Kostüm und eine passende Tasche. Als Georgie genauer hinschaute, entdeckte sie noch mehr verräterische goldene »C's« als auf Fotos von Ivana Trump. Die andere junge Frau hatte mittelbraunes Haar zu einem perfekten *coupe sauvage* geschnitten und große grüne Augen, die mit einer Halskette aus fast ebenso großen Smaragden harmonierten. Welch eine außergewöhnliche Stadt, in der man sich für eine Girls Night so grandios zurechtmachte …

»Noch nie hat mir eine Frau einen Drink angeboten«, bemerkte die Italienerin und kicherte.

Plötzlich fühlte sich Georgie furchtbar verlegen. Glaubte das Mädchen etwa, sie wollte es aufgabeln? Gingen die Mädchen in Paris nicht mit Freundinnen aus, so wie in England? Ohne Hintergedanken?

»Sei nicht albern, Tatiana«, schimpfte Maya. »Nehmen Sie doch Platz, Madame. Es ist sehr freundlich von Ihnen, uns einzuladen. Aber …«

»Guten Abend, Mademoiselles, was darf es sein?« Einer der Kellner hatte seine Chance erkannt, trat an den Tisch und grinste dreist.

»Ich hätte gern ein Glas Champagner«, sagte Georgie und setzte sich. »Bitte, schreiben Sie auch die anderen Drinks auf meine Rechnung.«

»Also gut«, stimmte Maya widerstrebend zu. »Für mich auch Champagner. Tatiana? Perla?«

Die beiden nickten.

Was für exotische Namen, dachte Georgie. Nun, vielleicht würden sie »Georgina« genauso fremdartig finden.

»Sind Sie zum ersten Mal in Paris, Madame?«, fragte Maya.

»Nennen Sie mich Georgina«, bat Georgie. »Nein, ich war schon früher hier. Aber zum ersten Mal ...« *Zum ersten Mal allein,* hatte sie hinzufügen wollen. Doch das würde zu langwierige Erklärungen erfordern. »Das erste Mal habe ich nicht in diesem schönen Hotel gewohnt. Ist das eine Ihrer Lieblingsbars?«

Jetzt war es Perla, die zu kichern begann, und Georgie wusste nicht, was denn so amüsant war. *Sind die Mädchen einfach nur unhöflich? Finden sie alles komisch, was ich sage?*

Maya warf Perla einen vernichtenden Blick zu.

In diesem Moment servierte der Kellner den Champagner. Den letzten Kelch reservierte er für Georgie und überreichte ihn mit einer übertriebenen Verbeugung. *»Pour la plus charmante.«*

Verwirrt hob sie die Brauen. Benahm er sich nicht etwas zu vertraulich? Immerhin war er ein Kellner und sie ein Gast. Doch der junge Mann, der ihr am Morgen das Frühstück gebracht hatte, war genauso unverschämt gewesen. Vielleicht gehörte das zum französischen Stil.

Maya nahm einen großen Schluck Champagner. Anscheinend hatte sie es eilig, ihr Glas zu leeren. Alle paar Sekunden spähte sie zur Treppe.

»Erwartest du jemanden, Maya?«, fragte Perla in neckischem Ton. Offensichtlich war sie der Scherzkeks dieser kleinen Gruppe, wenn Georgie den Witz auch nicht verstand.

Maya starrte ihre Freundin vorwurfsvoll an.

Während Georgie überlegte, ob sie die drei lieber sich selbst überlassen sollte, schlenderte eine Gruppe schick gekleideter Männer in die Bar. Auf subtile Weise änderte sich die Attitüde der Kellner, alle schienen strammzustehen. Vielleicht freuten sie sich auf üppige Trinkgelder.

Einer der Neuankömmlinge, der einen sichtlich teuren grauen Anzug trug, schaute sich kurz um. Dann steuerte er geradewegs den Tisch der vier Frauen an.

»*Bonsoir,* Maya.« Fast förmlich küsste er die Blondine auf beide Wangen, als wäre sie eine Arbeitskollegin, die er nur flüchtig kannte. »Stellst du uns deinen Freundinnen vor?«

Erstaunlich nervös nickte sie. »Tatiana. Perla. *Et* Georgina. *Elle vient de l'Angleterre.*«

Mit dieser Information schien sie den Mann zu überraschen. »Und wir heißen Richard, Antoine und Julien.« Er schnippte mit den Fingern, um die Aufmerksamkeit des Kellners zu erregen, der Geld und Autorität sofort zu wittern schien. Jedenfalls legte er seine dreiste, anzügliche Attitüde ab, und es sah beinahe so aus, als wollte er salutieren. »*Plus de Champagne.* Nicht diese grauenhafte Hausmarke. Krug. *Vintage.*«

»*J'arrive,* Monsieur.«

Da die Hausmarke fast fünfzig Pfund kostete, wagte sich Georgie den Preis des Jahrgangskrugs gar nicht vorzustellen.

Nachdem der Kellner den Champagner gebracht und die Gläser gefüllt hatte, saß Georgie neben dem Mann namens Julien. Lächelnd schüttelte er ihre Hand, die sich feuchtkalt und schlaff anfühlte, wie ein toter Fisch. Während er mit ihr sprach, versuchte sie einen Schauder zu unterdrücken.

»Also stammen Sie aus England, Georgina.« Das klang fast wie eine Anklage.

Was für eine groteske Situation, dachte sie. Keiner der Männer schien die Mädchen zu kennen, abgesehen von Maya. Vielleicht ein Blind Date? Kein Wunder, dass die Blondine und ihre Freundinnen so nervös gewesen waren, als Georgie sich zu ihnen gesellt hatte ...

»Ja«, bestätigte sie. »Sind Sie aus geschäftlichen Gründen in Paris?«

Julien lachte. »O nein. *J'habite ici* – ich wohne hier.«

Zu ihrem Leidwesen hielt er ihre Hand immer noch fest, und sie fragte sich, wie sie ihn ablenken könnte, um sie ihm unauffällig zu entziehen. »Was sind Sie von Beruf?« Etwas Besseres fiel ihr nicht ein.

Eine Zeit lang schaute er sie schweigend an. Vermutlich überlegte er, ob sich lange Erklärungen lohnen würden. Schließlich zuckte er die Achseln. »Ich arbeite in der Werbebranche.«

»Wie interessant! In der Kundenwerbung? Oder in der kreativen Abteilung?« Von der Werbung wusste sie nicht viel, und sie hoffte, sie hätte die richtigen Wörter gefunden. Ihr Französisch war früher recht gut, doch inzwischen etwas eingerostet.

Verblüfft erwiderte er ihren Blick. »Kennen Sie sich in dieser Branche aus?«

»Vor einiger Zeit habe ich mich in der Lederwarenfirma meines Mannes um die Werbung gekümmert.«

Noch eine Champagnerflasche wurde serviert und

Georgies Glas erneut gefüllt. Offenbar hatte man in der Hotelbar genug davon vorrätig. Diesmal nippte sie viel respektvoller an ihrem Kelch. Wie sie zugeben musste, hatte sie nie zuvor einen so köstlichen Champagner getrunken. Verwundert beobachtete sie die Mädchen, die den edlen Tropfen wie irgendein billiges Gesöff in sich hineinschütteten.

Plötzlich bemerkte sie, dass Maya sie eigenartig anschaute, als versuchte sie ihr etwas mitzuteilen. Da Georgie nicht erriet, was das Mädchen wollte, wandte sie sich wieder zu Julien. »Und Ihre Frau? Arbeitet sie, oder sorgt sie für die Familie?«

»Weder – noch«, entgegnete er und schnaufte verächtlich. »Die würde ihren fetten Arsch niemals hochkriegen, um sich einen Job zu suchen. Obwohl die Kinder schon aus dem Haus sind!«

»Wie alt sind Ihre Kinder?«

Diesmal formten Mayas Lippen tatsächlich irgendwelche Wörter, dann stand sie auf und bedeutete Georgie, ihr zu folgen. »*Excusez nous,* Messieurs«, bat sie und lächelte strahlend, »wir müssen mal für kleine Mädchen.«

Verwirrt ging Georgie mit ihr in die Damentoilette.

»*Mais, qu'est-ce-que vous faites là?*«, fragte Maya sichtlich irritiert. »Das ist kein Sonntagvormittag, den man vor der Kirche verbringt! Hier machen wir Geschäfte! Wenn Sie von Ehefrauen und Kindern reden, wecken Sie Schuldgefühle in unseren Kunden. An solchen Abenden wollen sie ihre Familien nämlich vergessen!«

Georgie spürte, wie ihr unter dem schicken schwarzen Taftkleid kalter Schweiß ausbrach. Also kein Blind

Date ... Diese Mädchen waren Hostessen, womöglich sogar Callgirls! Die Männer mussten glauben, auch *sie* würde dazugehören!

9

»Hören Sie mal«, fuhr Maya in aggressivem Ton fort, »ich weiß nicht, wer Sie sind oder warum Sie sich zu uns gesetzt haben. Vielleicht sind Sie ein Polizeispitzel. Für uns ist dieser Abend sehr wichtig. Heute werden wir eine ganze Menge verdienen. Davon können wir in der nächsten Woche unsere Miete zahlen. Leider haben wir keine reichen Ehemänner in England. Wenn Ihnen die Situation da draußen missfällt – dieses Problem lässt sich ganz einfach lösen. Verschwinden Sie!«

Ohne ein weiteres Wort rauschte sie aus der Toilette, und Georgie starrte in den großen Rokokospiegel. Weil die Frauen so glamourös aussahen und so teuer gekleidet waren, fiel es ihr schwer zu glauben, dass sie auf *diese* Weise ihren Lebensunterhalt bestritten. Das alles lag Millionen Meilen weit von Georgies Erfahrungswelt, ihrem Alltag und ihrem Sexualleben entfernt. Dann ging ihr ein Gedanke durch den Sinn, der sie schockierte, das Gefühl einer prickelnden Erregung – verboten, aber faszinierend.

Wäre es so schrecklich, wenn sie da ein bisschen mitmachte? Wenn sie nur für ein oder zwei Stunden eine Frau spielte, die für Sex bezahlt wurde? Obwohl sie das ungeheuerlich und völlig inakzeptabel fand, spürte sie, wie die Flamme einer neuen Abenteuerlust in ihr emporloderte. Sie bemalte ihre Lippen, trug noch etwas Wimperntusche auf, dann kehrte sie entschlossen in die Bar zurück.

Ganz eindeutig wartete Julien auf sie. Sofort schenkte er ihr noch einmal Champagner ein und lächelte sie wölfisch an. »Ich habe mich schon gefragt, ob Sie davongelaufen sind. Eigentlich entsprechen Sie nicht dem Stil der Mädchen, die normalerweise hierher geschickt werden.«

»Oh, ich habe nur mit Maya geplaudert.«

Blitzschnell umfasste er ihren Arm. Mit der anderen Hand zog er die Champagnerflasche aus dem Eiskübel. »Gehen wir für eine Weile in mein Zimmer. Eine von den anderen Nutten – Verzeihung, *Damen,* wird in einer halben Stunde nachkommen. Am besten du, Maya. Bring noch eine Flasche mit.«

Georgie wehrte sich, worauf er ihren Arm wie ein Schraubstock umklammerte und schmerzhaft daran zerrte.

»Tut mir Leid, Julien«, mischte sich eine irgendwie vertraute Stimme ein, seidenweich und drohend zugleich. »Aber so sehr ich es auch bedauere, das ist unmöglich. Diese Engländerin habe ich für mich selber bestellt.«

Georgie befreite sich von Juliens harten Fingern und starrte in Jean-Marie Bredins schokoladenbraune Augen, die voller Belustigung funkelten. Mit diesem Mann war sie am Morgen im Hoteltaxi gefahren. Auf der Fahrt hatte er versprochen, er würde ihr Paris zeigen, nachdem sie miteinander ins Bett gehüpft wären. Und dann hatte er im Restaurant angerufen, um ihr ein Glas Champagner zu spendieren.

Zu ihrer immer währenden Schande spürte sie, wie ihr heiße Röte in die Wangen stieg.

»Sehr gut«, fügte Jean-Marie hinzu und musterte sie abschätzend, als wäre sie tatsächlich ein Callgirl. »Wie ich sehe, tragen Sie das schwarze Kleid und die Stilettos. Darum hatte ich Sie ja auch eigens gebeten. Also, Jungs ...« In seinen nächsten Worten schwang ein anzüglicher Unterton mit, und Georgie hätte ihn am liebsten geohrfeigt. »Hoffentlich entschuldigt ihr uns, wenn wir auf das Diner mit euch verzichten, denn ich habe wichtige Geschäfte mit dieser jungen Dame zu besprechen. Unter vier Augen.«

Julien glich einem hungrigen Löwen, dem man ein besonders schmackhaftes Gnu aus dem Rachen gerissen hatte. Die anderen Männer lachten, und Jean-Marie zwinkerte ihnen zu. Eine Hand unter Georgies Ellbogen, steuerte er sie ziemlich unsanft aus der Bar.

Hinter ihrem Rücken erklang Antoines bewundernder Kommentar. »Allzu viel Zeit verschwendet Jean-Marie nicht, was? Ich wette, die Huren in Toulouse sind so alt wie seine Mutter.«

Erst vor dem Hotel ließ Jean-Marie ihren Arm los. »Nun, meine schöne englische Lady? Was zum Teufel treiben Sie unter diesen *poules de luxe*?«

Den Ausdruck kannte Georgie nicht. Aber man musste keine Dolmetscherin sein, um seinen Sinn zu verstehen.

»Wollten Sie sich ein bisschen freiberuflich betätigen, um Ihr Haushaltsgeld aufzubessern, Madame? Würde Ihr Gemahl das billigen? Daran zweifle ich. Solche Spielereien sind riskant. Führen Sie daheim ein so langweiliges Leben, dass Sie sich hier in Paris als *putain* ausgeben?«

»Wie können Sie es wagen!«, zischte sie. Auch dieses Wort war ihr fremd … Oder hatte Elisabeth es einmal benutzt? Jedenfalls ahnte Georgie, was es bedeutete.

»Zu meiner Erleichterung haben Sie nicht besonders glaubwürdig gewirkt.«

Empört merkte sie, dass sie ihn amüsierte. »Trotzdem konnte ich Ihren Freund Julien überzeugen«, fauchte sie, was sie sofort bereute.

Der Portier in der Husarenuniform schaute neugierig zu ihnen herüber. Da ergriff Jean-Marie wieder ihren Ellbogen und dirigierte sie die Straße entlang. »Darauf sind Sie auch noch stolz, nicht wahr? Dass ein vertrottelter Geschäftsmann aus dem mittleren Management über Sie herfallen wollte? Schätzungsweise hätte er Sie ins Bett bugsiert und sich dann geweigert, dafür zu zahlen. Julien ist berühmt für seinen Geiz.«

Inzwischen waren sie um eine Straßenecke gebogen. Jean-Marie blieb abrupt stehen. Völlig unerwartet nahm sein Gesicht düstere Züge an. Sie spürte seinen kraftvollen Körper unter dem eleganten Anzug – und ein schockierendes Prickeln. Zum Rugbytyp hatte sie sich noch nie hingezogen gefühlt. Aber sie kannte Jean-Marie erst seit wenigen Stunden …

»Jetzt im Ernst …« Das Gelächter in seiner Stimme war erloschen. »Was wollten Sie da drin, verdammt noch mal?«

Von plötzlichem Zorn erfüllt, starrte sie ihn an. Was bildete er sich eigentlich ein – dieser unverschämte Franzose, der ihr am Morgen unsittliche Avancen gemacht, zu Mittag ein Glas Champagner geschickt und sich dann nicht mehr gemeldet hatte, weil er den Abend lieber in einer Nuttenbar verbrachte? Wahrscheinlich saß in Toulouse eine nette Ehefrau, die Georgie in gewisser Weise glich. Waren die Männer denn niemals treu?

»Diese Frage könnte ich *Ihnen* genauso gut stellen, Monsieur!«, fuhr sie ihn an.

»Okay.« Nun grinste er. »*Touché*. Also, diese Typen arbeiten in der Werbebranche, und ich bin ein Klient von außerhalb. Deshalb glauben sie, ich müsste mich auf Kosten ihres Spesenkontos amüsieren. In Wirklichkeit möchten sie sich selber ein paar vergnügliche Stunden gönnen. Ich würde lieber ein Glas Cognac trinken und danach in meinem Zimmer fernsehen. Normalerweise entschuldige ich mich und verschwinde. Aber heute waren *Sie* da, und so ergab sich eine andere Situation. Warum haben Sie sich an diesen Tisch gesetzt?«

Als wären sie ein altes Ehepaar, hängte er sich bei ihr ein. Dieser Mann steckte voller Überraschungen. Allmählich schwirrte ihr der Kopf.

»Gehen wir ein bisschen spazieren«, schlug er vor. »Kommen Sie schon, gestehen Sie mir die Wahrheit. Nach meiner Ansicht ist Wahrheit stets die beste Philosophie, wenn sich zwei Menschen ineinander verlieben.«

Schon wieder dieses beängstigende Prickeln …

»Fangen wir mit Ihrem Mann und den Kindern an.«

Georgie fühlte, wie alle Farbe aus ihrem Gesicht wich. Schon vorher hatte er von ihrem »Gemahl« gesprochen. »Wieso wissen Sie …?«

»Nun ja …« Seine Mundwinkel zuckten. »Wenn Sie eine Edelnutte spielen, sollten Sie vielleicht Ihren Schlüsselring daheim lassen.«

Verwirrt schnappte sie nach Luft.

»Weil ein kleines Foto von Ihrer ganzen Familie dran hängt. *Mich* schreckt das nicht ab. Vermutlich liegt das an meinem gigantischen Sexualtrieb. Aber manche Männer hätten sicher keine Lust, erotische Freuden mit einer *maman* zu bezahlen. Reden Sie endlich. Warum sind Sie allein in Paris, ohne Ihre Familie, und wieso trinken Sie Champagner mit Callgirls?«

»Das ist eine lange Geschichte.«

»Zum Glück bin ich sehr geduldig. Erzählen Sie mir alles.«

»Eigentlich wollte ich mit meinem Mann hierher fahren. Diese Reise war ein Geschenk von einer alten Dame, einer Pariserin, die derzeit bei uns wohnt. Aber Nick, mein Ehemann, und ich hatten einige Probleme. Ich dachte, er würde mich betrügen.«

»Immerhin ist er ein *Mann*.«

»Oh, das ist so verdammt französisch!«

»Hat er wirklich eine Affäre?«

»Keine Ahnung. Er streitet es ab. Angeblich war es nur ein Flirt, der ein bisschen aus dem Ruder gelaufen ist. Die Frau ist ziemlich sexy, und er fühlte sich geschmeichelt. Dann fand ich auf seinem Handy eine Nachricht von *ihr* …«

»*Et voilà*. Genau das hat sie bezweckt – dass Sie ihre Nachricht lesen. So was tun die Geliebten von Ehemännern immer wieder. Natürlich hofft die Frau, Sie würden ihn rauswerfen und ihr Platz machen. *C'est normale*.«

»Ja, das hat Elisabeth auch gesagt.«

»Wer ist das?«

»Eine Pariserin, die bei uns wohnt, eine alte Schulfreundin meiner Mutter.«

»Offenbar eine vernünftige Person. Wie dumm muss Ihr Mann sein, weil er Sie vernachlässigt, wegen dieser …?

»Alison.«

»Ah, Alison. Wären Sie meine Frau, würde ich nicht mit ihr flirten. Und ich hätte Ihnen niemals gestattet, allein nach Paris zu fahren, wo Sie in Taxis fremden Männern begegnen würden.«

»Und *Ihre* Frau erlaubt Ihnen, allein in Paris herumzuhängen«, konterte sie bissig. »Ist sie auch dumm?«

»*Hélas,* sie hat mich verlassen. Wegen unseres Bankdirektors. Wussten Sie, dass sich die Leute öfter scheiden lassen, als ihre Bank zu wechseln? Da sind wir beide die Ausnahme von der Regel.«

Georgie kicherte.

»In der Bar schienen Sie sich zu amüsieren, Madame. Bis Julien aufdringlich wurde.«

»Ja, ich weiß ...«, seufzte sie und zuckte die Achseln. »Vielleicht bin ich ein bisschen leichtfertig. Diese Szenerie war ganz anders als mein Alltag daheim. Irgendwie hat mich das fasziniert.«

Jean-Marie schaute sie lächelnd an. In seinen Augenwinkeln bildeten sich winzige Fältchen. »Leichtfertige Frauen mag ich besonders gern. Gehen wir essen?« Sie hatten einen kleinen Platz erreicht. »Was würde Ihnen gefallen? Etwas Plüschiges? Ganz Paris liegt Ihnen zu Füßen. La Coupole? Das Grand Véfour? Guy Savoy?«

Entschieden schüttelte sie den Kopf. »Ein kleines Bistro in der Nachbarschaft wäre mir lieber.«

»Dann werden Sie niemals eine *poule de luxe*. Diese Mädchen bestehen auf drei Michelin-Sternen und bestellen unweigerlich die teuersten Gerichte auf der Speisekarte. Dazu Jahrgangskrug oder -cristal.«

»Offenbar haben Sie hinreichende Erfahrungen gesammelt«, bemerkte sie trocken.

»Allerdings«, bestätigte er. Weil er lauthals lachte, glaubte sie, er würde scherzen. Oder doch nicht?

Beim Diner schwatzten sie über dieses und jenes – Jean-Maries Sportswearfirma in Toulouse, seine Pläne und Träume, den berühmten Fußballspieler Niall Stephenson, den er als Werbestar engagiert hatte.

»Wow!« Georgie hatte Charlies Lobeshymnen auf Stephenson gehört. »Also muss das ein ziemlich großer Konzern sein.«

»Letztes Jahr haben wir einen Umsatz von zwanzig Millionen erzielt.«

In seiner Stimme schwang unverhohlener Stolz mit, was sie unglücklicherweise an Nick erinnerte. Nur sekundenlang fragte sie sich, wie er ohne sie zurechtkommen mochte, dann verdrängte sie den Gedanken.

»Wollen wir an der Seine spazieren gehen?«, fragte Jean-Marie, nachdem sie das Bistro verlassen hatten.

Sie schlenderten zum Linken Ufer und überquerten den Fluss bei der Kathedrale Notre-Dame, die schön, aber dunkel und ein wenig beängstigend emporragte, als würde sie irgendein Unheil erwarten. Davor vollführten mehrere Skateboarder erstaunliche Slaloms durch Plastikhütchen. Georgie schaute ihnen zu. »Haben Sie Kinder?«, erkundigte sie sich unvermittelt.

Bevor Jean-Marie antwortete, entstand eine kurze Pause. »Nein, es war nicht möglich.« Er lachte leise. »Stattdessen hatten wir Hunde, einen Mops und einen Dalmatiner«, fügte er hinzu und schnitt eine Grimasse. »Meine Ex bekam das Sorgerecht. Anscheinend war ich ein verantwortungsloser Vater. Zu viel Spaß und zu wenig Disziplin.«

Als sie sich von Notre-Dame abwandten, schlitterte ein Auto mit einem offensichtlich betrunkenen Fahrer um die Ecke des Quais, geriet auf den Gehsteig und raste auf eine hübsche junge Frau zu. Geistesgegenwärtig und ohne Zögern stürmte Jean-Marie zu ihr und stieß sie beiseite. Ihr vor Entsetzen verzerrtes Gesicht erinnerte Georgie an Bella. War das eine Art Warnung?

»Mein Gott ...« Von dem Schock halb benommen, bebte sie am ganzen Körper. »Das war bewundernswert. Offenbar dachten Sie gar nicht an die Gefahr.«

»Reiner Instinkt. Oder vielleicht mein Rugbytraining. In Toulouse gibt es großartige Spieler. Sie sollten uns mal zuschauen, Georgina. Gehen wir zum Hotel zurück?«

Die unausgesprochene Einladung knisterte erregend und verführerisch zwischen ihnen.

»Wie lange bleiben Sie in Paris?«, fragte Jean-Marie, während sie am Empfang auf die Schlüssel warteten.

»Noch vier Tage.«

»Sehr gut. Morgen Mittag essen wir zusammen.«

Enttäuscht musste sie akzeptieren, dass er sie weder in sein Zimmer bitten noch ihres betreten würde. Um ihren Frust zu verbergen, wich sie seinem Blick aus. Schließlich sollte er sie nicht für *allzu* leichtfertig halten. »Einverstanden.«

»Ein Uhr im Bistro Dauphine am Montmartre? Dort hat Hemingway immer gegessen, wenn ihm das Ritz auf die Nerven fiel.«

Als sie sich in dieser Nacht zwischen die frischen, duftenden Laken kuschelte, dachte sie an den kräftigen Körperbau des attraktiven Franzosen. Wie mochte er aussehen, wenn er nackt war?

Eine Viertelstunde vor eins traf sie Jean-Marie bereits in der Nähe der Metrostation. Statt die letzten paar hundert Meter zum Gipfel des Montmartre hinaufzusteigen, überredete sie ihn dazu, die kleine Touristenbahn zu benutzen, die aus einer Spielzeugstadt zu stammen schien.

»Hoffentlich begegne ich niemandem, den ich kenne.« Jean-Marie schüttelte stöhnend den Kopf, und der breitschultrige Rugbyspieler wirkte fast ein bisschen lächerlich, als er sich in einen winzigen Waggon zwängte.

Im Abteil saßen sie einer fröhlichen französischen Familie gegenüber.

Bei diesem Anblick fragte Georgie: »Vermissen Sie Ihre Frau manchmal, Jean-Marie?«

»Nun muss ich Ihnen ein schreckliches Geständnis machen. Meine Hunde fehlen mir viel mehr. Die mochten mich wenigstens.«

»So kann es nicht immer gewesen sein.«

»Natürlich nicht. Am Anfang muss sie mich geliebt haben. Aber Eloise ist ein Snob. Sie wollte das große Haus und die schicken Partys haben. Nur ich missfiel ihr. Ich war ihr zu ungehobelt. Zu raubeinig und direkt. Außerdem hasste sie meine Familie.«

»Sogar Ihre Großmutter, die so gern Champagner trank?«

»Die alte Dame fand sie ziemlich unsympathisch«, erwiderte Jean-Marie grinsend. »Nach ihrer Ansicht gehörte Eloise zu den Frauen, die ihre Handschuhe anbehalten, wenn sie jemandem die Hand schütteln. Und um eine gewisse Ironie zu erwähnen – meine Gemahlin glaubte, eine riesige, protzige, vulgäre Villa in einer Vorstadt wäre der Gipfel vornehmer Lebensart, während ich lieber im Zentrum gewohnt hätte.«

»Sind Toulouse und Paris sehr unterschiedlich?«

»Meine Heimat liegt im Süden. Dort sind die Menschen heißblütig. Und verantwortungslos.«

»Sogar die Chefs großer Sportswearfirmen?«

»Oh, die ganz besonders. Paris ist so frostig. In Toulouse reden die Leute mit jedem und bekunden ihre Meinungen über alle vorstellbaren Themen, von der richtigen Methode, Clafoutis zu kochen, bis zum voraussichtlichen Gewinner der nächsten Wahl. Eloise verabscheute diese Stadt und hätte es vorgezogen, in Paris zu leben. Ich würde Ihnen Toulouse gern zeigen. Da könnten wir Austern essen. Und ich würde Ihre Leidenschaft für Rugby wecken.«

»Mein jüngerer Sohn ist der größte Fußballfan auf dieser Welt.«

»Armer kleiner Narr …«

Im Restaurant angekommen, verschwand Georgie in der Damentoilette, um ihre Lippen zu bemalen. Als sie ins Foyer zurückkehrte, ließ sich Jean-Marie nirgends blicken.

»Ihr Mann hat bereits Platz genommen, Madame«, teilte ihr ein Kellner mit.

Für einen kurzen Moment erstarrte sie vor Schreck. Ihr Mann sorgte in Hadworth für die Kinder. Wahrscheinlich nutzte er die Abwesenheit seiner Frau, um seine Geliebte oder Möchtegerngeliebte zu treffen. »Nein, er ist nicht mein Mann. Nur ein Freund.«

Jean-Marie saß an einem kleinen Ecktisch, las *L'Equipe* und trank ein Glas Wein. Dabei wirkte er auf maskuline Weise so gemütlich wie eine abgewetzte, aber hoch geschätzte Lederjacke.

Zu exquisiten Jakobsmuscheln in Knoblauchbutter aßen sie knuspriges französisches Weißbrot, danach Rinderfilets, außen kross gebraten, innen rosa, mit hauchdünnen, köstlichen Pommes frites.

Georgie schloss die Mahlzeit mit einer Crème brulée und Passionsfrüchten ab. Während Jean-Marie ihr zuschaute, erschien eine seltsame Zärtlichkeit in seinen schokoladenbraunen Augen. »Ihr Engländer habt einen gesunden Appetit. Wie wär's mit ein paar *petits four?*«

»Nein, danke«, versuchte sie das Angebot möglichst würdevoll abzulehnen.

Nach dem Mittagessen schlenderten sie den Hang hinab, blieben stehen, um Sacré-Coeur zu bewundern, und begutachteten die Waren eines kleinen Modeschmuckstands auf dem Platz vor der Kirche.

»Das muss ich für meine Tochter kaufen«, erklärte Georgie und zeigte auf eine Halskette, die genau zu Bellas Augenfarbe passte.

»C'est pour offrir?«, fragte das Mädchen, das den Schmuck hergestellt hatte.

Entzückt beobachtete Georgie, wie man in Frankreich Geschenke einpackte. Ganz egal, wie bescheiden sie ausfielen, sie wurden in Seidenpapier gehüllt und mit hübschen Bändern verziert.

Als sie sich umdrehte, begegnete sie Jean-Maries Blick. »Georgina ...« Seine Hand berührte ihre Wange wie ein zarter Kuss. »Was soll aus Ihrer Ehe werden?«

Dieser Frage war sie bisher ausgewichen.

»Sie können nicht einfach davonlaufen«, betonte er.

»Nein, sicher nicht. Ich habe noch keinen Entschluss gefasst. Vielleicht in drei Tagen ...«

Die Freundschaft entwickelte sich zu einer angenehmen Routine. Nach Jean-Maries geschäftlichen Besprechungen aßen sie zu Mittag, die Nachmittage und Abende verbrachten sie gemeinsam.

Am Abend des zweiten Tages erhielt Georgie eine telefonische Nachricht von Armande, die herausfinden wollte, ob sie in der Versenkung verschwunden sei, und eine von daheim, die sie offenbar nur um Haaresbreite verpasst hatte.

»Wissen Sie, ob mein Mann am Apparat war?«, fragte sie die Empfangsdame.

»Ich glaube, es war ein Junge – etwa zehn Jahre alt.«

Also Rory ... Auf ihrem Zimmer angekommen rief sie zu Hause an. »Hallo, Darling, hast du gerade hier angerufen?«, fragte sie Rory, der den Hörer abnahm.

»Nein, Mum, das war Charlie. Er sorgt sich um Pet, weil der sich so komisch aufführt.«

Charlie riss seinem Bruder den Hörer aus der Hand. »Hi, Mum! Dauernd schleift Pet ihren Hintern über den Boden und jault. Sollen wir sie zum Tierarzt bringen?«

»Nicht nötig«, erwiderte Georgie lächelnd. »Wo das Problem liegt, kann ich mir vorstellen. Anscheinend ist sie läufig. Lasst sie nicht aus dem Haus. Auf keinen Fall darf sich Buster, der Nachbarhund, an sie ranmachen.«

»Okay, Mum. Wann kommst du nach Hause?«

»Am Samstag. Ist Dad im Büro?«

»Nein, er fährt mit Bella irgendwohin. Diese Woche ist er daheim geblieben. Bella meint, er will der grässlichen Alison ausweichen. Mum, du fehlst uns.«

»Ihr fehlt mir auch. Bis bald.« Seufzend dachte Georgie an Bellas Vermutung – und an die Hündin. Wie Pet sich fühlte, wusste sie ganz genau.

Armande nahm an, Elisabeths Freundin müsste jemanden kennen gelernt haben, denn sonst würde sich Georgie zweifellos melden. Hoffentlich endete die Affäre nicht in einem Tränenstrom …

Am Tag vor ihrer Heimreise frühstückte Georgie von wachsender Angst gequält im Bett. Ihr letzter Tag in Paris … Morgen würde sie im Eurostar sitzen und in ihr normales Leben zurückkehren. Hatte sich ihr Verhältnis zu Nick tatsächlich geändert?

Und Jean-Marie … Außer dem erotischen Knistern war nichts Ernsthaftes zwischen ihnen passiert. Aber *das* würde sich vielleicht gefährlicher auswirken als Sex.

Sie konnten miteinander reden. Endlos lange. Über dies und jenes. Mittlerweile wusste Georgie alles von seiner Familie, seiner Firma, seiner Exfrau, die zahlreichen Attraktionen seiner Heimatstadt Toulouse, und sie malte sich sogar aus, wie der Sonnenuntergang die Häuser rosa färbte. In Toulouse wurden die besten Würste von ganz Frankreich erzeugt, und der Wohlstand der Stadt basierte auf gefärbter Wolle.

Noch nie hatte Georgie eine so enge Beziehung zu einem Mann genossen, mit dem sie nicht im Bett gewesen war – wenigstens nicht zu einem Heterosexuellen. Und in *dieser* Hinsicht gab es keine Zweifel. Nie zuvor hatte sie sich so entspannt gefühlt wie in diesen Tagen mit Jean-Marie oder so vergnügliche, ungetrübte Stunden verbracht.

Sollte die plötzliche Förmlichkeit, die er bei jeder Rückkehr ins Hotel zu erkennen gab, seinem Selbstschutz dienen? Wie auch immer, damit weckte er eine brennende Sehnsucht und trieb sie fast zum Wahnsinn.

»Das ist unser letzter Abend«, erinnerte sie ihn, als sie sich wie üblich zum Aperitif trafen.

»Ja, ich weiß. Deshalb habe ich eine kleine Überraschung geplant.«

»Erzähl mir davon!«, flehte sie. »Ich hasse Überraschungen, ich möchte immer im Voraus wissen, welche Geschenke ich bekomme.«

»Zu schade.« In seinen Augen funkelte gutmütiger Spott. »Diesmal musst du dich gedulden.«

»Morgen ist Mum wieder da!« Charlie hüpfte auf dem Ehebett seiner Eltern herum. »Endlich kommt sie aus dem blöden alten Paris zurück!«

»War ich nicht ein fabelhafter Dad?«, fragte Nick und verbarg seine Enttäuschung. Zogen die Jungs immer noch ihre Mutter vor?

Letzte Nacht hatte Rory eine seiner allergischen Attacken erlitten. Nachdem Nick stundenlang neben dem Bett seines älteren Sohnes gesessen hatte, fühlte er sich ziemlich erschöpft. Doch diese Erfahrung lehrte ihn etwas, das ihm vorher nie bewusst geworden war. Je mehr Zeit und Mühe man in die Kinder investierte, desto inniger liebte man sie.

»Natürlich warst du das«, gestand Charlie ihm großzügig zu. »Aber du bist nicht Mum.«

»Immerhin hat sich *Mum* aus dem Staub gemacht«, betonte Nick ein bisschen kleinlich.

Soeben war Bella ins Schlafzimmer gekommen, um Georgies Föhn zu suchen. »Moment mal, Dad!«, mischte sie sich provozierend wie eh und je ein. »Mum wäre niemals abgedampft, hättest du dich nicht wie ein Vollidiot benommen. Seit Alison dich zwischen ihre

Krallen gekriegt hat, ist dein Verstand in der Hose gelandet.«

»Okay, junge Dame!«, donnerte Nick und merkte zu spät, dass er den autoritären Vater markierte, der er nicht sein wollte. Trotzdem fügte er hinzu: »Ab mit dir in dein Zimmer! Und bilde dir bloß nicht ein, du könntest heute Abend weggehen!«

»Wie ist es denn, wenn der Verstand in der Hose landet, Dad?«, fragte Charlie unschuldig.

»Halt gefälligst den Mund, Charlie!«, zischte sein Bruder.

»Das hätte sie nicht sagen dürfen«, murmelte Nick, als sie sich am Abend an den Küchentisch setzten.

»*Évident*«, stimmte Elisabeth zu. »Man muss Vater und Mutter ehren, das steht in der Bibel.«

Meinte sie das ironisch? Er warf ihr einen forschenden Blick zu. Aber ihr Großmuttergesicht verriet nicht, was sie dachte.

Nick wurde schwach. »Später gehe ich rauf und rede mit ihr.«

»Und ich spiele mit den Jungs Scrabble, obwohl sie dauernd schummeln und mich nie gewinnen lassen.«

»Weil du dauernd französische Wörter benutzt, Elisabeth«, verteidigte sich Rory. »Außerdem gewinnt Charlie nur, weil er sich mit Wörtern wie ›Po‹ zufrieden gibt, während andere Leute auf so was wie ›Enzyklopädie‹ warten.«

Leise klopfte Nick an Bellas Schlafzimmertür.

»Ich entschuldige mich nicht!«, sagte sie, ohne vom Computer auf ihrem Schreibtisch aufzublicken.

»Was diese Situation mit Mum angeht …«, begann er. »So einfach ist das alles nicht.«

»Doch, ganz einfach«, widersprach sie von der felsenfesten moralischen Überzeugung einer Sechzehnjährigen erfüllt. »Du hast Mum geheiratet und gelobt, in guten und in schlechten Zeiten bei ihr zu bleiben – nicht nur bis zu dem Tag, wo du mit Alison bumsen wolltest.«

Zu ihrem Entzücken schien sie ihn zu beeindrucken. Er schrie nicht, und er protestierte nicht. Stattdessen setzte er sich aufs Bett. Weil er so verletzlich und verwirrt aussah, erwachte ihr Mitleid.

»Hör mal, Dad, du könntest sie immer noch in Paris treffen. Ich hab die Züge auf der Website rausgesucht. Klar, es ist verrückt. Aber vielleicht hofft Mum, du würdest was Hirnrissiges tun. Um dreizehn nach neun fährt einer vom Waterloobahnhof ab. Dann wärst du gegen elf Uhr nachts dort.«

»Welchen Sinn hätte das? Morgen kommt sie ohnehin zurück. Ich wäre nur ein paar Stunden in Paris.«

»Genau«, bestätigte Bella grinsend. »Kein vernünftiger Mensch würde auch nur einen Gedanken dran verschwenden.«

»Okay, du hast Recht.« Nick sprang auf. Plötzlich glich er einem kleinen Jungen, der soeben das große Los gezogen hatte. »Also gut, ich fahre hin.« Liebevoll umarmte er seine Tochter. »Wünsch mir Glück. Morgen Abend sehen wir uns wieder. Und vielen Dank, dass du mich auf diese Idee gebracht hast. Du bist ein erstaunliches Mädchen.«

Lässig zuckte sie die Achseln. »Das weiß ich. Wo doch alle Leute behaupten, ich würde nach dir geraten.«

Als er die Haustür öffnen wollte, lief Bella die Treppe hinab.

»Hast du nicht was vergessen, Dad?«

Verblüfft tastete er die Innentasche seines Jacketts ab. »Reisepass ... Kreditkarte ... Was brauche ich denn sonst noch?«

»Möchtest du Mum überraschen und dich unterwürfig für deine Dummheit entschuldigen? Und wenn sie dir verziehen hat, willst du sie dann im romantischen Paris vom Hocker hauen?«

»So was Ähnliches, ja.«

»Dann solltest du vielleicht wissen, wo sie wohnt.«

»O mein Gott, ich habe keine Ahnung! Elisabeth hat das Hotel gebucht, nicht wahr?«

»Zum Glück war ich neugierig genug, um sie danach zu fragen.«

»Dem Himmel sei Dank!«

Bella lächelte nachsichtig. Manchmal fühlte sie sich älter als ihre Eltern. Was in diesen Tagen verständlich war, weil sie sich wie launische Kleinkinder benahmen. »Das Hotel heißt ›Archange‹, auf Englisch ›Archangel‹.«

»O Bella, du bist selber ein Erzengel. Mit deinem mächtigen Feuerschwert weist du mir den richtigen Weg.«

Sie warf ihm eine Kusshand zu, begleitete ihn zur Tür und schob ihn hinaus. »Übrigens, wenn ihr in Paris ausgiebig Versöhnung feiern und länger dort bleiben wollt – Elisabeth und ich kommen sicher noch eine Zeit lang ohne euch zurecht.«

Grinsend nickte er. »Okay, wir nehmen dich beim Wort. Morgen rufe ich an.«

»Großartig. Und Dad ...«

»Ja?« Nick stand bereits neben dem Auto und drehte sich um.

»Denk dran – du musst *wirklich* zu Kreuze kriechen. Fall gefälligst auf die Knie!«

»Klar, wie eine gedemütigte Schlange, und deine Mutter kann ihren Fuß auf meinen Kopf stellen.«

»Wow! Was ihr in der trauten Privatsphäre eures Hotelzimmers treiben werdet, will ich gar nicht so genau wissen.«

»Ist das Wirklichkeit? Unglaublich! Mitten in einer Großstadt ...« Georgie und Jean-Marie ließen sich über einen kleinen See zu einem romantischen Restaurant rudern. »Wie im Märchen! Jeden Augenblick erwarte ich Marie Antoinette am Ufer dahinschlendern zu sehen.«

»Ohne Kopf?«

»Sei nicht so profan! Du weißt, was ich meine.«

»Also macht es dir Spaß? Das dachte ich mir.«

Die erlesene Mahlzeit passte zu der wundervollen Szenerie.

»Wie kriegen die Franzosen das hin?«, fragte Georgie. »Ein so leichtes und trotzdem köstliches Essen ... Soll ich den Pudding nehmen?«

»Warum nicht?« In Jean-Maries Augen bildeten sich Lachfältchen, aber seine Stimme klang ernst. »Später wirst du all deine Kräfte brauchen. Also musst du dich stärken.«

Jetzt war es so weit – er bekundete, dass er doch nicht mit ihr gespielt hatte, sein Versprechen bei der ersten Begegnung war kein belangloser Flirt gewesen.

Von heißer Erregung durchdrungen, unterdrückte sie

einen wohligen Schauder und vermochte ihn nicht anzuschauen. Stattdessen wählte sie die feige Tour und gab vor, sie hätte seine Bemerkung nicht verstanden.

»Vielleicht ist es gut, dass du morgen nach Hause fährst, Georgina.«

»Warum?«

Jean-Marie küsste ihre Fingerspitzen. »Sonst würde ich meine Firma ruinieren, denn ich könnte mich nicht von dir losreißen.«

Lachend schüttelte sie den Kopf. »In Paris hast du deine Geschäfte sehr gut mit unseren Aktivitäten verbunden.«

»Nein, das stimmt nicht. Meine Besprechungen habe ich schon vor Tagen abgeschlossen. Nur deinetwegen bin ich hier geblieben. Es gibt keine Geschäfte, die mich in der Stadt festhalten.«

Georgie versuchte die wehmütige Stimmung aufzuhellen. »Oh, Monsieur Bredin, irgendwie kommt es mir so vor, als würden Sie mit mir flirten.«

»Da irrst du dich, Georgina – ich flirte nicht.«

Schon wieder dieser beglückende Schauder …

»Nun sollten wir aufbrechen«, schlug er vor.

Während der Rückfahrt in einem Taxi beobachtete Georgie erstaunt, wie sich der Bois de Boulogne von einem Touristentummelplatz in eine Bühne für barbusige Prostituierte verwandelte. Gepiercte, tätowierte Lederfetischistinnen mischten sich fröhlich unter feminin kostümierte Strichjungen.

Fasziniert starrte sie eine ungewöhnlich hübsche junge Frau an. Sobald sie Georgies Blick bemerkte, streckte sie ihr die Zunge heraus, lüftete ihren Rock und wackelte mit ihrem nackten Hintern.

»Das ist wahrscheinlich ein Junge«, meinte Jean-Marie. »Hier treiben sich jede Nacht solche Typen herum.«

»Mein Gott, ich hatte keine Ahnung.«

»Wie solltest du auch?« Plötzlich klang seine Stimme bitter. »Ich vergaß, dass du eine unschuldige Hausfrau bist.«

Zutiefst gekränkt versank sie in Schweigen. In all den gemeinsamen Stunden hatte sie diesen sarkastischen Ton noch nie gehört.

Der Taxichauffeur durchbrach die Stille, die so unvermittelt entstanden war, indem er die Radiomusik lauter drehte. Zwischen den beiden Fahrgästen gellten disharmonische Klänge.

Im Hotel ließen sie sich ihre beiden Schlüssel geben. Immer noch wortlos, fuhren sie im Lift nach oben.

Vor ihrem Zimmer angekommen, begann Georgie: »Jean-Marie ...«

»Ja«, parodierte er ihren unausgesprochenen Gedanken, »es war eine amüsante Woche, nicht wahr? Und jetzt ist alles vorbei, und du kehrst zu deinem Ehemann zurück.«

»Bitte, nicht ...«

Doch sie konnte nichts mehr sagen, denn er drängte sie an die Wand und küsste sie. Machtlos gegen ihre angestaute Sehnsucht nach diesem Mann, der ihre Leidenschaft entfacht hatte, erwiderte sie den Kuss.

»Ich habe mich wirklich bemüht, dir zu widerstehen«, flüsterte er ihr ins Ohr. »Mein Gott, ich tat mein Bestes. Aber es ist unmöglich, Georgina, ich begehre dich mehr als das Leben.«

Ohne Zögern nahm er ihr den Schlüssel aus der Hand und sperrte die Tür auf.

Das Zimmermädchen hatte das Bett aufgeschlagen und Georgies seidenes Nachthemd in der Form eines Schmetterlings auf dem Kissen drapiert.

»Dieses Ding brauchst du nicht.« Jean-Marie sank aufs Bett und fegte das kunstvolle Gebilde beiseite. »Komm her.«

Gehorsam setzte sie sich neben ihn, und er zog den Reißverschluss ihres eleganten Kleids auf. Darunter quollen ihre Brüste aus dem etwas zu kleinen trägerlosen BH.

Dann zog sie rasch den Bauch ein, denn sie erinnerte sich plötzlich an den zweifellos deutlich sichtbaren Fettwulst rings um ihre Taille, die Folge von drei Schwangerschaften und einer unglückseligen Schwäche für Blaubeermuffins.

Aber Jean-Marie starrte sie bewundernd an.

Während er mit flinken, geschickten Fingern ihren BH öffnete, küsste er ihren Nacken. »O Georgina, du bist noch viel schöner, als ich dachte.«

Seine Lippen umschlossen die Knospe einer Brust. Vor Verlangen schien Georgies ganzer Körper zu vibrieren.

Irgendwo in den Tiefen ihres Bewusstseins lauerte der Gedanke, das dürfte sie nicht tun. Sie hatte einen Ehemann und Kinder, war für ihre Familie verantwortlich …

Aber die Welle heißer Lust, die sie durchströmte, war zu stark, eine wilde Sehnsucht schien sie zu verbrennen. Alles andere zählte nicht mehr.

»Hallo, irgendjemand daheim?« Nicks Mutter Lorna steckte den Kopf durch die Hintertür. Zu ihrer Verblüffung traf sie niemanden in der Küche an, auch nicht im Wohnzimmer.

»*Bonsoir,* Lorna!«, drang eine Stimme aus dem ersten Stock herab. »Wir sind hier oben!«

Lorna stellte ihre Handtasche ab, folgte dem Ruf und sah Elisabeth in Charlies Zimmer am Boden sitzen – den strengen französischen Haarknoten leicht derangiert, eine Playstation-Bedienung in der Hand. Blitzschnell ließ sie Minis in einer virtuellen Neuschöpfung des »Italian Job« umhersausen.

»Hi, Gran«, grüßte Charlie, ohne seinen Blick vom Bildschirm abzuwenden. »Jetzt gewinnt Elisabeth schon wieder. Das ist unfair. Dauernd legt sie mich rein.«

»Hör zu jammern auf, Charlie, oder ich erzähle allen deinen Schulfreunden, dass du dich von einer älteren Dame übertrumpfen lässt«, drohte Lorna. Dann fing sie Elisabeths Blick ein – kein einfaches Unterfangen, denn die Augen der Französin klebten an einem Joystick. »Irgendwelche Neuigkeiten aus Paris?«

»Dad ist Mum hinterhergefahren«, berichtete Rory. »Nun erleben sie ein paar romantische Stunden, und morgen kommen sie nach Hause.«

Voller Stolz verkündete Charlie: »Ich habe Mum angerufen. Bald ist sie wieder da. Ich habe sie schrecklich vermisst.« In plötzlichem Unbehagen schaute er Elisabeth an. »Sei mir nicht böse ...«

»Natürlich nicht.«

»Endlich kommt Mum nach Hause!«, trällerte er. »Endlich kommt Mum nach Hause – nach Hause ...«

Lorna überließ die drei ihrem Computerspiel und ging nach unten, um sich Wein einzuschenken. Aber Bella war schneller und hielt ihr ein gefülltes Glas hin.

»Ist meine Verzweiflung so offensichtlich?«, fragte Lorna lächelnd.

»Um diese Tageszeit darf man sich einen Drink genehmigen. Ich muss jetzt Elisabeth ablösen, weil sie gern für eine halbe Stunde ins Pub geht.«

»Ins Pub?«, wiederholte Lorna verblüfft. Eine ältere Französin wollte ein britisches Pub besuchen? Unglaublich, dachte sie. So ein grausiges Lokal voller Langweiler. Ihr Exmann schwärmte für Pubs, während sie lieber in der Privatsphäre ihres gemütlichen Heims ein paar Weinflaschen leerte.

»Ja, ist das nicht komisch? Sie sagt, das erinnert sie an Paris. Keine Ahnung, wieso ... Sie setzt sich ins Rose & Crown und trinkt zwei Gläser schlechten Rotwein. Dann kommt sie nach Hause. Barry, der Barkeeper, hat mir erzählt, sie wäre wahnsinnig beliebt und sie würde gerade für die Stammgäste den alljährlichen Trip ins Pariser Disney Land organisieren. Vielleicht fährt sie sogar mit. Nach allem, was ich so höre, ist sie ganz verrückt nach Achterbahnen.«

In diesem Moment erschien Elisabeth wieder adrett frisiert und mit frisch bemalten Lippen. »Wahrscheinlich bleibe ich heute etwas länger weg«, kündigte sie an und küsste Bella. »Am Samstag haben wir immer unseren Quiz-Abend.«

Lorna starrte sie entgeistert an. »Behaupten Sie allen Ernstes, Sie würden einen Abend im Pub verbringen und mit ein paar betrunkenen Idioten blöde Fragen beantworten? Was ist aus der Pariser Lebenskultur geworden?«

»Die hasse ich. Fast alle Pariser sind furchtbare Snobs, und sie würden diesen besonderen Zeitvertreib verabscheuen – wie heißt das doch gleich? Kara ...«

»... oke«, ergänzte Bella und bemühte sich um eine

ausdruckslose Miene. »Hoffentlich versuchst du's nicht mit ›Like A Virgin‹. Darauf stürzen sie sich alle.«

»Sicher nicht. Begleiten Sie mich doch, Lorna. Womöglich entdecken Sie verborgene Talente in Ihrer Brust.«

Lorna schüttelte entsetzt den Kopf. »Nein, danke, ich möchte lieber meine Würde bewahren. Das letzte Mal habe ich 1953 ein Solo gesungen.«

Ein paar Minuten später verließ Elisabeth das Haus, um das Pub anzusteuern.

Lorna setzte sich ihrer Enkelin gegenüber an den Küchentisch. »In der Tat, sie ist erstaunlich«, seufzte sie.

»O ja«, bestätigte Bella. »Wir alle werden sie schmerzlich vermissen.«

»Noch etwas ... Diese Frau kann ich mir einfach nicht als Freundin von Isabel vorstellen. Das wäre so ähnlich wie Marie Lloyd, der Music-Hall-Star, und Königin Victoria. Undenkbar! Woher kennen sie sich eigentlich?«

»Sie sind zusammen in eine Klosterschule gegangen.«

»Ach ja, das hat Georgie erwähnt. Aber Isabel hat nie von Elisabeth gesprochen.«

»Vermutlich haben sie sich eben erst wieder entdeckt, vielleicht via ›Friends Reunited‹. Gran ist ein Internetfreak. Willst du was essen?« Es war Samstagabend, und Bella spürte, dass ihre Großmutter väterlicherseits nichts zu tun hatte. Empfand man in Lornas Alter immer noch das Bedürfnis, am Samstagabend etwas zu unternehmen? Welch ein grässlicher Gedanke ...

»Oh, das wäre wundervoll. Wieso ist dein Dad plötzlich nach Paris verschwunden? Ziemlich überstürzt, nicht wahr?«

»Dazu habe *ich* ihn animiert«, erklärte Bella, von

sichtlichem Stolz erfüllt. »Ich war so besorgt wegen meiner Eltern. Dauernd schuftet Dad, und die blöde Alison schnüffelt ständig um ihn rum und versucht ihn zwischen ihre Krallen zu kriegen. Dann kam's zu diesem Mega-Streit, und Mum hat sich nach Paris verpisst.«

»Großer Gott! Dass es so schlimm war, wusste ich gar nicht.«

»Sogar *sehr* schlimm.«

Irgendetwas in Bellas Stimme bewog ihre Großmutter, aufzustehen und sich an ihre Seite zu setzen. »Jedenfalls können sie von Glück reden, dass sie dich haben.«

»Wenn sie *einander* haben, sind sie noch viel glücklicher. Ich wünschte nur, sie würden es merken. Vielleicht gewöhnen sich Eheleute im Lauf der Zeit ans Zusammensein, und schließlich erkennt der eine nicht mehr, was er am anderen hat.«

Gerührt umarmte Lorna ihre Enkelin und hoffte, Bella müsste nicht aus eigener schmerzhafter Erfahrung lernen, wie schwierig es war, die Welt erwachsener Menschen zu bewältigen. Trotzdem würde das Mädchen noch viele Probleme lösen müssen, das gehörte zur Realität des Lebens, das sich leider nicht im Märchenreich abspielte. Gerade sie wusste das nur zu gut.

Eine Stunde später öffnete sich die vordere Haustür, und Elisabeth kam in die Küche.

»Weißt du was, Lorna?«, rief Bella aus einem plötzlichen Impuls heraus. »Elisabeth spielt Bridge. Wenn du auch nichts vom Pub hältst – ihr zwei könntet mit vereinten Kräften den Bridgeclub unsicher machen.«

Verwirrt schüttelte Elisabeth den Kopf. »*Ma chère*, ich hasse Kartenspiele.«

Jetzt war es Bella, die verständnislos dreinschaute. »Aber – dein kleines schwarzes Buch, mit all den Herzen und Karos und so weiter ... Irgendwie muss das mit Spielkarten zusammenhängen.«

Zum ersten Mal, seit Elisabeth bei den Morrisons wohnte, verlor sie die Fassung. »Oh ... das – das hat nichts mit Karten zu tun ...«, stammelte sie. »Nur ein kleines Notizbuch – eine Art Tagebuch. Übrigens, Bella«, fügte sie in schärferem Ton hinzu, »das gehört zufällig zu meinem *Privatleben.*«

»Tut mir Leid.«

»Jetzt gehe ich ins Bett«, sagte Elisabeth eisig. »Gute Nacht, Bella, gute Nacht, Lorna.«

Durch die offene Küchentür beobachtete Lorna, wie sie die Treppe hinaufstieg. Faszinierend ... Was mochte in diesem kleinen schwarzen Buch stehen?

So charmant Elisabeth auch war – irgendetwas schien nicht mit ihr zu stimmen. Diesen Eindruck hatte Lorna schon bei der ersten Begegnung gewonnen. Nun beschloss sie, gute Freunde zu befragen, die in Paris lebten. Vielleicht könnten sie etwas mehr über Isabels alte Schulkameradin herausfinden.

Nick starrte durch das Fenster des Zugabteils auf die dunklen, ausgedehnten, gestaltlosen, tristen Felder zwischen Calais und Paris. Sie waren wie sein Echo, schienen orientierungslos und verlassen dazuliegen.

Doch er empfand kein Selbstmitleid. Nick verachtete Menschen, die sich in Schwierigkeiten brachten und dann ihr Unglück beklagten. Stattdessen akzeptierte er seine Schuld an der Situation in unbarmherziger Selbsterkenntnis.

»Möchten Sie dinieren, Sir?« Die hübsche Zugbegleiterin schenkte ihm ein verführerisches Lächeln. An einem Samstagabend traf sie in diesen Waggons nur selten attraktive allein reisende Männer an.

Nick nahm ihr Interesse gar nicht wahr. »Nein, danke. Nur ein Bier.«

Von väterlichem Stolz erfasst, dachte er an Bella. Ohne ihren Scharfsinn und ihre bedingungslose Aufrichtigkeit säße er jetzt nicht in diesem Zug.

Aber er fühlte sich auch nervös. Sollte er Georgie anrufen und auf seine Ankunft vorbereiten? Wahrscheinlich ist sie gar nicht im Hotel, entschied er. Außerdem würde er es genießen, seine Frau zu überraschen.

Während die Meilen an ihm vorbeiglitten, versuchte er, den Sex mit Georgie zu analysieren. Warum hatten sie diesen Bereich ihrer Ehe so sträflich vernachlässigt? Daran sind wir wohl beide schuld, sagte er sich. Er hatte geglaubt, die Leidenschaft seiner Frau wäre erloschen. Und er selbst? Von der harten Arbeit erschöpft, hatte er es vorgezogen, zu schlafen oder in erotischen Fantasiebildern von Alison zu schwelgen.

Kurz vor elf rollte der Zug in den Gare du Nord. Als Nick durch die Sperre ging, verspürte er den sonderbaren, irrationalen Wunsch, Georgie würde ihn dahinter erwarten. Heiliger Himmel, wie konnte sie, wo sie doch gar nichts von seiner Reise nach Paris wusste? Wie merkwürdig sich das menschliche Gehirn manchmal aufführte …

Um diese späte Stunde bekam er sofort ein Taxi. Der Chauffeur verwickelte ihn unverzüglich in ein Gespräch, und Nick bemühte sich, die Fragen in seinem stockenden Schulfranzösisch zu beantworten.

Soeben waren sie durch einen Tunnel gefahren, und als sie am Ufer der Seine auftauchten, fing Nicks Magen plötzlich zu knurren an. Seit dem Morgen hatte er nichts mehr gegessen. Hätte er bloß im Zug ein Dinner bestellt …

»Könnte ich hier irgendwo was essen? Ein Sandwich würde mir genügen.«

Ausdrucksvoll hob der Taxifahrer die Schultern. Allein schon der Gedanke, gegen Mitternacht in Paris ein *Sandwich* zu finden … »Ganz in der Nähe, auf der Place, gibt's einen Crêpestand. Aber der ist vermutlich schon geschlossen.«

Nach ein paar Minuten zeigte er auf einen kleinen Platz, wo es erstaunlicherweise von Leuten und sogar Kindern wimmelte.

»Ah, ein Straßenfest!«, rief der Chauffeur und hielt.

Als Nick den Wagenschlag öffnete, wehte ihm der verlockende Duft von gebackenem Teig entgegen und erinnerte ihn an seinen leeren Magen. In seinem Heißhunger wartete er nicht auf einen Pfannkuchen mit fantasievollem Belag, sondern schaufelte einen einfachen mit gezuckerten Zitronenscheiben in sich hinein.

»Möchten Sie noch einen, Monsieur?«, fragte der Verkäufer lächelnd. »Sie haben Glück, wir wollten gerade nach Hause gehen. Normalerweise ist die Place um diese Zeit leer und verlassen.«

Nick nahm noch ein Crêpe entgegen und sah sich um. Auf dem Platz standen mehrere weiße Lieferwagen, die mit verschiedenen Waren beladen wurden. Ein Ballonverkäufer verstaute ein Bündel Disney-Luftballons in seinem Vehikel, ein paar Arbeiter bauten eine improvisierte Bühne aus Orangenkisten ab.

Ringsum beobachtete Nick gut gelaunte Familien, die den Heimweg antraten. Tiefe Scham erfüllte sein Herz. Auch *er* hatte eine Familie. Beinahe hätte er dieses Glück aufs Spiel gesetzt, um seinem Ego zu schmeicheln.

Dann wurde die bittere Reue von heißer Freude und maßloser Erleichterung verdrängt. Noch war es nicht zu spät, bald würde er das Hotel erreichen. Inständig wollte er Georgie bitten, ihrer Ehe eine Chance zu geben. Am nächsten Morgen würden sie von vorn anfangen, in dieser romantischen Stadt, wo die Liebe regierte.

In einer Ecke des Platzes erregte ein junger Mann seine Aufmerksamkeit, vielleicht ein Student. Mit einem überdimensionalen falschen Schnurrbart und einer Baskenmütze geschmückt, stand er da und bot amateurhaft in Alufolie gewickelte Fliedersträuße feil.

»Dieser Gauner«, schimpfte der Crêpeverkäufer. »Vor einer knappen halben Stunde hat er den Flieder von den Büschen da drüben abgeschnitten.« Empört zeigte er zum anderen Ende der Place, die sich eindeutig in öffentlicher Hand befand.

Belustigt über die Unverschämtheit des jungen Mannes kaufte Nick zwei Sträuße. Georgie liebte Flieder.

»Danke, Monsieur.« Schwungvoll lüftete der Bursche seine Baskenmütze. »Nehmen Sie das auch noch, es wird Ihnen Glück bringen.« Grinsend klebte er den falschen Schnurrbart an Nicks Oberlippe. »So, jetzt sehen Sie wie ein richtiger Franzose aus.«

Als Nick ins Taxi stieg, hob der Chauffeur nur wortlos die Brauen, um seine Verblüffung über den Wahnwitz des Engländers zu bekunden.

Auf der Fahrt zum Archange fühlte Nick plötzlich das Bedürfnis, mit Georgie zu reden und sich zu entschuldigen, seine Liebe zu beteuern und zu betonen, er sei ein Idiot gewesen. Kurz entschlossen zog er das Handy aus der Brusttasche seines Jacketts und drückte auf die Tasten. Georgies Name erschien im Display, und es läutete. Ein Mal, zwei Mal.

Was trieb er denn? Das war verrückt. In ein paar Minuten würde er ohnehin vor seiner Frau stehen, er konnte ihr dies alles persönlich erklären. Lächelnd schaltete er das Handy aus.

10

Unter dem seidenen Baldachin des breiten Betts bäumte sich Georgie auf und wünschte, diese wilde Ekstase würde niemals, niemals ein Ende finden.

Plötzlich läutete ihr Handy auf dem Toilettentisch am anderen Ende des Raums. Oder bildete sie sich das nur ein? Sie hob die Lider und schaute in Jean-Maries Augen. Diesmal las sie kein Lächeln in den schokoladenbraunen Tiefen, sondern jenen verschleierten Ausdruck, der von Drogen zu stammen schien und unverkennbar auf sexuelle Erregung hinwies. Er neigte den Kopf hinab, und seine Zunge begann die rosige Knospe ihrer Brust zu umkreisen.

Entzückt rang Georgie nach Luft, dann richtete sie sich auf. Ja, sie war ganz sicher, das Handy hatte geklingelt. Wenn es Probleme mit einem der Kinder gab …

Sobald Jean-Marie ihre veränderte Stimmung spürte, stöhnte er. »Georgina …« In seinem Flüstern schwang kein Zorn mit, nur Resignation und vielleicht ein kleines bisschen Furcht. »Du bist die schönste, begehrenswerteste Frau, die mir jemals begegnet ist. Aber diese Miene kenne ich. Du glaubst, es wäre ein Fehler, mit mir zu schlafen, weil du immer noch verheiratet bist, weil du an deinen Mann denkst.«

Bedrückt wich sie seinem Blick aus. Sie fühlte sich elend.

Da umfasste er energisch, fast schmerzhaft ihre Schultern und zwang sie, ihn anzuschauen. »So viel habe ich schon lange nicht mehr für eine Frau empfunden. Als sich Eloise von mir trennte, brachte mich der Kummer fast um. Diese letzte Woche hat mir das Leben gerettet. Ich will nicht nur mit dir ins Bett. Was ihr Engländer einen One-Night-Stand nennt, das missfällt mir …« Seine Augen drangen dunkel und beschwörend in ihre. »Zwischen zwei Menschen, die einander möglicherweise zu lieben beginnen, ist Sex gefährlich wie Dynamit, der das Dasein in tausend Stück zu sprengen droht. Dieses Risiko würde ich eingehen. Aber nur, wenn ich weiß, ich könnte noch mehr bekommen, wenn für uns beide die Hoffnung auf eine gemeinsame Zukunft bestünde …«

Wie ihm ihr angstvolles Gesicht verriet, hatte sie nicht überlegt, was *nach* diesem Moment geschehen würde – *nach* diesem wundervollen, aufregenden Wagnis.

Jean-Marie stieg aus dem Bett und beugte sich nach seinen Kleidern, die am Boden verstreut lagen, wo er sie einfach fallen lassen hatte. »Vielleicht werde ich allmählich älter. Alt genug, um an die Konsequenzen zu denken. Bevor wir uns lieben, musst du entscheiden, was aus deiner Ehe werden soll. Willst du bei deinem Mann bleiben? Würde er dir erlauben, die Kinder nach Frankreich mitzunehmen? Oder würdest du sie in England zurücklassen? Für dich und mich sind das wichtige Fragen.« Er schaute sie unverwandt an. »Soll ich gehen? Oder bist du bereit, schon jetzt einen Entschluss zu fassen?«

Unglücklich schüttelte sie den Kopf. »Ich weiß es nicht. Tut mir Leid.«

Nun stöhnte er wieder und strich mit allen Fingern durch sein dunkles Haar. »Georgina, du bedeutest mir sehr viel. So viel, dass ich dich daran hindern möchte, eine Wahl zu treffen, die du später womöglich bereuen wirst.« Widerstrebend begann er sich anzuziehen.

An seiner Schulter entdeckte Georgie eine kleine Narbe, und es drängte sie, sich vorzubeugen, sie zu berühren und zu küssen. Am liebsten hätte sie ihn gebeten, er möge sie nicht verlassen. Doch sie fühlte sich wie gelähmt vor lauter Sehnsucht und Gewissensqualen.

Jean-Marie nahm eine Packung Gauloises aus seiner Hosentasche und kritzelte etwas darauf. »Wenn du dich entschieden hast ... Hier sind meine Telefonnummern. Wann immer du mich anrufst, komme ich sofort zu dir.« Eine Zeit lang starrte er sie an, dann kehrte er ihr abrupt den Rücken, als müsste er sich mühsam von ihr losreißen. »Solange du es ernst meinst ...«

Den Tränen nahe, sah sie ihn gehen.

Zwischen den Beinen fühlte sie sich feucht an, voller unerfülltem Verlangen. Warum musste er so verdammt ehrenwert sein?

Sie blieb liegen, wartete und hoffte, die schmerzliche Leidenschaft in ihrem Innern würde verebben. Aber das geschah nicht. Schließlich kroch sie aus dem Bett und suchte ihre Kleider zusammen. Sollte sie ihm nachlaufen? Wenn sie sich liebten, würde sie vielleicht klarer erkennen, was sie sich wünschte.

Wenig später klopfte es an der Tür, und ihr Herz jubelte. Er kam zurück, weil er herausgefunden hatte, dass er zu schwach war, um einfach wegzulaufen.

Nur halb bekleidet, rannte sie zur Tür und schwang sie auf.

Doch es war nicht Jean-Marie, der im Flur stand.

Sondern ihr Ehemann.

»Georgie …?«, begann Nick zögernd, völlig verwirrt von dieser neuen, glamourösen Version seiner Frau. Das Lächeln jungenhafter Vorfreude erlosch. »Bist du's wirklich? Für einen schrecklichen Augenblick bildete ich mir ein, ich hätte an die falsche Tür geklopft. Du siehst ganz anders aus. Hinreißend … Obwohl du natürlich schon immer wundervoll warst …« Plötzlich verlegen unterbrach er sich und drückte ihr die welken Fliederzweige in die Arme. »Die habe ich einem jungen Straßenhändler abgekauft. Ich glaube, er hat sie aus einem öffentlichen Park geklaut … Aber was soll's, zum Teufel? Wo ich doch weiß, wie sehr du Flieder liebst …«

Gerührt beobachtete sie seine Nervosität, seine unverkennbaren Schuldgefühle, was er durchmachte, tat ihr in der Seele weh.

»O Gott, wir alle haben dich vermisst«, beteuerte er. »Heute brachte mich Bella auf die Idee, nach Paris zu fahren. Sie erklärte mir, ich sei selbstsüchtig und dumm gewesen. Deshalb müsste ich mich zu einer dramatischen Geste durchringen, um dir glaubhaft zu versichern, wie tief ich das alles bedauere. Darf ich reinkommen?«

Immer noch schweigend, wich sie zur Seite. Ihr Herz krampfte sich schmerzhaft zusammen. Seiner Liebsten gestohlene Blumen zu schenken – so etwas Verrücktes,

Romantisches hatte er in seiner Studentenzeit getan. Einmal hatte er sogar einen Zigeunergeiger in die Mensa des Colleges bestellt, um sie mit einem Ständchen zu beglücken. Aber warum war er ausgerechnet in dieser Nacht auf einen so wunderbaren Gedanken verfallen – gerade jetzt, als sie ihn abweisen wollte und die Gewissheit haben wollte, dass ihre Beziehung hoffnungslos zerrüttet wäre?

»Wie geht es dir? Hast du dich gut amüsiert?« Nick betrat das Zimmer und schaute sich um. »Mein Gott, welch ein Luxus! Erstaunlich ... Übrigens, die Jungs schicken dir liebe Grüße, und Bella hat gesagt, sie wünscht sich ein Parfum von Jean-Paul Gaultier in einem Flakon, der wie ein Frauenkörper aussieht.«

Georgies Magen drehte sich um, und sie fürchtete beinahe, sie würde erbrechen.

Aber Nick merkte nichts. Offenbar glaubte er, alles wäre in Ordnung. Als sie kraftlos in die Sofapolsterung sank, setzte er sich zu ihr. Dann fiel er auf die Knie. »Verzeih mir die lächerliche Pose. Die musste ich Bella versprechen.« In seiner Stimme schwang gutmütiger, liebevoller Spott mit, der ihr fast das Herz brach. »Georgina Morrison, hiermit lege ich ein Geständnis ab. Ich habe mich wie ein egoistisches Arschloch benommen. In letzter Zeit war ich ein miserabler Ehemann und ein noch schlechterer Liebhaber. Von jetzt an wird sich das ändern.« Behutsam zog er ihren Kopf zu sich herab. »So wahr mir Gott helfe – ich schwöre dir ewige Treue.«

Als er sich vorbeugte, um sie zu küssen, zauderte sie. »Wieso trägst du einen falschen Schnurrbart, Nick?«

Den hatte er völlig vergessen. Hastig nahm er ihn ab.

»Weil ich dachte, damit bringe ich dich zum Lachen. Wie in alten Zeiten. Tut mir ehrlich Leid – wegen dieser blöden SMS. So was wird nie wieder passieren.«

»Um die SMS geht's nicht, Nick. Nicht einmal um Alison.«

»Worum denn sonst?«

Unwillkürlich spähte sie nervös über die Schulter, und er folgte ihrem Blick zum Bett, zu den zerwühlten Laken und der Packung Gauloises auf dem Nachttisch. Ehe sie ihn zurückhalten konnte, ging er hinüber.

»Dass du neuerdings rauchst, wusste ich gar nicht.« Jetzt hörte sie einen warnenden Unterton aus seiner Stimme heraus – Zorn und Misstrauen. Er griff nach der Zigarettenpackung, studierte sie schweigend, und sein Gesicht nahm harte Züge an. »Oh ... Offenbar warst du gar nicht allein.« Wütend schleuderte er die Gauloises in eine Ecke. »Wo ist er? Im Bad? Oder versteckt er sich unter dem Bett?«

Georgie hielt seinem Blick stand. Ihre Untreue zu leugnen, hatte keinen Sinn. Dafür war es zu spät. »Er ist gegangen. Glaub mir, es kam nicht zum Äußersten. Wenn wir es auch wollten – wir taten es nicht. Weil ich verheiratet bin.«

»Ach, du Ärmste!«, stieß er eiskalt und bitter hervor. »Wie lästig – du hast einen Ehemann! Und du konntest natürlich nicht ahnen, dass er so dumm wäre, dir hierher nachzureisen. Wäre ich bloß ein paar Minuten früher aufgekreuzt! Welch ein Pech ... Dann hätte ich euch beiden eine nette Überraschung bereitet. Übrigens, vorhin rief ich dich auf deinem Handy an. Dann drückte ich sofort auf die Austaste, weil ich ohnehin gleich bei dir wäre. Wäre das Telefonat zustande gekommen, hättest du genug Zeit gefunden, um das Beweismaterial zu entfernen.«

Nur wenige Schritte trennten sie von ihm. Trotzdem hatte sie das Gefühl, es wären hundert Meilen.

»Was für eine Ironie!«, rief er höhnisch und knöpfte sein Jackett zu. »Ich bin hierher gefahren, weil ich mich Alisons wegen entschuldigen wollte. Nur um alle etwaigen Missverständnisse auszuräumen – ich habe *nicht* mit ihr geschlafen, obwohl ich's weiß Gott wollte. Bis demnächst, Georgie. Ich erwarte dich in dem Haus, das wir lächerlicherweise unser Heim nennen.«

»Aber es ist nach Mitternacht«, protestierte sie, als würde das eine Rolle spielen.

»Schlägst du mir vor, hier zu schlafen?« Verächtlich zeigte er auf das Bett, das Jean-Marie vor einer knappen Viertelstunde verlassen hatte. »Mach dir keine Sorgen, ich bin okay. Nun brauche ich erst einmal Zeit, um nachzudenken.« Ohne ein weiteres Wort eilte er zur Tür hinaus.

Vom kleinen Tisch neben dem Sofa hingen die Fliederzweige hinab.

Georgie vergrub das Gesicht in ihrem süßen, schwülen Duft und erinnerte sich an einen Lieblingsspruch ihrer Mutter Isabel.

Wenn man Flieder in ein Haus mitnimmt, bringt es Unglück.

Ihre Finger glitten über den albernen falschen Schnurrbart, der neben den beiden Sträußen lag. Zitternd vor emotionaler Erschöpfung warf sie sich aufs Bett und spürte immer noch die Umrisse von Jean-Maries kraftvollem Körper, der vor so kurzer Zeit neben ihr gelegen hatte.

In diesen wenigen Minuten hatte sich alles geändert.

Georgie rieb ihr Gesicht am glatten weißen Laken. Was sollte sie tun? Sie wusste es nicht.

Unschlüssig stand Nick am Straßenrand und sah sich um. Während der Taxifahrt hatte er in seiner Freude auf die Begegnung mit Georgie kaum wahrgenommen, in welchem Teil von Paris er sich befand. Mittlerweile war es fast ein Uhr morgens, zu früh, um in einen Zug nach London zu steigen. Aber er hatte keine Lust, ein Hotel zu suchen. Also begann er durch die Nacht zu wandern.

Vage erinnerte er sich an die Gegend um Les Halles, wo früher die ganze Nacht Obst und Gemüse verkauft worden waren, so wie in Covent Garden oder Smithfield.

Aber als er die Markthallen erreichte, war alles geschlossen – bis auf ein winziges Café, das sein Besitzer gerade sauber machte. Inzwischen seien Les Halles an den Stadtrand verlagert worden, erklärte er. Offenbar wirkte Nicks Enttäuschung irgendwie rührend, denn der Mann bat ihn trotz der späten Stunde in sein Lokal. »Was möchten Sie?«

»*Un cognac, s'il vous plaît,* Monsieur.« Wie Nick feststellte, war er nicht der einzige Gast. In einer dunklen Ecke saß ein Paar dicht beisammen.

»Ärger mit der Ehefrau?«, fragte der Wirt und öffnete eine Flasche Remy Martin. Ein Arm des kleinen, schwarzhaarigen Mannes war unnatürlich verdreht, vielleicht infolge einer Krankheit oder eines Geburtsfehlers. Doch das schien seinen Humor nicht zu beeinträchtigen.

Nick grinste wehmütig. »Merkt man das so deutlich?«

»Nun, es ist bald halb zwei. Ein Trinker sind Sie nicht, sonst hätten Sie *un double* bestellt. Wenn meine Gäste so wie Sie aussehen, haben sie meistens Probleme mit ihren Ehefrauen. Sehen Sie die beiden?« Der Wirt zeigte in den Hintergrund des Cafés. »Seit vierzig Jahren kommen sie jede Woche einmal hierher – meine glücklichsten Stammgäste.«

Betrübt zuckte Nick die Achseln. »Und was ist ihr Geheimnis?«

»Ganz einfach – sie sind mit anderen Leuten verheiratet.«

Nick leerte sein Glas in einem Zug, und die feurige Flüssigkeit brannte tröstlich in seiner Kehle. Wenigstens *das* spürte er noch. Sein restlicher Körper und seine Seele fühlten sich taub und tot an. In seiner Fantasie erschien immer wieder das Bild jener zerwühlten Bettlaken. Georgies Beteuerung, es sei »nicht zum Äußersten« gekommen, machte alles noch schlimmer. Ein Zitat ging ihm durch den Sinn. Wenn er sich recht entsann, stammte es von Jimmy Carter. *Ich habe Ehebruch in meinem Herzen begangen.* Was Georgie betraf, wäre es beinahe in ihrem Bett geschehen. Welch eine absurde Differenzierung! Als könnten Sex oder Untreue auf die Penetration reduziert werden, wie es sich jener andere amerikanische Präsident, Bill Clinton, irgendwie eingeredet hatte …

»Vielleicht bin ich kein Trinker«, stimmte Nick zu. »Aber jetzt nehme ich trotzdem einen Doppelten. Klingt wie eine verdammt gute Idee.«

Lachend füllte der Patron Nicks Glas und sein eigenes.

»Unter uns gesagt – ich hoffe, meine Frau schläft schon, wenn ich nach oben gehe. Sie ist sehr …« Während er sich unterbrach, hob er vielsagend die Brauen. »… leidenschaftlich. In ihrer Jugend war das völlig in Ordnung. Aber jetzt wiegt sie neunzig Kilo.«

»Zum Teufel mit der Liebe …« Nick hob seinen Cognacschwenker. Mittlerweile lallte er ein bisschen. »Und mit meiner Ehe … das darf ich nicht vergessen. Ich bin eigens aus London nach Paris gekommen, um meine Frau zu überraschen. Und das gelang mir. Fast hätte ich sie mit einem anderen Mann erwischt.«

»*Helás* …« Der Besitzer des Cafés schnalzte mit der Zunge. »Wenn unsere Ehefrauen unsere kleinen Affären übersehen, sind wir froh und zufrieden. Aber sobald sie selber fremdgehen – das ist ganz was anderes. Da sind wir ziemlich schlimme Heuchler, wir Männer, nicht wahr?«

In der dunklen Ecke stand das glückliche Liebespaar endlich auf, um das Lokal zu verlassen.

»Also gut, junger Mann …«, begann der Wirt. »Entweder besaufen Sie sich, bis Sie total *fou* sind … Wie nennt man das in England? *Freaked out?*«

Widerwillig lachte Nick.

»Oder Sie schlafen da drüben auf der Bank. Ich glaube, um sechs geht ein Zug nach London.«

»Danke, Sie sind sehr vertrauensvoll.«

»Wenn mich meine Menschenkenntnis nicht trügt, sind Sie weder ein Irrer noch ein Drogendealer. Außerdem nehme ich die Kasse mit nach oben.« Am Fuß einer schmalen Treppe, die vermutlich zu seiner Wohnung hinaufführte, blieb der Patron stehen. »Hatten Sie selber jemals eine kleine Affäre?«

Weil Nick nicht wusste, was er antworten sollte, schwieg er.

»Genau.« Der Franzose schien sehr gut zu verstehen, was in seinem späten Gast vorging. »Dann sollten Sie Ihrem Herzen eine gewisse Großzügigkeit abringen.«

Darin lag ein Problem. Nick fühlte sich kein bisschen großzügig, sondern verdammt wütend – mochte er ein Heuchler sein oder nicht.

»Bonne nuit et bonne chance«, wünschte ihm der Patron und schaltete die Deckenbeleuchtung aus.

Nick streckte sich auf der dick gepolsterten Bank aus. Schon jetzt war sein Mund staubtrocken, und er spürte die Vorboten eines Katers hinter seiner Stirn. Ehe er vom Cognac betäubt im Tiefschlaf versank, galt sein letzter klarer Gedanke seiner Frau. Wie gern würde er jetzt ihr Bett teilen und gemeinsam mit ihr die Schatten der Vergangenheit besiegen …

Stattdessen lag er in einem kleinen Café auf einer Sitzbank. Am nächsten Morgen würde ihn der schlimmste Kater seines Lebens peinigen.

Ungeduldig drückte Bella auf eine Taste der Fernbedienung, um das TV-Programm zu ändern. Warum schauten sich so viele Leute »Jackass« an? War es denn so wahnsinnig lustig, wenn blöde Typen ihre Pimmel mit Honig bestrichen und Bienen in ihre Hosen scheuchten?

Elisabeth war in der Granny-Wohnung verschwunden. Sicher schlief sie schon. Aber Bella war hellwach. Wahrscheinlich hätte sie nicht so viel Diät-Colas trinken sollen.

Verdammt noch mal, sie hatte es aufgegeben, mit ihrer

Clique um die Häuser zu ziehen, weil sie es unfair fand, Elisabeth mit der Aufsicht der Jungs allein zu lassen.

Als das Telefon läutete, glaubte sie, Mum und Dad wären am Apparat. Inzwischen musste Dad in Paris angekommen sein, und sie hoffte inständig, dieses Wochenende würde alles wieder ins Lot bringen. Sie sah Versäumnisse auf beiden Seiten. Warum die Mutter ihren Job aufgegeben hatte, um das öde Dasein einer Hausfrau zu fristen, verstand Bella ebenso wenig wie Dads übertriebenen Arbeitseifer. Warum schloss er Georgie aus seinem Geschäftsleben aus? Immerhin verdankte er es *ihr*, dass er den Kopf für seine Firma frei hatte und so fabelhafte Erfolge mit B&B erzielte.

Eine klassische Situation, entschied Bella. Wenn sich ihr Vater in die Enge getrieben fühlte, würde er zweifellos behaupten, er würde nur für die Familie schuften. Damit Georgie und die Kinder all das bekamen, was ihm selber nicht vergönnt war. Aber ihre wichtigsten Wünsche – ein glückliches Leben und mehr Zeit mit Nick – blieben unerfüllt. Vielleicht könnte er das aus der Distanz im romantischen Paris endlich einsehen. Kichernd dachte sie an den Tanga, den sie für ihre Mutter gekauft hatte. Hoffentlich würde er seinen Zweck erfüllen.

»It's the same old Tanga«, trällerte sie und rannte zum Telefon. Dabei stolperte sie beinahe über den blöden Hund. »Autsch!«, kreischte sie und rieb sich das Schienbein, das gegen den Telefontisch in der Diele gestoßen war. »Seid ihr das, Mum und Dad?«

»Nein«, antwortete eine ferne, krächzende Stimme, die aus dem Krater eines Vulkans zu dringen schien. »Hier spricht Isabel. Bist du das, Bella?«

»Yeah. Hi, Gran. Wie gefällt's euch in Nepal? Habt

ihr schon irgendwelche Yaks oder Yetis gesehen? Wie geht's Granddad?«

»Unser Tempo macht ihm ziemlich zu schaffen«, erwiderte Bellas Großmutter gnadenlos. Offenbar hatten die friedlichen nepalesischen Berge ihr Temperament nicht gemildert. »Vor dieser Reise hätte er trainieren sollen. Solange wir bergauf wanderten, gab's keine Schwierigkeiten. Aber der Abstieg fällt ihm schwer. Dauernd kriegt er Muskelkrämpfe in den Waden.«

Armer Granddad, dachte Bella. Nur zu gut konnte sie sich das »Mitleid« vorstellen, das er im Herzen seiner Ehefrau erregte. »Habt ihr irgendwelche Tempel besichtigt?«

»Viel zu viele. Natürlich lehne ich den Buddhismus ab. In dieser Religion scheint man dauernd auch die andere Wange hinzuhalten und alles zu akzeptieren. Nicht mein Stil. Die Sherpas sind hoffnungslose Fälle. Jedes Mal, wenn was schief läuft, sagen sie einfach *que sera*, oder wie immer das auf Nepalesisch heißt. Was macht Pet? Frisst sie das Hundefutter, das ich euch gegeben habe? Jammert sie oft? Leidet sie an mangelndem Appetit?«

Typisch für Gran, nur nach dem Befinden ihrer Hündin zu fragen ... Die sah kerngesund und gut gelaunt aus. Das teure Gourmethundefutter, das Isabel bereitgestellt hatte, ignorierte Bella und fütterte Pet stattdessen mit den Essensresten vom Familientisch, was ihre Großmutter streng verboten hatte. Bellas Meinung nach war es höchste Zeit, dass ihr Granddad etwas besser behandelt wurde als der nervtötende Shih Tzu. »Nein, Pet fühlt sich ausgezeichnet.«

»Gut. Warum dachtest du, ich wäre deine Mum oder dein Dad?«

»Oh … Weil sie ins romantische Paris gefahren sind, um ihrer Ehe neue Impulse zu geben. So wie's die Briefkastentanten immer empfehlen. Glaubst du, deshalb heißt dieses Lied ›Re-light My Fire‹? Vielleicht war das Paar, um das es darin geht, gerade bei einer Eheberaterin.«

»Was schwatzt du da, Bella? Wie konnten deine Eltern nach Paris reisen? Haben sie dir etwa die Kontrolle des Haushalts überlassen? Obwohl du erst sechzehn bist?« Anscheinend war Isabel kurz davor, mit dem Sozialamt zu telefonieren.

»Keine Bange, Elisabeth ist da.«

Am anderen Ende der Leitung entstand eine Pause, die zu knistern schien, als wäre ein Stromstoß durch Isabels Körper gerast. »*Wie* bitte? *Wer,* sagtest du, kümmert sich um die Jungs und dich?«

»Elisabeth!«, schrie Bella beinahe. »Deine alte Schulfreundin! Seit fast drei Wochen bewohnt sie das kleine Granny-Apartment. Um sich für die Gastfreundschaft zu bedanken, hat sie Mum und Dad eine Woche in Paris geschenkt … Gran? Gran? Bist du noch da?«

Die Stille in Nepal wirkte so abgrundtief wie ein See im nepalesischen Hochgebirge und so frostig wie ein Gletscher.

»Am besten komme ich sofort nach Hause.« Isabels Worte hörten sich an, als wäre jeder einzelne Buchstabe von einem Eisberg abgehackt worden.

»Aber das ist lächerlich!«, protestierte Bella. »Ihr wolltet noch eine Woche in Nepal bleiben, du und Granddad. Das hat Mum im Kalender eingetragen.« War es der Hund, den ihre Großmutter vermisste? »Mit Pet ist alles in Ordnung. Willst du sie bellen hören?«

Bella hob das widerstrebende Fellbündel zum Telefon hinauf.

Doch die Leitung nach Nepal war tot.

»Ich wette, die Sherpas werden ein Fest feiern, wenn sie mal den Mund hält«, murmelte Bella in den Äther, was ihre Großmutter zum Glück nicht mitbekam.

Inzwischen organisierte Isabel bereits die Rückkehr nach Kathmandu, wo sie Tickets für den unverzüglichen Flug in die Heimat buchen wollte.

11

Nick erwachte mit einem gewaltigen Brummschädel und fragte sich, wo zum Teufel er sein mochte. Durch die Jalousien an der Vorderfront des Cafés sickerte Licht herein. Mühsam hievte er sich von der Bank hoch.

Auf dem Tisch an seiner Seite stand ein Fläschchen Fernet Branca, wahrscheinlich eine milde Gabe des mitfühlenden Patrons. Nick grinste und schüttete das ganze bittere Gebräu auf einmal in seine Kehle. Sicher war die Freundlichkeit fremder Leute das Einzige, was ihm helfen würde, diesen Tag zu überstehen.

Er griff nach einer Papierserviette und kritzelte ein paar Dankesworte darauf, schob sie unter das leere Fernet-Branca-Fläschchen und legte zehn Euro dazu. Dann öffnete er lautlos die Vordertür und schlüpfte hinaus. Draußen verspottete das Wetter seine Stimmung. Ein strahlend blauer Himmel, ein perfekter Tag für einen Bummel mit Georgie durch Paris, so wie er es geplant hatte …

Für einen kurzen Moment wurde er schwach. War er einfach nur ein eifersüchtiger Trottel, der empörte Ehemann, obwohl er die fatale Situation zumindest teilweise selber heraufbeschworen hatte? Ein engstirniger Heuchler? Das hatte der Patron angedeutet. Die Vision zerwühlter Laken und einer Zigarettenpackung mit lässig notierten Telefonnummern kehrte in seine Fantasie zurück. Dagegen konnte er nichts unternehmen. Er *war* eifersüchtig, wahnsinnig und ganz furchtbar eifersüchtig. Vielleicht gab es fortschrittlich gesinnte Männer, die sagen würden: *Okay, Darling, du hast einen anderen in dein Bett geholt, ich sehe ein, dass ich schuld dran bin.* Zu diesen toleranten Typen gehörte er nicht. Am liebsten würde er den Kerl zu Brei schlagen und Georgie verbieten, ihn jemals wiederzusehen. Hässlich und würdelos. Aber es drängte ihn nun mal dazu.

Natürlich würde er weder das eine noch das andere tun. Aber er wünschte es, obwohl er gar nicht wusste, um welchen Mann es ging.

Warum war seine Frau mit einem Fremden ins Bett gehüpft, nachdem sie monatelang keine Lust bekundet hatte, mit *ihm* zu schlafen? Nein, über diese Frage würde er nicht nachdenken.

Damit wollte er sich vorerst nicht befassen. Es fiel ihm leichter, Georgie für einen Tramp zu halten. Doch da gab es ein Problem – sie war kein Tramp, sondern stets eine perfekte Ehefrau und Mutter gewesen. Fast *zu* perfekt, um begehrenswert zu wirken … Deshalb hatte das alberne Spiel mit Alison begonnen.

O Gott, er verstand das alles nicht. Genauso wenig wusste er, was er jetzt tun sollte. Jedenfalls konnte er unmöglich weiterleben, als wäre nichts passiert.

Während der Bahnfahrt nach London würde er eine Entscheidung treffen.

Georgie drehte sich unter ihrem luxuriösen Baldachin auf die andere Seite. Für eine kleine Weile vergaß sie die nächtlichen Ereignisse und genoss es, in diesem himmlischen Zimmer zu erwachen. Dann fiel ihr Blick auf die Packung Gauloises mit Jean-Maries Telefonnummern. Abrupt kehrte sie in die Realität zurück. Die Reise nach Paris hätte ihre Ehe neu beleben sollen. Stattdessen hatte sie Jean-Marie kennen gelernt, und ihre ganze Welt war durcheinander geraten. Liebte sie ihn? Oder empfand sie schlicht sinnliche Erregung, weil sie als Frau gewürdigt wurde, nachdem sie sich so lange unsichtbar gefühlt hatte?

Müde stieg sie aus dem Bett und begann ihre schönen Kleider in Rorys schäbiger Sporttasche zu verstauen. Allzu viel hatten sie ihr nicht genützt. Sie strich über die hellrosa Kaschmirseide ihres neuen Pullovers. War es diese elegante Garderobe, die ihre Verwandlung in eine andere Person bewirkt hatte? Vielleicht entsprach die veränderte Georgie auch ihrem wahren Ich – einer begehrenswerten, selbstbewussten Frau, die sich von erotischer Lust mitreißen ließ.

Die Fliederzweige, die sie letzte Nacht wie ein Zombie ins Wasser gestellt hatte, waren zu glorreichem Leben erwacht. Nun erfüllten sie den ganzen Raum mit ihrem intensiven Parfum und erinnerten sie an Nicks lächerlichen falschen Schnurrbart. So glücklich und erwartungsvoll war ihr Ehemann gewesen, als er ihr die beiden Sträuße überreicht hatte. Doch dann war seine Freude vor Schmerz, Zorn und Entsetzen erloschen.

Wie hätten sich die Dinge letzte Nacht entwickelt, wäre sie Jean-Marie nicht begegnet und mit Nick ins Bett gegangen?

Noch nie in ihrem Leben hatte sie sich so unglücklich und einsam gefühlt. Könnte sie bloß mit einer Mutter reden – nicht mit einer Mutter wie Isabel, die nicht einmal versuchen würde, sie zu verstehen ... Jetzt brauchte sie eine kluge, offenherzige Frau, die ihr einfühlsam beistehen würde. Aber wäre eine Mutter fähig, ihr in dieser Situation den richtigen Rat zu geben? Plötzlich sehnte sie sich nach Elisabeth, die sich niemals schockieren ließ und auf alles vernünftig reagierte. Dann dachte sie an Armande, die sie kaum kannte. Aber manchmal konnte sich eine eher flüchtige Beziehung vorteilhaft auswirken.

Außerdem war Elisabeths Freundin eine Französin, und Georgie fand ihr derzeitiges Dilemma sehr französisch. Sicher passierte es nur wenigen Engländerinnen, dass sie sich zwischen dem Mann, mit dem sie seit neunzehn Jahren verheiratet waren, und einem anderen entscheiden mussten, den sie erst seit einer Woche kannten.

Kurz entschlossen wählte sie die Telefonnummer, die Armande ihr gegeben hatte.

Schon nach dem ersten Läuten meldete sich Armande. »*Oui?*« Das klang ungeduldig und genervt. Hatte auch sie eine schlechte Nacht verbracht?

Vielleicht ist das ein ungünstiger Zeitpunkt, um ihr die Probleme einer fast fremden Person aufzuhalsen, überlegte Georgie. »Hier ist Georgina ...«, antwortete sie zögernd.

»*Bonjour,* Georgie!« Aus dem Hörer drang übersprudelnder Enthusiasmus, wie aus einer geschüttelten Champagnerflasche. »Wie geht es Ihnen? Gestern rief mich Elisabeth an und erzählte mir, Ihr Mann sei auf dem Wag nach Paris. Nun würde ich ihn gern kennen lernen. Elisabeth findet ihn sehr attraktiv.«

Prompt brach Georgie in Tränen aus. »O Gott, Armande, ich weiß nicht, was ich tun soll. Ich habe alles vermasselt!«

»Bleiben Sie, wo Sie sind. Ich komme zu Ihnen. In einer halben Stunde bin ich da«, fügte Armande in erstaunlich ruhigem Ton hinzu, als würden emotionale Krisen zu ihrem Alltag gehören. »Treffen wir uns in der Hotelhalle bei der nubischen Statue, okay?«

Armande hielt Wort. Als Georgie ihre Sachen gepackt hatte und im Lift nach unten fuhr, stand die zierliche Französin in einem extravaganten Outfit wie üblich vor Selbstvertrauen strotzend da. Neben ihr hielt die viel größere Statue einer nubischen Sklavin eine lodernde Fackel hoch.

»Geben Sie mir Ihre Tasche«, befahl Armande und führte Georgie in den sonnenhellen Frühlingsmorgen hinaus. »Diesen Flieder müssen Sie selber tragen. Jetzt wollen wir erst einmal frühstücken.«

Hinter der Straßenecke, in der Rue Mouffetard, pulsierte an diesem Sonntagmorgen reges Leben. Eifrig kauften die Pariser Obst und Gemüse, während weniger geschäftige in den Cafés saßen, die den Gehsteig säumten.

Armande wählte ein ruhigeres Lokal aus und winkte die Kellnerin zu sich. *»Un croissant avec chocolat chaud pour madame«,* bestellte sie gebieterisch.

»Bitte, Armande, ich bin wirklich nicht hungrig«, protestierte Georgie.

»Das brauchen Sie für Ihren Blutzucker. Immerhin haben Sie einen Schock erlitten.«

»*Et pour vous, madame?*«, fragte die Kellnerin.

»*Un café seule.* Und jetzt erzählen Sie, meine Liebe. Was ist zwischen Ihnen und Ihrem Mann geschehen?«

»Kurz vor Mitternacht kam er an und wollte mich überraschen.«

»Oh, ich hasse Überraschungen«, warf Armande ein und war ganz Ohr.

»Und am allerschlimmsten – vorher war ich mit einem anderen zusammen.«

Diese Information registrierte Armande, indem sie kaum merklich eine Braue hob. »Ist er noch da gewesen, *ce monsieur?*«

Georgie schüttelte den Kopf.

»*Merci pour çà.* Trotzdem fand Ihr Mann es heraus?«

»Mein Freund hatte seine Telefonnummern auf einer Zigarettenpackung notiert.«

»Natürlich«, seufzte Armande und verdrehte erbost über die sprichwörtliche Dummheit von Liebhabern die Augen. »Und Sie rauchen nicht. So was tut ihr Engländer nicht, weil ihr Gesundheitsfanatiker seid.« Beinahe hörte sich das so an, als wollte sie einen direkten Zusammenhang zwischen britischer Selbstgerechtigkeit und Georgies Disaster herstellen. »Und da verlor Ihr Ehemann die Beherrschung«, erriet sie und nippte an ihrem Kaffee.

»Ja. Er lief einfach weg, und ich habe keine Ahnung, wo er steckt.«

»O Georgina ...« Armande streckte eine krallenartige Hand mit langen, blutroten Fingernägeln aus und tätschelte Georgies Wange. »Wo Sie doch so schön aussehen!«

Entschlossen presste Georgie die Lippen zusammen

und starrte ihre heiße Schokolade an, die sie ebenso wenig anrührte wie das Croissant. Nein, sie würde *nicht* weinen. *Diese* Schmach musste sie sich ersparen.

»Wer ist der Mann, der in Ihrem Zimmer war?«

Beim Gedanken an Jean-Marie konnte Georgie die Tränen nicht länger zurückhalten. »Ein Geschäftsmann aus Toulouse. Am Tag nach meiner Ankunft teilten wir uns ein Taxi. Und dann – es war so seltsam – sahen wir uns in der Hotelbar wieder. Ich unterhielt mich gerade mit einigen Mädchen. Zufällig war eins davon die Blondine, die wir im Friseursalon getroffen hatten. Ein paar Freunde setzten sich zu uns. Und Jean-Marie kam an den Tisch ...«

Armande erblasste unter ihrer permanenten Bräune. »Womöglich *Maya?* O nein ...«

»Doch. Stellen Sie sich vor, Armande – das waren Nutten. Maya warf mir in der Damentoilette vor, ich würde ihnen das Geschäft verderben.«

Da lächelte Armande. »Wahrscheinlich bildete sie sich ein, Sie wären ein enthusiastischer Amateur. Die Nutten halten nichts von Hausfrauen, die's umsonst machen. Aber was hatte dieser Mann mit den Mädchen zu tun?«

»Er war mit den Männern verabredet, die bei uns saßen. Später erklärte er mir, er sei ein Klient von ihrer Werbeagentur und sie würden ihm bei jedem seiner geschäftlichen Besuche in Paris ein Callgirl anbieten. In Wirklichkeit wollten sie sich selber mit den Mädchen amüsieren, und er würde das Angebot stets ablehnen.«

»Wie edel.«

»Wir verließen die Bar, gingen essen und redeten stundenlang. Danach trafen wir uns jeden Tag zum Lunch und zum Dinner.«

»Ich dachte, Sie würden von einem Museum ins andere laufen.«

»Wenn's auch ein Klischee ist, Armande – er gab mir das Gefühl, ich wäre schön und begehrenswert.«

»Sie *sind* schön und begehrenswert, Georgina.«

»In diesem Licht hat mich mein Mann schon lange nicht mehr gesehen.« Sekundenlang grinste Georgie trotz ihres Kummers. »Jean-Marie erweckte immer wieder den Eindruck, er wollte mich nach einem opulenten Mahl zum Dessert vernaschen.«

»Typisch für einen Franzosen«, bemerkte Armande trocken.

»Nein«, widersprach Georgie energisch, »das war kein leeres Getue. Jean-Marie wurde von den gleichen starken Gefühlen bewegt wie ich. Aber wir widerstanden der Versuchung. Bis gestern Abend ... Er begleitete mich in mein Zimmer, und wir begannen uns zu lieben. Dann läutete mein Handy und machte mir bewusst, was ich tat. Er war wunderbar, so verständnisvoll. Er sagte, er wünsche sich eine Zukunft mit mir – in Toulouse. Doch bevor ich zu ihm kommen würde, müsste ich entscheiden, was mit meinem Mann geschehen soll. Er ist nicht nur attraktiv, sondern ein unglaublich netter, liebenswerter Mann.«

Bevor Armande antworten konnte, stieß ein kleiner Junge von einem lebhaften Hund mitgerissen gegen den Tisch. Ein paar Tropfen heiße Schokolade befleckten Georgies Tweedrock.

»*Pardon,* Madame«, bat er und schaute sie mit Charlies unwiderstehlichem Grinsen an.

Schwankend erhob sich Georgie. »Ich muss mir Papiertaschentücher kaufen«, murmelte sie und zeigte auf eine Apotheke gegenüber dem Café.

Doch das war nur ein Vorwand. Nun brauchte sie ein paar Minuten für sich allein. Der Junge und der Hund hatten sie viel zu schmerzlich an ihre komplizierte Situation erinnert.

Sobald sie in dem Laden verschwunden und außer Sichtweite war, holte Armande ihr Handy hervor. Typisch – Elisabeth hatte ihr eigenes wieder einmal ausgeschaltet.

Fluchend tippte Armande eine Nachricht. *Merde, Elisabeth. Hier spielen sich Katastrophen ab. Der Ehemann traf ein und ertappte sie beinahe mit einem anderen, den sie – um Himmels willen – zu lieben glaubt. Würdest du verdammt noch mal aufhören, die gute Fee zu mimen, und endlich nach Paris zurückkommen, bevor du noch mehr Schaden anrichtest?*

Zwei Stunden später hatte sich Elisabeth noch immer nicht gemeldet. Da tat Armande, was die Freundin ihr unter allen Umständen verboten hatte – sie wählte die Nummer der Morrisons.

Ein junges Mädchen meldete sich.

»Hallo. Dürfte ich bitte Mademoiselle Elisabeth Aubigny sprechen?«

»Sie ist in die Kirche gegangen«, erklärte Bella. Das konnte sie selber kaum glauben.

»In die *Kirche?*«, lautete die Antwort, in der merkliche Verblüffung mitschwang.

»Ja, sie sagte, sie will dem lieben Gott irgendwas erzählen.«

»Würden Sie ihr etwas ausrichten?« Die Stimme am anderen Ende der Leitung klang *not amused* – eher fuchsteufelswild. »Wenn sie ihr Gespräch mit dem lieben Gott beendet hat, muss sie ein paar ernsthafte Probleme auf Erden lösen! Sie soll Armande anrufen! *Sofort!*«

Verwundert legte Bella auf. Wie mysteriös … Erst war Gran Isabel wütend auf Elisabeth und jetzt diese Armande. Was führte die alte Dame im Schilde?

Bella beschloss, die einzige verfügbare erwachsene Person um Rat zu fragen, nämlich Lorna.

»Hi, Bella. Schon so früh aus den Federn?«

»Ja. Gerade bekam ich einen seltsamen Anruf aus Frankreich. Eine Frau wollte mit Elisabeth reden. Und gestern Abend hat sich Gran aus Nepal gemeldet und echt komisch reagiert, als ich erwähnt hab, Elisabeth würde bei uns wohnen. Irgendwie verängstigt. Normalerweise ist es Gran, vor der sich die Leute fürchten.«

»Was hat sie gesagt?«

»Sie kommt sofort mit Granddad nach Hause.«

»Aber sie wollten noch eine Woche in Nepal bleiben.«

»Genau. Das ist fast unheimlich. Vielleicht will sie Elisabeth nicht hier haben.«

»Was für eine interessante Wirkung diese Französin auf manche Menschen ausübt!«, meinte Lorna nachdenklich. »Von wegen harmlose alte Dame …«

Bald würde Georgies Zug abfahren, und sie hatte noch immer keine Ahnung, wo sich ihr Mann herumtrieb. Schweren Herzens stieg sie in den Eurostar. Während der Reise versuchte sie, eine Zeitschrift zu lesen. Doch sie konnte sich nicht darauf konzentrieren. Jedes Mal, wenn jemand an ihr vorbeiging, blickte sie auf und glaubte, es wäre Nick. Was zum Teufel sollte sie tun?

Rory war der Erste, der ihr Auto entdeckte. Dicht gefolgt von Charlie und Pet, stürmte er aus dem Haus. »Wow, Mum, was ist denn mit dir passiert? Du siehst ganz anders aus!«

»O Mum, du bist bildschön!« Natürlich wollte sich Charlie nicht ausstechen lassen. »Wie eine Lady in Bellas Magazinen.«

Sogar Bella war beeindruckt. »Kaschmir und Tweed.« Anerkennend stieß sie einen Pfiff aus. »Total trendy in diesem Jahr. Und die Stiefel ... Glaubst du, die passen mir?«

»Hoffentlich nicht.« Georgie legte die Fliederzweige, die sie seit dem Morgen mit sich herumschleppte, auf den Telefontisch in der Diele.

»Igitt, Mum, das Zeug tropft!«, schimpfte Rory. »Wieso bringst du Blumen aus Paris mit? Davon wimmelt's in unserem eigenen Garten.«

Warum sie den Flieder mitgenommen hatte, konnte sie sich selber nicht so genau erklären. Wahrscheinlich, weil er sie an Nicks Liebe erinnerte.

Sie trug die Zweige in die Küche, stellte sie in die Spüle und ließ Wasser hineinlaufen. Lächelnd umarmte sie ihre Kinder. »Oh, es ist so wundervoll, euch wiederzusehen! In Paris war es traumhaft. Trotzdem habe ich euch vermisst.«

»Hast du Geschenke für uns gekauft?«, drängte Charlie.

In gespieltem Entsetzen runzelte sie die Stirn. »Geschenke! O mein Gott, ich *wusste* doch, dass ich irgendwas vergessen habe!«

»Nicht so wichtig«, versuchte Rory sie zu trösten, stets der Friedensstifter.

»Doch, das ist sogar *sehr* wichtig!«, protestierte Charlie. »Warum *sonst* hätten wir uns die ganze Zeit so gut benommen?«

»Hast du noch nie gehört, dass die Tugend an sich der höchste Lohn ist?«, fragte Georgie salbungsvoll. Dann wühlte sie in der Sporttasche. Zum Glück hatte sie sich in der Eurostar-Station gerade noch rechtzeitig an die Geschenke erinnert. Nun überreichte sie den Kindern ihre Ausbeute.

»Toll.« Charlies Lob klang nicht besonders überzeugend. »Ein Simpsonsmäppchen. Aber ich hab schon eins.«

»Ein *französisches* sicher nicht.«

Wunderbarerweise schien er dieses Argument zu akzeptieren.

»Danke, Mum!«, rief Rory und inspizierte begeistert sein Fußballtrikot mit der Aufschrift »France« am Rücken.

Die Halskette beglückte Bella ebenso wie das Gaultier-Parfum. »Was für ein fantastischer Flakon! Nie hätte ich erwartet, dass Dad sich dran erinnert ...« Verwirrt schaute sie sich um. »He, wo steckt er eigentlich? Schon wieder im Büro?«

Schmerzhaft zog sich Georgies Magen zusammen, als hätte jemand hineingetreten. Erst jetzt wurde ihr bewusst, was sie erhofft hatte – dass Nick vor ihr daheim angekommen wäre und dass sie versuchen würden, über alles zu reden. »Ich nehme an, er musste nach Italien fahren«, erwiderte sie betont beiläufig und wich Bellas argwöhnischem Blick aus. »Weil seine italienischen Geschäftsfreunde in Paris anriefen ...«

In diesem Moment kam Elisabeth mit unverhohlener Besorgnis in den Augen herein.

Wie erstaunlich sich Georgie verändert hatte. Sie war eine andere Persönlichkeit geworden, denn sie strahlte ein Selbstvertrauen aus, das ein neues Outfit oder ein Besuch beim Friseur nicht bewirken konnten. Nein, die Ursache dieses Wandels musste in der Seele liegen. Vielleicht hing er mit dem Mann zusammen, den Armande erwähnt hatte. Elisabeth versuchte eine böse Ahnung zu verdrängen. Auch Georgies Mutter hatte sich völlig verändert. In Paris war aus der provinziellen grauen Maus ein selbstsicheres Glamourgirl geworden. Wiederholte sich die Vergangenheit?

»Du siehst bezaubernd aus, Georgie! Eine echte *Parisienne!*«

»Was ich *dir* verdanke ... Plötzlich fühle ich mich ganz anders.« Georgie packte das letzte Geschenk aus. »Das habe ich dir mitgebracht. Es war furchtbar schwierig, etwas Passendes für dich auszusuchen. Deshalb habe ich einfach geraten.« Sie überreichte Elisabeth eine kleine, von einem bunten Band umwundene Schachtel.

Darin lag eine Brosche in Gestalt einer Blume mit Blüten aus funkelnden aquamarinblauen Steinen – nicht teuer, aber hübsch und stilvoll.

»Meine Liebe, *c'est parfait.*«

In Elisabeths Stimme schwang ein heiserer Unterton mit, den Georgie nie zuvor gehört hatte. Bisher war die Französin immer kühl, gelassen und sachlich gewesen.

»Immer wieder fragen mich die Leute, ob ich traurig bin, weil es in meinem Leben keine Familie gibt«, fuhr sie leise fort. »Das habe ich stets verneint. Bis jetzt. Hätte ich eine Tochter, würde ich mir wünschen, sie wäre so wie du.«

Georgie musste sich zusammenreißen, um nicht in

Tränen auszubrechen. Welch eine liebevolle, fürsorgliche Mutter wäre Elisabeth gewesen – ganz anders als Isabel.

»Wenn du willst, sind wir deine Familie.« Einfühlsam wie eh und je, trat Rory an die Seite der alten Dame, und sie strich über sein hellbraunes Haar.

Wenn gewisse Tatsachen ans Licht kämen, wären die Morrisons nicht mehr bereit, dieses wunderbare Familienleben mit ihr zu teilen. Noch ahnten sie nichts …

»Würdest du mit den Jungs und Pet in den Garten gehen, Bella?«, bat sie. »Spielt doch ein bisschen.«

Rebellisch hob Bella das Kinn. Dann begegnete sie Elisabeths Blick und nickte. »Kommt, ihr Bälger, raus mit euch! Die Erwachsenen wollen uns drei aus dem Weg haben, damit sie über Sex reden können.«

»Ist das nicht eklig?«, jammerte Charlie. »Über was anderes reden die *nie*. Jakes Mutter hört gar nicht auf mit dem Quatsch, und er sagt, davon will er überhaupt nichts wissen, wenn er erwachsen ist.«

»Was für eine ausgezeichnete Idee! Dann wird er ein einfaches, sorgenfreies, allerdings etwas langweiliges Leben führen.« Elisabeth begann, Kaffee zu kochen. Dabei entdeckte sie den welken Flieder im Spülbecken. Falls Georgie ihn aus Paris mitgebracht hatte, musste er ein Geschenk sein.

Von wem?

»Alles in Ordnung?« Sie reichte Georgie eine dampfende Tasse und hoffte, der starke Kaffee würde ihr Kraft spenden und helfen, alle Probleme zu lösen.

»Eigentlich nicht … Offen gestanden, ich fühle mich elend. Paris war himmlisch. Aber was dort geschah … Das hatte ich nicht erwartet, Elisabeth. Ich war so wütend auf Nick, und ich wusste nicht, dass er mir folgen würde. Davor rief er mich kein einziges Mal an, und ich dachte – verdammt will ich sein, wenn ich nach dieser widerlichen Nachricht auf seinem Handy klein beigebe.«

»Und …?«

»Ich ging zum Friseur und zog die wunderbaren Kleider an, die du mir geschenkt hast. Nach langer Zeit fühlte ich mich endlich wieder richtig sexy – und dazu noch *glamourös.*« Georgie rührte so vehement in ihrem Kaffee, dass er über den Tassenrand schwappte. »Da traf ich diesen Mann.«

»Natürlich.« Hätte sich Elisabeth etwas anderes vorstellen sollen, nachdem Georgie in einem so romantischen Hotel gewohnt hatte und im gnadenlos romantischen Paris zu neuer Schönheit erblüht war? »Am besten erzählst du mir, was passiert ist.«

Georgie senkte den Blick und versuchte ihre Gefühle zu meistern. »Schon am ersten Tag lernte ich ihn kennen. Das war wirklich albern. Ganz zufällig landeten wir im selben Taxi und fuhren durch die Straßen. Er hielt sich aus geschäftlichen Gründen in Paris auf, und er empfahl mir das Restaurant im Centre Pompidou.« Bei dieser Erinnerung lächelte sie versonnen, ohne es zu merken. »Als ich allein hineinging, war ich ziemlich verlegen. Aber die Kellnerin war unglaublich nett. Kurz nachdem sie mich zu einem freien Tisch geführt hatte, servierte sie mir ein Glas Champagner – mit herzlichen Grüßen von einem ›Monsieur‹. Im Taxi hatte er mir von seiner Großmutter und ihrem Motto erzählt, man müsse mittags stets ein Glas Champagner trinken.«

»Also ein Franzose?«

»Ja, aus Toulouse. Die Kellnerin sagte, er habe angerufen, Champagner für mich bestellt und mich haargenau beschrieben – bis zu dem Reiseführer, den ich bei mir trug.«

Offenbar beherrscht er die Kunst des Flirtens geradezu meisterhaft, dachte Elisabeth seufzend.

»Was ich so seltsam fand – er ist gar nicht mein Typ«, erklärte Georgie. »Ich mochte immer große, schlanke Männer wie Nick. Jean-Marie ist kleiner und kräftiger, wie ein Rugbyspieler, wie ein *attraktiver* Rugbyspieler ohne Blumenkohlohren und den massigen Körperbau eines Kleiderschranks.«

»War er charmant?«

»Wahnsinnig charmant! Aber nicht schmeichlerisch und schmierig. Einfach nur amüsant und freundlich.«

»Wurde er in Toulouse von seiner Frau erwartet?«, fragte Elisabeth hoffnungsvoll.

»Nein, sie ließ sich vor sechs Jahren von ihm scheiden.«

»Vermutlich wegen seiner Gewohnheit, fremden Damen Champagner zu spendieren«, betonte Elisabeth, weil sie Georgies Begeisterung ein wenig dämpfen wollte.

»Das bezweifle ich, denn sie lief mit seinem Bankdirektor davon.« Georgie lächelte wieder. »Stell dir vor, er sagte, die Leute würden sich öfter scheiden lassen, als ihre Bank zu wechseln. Da sei er eine Ausnahme.«

Elisabeth unterdrückte ein Stöhnen. Allem Anschein nach war der Mann ein Albtraum. Galant *und* witzig. O Gott, warum hatte sie sich in die Ehe der Morrisons eingemischt? Sicher wäre es besser gewesen, sie hätte die beiden ihre Probleme selber lösen lassen und Georgie an dieser unseligen Reise nach Paris gehindert.

»Auch er wohnte im Archange. Am Abend des ersten Tages haben wir uns zufällig in der Bar wiedergesehen. Ich trug dieses fantastische schwarze Kleid, das Armande für mich gekauft hatte. Und weißt du, was irre komisch war?«

Unbehaglich schüttelte Elisabeth den Kopf. An dieser Geschichte fand sie gar nichts komisch.

»Ich saß in der Bar bei diesen jungen Frauen. Der einen war ich bei dem Friseur begegnet, zu dem Armande mich geführt hatte ...«

»Was? Hast du dich tatsächlich zu einem Mädchen gesetzt, dem du bei Max über den Weg gelaufen bist?« Alle Farbe wich aus Elisabeths Gesicht.

»Ja. Ich war allein, und so lud ich Maya und ihre Freundinnen zu Champagner ein. Später gesellten sich ein paar Männer dazu. Während wir beisammen saßen, trat Jean-Marie an unseren Tisch. Und was am ulkigsten war – die Mädchen entpuppten sich als Callgirls!«

Elisabeth begann zu frösteln. O Gott, das wurde immer schlimmer ... »Und dieser – Jean-Marie? Was hielt er davon?«

»Wie er mir später erzählte, waren die Mädchen für ihn bestimmt. Die Männer, die bei uns saßen, arbeiten für eine Werbeagentur, und er gehört zu ihren Kunden. Deshalb bestellen sie immer wieder Nutten für ihn, mit denen sie sich dann selber vergnügen. Er sagte, er würde sich jedes Mal entschuldigen, weil er lieber ein Bier trinkt und in seinem Hotelzimmer fernsieht.«

»Das hast du ihm *geglaubt?«* Elisabeths Augen verengten sich.

»Allerdings!« Georgie würde ihr nicht erlauben, die schönen Erinnerungen zu besudeln.

»Dachte er, du wärst ebenfalls ein Callgirl?«

»Nein, er lachte mich aus und belehrte mich. Richtige Nutten würden ihre Freier nicht nach Ehefrauen und Kindern fragen.«

»Wohl kaum«, bestätigte Elisabeth leise.

»Nachdem er sich von seinen Geschäftsfreunden verabschiedet hatte, ging er mit mir essen.«

»Hoffentlich hat er dich in ein elegantes Lokal geführt.«

»Das wollte er, aber ich hasse vornehme Restaurants. Und so dinierten wir in einem gemütlichen Bistro. Ich glaube, wir waren die letzten Gäste, dann wanderten wir an der Seine entlang. Stundenlang haben wir geredet.« Georgie starrte träumerisch vor sich hin, wie ein Teenager nach dem ersten Rendezvous.

»Und was geschah an den nächsten Tagen?« Als ob Elisabeth das nicht schon wüsste ...

»Wir trafen uns sehr oft. Aber wir liebten uns nicht. Zumindest nicht bis zum letzten Abend. Das hatte ich mir nur vorgestellt – nicht *wirklich* geplant. Aber er begleitete mich zu meinem Zimmer und küsste mich. O Elisabeth, was konnte ich denn tun? So etwas hatte ich zwanzig Jahre lang nicht empfunden – seit dem ersten Mal mit Nick nicht mehr. Es war erstaunlich. Heiliger Himmel ...« Sekundenlang schloss Georgie die Augen. »Und plötzlich klingelte mein Handy. Das holte mich auf die Erde zurück. Weil es schon so spät war, hatte ich Angst um die Kinder. Wie ich später erfuhr, hatte Nick mich auf der Taxifahrt zum Archange angerufen und das Telefonat abgebrochen, vermutlich, weil er mich überraschen wollte. O Gott, ich wünschte, ich wäre auf seine Ankunft vorbereitet gewesen ...«

»Er hat doch nicht … Hat er euch in flagranti ertappt?«

»Nein. Glücklicherweise wurde mir wenigstens *das* erspart. Jean-Marie spürte, dass sich meine Stimmung geändert hatte, und erklärte, er wollte mich nicht lieben, wenn ich es nachher bereuen würde. Zuerst müsse ich entscheiden, was aus meiner Ehe werden soll. Einen One-Night-Stand lehnte er kategorisch ab. Für ihn kam nur der Beginn einer ernsthaften Beziehung in Frage.«

Ein interessanter Mann, dieser Jean-Marie, gab Elisabeth in Gedanken zu. Falls er es ehrlich meint …

»Also ging er«, setzte Georgie ihren Bericht fort. »Zehn Minuten später tauchte Nick auf. Ich dachte, Jean-Marie würde vor der Tür stehen, weil er sich anders besonnen hatte.«

»Wärst du wieder mit ihm ins Bett gehüpft?«

»Ja.« Georgie merkte, wie schamlos das klang. Doch sie mochte nicht lügen. »Und was am schlimmsten war …« Beinahe brach ihre Stimme. »Nick trug einen albernen falschen Schnurrbart und hielt den verdammten Flieder in der Hand.« Wehmütig wies sie zum Spülbecken. »Das zerriss mir fast das Herz.«

»Hast du erkannt, dass du ihn immer noch liebst – trotz deiner Leidenschaft für Jean-Marie?«

»Das weiß ich nicht, Elisabeth. Wegen seines so genannten Flirts mit Alison war ich immer noch sauer auf ihn.«

»Er ist dir nach Paris gefolgt und hat dir mitten in der Nacht diese Fliederzweige geschenkt. Ganz zu schweigen vom falschen Schnurrbart – ein Gag, den ich nicht verstehe. Die Engländer haben nun mal einen eigenartigen Humor ... Jedenfalls hättest du registrieren müssen, dass er seine Dummheiten aufrichtig bedauert.«

»O ja ... Aber dann entdeckte er eine Gauloise-Packung mit Jean-Maries Telefonnummern auf dem Nachttisch und drehte durch.«

»Kein Wunder. Was hast du denn erwartet? Wärst du glücklicher gewesen, wenn er gesagt hätte: ›Ah, du hast einen Liebhaber. Soll ich später wiederkommen?‹ Sicher nicht.«

»Was mir jetzt die größten Sorgen macht – er ist nicht hier. Letzte Nacht stürmte er aus meinem Zimmer. Ich nahm an, er würde sich in einem anderen Hotel einquartieren und heute nach London fahren. Eigentlich dachte ich, er würde sogar vor mir daheim eintreffen. Keine Ahnung, wo er sein mag ...«

»Warte doch ab. Vielleicht will er noch eine Weile in Paris bleiben. Womöglich war er sogar noch einmal im Archange, wo er über deine Abreise informiert wurde. Dann könnte er einen späteren Zug genommen haben.«

»Hoffentlich!« Georgie holte tief Atem. »Wenn ich mich bloß nicht so beschissen fühlen würde ...«

»Und dieser Franzose weiß Bescheid über deine Familie?«

»Ja.« Als Georgie an ihrem Kaffee zu nippen versuchte, zitterte ihre Hand. »Er will, dass ich mich scheiden lasse und mit den Kindern zu ihm nach Toulouse ziehe ...«

In diesem Moment öffnete sich die Hintertür, und Georgie schaute in Rorys Augen. Was sie darin las, ließ die Worte auf ihren Lippen gefrieren.

»O Mum, Pet ist so komisch!«, kicherte Charlie. »Wie sie nach ihrem eigenen Schwanz schnappt! Das solltest du mal sehen. Die bildet sich tatsächlich ein, sie könnte ihn fangen. Ist das nicht ein verrückter Hund?«

Georgies und Elisabeths Blicke trafen sich.

Obwohl Elisabeth schwieg, erriet Georgie die Gedanken der klugen alten Frau. *Glaubst du wirklich, du dürftest das alles aufgeben und die Kinder nach Toulouse verfrachten – zu einem Mann, den du erst seit einer Woche kennst?*

12

Es war fast Schlafenszeit, und Nick kam noch immer nicht nach Hause. Unzählige Male hatte Georgie die Nummer seines Handys gewählt und drei Nachrichten auf seinem Anrufbeantworter im Büro hinterlassen. Bisher hatte sie sich nicht dazu durchgerungen, Alison anzurufen. Es wäre zu demütigend. Aber letzten Endes müsste sie wahrscheinlich in den sauren Apfel beißen.

Schließlich griff sie widerstrebend zum Telefon.

»Versuchst du noch mal, Dad zu erreichen?«, fragte Bella, und Georgie zuckte verwirrt zusammen. »Was stimmt eigentlich nicht mit euch beiden? Erst stürmt er nach Paris wie Romeo, der seine Julia sucht, dann kommst du allein zurück und scheinst nicht zu wissen, wo er ist.«

Georgie zögerte. Sollte sie ihrer Tochter die Wahrheit gestehen?

Darüber musste sie nicht lange nachdenken, weil Bella das Thema von sich aus anschnitt. »Was ist los mit dir? Seit du wieder da bist, läufst du wie ein liebeskranker

Teenager herum und starrst schmachtend vor dich hin.« Prüfend musterte sie Georgie mit den großen, vom Vater geerbten blauen Augen, und plötzlich schien er zwischen ihnen zu stehen. »Du hast jemanden kennen gelernt, nicht wahr?«

Warum war sie so verdammt scharfsinnig? Erfolglos suchte Georgie nach Worten.

»Um Himmels willen, Mum! Als es um die grauenhafte Alison gegangen ist, habe ich wirklich zu dir gehalten. Und erzähl mir nicht die gleiche Scheiße wie Dad, der dauernd behauptet, so einfach sei das Leben nicht. Es *ist* nämlich einfach. Das habe ich ihm auch schon gesagt. Ihr beide habt euch für einander entschieden, einer hat sich dem anderen verpflichtet. Ob man verheiratet ist oder nicht – das interessiert mich nicht. Nur dieses Engagement zählt, und das gilt für *jede* Beziehung zwischen zwei Menschen. Ihr habt versprochen, einander zu vertrauen.«

Noch nie hatte Georgie ihre Tochter so entrüstet gesehen.

»Ständig jammert ihr, meine Generation würde *alles* verlangen – Laptops, Pods, schicke Handys – und die wahren Werte des Lebens nicht würdigen«, warf Bella ihr vor. »Also, das ist leeres Gerede, weil ihr diese Werte selber nicht achtet. Nichts auf dieser Welt bedeutet so viel wie Vertrauen!«

Am liebsten hätte Georgie sie umarmt und beteuert, alles würde sich zum Guten wenden. Doch daran zweifelte sie selber. Außerdem war Bella zu wütend.

Vor lauter Zorn vergaß sie sogar die Information, wegen der sie eigentlich zu Georgie gegangen war. Während der Abwesenheit ihrer Mutter hatte Gran Isabel angerufen. Entsetzt über Elisabeths Aufenthalt im Haus der Morrisons wollte sie die Trekkingtour in Nepal abkürzen. Nun war sie wahrscheinlich schon auf dem Weg nach Kathmandu, um einen früheren Rückflug zu buchen.

Zitternd und fröstelnd lag Georgie in ihrem breiten, viel zu leeren Bett. Ihr Kopf dröhnte schmerzhaft. Und was sie am schlimmsten fand, war, dass der Eindruck, den Jean-Marie auf sie gemacht hatte, so real und bezwingend maskulin und greifbar, ihr zu entgleiten begann. Dies ist mein wirkliches Leben, erkannte sie, Paris war nur ein Traum.

Trotz ihres Kummers lächelte sie plötzlich, denn Jean-Marie hatte ihr etwas unbeschreiblich Kostbares geschenkt, nämlich die Gewissheit, dass sie eine leidenschaftliche, begehrenswerte Frau war.

Mitten in der Nacht erwachte sie, weil sie einen warmen Körper neben sich spürte. Nick war zurückgekommen! Überglücklich und erleichtert streckte sie eine Hand aus, um ihn zu berühren.

»Sei nicht böse, Mum«, drang eine schwache Flüsterstimme aus dem Dunkeln unter der Steppdecke hervor. »Ich hatte Angst, ich würde in mein Bett pinkeln.«

Seufzend bezwang sie ihre Enttäuschung und zog Rory an ihre Brust. Seit er ein Kleinkind gewesen war, hatte er sich nicht mehr zu seiner Mutter geflüchtet, um in beklemmenden Nächten ihre Nähe zu suchen. Armer Junge! Wo er sich doch nichts weiter wünschte als die Sicherheit eines glücklichen Familienlebens.

»Was du heute gesagt hast ...«, fuhr die heisere Stimme fort. »Du würdest zu einem anderen Mann ziehen ...

Das wird nicht passieren, oder? Du liebst Dad, nicht wahr?«

»Ja«, wisperte sie so leise, dass Rory die Antwort kaum verstand. »Ja, natürlich.«

O Nick, dachte sie verzweifelt, es tut mir so schrecklich Leid. Jean-Marie war wundervoll, ganz anders als du. Aber du bist mein Mann, und du hast alles liegen und stehen lassen, um nach Paris zu fahren und mich um Verzeihung zu bitten. Jetzt will ich dich wieder haben ...

Am nächsten Tag würde sie herausfinden, ob es Mittel und Wege gab, um ihre Ehe zu retten.

»Wo ist Dad?«, lauteten Rorys erste Worte, nachdem er aufgewacht war.

»In Italien. Dort musste er von Paris aus hinfahren, weil seine Kunden ihn dringend brauchen.«

Darüber dachte er eine Weile nach. »Weißt du nicht genauer Bescheid, hat er dir sonst nichts erzählt?«

»Wahrscheinlich habe ich nicht zugehört. Du kennst mich ja.«

»Dumme Mum«, murmelte Rory und lächelte nachsichtig.

»Geh jetzt, weck deinen Bruder und macht euch für die Schule fertig.«

Während er in Charlies Zimmer rannte, blieb Georgie noch eine Zeit lang im Bett liegen und schmiedete Pläne.

Erst mal musste sie feststellen, wo zum Teufel Nick steckte. Bei Alison?

Charlie musste nicht geweckt werden. Als Georgie die Küche betrat, saß er bereits ordentlich angezogen am

Tisch. Ruhig und in sich gekehrt, aß er seine Cornflakes. »Mein Ranzen ist schon gepackt«, informierte er seine Mutter. »Das Geld für den Lunch habe ich auch.« Das sah ihm gar nicht ähnlich.

Normalerweise tobte er halb angezogen in der Küche herum. Das Lunchgeld und der Inhalt des Schulranzens interessierte ihn so wenig, wie sich Fidel Castro für Shopping-TV begeisterte.

»Falls Dad zurückkommt, wollte ich früher fertig sein.«

Schmerzlich hämmerte Georgies Herz gegen die Rippen, und sie neigte sich hinab, um sein widerspenstiges blondes Haar zu küssen. Im selben Moment läutete das Telefon. Charlie sprang blitzschnell auf und meldete sich.

»Hi, Dad!«, schrie er enthusiastisch. »Gestern Abend warst du nicht da, und ich muss dringend mit dir reden.«

Georgie biss auf ihre Lippen. Hatte er sich zusammengereimt, worum es ging?

»Wegen der Fantasy Football League«, erklärte ihr Sohn. »Heute müssen wir unsere Formulare abliefern. Oder wir werden disqualifiziert.«

Um zu verbergen, wie gekränkt sie sich fühlte, begann sie angelegentlich Kaffee zu kochen. Nur solche alltäglichen Bagatellen wie die blöde Fußballliga, die Charlie mit seinem Vater erörterte, prägten sein Ideal von einem Familienleben. Und nur *das* würde er vermissen, wenn sich seine Eltern nicht versöhnten.

Sie drehte sich zu ihm um, und ihre Lippen formten den Wunsch, sie würde Nick gern sprechen.

»Jetzt will Mum mit dir reden«, unterbrach er seinen Dad und hatte schon wieder das alte, sorglose Grinsen im Gesicht. »Ich geb sie dir mal. Bye! Ich hab dich lieb … Und vergiss das Formular nicht! Versprich es mir!«

»Nick?«

»Hallo, Georgie.« Seine Stimme klang kalt und distanziert.

»Wann bist du zurückgekommen?«

»Gestern Morgen. Was hast du daheim erzählt?«

Aus den Augenwinkeln beobachtete sie Rory, der in die Küche gekommen war und aufmerksam lauschte. Deshalb floh sie mit dem Telefon in die Besenkammer. »So wenig wie möglich. Die Italiener riefen dich in Paris an und sagten, du müsstest sie besuchen. Bella hat kein Wort geglaubt.«

Nick lachte freudlos. »Das kann ich mir vorstellen. Nur damit du Bescheid weißt – ich wohne im Morley Hall Hotel. Furchtbar ungemütlich, aber günstig gelegen. Ich brauche nur ein paar Minuten, um mein Büro zu erreichen.«

Wenigstens war er nicht zu Alison gezogen. »Bitte, Nick – wir müssen reden. Was geschehen ist, tut mir Leid. Ich will dich zurückhaben. Komm nach Hause. Das wünschen wir uns alle.«

»Okay«, antwortete er emotionslos, »ich werde mir ein paar Sachen zum Anziehen holen – am besten, wenn niemand daheim ist.«

»Nein!« Die kühle Endgültigkeit in seiner Stimme erschien ihr ebenso unerträglich wie der Gedanke, er würde sich in sein eigenes Heim stehlen, während seine Familie abwesend war. Ein weiterer Schritt in Richtung Trennung? »Ich bringe dir was ins Hotel. Hör mal, Nick, wir *müssen* reden …«

»Was soll ich noch sagen? Ich weiß es wirklich nicht.«

Die Worte klangen leer und tot, als hätte er tagelang nicht geschlafen und würde nichts mehr empfinden.

In der Leitung entstand eine lange Stille, die Alison einbezog. Und Jean-Marie. Und die Möglichkeit wilder Leidenschaft. Aber nicht zwischen Georgie und Nick.

Schließlich beendete sie das Schweigen. »Irgendwas müssen wir den Kindern erzählen.«

»Ja.«

Doch das widerstrebte ihr. Wenn sie erfuhren, der Vater sei in ein Hotel umgezogen, würden ihre Angst und Verwirrung noch wachsen.

»Also, dann ... Auf Wiedersehen, Nick.« Inständig wünschte sie, er würde rufen: *Halt, Georgie, wir machen einen großen Fehler!*

Stattdessen entgegnete er nur: »Bye.«

Auf ihrer Brust schien ein bleischweres Gewicht zu liegen. Sie wollte nach oben laufen, im Bett verschwinden und weinen und weinen und nie mehr herauskriechen. Trotzdem zwang sie sich zu funktionieren.

Obwohl Rory und Charlie am Morgen meistens den Bus nahmen, fuhr sie die beiden zur Schule. Irgendwie musste sie sich beschäftigen. Sonst würde sie unter der Last ihrer Schuldgefühle und ihrer Verzweiflung zusammenbrechen.

Vor der Schule wurde sie von mehreren Müttern umringt, die sie verblüfft anstarrten und aufgeregt durcheinander schwatzten.

»Wow, Georgie!«

»Sie sehen umwerfend aus!«

»Was haben sie in Paris mit Ihnen gemacht?«

»Eine Generalüberholung?«

Inzwischen hatte sie ihr neues Erscheinungsbild fast

vergessen. Was sie in Paris beglückt hatte, kam ihr jetzt so unschicklich vor wie ein rotes Kleid bei einem Begräbnis. »Ich bin nur zum Friseur gegangen und habe ein paar neue Sachen gekauft.«

»Da muss noch mehr passiert sein«, entschied Jakes Mutter, die Sexbombe vom Golfclub, die Georgie bisher kaum eines Wortes gewürdigt hatte. »Was für eine erstaunliche Verwandlung! Wenn das nur am Friseur liegt, geben Sie mir sofort seine Adresse!«

Als Georgie zum Auto zurückkehrte, fanden ihre bebenden Finger die Schlüssel nicht. Zu ihrer Schande musste sie den Inhalt ihrer Handtasche auf die Motorhaube schütten. Zusammen mit dem Schlüsselbund und anderen Dingen fiel Jean-Maries Gauloise-Packung heraus, auf der er seine Telefonnummern notiert hatte.

Das war zu viel für Georgie. Unaufhaltsam strömten Tränen über ihr Gesicht, sie wischte sie mit einem Jackenärmel weg, und dann war sie versucht, ihn anzurufen, zu erklären, sie würde mit Bella und den Jungs nach Toulouse ziehen. Kinder waren widerstands- und anpassungsfähig. Nach dem anfänglichen Schock würden sie sich bald in der neuen Umgebung eingewöhnen.

»Mrs Morrison?«, rief eine weibliche Stimme hinter ihr.

Verlegen drehte sie sich um und schluckte die letzten Tränen hinunter.

»Ich bin Mrs Gray, Charlies Klassenlehrerin«, stellte sich die Frau vor. »Irgendwann sind wir uns schon mal begegnet ... Wie gut, dass ich Sie hier treffe! Wissen Sie, was mit ihm los ist? Vorhin fragte ihn Jake, ob sein Wochenende nett gewesen sei. Da trat Charlie gegen sein Schienbein.« Wohlwollend lächelte sie Georgie an. »Das fand ich seltsam. Sonst ist er immer so ein liebenswürdiger kleiner Junge, der Lebensquell und die Seele seiner Klasse. Ist daheim etwas vorgefallen, das ich wissen müsste?«

Nur dass mein beinahe ehebrecherischer Mann mich gewissermaßen mit einem anderen im Bett erwischt und beschlossen hat, in ein Hotel zu ziehen …

»Nun ja, wir machen gerade eine kleine häusliche Krise durch, und das scheint Charlie zu bedrücken.«

»Ah, ich verstehe. Hoffentlich können Sie die Probleme bald lösen, Mrs Morrison. Geben Sie mir bitte Bescheid, wenn wir in der Schule irgendwas unternehmen können. Ich werde Charlie im Auge behalten.«

»Danke. Meinen Sie – ich sollte ihn mit nach Hause nehmen?«

»Besser nicht. Wie wir immer wieder beobachten, ist die Schule ein sicherer Hafen für Kinder, die daheim mit Schwierigkeiten konfrontiert werden. Die Routine des täglichen Unterrichts lenkt sie davon ab.«

Nur mühsam rang sich Georgie ein schwaches Lächeln ab. Charlies Zuhause, wo stets eine warmherzige, einladende Atmosphäre geherrscht hatte, war plötzlich ein Ort, vor dem man ihn schützen musste.

Zu Hause wurde sie von Elisabeth erwartet. »Hast du einen Moment Zeit, Georgie?«

»Bedauerlicherweise – ja. Ich habe nichts weiter zu tun, als einen Koffer zu packen und in das Hotel zu schleppen, das mein Ehemann derzeit bewohnt. Danach muss ich noch einmal zur Schule fahren und meinen kleinen Sohn abholen, der neuerdings seine Klassenkameraden mit Fußtritten traktiert.«

»O Georgie …« Tiefe Sorgenfalten zerfurchten Elisabeths mütterliches Gesicht. »Tut mir so Leid! Das alles ist meine Schuld. Hätte ich dich nicht zu dieser Veränderung ermutigt, wärst du dem Franzosen wohl kaum in die Arme gesunken.«

Georgie zuckte die Achseln. »Um Jean-Marie geht es vermutlich gar nicht, sondern um meine Ehe. Mit seiner Hilfe wurde mir nur bewusst, was Nick und ich verloren haben.«

»Was denn?«

»Die Leidenschaft.«

»Und die hat dieser Mann in dir geweckt?«

»Ja. Aber vielleicht kann die Leidenschaft eine Ehe nicht überstehen – das Familienleben, den Alltag. Irgendwann muss man sich zwischen beidem entscheiden. Die meisten Männer wählen die Leidenschaft, die Frauen ihre Familie. Seltsam, zum ersten Mal seit Jahren fühle ich mich wieder richtig sexy.«

Aufmerksam musterte Elisabeth ihre jüngere Freundin. Georgies oberflächliche Veränderungen hatte jeder bemerkt. Aber es gab noch etwas anderes, eine tief schürfende Verwandlung, eine neue Selbstsicherheit, die sogar ihren Herzenskummer durchdrang.

»Soll ich dir meine ungeheuerliche Idee gestehen, mit der ich meine Ehe retten will?« Georgie lachte leise, als würde sie über ihre eigene Kühnheit staunen. »Immer war ich die pflichtbewusste Ehefrau, niemals schockierte ich Nick oder verhielt mich uncharakteristisch. Genau das will ich jetzt. Ich möchte meinem Mann beweisen, dass ich neben all meinen anderen Qualitäten auch *sinnlich* bin.«

»Dann tu das, bevor ihn eine andere verführt.«

Einen Kleiderstapel neben sich, stand Georgie vor dem großen Spiegel im Schlafzimmer und dachte an das alberne Handbuch für Sex, das sie in der Buchhandlung konsultiert hatte. Darin wurden so viele Tricks und Mogeleien empfohlen, die das Sexualleben aufpeppen sollten. Aber solche Werke, mochte der Sexdoktor sie auch verordnen, verlangten das Ausklinken jeden bisschens Humor. Wie zum Teufel konnte man seine Ehe mit neuer Erotik erfüllen, wenn man a) den Eindruck gewann, man würde Hausaufgaben machen, und sich b) total lächerlich vorkam?

Sie wollte die Hoffnung schon aufgeben, als sie sich entsann, was sie in der Hotelbar bei der Erkenntnis empfunden hatte, dass die Mädchen Callgirls waren – prickelnde, köstlich lasterhafte, lüsterne Erregung. Das ließ sich nicht bestreiten. Und dies hatte den Wunsch geweckt, selber eine Nutte zu spielen.

Entschlossen nahm sie ein kurzes, enges schwarzes Kleid aus dem Schrank, das Nick immer gefallen hatte. Was sollte sie dazu tragen? Um ins Gegenteil zu verkehren, was normalerweise geschah, plünderte sie Bellas Kleiderschrank. Dort sah es wie üblich aus – als wäre er soeben von Einbrechern verwüstet worden. Aber nach einer Weile fand sie, was sie suchte – eine schwarze Netzstrumpfhose und bizarre Stilettos. Die hatte ihre Tochter voller Enthusiasmus gekauft und dann gemerkt, dass sie mit diesen Mega-Absätzen bestenfalls drei Schritte gehen konnte. Für Georgies Zwecke eigneten sie sich perfekt.

Sie setzte sich an den Toilettentisch, trug rauchgrauen Lidschatten auf und bemalte ihre Lippen in leuchtendem Aubergineviolett. Dann ergänzte sie ihr aufreizendes Outfit mit einem schwarzen, in der Taille gegürteten Ledermantel, einer Sonnenbrille und einer blonden Perücke aus der Kiste für Faschingsverkleidungen.

Beim Anblick ihres Spiegelbilds erschrak sie. Wie ein Transvestit an einem Karaokeabend. Aber verdammt sexy. Nun musste sie das Zeug wieder ausziehen, in Nicks Handkoffer stopfen, zum Hotel fahren und die Nerven behalten.

Der Name Morley Hall Hotel erinnerte an einen majestätischen, altehrwürdigen Herrschaftssitz. Aber nur ein kleiner Teil des Hauses war tatsächlich alt, der Rest ein gesichtsloser moderner Anbau mir etwa fünfzig Schlafzimmern und eher zweitklassigen Konferenzräumen. Auf einem ungefähr einen Morgen großen Grundstück ragte das Gebäude nahe einer lärmenden Hauptstraße empor.

Warum irgendjemand hier wohnen wollte, verstand Georgie nicht. Wahrscheinlich wurde das Hotel nur von Männern frequentiert, deren Büros um die Ecke lagen und die soeben ihre Ehefrauen verlassen hatten.

»Hallo, Madam, kann ich Ihnen helfen?«, erkundigte sich die junge Empfangsdame in munterem Ton. Noch eine Australierin. Manchmal fragte man sich, ob es »down under« überhaupt noch Australier gab.

»Mein Mann wohnt hier, Nicholas Morrison, ich möchte was in sein Zimmer bringen.«

»So sehr ich es bedauere, Mrs Morrison, ich darf keine Zimmernummern verraten«, erwiderte das Mädchen verlegen.

Aber ich bin seine Frau, hätte Georgie beinahe betont.

»Tut mir ehrlich Leid«, fügte die Empfangsdame fort. »Es würde Sie überraschen, wie oft die Ehefrauen unserer Gäste deren Zimmer besuchen wollten, und dann merkten wir zu spät, dass den Gentlemen genau das missfiel. Soll ich in Mr Morrisons Zimmer anrufen und herausfinden, ob er da ist?«

»Nicht nötig. Sicher ist es besser, wenn ich meinen Mann in seinem Büro zu erreichen versuche.«

Georgie kehrte auf den Parkplatz zurück und holte ihr Handy hervor. Zum Glück gab es jemanden, der die Zimmernummer kennen musste – Nicks langjährige Assistentin Fiona, die immer alles wusste.

Unter anderem, dass zwischen Nick und Georgie irgendwas ganz schrecklich schief gelaufen war. Doch das stellte sich erst ein paar Minuten später heraus.

»Hallo, Fiona, wie geht es dir?«

»Viel wichtiger ist, wie geht es *dir*, Georgie?«, fragte Fiona leise. Sie stammte von der Isle of Skye und hielt sich stets an den Grundsatz, kein Blatt vor den Mund zu nehmen. »Heute Morgen konnte ich vor lauter Aufregung kaum tippen. Nick wankt herum wie in der ›Nacht der lebenden Toten‹, und er hat mir erklärt, er würde im Morley Hall Hotel wohnen. Was um alles in der Welt ist los?«

»Das ist eine lange Geschichte, Fiona.«

»Als ich hörte, ihr beide würdet nach Paris fahren, war ich so froh. Es hat mich ganz wahnsinnig amüsiert, die Nerven gewisser Personen flattern zu sehen. Das musst du mir glauben.«

»Fiona, ich brauche Nicks Zimmernummer, weil ich versprochen habe, ich würde ihm einen Koffer bringen.«

»Okay. Sechsundneunzig. Das hat er gesagt, da bin ich mir fast sicher. Soll ich ihn fragen?«

»Nein, du irrst dich wohl kaum. Du hast immer

Recht. Außerdem wird man mir im Hotel die Nummer bestätigen. Bye, Fiona.«

»Alles Gute. Und wenn du seine Hosenschlitze zunähst – keine Bange, ich werde dich nicht verpfeifen. Die Männer sind ja solche Idioten. Sogar die netten von Nicks Sorte.«

Georgie lachte. Falls ihr eigener Plan fehlschlug, war Fionas Idee vielleicht eine verheißungsvolle Alternative.

Wieder im Hotel, stellte sie erleichtert fest, dass die junge Australierin gerade Mittagspause hatte. Betont lässig ging sie zur Rezeption und bat um den Schlüssel für die Nummer sechsundneunzig, den ihr der Vertreter des Mädchens erstaunlicherweise sofort aushändigte.

Sobald sie im Zimmer ankam, zog sie sich um, schlüpfte in das schwarze, sexy Kleid und perfektionierte ihr Erscheinungsbild mit dem restlichen Nuttenzubehör. Dann öffnete sie die Minibar und füllte ein Weinglas, drapierte sich verführerisch auf dem Bett und schaltete den Fernseher ein. So musste man sich als echtes Callgirl fühlen. Meistens hing man nur herum, trank Wein und schaute sich Seifenopern an.

Sie warf einen Blick auf ihre Uhr. Fast sechs. Nach einer Stunde flaute die prickelnde Erregung ab. Wenn Nick erst am späten Abend aufkreuzen würde? Sollte sie sich ins Bett legen und warten? Und wenn das – der reinste Horror – gar nicht sein Zimmer war?

Um acht fürchtete sie allmählich, sie hätte sich in einer völlig verrückten Illusion gewiegt. Wieso hatte sie jemals geglaubt, dieser Unsinn wäre sexy? Doch dann hörte sie Schritte im Flur, die Lustgefühle flammten wieder auf. Der Augenblick der Entscheidung rückte heran, das Schicksal lag in ihrer Hand. Entweder würde Nick das gewagte Spiel – und seine Ehefrau – lieben oder hassen.

Aufreizend begann sie sich auf dem Bett zu rekeln.

Nick öffnete die Tür und betrat das Zimmer.

Gefolgt von Alison.

Lässig lehnte die Marketing-Direktorin am Türrahmen, die schlanke, geschmeidige Gestalt in einer Pose verharrend, die kalte Verachtung ausdrückte. Von heller Schadenfreude erfüllt, strahlte sie über das ganze kantige Pferdegesicht.

Georgie wünschte inbrünstig, sie wäre irgendwo in der Galaxis, nur nicht hier.

»Hast du eine billige Nutte bestellt, Nick?«, spottete Alison. »Oh, verzeih mir, ich bin so dumm ... Das ist ja deine *Gemahlin!*«

Hastig sprang Georgie vom Bett auf und ergriff den kleinen Koffer. »Wenn du deine Sachen brauchst, hol sie dir morgen. Ich werde dafür sorgen, dass niemand im Haus ist.«

»Oh, um Himmels willen!« Alisons perlendes Gelächter jagte sie den Korridor entlang. »Wie erbärmlich tief manche Frauen sinken ...«

13

Am Nachmittag hatte Elisabeth die Jungs von der Schule abgeholt.

»Warum siehst du so komisch aus, Mum? Warst du auf einem Kostümball?«

Verzweifelt bestrebt, das idiotische Outfit loszuwerden und das vulgäre Make-up abzuwaschen, stürmte Georgie an Charlie vorbei und die Treppe hinauf. Wieso hatte sie so hoffnungsvoll von wilden Liebesstunden mit Nick geträumt, wo doch jeder vernünftige Mensch merken musste, dass er sich nur für Alison interessierte?

Zur Hölle mit den beiden! Sie verdienten einander. Von jetzt an würde sich Georgie ihren legitimen Zorn gestatten. Gewiss, der heftige Flirt mit Jean-Marie war ein Fehler gewesen. Damit hatte sie eine ganze Menge riskiert.

Aber *Nick* hatte mit alldem angefangen. Wo zum Teufel nahm er das Recht her, *ihr* Vorwürfe zu machen? Warum maß er mit zweierlei Maß?

Natürlich reagierte man nicht rational, wenn man von heißer Eifersucht geplagt wurde. Dass Georgie sich zu einem anderen Mann hingezogen fühlte, musste ein schwerer Schlag für Nick gewesen sein.

In einem schlichten Kleid, frisch gewaschen, ungeschminkt und unschuldig wie eine Klosterschülerin bei der Erstkommunion, tauchte sie aus dem Badezimmer auf.

Merklich erleichtert, lächelte Rory ihr zu. »Jetzt siehst du wieder wie eine Mum aus.«

»Oh, tatsächlich?«

»Ja. Wenn meine Mum so wie Jakes Mutter rumlaufen würde, das wäre schrecklich.«

Liebevoll zauste sie sein Haar. Ihre Kinder wollten sie daran hindern, neue Wege zu gehen. Aber vielleicht war es schon zu spät. Irgendetwas in ihrem Innern hatte sich eindeutig geändert.

Als es an der Haustür läutete, rannte Charlie nach unten. Kläffend blieb ihm Pet auf den Fersen.

»Still, dummes Biest, das ist nur die Klingel!«, erklärte er. Nur mühsam hielt er die Hündin fest, die aufgeregt umherhüpfte. Sobald er die Tür öffnete, wusste er, warum.

Sein Vater stand auf der Schwelle.

»Endlich bist du wieder da, Dad!« Teils lachend, teils bellend warfen sich der Junge und der Shih Tzu gleichzeitig auf Nick. »Oh, das ist großartig! Jetzt müssen wir gleich das Formular für die Fantasy Football League ausfüllen!«

Vor lauter Begeisterung fiel Rory beinahe die Stufen hinunter. »Vergiss deinen blöden Fußball, Charlie! O Dad, wir haben dich so vermisst!«

Während Georgie immer noch verlegen wegen des Zwischenfalls im Morley Hall Hotel am Treppenabsatz stand, ahnte sie, dass weder Charlie noch Rory an Nicks Reise nach Italien geglaubt hatten. Was wussten Kinder sonst noch über Dinge, die man ihnen verschwieg?

»Hi, Jungs«, begrüßte Nick seine Söhne. »Wo ist Bella?«

»Weg, mit ihrer Freundin.« Angewidert schnitt Charlie eine Grimasse, als stammten Mädchen von einem anderen Planeten. »Einkaufen.«

»Aber Mum ist da?«, fragte Nick.

»Oben.« Rory umarmte ihn wieder. Offenbar musste er sich vergewissern, dass sein Vater tatsächlich zurückgekehrt war. »Sie wollte sich umziehen. Vorhin hatte sie ein seltsames Kostüm an. Total unheimlich … Aber sorg dich nicht, jetzt sieht sie wieder wie Mum aus.«

Unwillkürlich lächelte Nick über Rorys brutale Ehrlichkeit. »Ich muss kurz mit ihr reden. Passt ihr hier unten auf Pet auf?«

»Nur wenn du versprichst, auf keinen Fall ohne Abschied davonzuschleichen …« Rorys angstvolle Stimme traf seinen Vater mitten ins Herz.

So selbstverständlich, fast egoistisch setzte man Kinder in die Welt, weil sie zum Lebensplan gehörten. Und dann überlegte man nicht, was man ihnen mit der Suche nach persönlichem Glück antun mochte. »Klar, versprochen.«

Georgie stand im Schlafzimmer neben dem Toilettentisch. Nach der billigen Anonymität des Morley Hall Hotels fand Nick den Raum gemütlich und vertraut, den hellblauen Baumwollstoff der Bettwäsche frisch und einladend. Nur zögernd trat er ein. Was sollte er sagen?

Zitternd vor Zorn und Scham brach sie das Schweigen. »Okay, das war ein idiotischer Gag, und ich entschuldige mich.« Zu ihrer Verblüffung las sie einen unerwarteten Ausdruck in Nicks Augen.

»Das solltest du dir sparen. Ich fand dich unglaublich sexy in dieser Maskerade. Warum hast du so ein verrücktes Melodram nicht früher versucht?«

Seltsam – seine Stimme klang weder kühl noch verächtlich, und er lächelte sogar.

»Hör mal, Georgie, was Alison angeht – das war furchtbar blöd von mir. Ich dachte, du hättest keine Lust mehr auf Sex, nur die Kinder würden dich interessieren, und es wäre dir egal, ob wir jemals wieder miteinander schlafen.«

Und dann, welch ein Wunder, küsste er sie, obwohl die Kinder unten lärmten. Noch erstaunlicher – sie erwiderte den Kuss.

»Tut mir so Leid wegen Paris«, würgte sie hervor.

»Wir waren beide dumm«, murmelte er atemlos vor Leidenschaft. »Warum versperrst du nicht die Tür? Und zieh dieses Kleid wieder an. Wir Männer sind einfach gestrickte Geschöpfe.«

Bevor sie eine Gelegenheit fanden, ihre heißen Wünsche zu erfüllen, läutete es wieder an der Haustür.

»Kümmere dich nicht drum.« Georgie zwängte sich in das schwarze Kleid. »Wahrscheinlich hat Bella wieder einmal ihren Schlüssel vergessen.«

Aber es war nicht Bella.

»Mum!«, schrie Charlie im Erdgeschoss. Nur mühsam übertönte er Pets hektisches Gekläff. »Da ist ein französischer Typ, der mit dir reden will!«

Auf halber Höhe des Reißverschlusses hielt Georgie inne. Ihr Puls raste. Unmöglich ... Niemals würde Jean-Marie einfach hier auftauchen, aus heiterem Himmel, ohne Vorwarnung. Oder doch? Könnte es ein anderer Franzose sein? Vielleicht hing der Besuch mit Elisabeth zusammen.

Nicks Miene verschloss sich wie eine stählerne Jalousie. »Am besten gehst du hinunter und schaust nach, wer das ist.«

Hastig ergriff Georgie das nächstbeste Kleidungsstück – Nicks Morgenmantel – und eilte aus dem Schlafzimmer.

Jean-Maries kraftvolle Gestalt füllte den ganzen Haustürrahmen, und sein Gesicht wirkte beängstigend ernst. »Tut mir Leid, Georgina. Es ist unverzeihlich, einfach hier hereinzuplatzen. Aber ich musste dich sehen.«

Fasziniert beobachteten Charlie und Rory die Ereignisse, deren Dramatik sie sogar von ihrem Lieblingsfernsehprogramm ablenkte.

Georgies Gedanken überschlugen sich. Nun musste sie ihn möglichst schnell aus der Gefahrenzone entfernen, ehe Nick herunterkam und die Kinder errieten, was hier vor sich ging. Kurz entschlossen nahm sie ihren Schlüsselring vom Wandtisch in der Diele. »Fahren wir irgendwo hin, wo wir reden können, Jean-Marie.« Zu Rory gewandt, bat sie: »Sag Dad, ich bin in einer halben Stunde wieder da, okay? Los!«

Unsanft schob sie ihn zur Treppe und scheuchte Jean-Marie auf die Veranda hinaus.

»Was ist dir bloß eingefallen?«, explodierte sie, sobald sie außer Hörweite waren, und sperrte ihr Auto auf. »Meine Kinder sind da. Und mein Mann ... Du hast gesagt, ich soll mir überlegen, ob ich zu dir ziehen will. Dass du hier auftauchst und mein Leben zerstörst, hast du nicht angekündigt.«

Er schüttelte den Kopf. Plötzlich wirkte sein attraktives Gesicht älter, von tiefen Linien durchzogen. Sie stiegen in den Wagen, und er begann erst zu sprechen, als sie Hadworth erreichten und in einer Parklücke hielten.

»Ja, ich weiß – es war ein Fehler, nach England zu fahren. Aber als ich in Toulouse ankam, wartete nichts auf mich. Normalerweise stecke ich meine Energien in die Firma. Und jetzt interessiert sie mich nicht mehr. Ich stellte mir vor, wie du dein gewohntes häusliches Leben wieder aufnimmst. Und da wusste ich – spätestens in einer Woche hättest du mich vergessen oder dich nur mehr vage an dein kleines Pariser Zwischenspiel erinnert. Das ertrug ich nicht, Georgina. Versprich mir, mein Angebot ernsthaft zu erwägen.«

Schweren Herzens hörte sie den tiefen Kummer aus seinen Worten heraus, und sie wünschte inständig, sie müsste ihn nicht noch schmerzlicher verletzen. Sie streckte eine Hand aus, berührte seine Wange und versuchte, nicht an Nick zu denken, der daheim wartete. Was würde er glauben?

»So sehr ich es auch bedauere, Jean-Marie – ich muss dich abweisen. Kurz nachdem du in Paris mein Zimmer verlassen hattest, traf mein Mann ein und erriet, was zwischen dir und mir geschehen war. Die letzten beiden Nächte verbrachte er in einem Hotel bei seinem Büro. Erst vorhin kam er nach Hause. Wir wollten uns gerade aussprechen, als du an unserer Tür geklingelt hast.«

»Also gibst du mir einen Abschiedskuss, versöhnst dich mit deinem Mann, und ihr werdet bis zu eurem letzten Atemzug ein glückliches Leben führen?« Jetzt war es Jean-Marie, der in Wut geriet. »Du hast mich benutzt, um die aufregende Leidenschaft zu genießen, die dir in deiner Ehe fehlt.« In seiner Verzweiflung ging er zu einem unfairen Verbalangriff über. »Nun kehrst du zu deinem langweiligen Mann zurück, vielleicht nur für zehn Jahre – bis du einen neuen Liebhaber brauchst!«

»So ist es nicht, Jean-Marie. In unserer Ehe war *ich* es, die keinen Sex wollte.«

»Dann hätte er deine Lust entfachen müssen und sich nicht woanders schadlos halten dürfen. Wo er doch *dich* hatte! Wusste er denn nicht, was für eine wundervolle Frau du bist? *Ich* weiß es! Von Anfang an habe ich die Sinnlichkeit gespürt, die in dir schlummert, Georgina.« Er griff nach ihrer Hand und zog sie näher zu sich heran. »Noch ist es nicht zu spät. Komm mit mir! Sofort!«

»Das kann ich nicht«, erwiderte Georgie gequält und fühlte sich so elend, als würde ihre Seele zerreißen. »Mit deiner Ankunft hast du alles noch schlimmer gemacht. Wie hast du eigentlich meine Adresse herausgekriegt?«

»Weil du erzählt hast, du würdest bei Hadworth wohnen. Hier gibt es keine anderen Morrisons.«

»Merkst du denn nicht, dass du dich wie ein Stalker oder ein eifersüchtiger, verschmähter Verehrer benimmst, Jean-Marie? Du hast meine Kinder verwirrt und mich in eine schreckliche Situation gebracht. Fahr nach Toulouse und überlass es *mir,* einen Entschluss zu fassen.«

Auf der anderen Straßenseite sah sie ausgerechnet Lorna aus einem Restaurant kommen. Als sie das Auto erkannte, ging sie darauf zu. Dann entdeckte sie den fremden Mann neben ihrer Schwiegertochter und blieb abrupt stehen. Schockiert und ungläubig blinzelte sie, bevor sie sich rasch abwandte und davoneilte.

Jean-Marie öffnete die Beifahrertür. »Wohl oder übel akzeptiere ich meine Niederlage. Ich werde verschwinden und deine Familie nicht mehr beunruhigen.« Wehmütig betrachtete er das schwarze Kleid unter Georgies Morgenmantel. »Leb wohl, Georgina«, flüsterte er. Sanfte Zärtlichkeit verdrängte den Zorn aus seiner Stimme. »Wie ich sehe, war dein französischer *chic* nicht von Dauer. Vielleicht gefällst du mir in *diesem* Ensemble sogar noch besser.« Um sich zu verabschieden, hob er eine Hand. »Wenn du jemals den Eindruck gewinnst, dein Mann wüsste nicht zu würdigen, was er an dir hat – denk an Toulouse. Meine Heimat liegt nicht allzu weit entfernt. Dort gibt es sogar einen Flughafen, und deine Kinder könnten pendeln. *Au revoir, ma très chère* Georgina, ich werde dich nicht mehr belästigen.«

Ohne eine Antwort abzuwarten, stieg er aus dem Wagen, warf eine Kusshand in die Abendluft und schlenderte zum Zentrum von Hadworth.

Für ein paar Sekunden musste sie die Augen schließen, um ihre Tränen zu bekämpfen. Verschenkte sie die Chance auf ein Glück, das Nick ihr womöglich nicht bieten würde? Bedrückt erinnerte sie sich an die tiefe Trauer in Jean-Maries Blick. Hatte sie ihn benutzt? Oder war die Begegnung in Paris ein kostbarer Moment in seinem und ihrem Leben gewesen, an den sie eines Tages voller Dankbarkeit zurückdenken würden?

Als sie das Auto vor ihrem Haus parkte, brannten alle Lichter, und sie spähte durchs Wohnzimmerfenster. Offenbar waren alle versammelt – die Jungs, Elisabeth, Bella, sogar Lorna, die sofort hierher gefahren sein musste, nachdem sie Georgie in der Stadt gesehen hatte.

Nur Nick ließ sich nicht blicken. Wartete er immer noch im Schlafzimmer? Um das herauszufinden, schlich sie durch die Hintertür hinein und durchquerte leise die Küche.

Aber Rory kam in die Diele und entdeckte sie. »O Mum!«, rief er, das schmale Gesicht bleich und tränenüberströmt. »Wegen dieses Franzosen war Dad so wütend, dass er wegrannte. Wer ist der Mann überhaupt? Und warum hat sich Dad über ihn geärgert?«

Bella trat neben ihren Bruder. Schützend legte sie einen Arm um seine Schultern. »Um Himmels willen, Mum! Siehst du nicht, was du Rory antust? Du und Dad, ihr führt euch schlimmer auf als zehnjährige Kinder!«

»Sprich nicht so mit deiner Mutter, Bella!«, mischte sich Elisabeth energisch ein. »Du musst doch merken, was sie durchmacht. Komm, Georgie, ich bringe dich nach oben. Du musst dich umziehen.«

Mit den Nerven am Ende hatte Georgie vergessen, dass sie immer noch das schwarze, sexy Kleid unter Nicks Morgenmantel trug.

Sobald sie mit Elisabeth allein war, warf sie sich aufs Bett. »Nun hab ich es restlos vermasselt. Ich wollte Nick beweisen, wie sexy ich bin. Deshalb habe ich mich wie eine Nutte aufgetakelt und in seinem Hotelzimmer gewartet.«

»Oh, der Glückliche!« Die alte Dame lächelte. »Und was hat er gemacht?«

»Gar nichts! Weil er mit der verdammten Alison angetanzt ist! Die arrogante Kuh hat auch noch gespottet, ich sei *erbärmlich* tief gesunken.«

Ärgerlich runzelte Elisabeth die Stirn. »Diese Alison gefällt mir ganz und gar nicht.«

»Mir auch nicht. Aber Nick kam gleich danach hierher. Anscheinend hatte ihn meine Maskerade beeindruckt, denn er forderte mich auf, das Kleid noch mal anzuziehen. Ich wollte gerade die Schlafzimmertür zusperren, da stand Jean-Marie vor dem Haus. Aus heiterem Himmel!«

»Also benimmt er sich so ähnlich wie die grässliche Alison mit ihrer verflixten SMS. Er fürchtet, du würdest deine Ehe retten. Das versucht er zu hintertreiben.« Elisabeth setzte sich zu Georgie. »Was hast du bei diesem Wiedersehen empfunden? Wolltest du mit ihm gehen?«

Entschieden schüttelte Georgie den Kopf. »Ich finde ihn immer noch attraktiv. Aber er versteht nichts von Familien. Er dachte, ich würde einfach mit den Kindern nach Toulouse ziehen. Auf den Gedanken, Nick oder

Bella und die Jungs könnten was dagegen haben, kam er gar nicht.«

Elisabeth zuckte die Achseln. »Im Gegensatz zu den Engländern, fragen die Franzosen die Kinder nicht nach ihrer Meinung. Sie beschließen, wie sie sich verhalten werden. Dann erzählen sie es ihrem Nachwuchs.« Teilnahmsvoll berührte sie Georgies sorgenvolles Gesicht. »Tut mir so Leid. Ich wünschte mir, du würdest in Paris erkennen, was für eine schöne, begehrenswerte Frau du bist – nicht bloß eine Hausfrau. Pah! Diese Bezeichnung hasse ich! Das klingt so, als wärst du mit einem Haus verheiratet.«

»O ja, in Paris fühlte ich mich wundervoll und sexy.« Georgie brachte ein schwaches Lächeln zustande. »Und heute Abend auch, weil Nick mich bat, noch mal in dieses schwarze Kleid zu schlüpfen.«

»Vielleicht hat sich die Maskerade doch gelohnt.«

Georgie sprang vom Bett und vertauschte das Nutten-Outfit mit einer Jeans und einem T-Shirt. »Bei meinem Wiedersehen mit Jean-Marie – mitten in meinem wirklichen Leben und fern vom Pariser Seifenblasentraum – wurde mir einiges klar. Wenn er auch ein großartiger Mann ist, eine gemeinsame Zukunft ist nicht denkbar. Meine Kinder könnte er wohl kaum verstehen. Und auf seltsame Weise ist er fast *zu* männlich. Niemals würde er gestohlenen Flieder kaufen oder sich einen falschen Schnurrbart ins Gesicht kleben.« Melancholisch lächelte sie.

»Und das spielt eine Rolle?«

»Ja, ich denke schon.«

»Dann empfehle ich dir, das schwarze Kleid anzubehalten. Und leg dir noch ein paar ähnliche Sachen zu.

Warum soll immer nur die *andere* Frau aufregend aussehen? Einer Geliebten fällt es leicht, sexy zu wirken. Der Mann muss nicht mit ihren lästigen, alltäglichen kleinen Marotten leben. Würde er sie Wäsche waschen oder Babywindeln wechseln sehen, wäre sie bald weniger reizvoll. Sieh zu, dass ihm diese Alison nicht so verführerisch erscheint.«

Aber Georgie hörte nur noch mit halbem Ohr zu. Nun wusste sie, wie sie ihrer Ehe neue Impulse geben konnte. Welch ein riskanter, ungeheuerlicher Gedanke ... Womöglich würde alles schief laufen. Trotzdem glaubte sie, ihre Idee wäre einen Versuch wert. »O Elisabeth, du bist brillant!«, lobte sie plötzlich viel besser gelaunt. »Für eine alte Jungfer kennst du dich erstaunlich gut mit Männern aus. Wie um alles in der Welt schaffst du das?«

Die Französin lächelte wie eine Sphinx. »Nun, ich sehe mich um und mache mir Notizen.«

»Jetzt muss ich kurz raus, sonst drehe ich durch. Ich kaufe im Tesco eine Flasche Wein. Und dann trinken wir auf meinen neuen Plan.«

»Ich komme mit. Auch ich brauche frische Luft. Wie ich gestehen muss, gibt es hier etwas, das ich in Paris vermisse.«

»Saubere Landluft?«

»Nein, Vierundzwanzig-Stunden-Supermärkte.«

»Ach, ich liebe euch Franzosen. Ihr seid so herrlich praktisch veranlagt.«

Während Georgie und Elisabeth das Vergnügen genießen wollten, rund um die Uhr zu shoppen, nahm Lorna ihre Enkelin Bella ins Verhör. »Irgendwelche Neuigkeiten von deinem Vater?«

»O Gran – ich meine, Lorna ... Beinahe hätten sie sich versöhnt, bevor dieser Franzose aufgetaucht ist. Auf den war Mum in Paris ganz scharf.«

»Heiliger Himmel!«

»Genau. Dad ist wieder abgehauen.«

»Oh, der arme Nick.«

»Immerhin hat *er* den verhängnisvollen Stein ins Rollen gebracht.«

Lorna hob die Schultern. Warum mussten Teenager so gnadenlos sein? Nur ein Schluck Wein, und schon war man eine Alkoholikerin. Ein kleiner Flirt – prompt war ein Mädchen gebrandmarkt. Und wenn der Vater einen winzigen Schritt vom rechten Weg abkam, verwandelte er sich unweigerlich in einen lasterhaften Schürzenjäger.

»Sag doch ...« Lorna senkte ihre Stimme. »Hast du inzwischen mehr über Elisabeth herausgefunden?«

Erstaunt runzelte Bella die Stirn. »Nur dass sie Gran Isabels alte Schulfreundin ist.« Allmählich hielt sie Elisabeth fast für ein Familienmitglied.

»Ich meine – wovon lebt sie?«

»Dass sie einen Job hat, bezweifle ich. Sie muss steinalt sein. So alt wie Gran. Wahrscheinlich ist sie im Ruhestand oder verwitwet oder so ähnlich.«

»Jedenfalls war sie nie verheiratet. Und laut meinen Pariser Freunden schwimmt sie im Geld. Denk mal an die teuren Kleider, die sie deiner Mutter geschenkt hat. Und die Reise nach Paris ging auch auf ihr Konto.«

»Ja, sie nagt nicht gerade am Hungertuch. Also hast du mit Paris telefoniert.«

Nachdenklich starrte Lorna vor sich hin. »Ja. Aber was meine Freunde erzählt haben, kann ich nicht glauben. Hör mal, Bella …« Sie unterbrach sich und schaute ihrer Enkelin eindringlich in die Augen. »Vorhin ist Elisabeth doch weggegangen, nicht wahr?«

»Ja.«

»Würdest du dieses kleine schwarze Buch holen, das sie in ihrer Laptoptasche versteckt hat?«

»Lorna!«, rief Bella entsetzt. »Das wäre Spionage. Also, ich weiß nicht recht … Warum fragst du nicht Gran Isabel, was mit Elisabeth los ist?«

»Weil sie auf einem Berg ist.«

»Da kommt sie gerade runter.«

»Aber das könnte zu spät sein. Vielleicht ist es wichtig. Ich mag Elisabeth. Und sie ist deiner Mum wirklich eine große Hilfe. Trotzdem … Irgendwas stimmt nicht mit ihr.«

Nur widerwillig brachte Bella ihrer Großmutter das kleine schwarze Buch.

Nach einem tiefen Atemzug entfernte Lorna das Gummiband und blätterte in den abgegriffenen Seiten. Lauter Namen, Initialen und Daten – und neben jedem Eintrag ein Herz, Karo, Kreuz oder Pik.

Welch eine Enttäuschung … Diese Notizen verrieten ihr gar nichts. Auch Bella stand vor einem Rätsel.

»Wenn es Ihnen nichts ausmacht, hätte ich mein Eigentum gern wieder, Lorna«, erklang eine scharfe Stimme hinter ihnen.

Elisabeth stand so wütend in der Küchentür, wie Bella sie noch nie gesehen hatte.

»Natürlich.« Obwohl es Lorna ihre ganze Selbstkontrolle kostete, fügte sie weder eine Erklärung noch eine Entschuldigung hinzu, als sie der Französin das Buch aushändigte.

»Du bist sehr schnell zurückgekommen«, murmelte Bella zerknirscht.

»Wider Erwarten war der Supermarkt geschlossen«, entgegnete Elisabeth, ohne Lorna aus den Augen zu lassen. »Und ich nahm nicht an, man würde während meiner kurzen Abwesenheit meine Privatsphäre verletzen.«

In diesem Augenblick kam Georgie herein. »Was ist denn los?«, fragte sie verblüfft über Elisabeths brüsken Ton.

»Lorna hat mir nachspioniert.«

»Was? Das sieht ihr gar nicht ähnlich. In meinem Bekanntenkreis gibt es niemanden, der sich so wenig aus Klatschgeschichten macht. Sie hat sogar behauptet, Charles und Camilla seien nur gute Freunde.«

»Wie ich zugeben muss, hat Elisabeth meine Neugier erregt«, sagte Lorna. »Es wäre wohl am besten, sie könnte uns beruhigen.«

Verwirrt schüttelte Georgie den Kopf. »Worum geht es eigentlich?«

»Zum Beispiel frage ich mich, wieso Isabel Hals über Kopf aus Nepal zurückkehrt, nachdem sie erfahren hat, Elisabeth würde hier wohnen.«

»Unsinn, Ma bleibt noch eine Woche in Nepal«, widersprach Georgie. »Von einer verfrühten Heimreise hat sie uns nichts mitgeteilt.«

»Doch, Mum, ich hab bloß vergessen, es dir zu sagen«, gestand Bella.

»Vielleicht freut sie sich ganz wahnsinnig auf unser Wiedersehen und kann sich nicht länger gedulden.« Elisabeth lächelte unergründlich.

»Noch etwas würde mich interessieren ...«, begann Lorna leise.

Elisabeth beobachtete sie aus schmalen und hellwachen Augen. »Haben Sie jemals von einer gewissen Person gehört, auf die mich meine Freunde hinwiesen, Elisabeth?«, fuhr Lorna fort. »Von einer Frau, die in ganz Paris berühmt ist?«

»Wer soll das sein?«

»Eine Dame, die alle Welt ›Tante Elisabeth‹ nennt.«

»Tut mir Leid«, erwiderte die Französin ausdruckslos. »Diesen Namen kenne ich nicht.«

14

»Ist Dad für immer weggegangen?«

An diesem Abend war es Charlie, der ins breite Ehebett kroch. So klein und schutzlos erschien er seiner Mutter, seine ganze vitale Fröhlichkeit war verflogen.

»Das weiß ich nicht, Darling. Dad und ich haben gestritten. Nicht deinetwegen, das schwöre ich. Wir lieben dich genauso wie eh und je.«

»War es wegen dieses Franzosen?«

»In gewisser Weise ...«, bestätigte Georgie. »Aber es ging auch um andere Dinge.«

»Um Alison?«

»Vielleicht.«

»Warum machen die Erwachsenen so viel Unsinn?« Über Charlies große grüne Augen glitt ein Schatten.

Wie sollte sie ihm das erklären? *Vermutlich, weil sie erwachsen sind.*

»Jake sagt, seine Mum und sein Dad lassen sich scheiden.«

»Etwa die beiden, die dauernd Sex haben?«

»Genau.«

Diese Information brachte Georgie in helle Wut. Was durfte die restliche Menschheit erhoffen, wenn nicht einmal Jakes Eltern, die Goldmedaillengewinner im Bumsen, ihre Ehe retten konnten?

Da die Neuigkeit eine unerwartete Wirkung auf Georgie ausübte, sprang sie am Morgen immer noch erbost blitzschnell aus dem Bett. Verdammt wollte sie sein, wenn sie Nick so leicht aufgab! Zwischen ihnen sprühten immer noch erotische Funken, daran zweifelte sie nicht. Wenn ihre Beinaheaffäre mit Jean-Marie auch schmerzlich für sie alle gewesen war – sie hatte ihr einiges klar gemacht. Zum Beispiel, dass sie ihren Mann immer noch liebte.

An diesem Vormittag würde sie ihn im B&B-Büro besuchen und zu einer Aussprache *zwingen*.

»Raus aus den Federn, Faulpelz!«, befahl sie, hob Charlie hoch und wiegte ihn wie ein Baby in ihren Armen. »Heute kutschiere ich euch zur Schule. Das ist eine ganz besondere Vergünstigung!« Am Dienstag nahmen die Jungs normalerweise den Bus.

Damit schien sie Charlie wenigstens kurzfristig aufzumuntern. »Cool, Mum! Soll ich es Rory sagen?« Sekunden später war er verschwunden.

Georgie kleidete sich sorgfältig an. Diesmal war es keine Verführungstaktik, aber eine Frau, die für ihre Ehe kämpfte, fühlte sich stärker, wenn sie gut aussah.

Während sie ihre Söhne zur Schule fuhr, starrte Rory aus dem Fenster und schwieg beharrlich. Georgie fand das noch schlimmer als Charlies tränenerstickte Fragen. Vorerst konnte sie nicht allzu viel für die beiden tun, aber sie wollte sie zumindest ein bisschen verwöhnen.

»Um halb vier warte ich wieder hier draußen, okay?«

Charlie erwiderte ihr Lächeln. »Danke, Mum.«

Steifbeinig ging Rory davon und in weitem Bogen um eine Kinderschar herum, die auf dem Sportplatz Fußball spielte – ein kleiner Junge, der sich betont lässig gab, aus lauter Angst, er würde vor seinen Kameraden in Schluchzen ausbrechen.

Im B&B-Büro fing der Arbeitstag eben erst an. Barb, die liebenswürdige Empfangsdame, setzte sich im sonnigen Foyer mit einer Tasse Kaffee hinter ihren Schreibtisch. Neben ihrem Ellbogen stapelte sich die Post, die geöffnet werden musste.

Voller Neid beobachtete Georgie die junge Frau, die so selbstverständlich ihren Beruf ausübte. Wenn irgendetwas in Barbs Welt schief lief, würden sie die Forderungen der alltäglichen Routine aufrechterhalten.

»Hallo, Georgie!«, grüßte sie, sprang auf und verschüttete beinahe ihren Kaffee. »Schön, dich wiederzusehen!«

In diesen netten Worten schwang so viel Verlegenheit mit, dass Georgie sofort erriet, wie heftig die Gerüchteküche brodelte. »Ist Nick da, Barb?«

»Tut mir Leid, er ist zu einer Besprechung nach London gefahren. Vor dem späten Nachmittag wird er nicht zurückkommen. Möchtest du mit Fiona reden?«

»Nein, danke.« Nicks Assistentin würde ihr das gleiche, von Unbehagen erfüllte Mitgefühl zeigen, freundliches Interesse und aufrichtige Hilfsbereitschaft bekunden. Aber weder Fiona noch Barb könnten irgendetwas an der beklemmenden Situation ändern.

Warum ist alles noch schwerer zu ertragen, wenn die Leute Bescheid wissen, fragte sich Georgie. Wirkte das Leid dadurch realer? Oder war Mitleid – mochte es auch gut gemeint sein – das Letzte, was eine Frau brauchte, wenn ihre Ehe zu scheitern drohte?

Strahlend lächelte sie Barb an und kehrte auf den Parkplatz zurück. Dort standen etwa sechs Autos. Soeben bremste ein schimmerndes VW-Cabrio. Georgie musterte es verwundert. In dem Blumenbehälter neben dem Lenkrad steckte doch tatsächlich eine falsche Rose.

Sobald sie die Besitzerin des Wagens erkannte, stieg heißer Zorn in ihr auf. Die verdammte Alison ... ihr gehörten nicht nur diese funkelnagelneue blöde Karre und die Sorglosigkeit der Jugend – sie wollte auch noch Georgies Ehemann einfangen.

Alison hatte sie noch nicht entdeckt. Leise summte sie vor sich hin, als sie aus dem Auto stieg, und plötzlich verspürte Georgie den wilden Impuls, den Wagenschlag gegen diese langen, schlanken Beine in der teuren Designerhose zu rammen. Aber was hätte sie davon? Schlagzeilen in der Lokalzeitung. *Betrogene Ehefrau verstümmelt Rivalin auf Parkplatz ...*

Nein, sie musste ruhig und gefasst wirken.

»Ah, Alison, wie gut, dass wir uns hier treffen ...«, begann sie im Tonfall einer ihrer alten Lehrerinnen – entschieden und selbstsicher.

Nur für einen kurzen Moment hielt Alison nervös die Luft an. »Hallo, Georgie.«

»Ich muss mit meinem Mann reden«, fuhr Georgie ebenso energisch fort, als wäre Alison eine besonders lästige Viertklässlerin. »Wohnt er immer noch im Morley Hall?«

Über Alison markantes, attraktives Gesicht glitt ein triumphierendes Lächeln. »Ja. Bis er zu mir zieht. Also können Sie sich weitere peinliche Verführungsattacken sparen. Wie sind Sie eigentlich auf die Idee gekommen? Haben Sie einen Ratgeber gelesen? ›Wie rette ich meine langweilige, ausgelaugte Ehe?‹ oder so was Ähnliches?«

Georgie reckte das Kinn hoch. »Nein, den Tipp bekam ich von einer Freundin aus Paris, die als Callgirl arbeitet.«

Das hatte Alison offensichtlich nicht erwartet. Doch sie gewann ihre Fassung sofort wieder. »Sie haben's wirklich vermasselt, Georgie. Die ganze Zeit hatten Sie mich in Verdacht, obwohl nichts passiert war. Sie ahnen gar nicht, wie ich mich freute, dass Sie diesen Franzosen an Land zogen! Danach kam Nick geradewegs zu mir. Erstaunlich, wie schnell guter Sex einen Mann von seinen Problemen ablenken kann ... Seit einer halben Ewigkeit wollte ich ihn. Jetzt gehört er mir endlich. Das müssen Sie sich selber zuschreiben, nicht wahr?«

Georgie trat näher zu ihr. Mit aller Kraft schlug sie mitten in das hübsche, selbstzufriedene Gesicht. »Richten Sie ihm aus, seine Kinder sind furchtbar unglücklich, und er soll schleunigst nach Hause kommen und ihnen das alles erklären. Sonst muss ich es machen.«

Nur sekundenlang schien Alisons Selbstvertrauen ins Wanken zu geraten. Mochte sie Nick auch noch so viel Sex abringen – er vermisste seine Kinder. Sie nahm ihre Aktentasche aus dem Kofferraum und versperrte den VW. »Wissen Sie, was komisch ist?«, zischte sie. »Am Anfang hätte ich mich mit der Rolle einer Geliebten begnügt. Aber jetzt verdanke ich Ihnen die allerbesten Chancen, Nicks Ehefrau zu werden.«

Georgie sah sie davonstelzen. In ihren lächerlich hochhackigen Stiefeln täuschte Alison unbeugsame Nonchalance vor. Oder vielleicht glaubte sie tatsächlich, sie hätte das Spiel gewonnen und den Ehering praktisch schon am Finger.

Aber Georgie gab sich noch nicht geschlagen. Etwas, das Alison gesagt hatte, brachte sie auf einen neuen Gedanken. Dieser Plan war noch dramatischer und riskanter als die Nuttenmaskerade. Womöglich würde er zu einer Katastrophe führen. Doch sie würde wenigstens bis zuletzt kämpfen, und das verschaffte ihr eine gewisse Genugtuung in diesem demütigenden Zermürbungskrieg.

Georgies Schwiegermutter saß vor ihrem Computer und wünschte, Bella würde ihr helfen. Von der modernen Technologie verstand Lorna nicht viel. Genau genommen war alles, was mit praktischen Dingen zusammenhing, nicht gerade ihre Stärke. Vor mehreren Jahren hatte sie bei einem Platten sogar die Nummer 999 gewählt und den netten Polizisten, die prompt erschienen waren, wortreich erklärt, sie könne den Reifen nicht selber wechseln, weil sie ein weißes Kostüm trage. Vor lauter Verwirrung hatten ihr die beiden jungen Männer tatsächlich die Arbeit abgenommen.

An diesem Tag lachte ihr das Glück nicht so großzügig. Sie wollte einfach nur das Internet anklicken, und da erschien ein erschreckendes Fenster, das sie auf einen *Fatal Error* hinwies. Am liebsten hätte sie ihren PC ermordet, statt ihn hochzufahren.

Langsam und mühselig befolgte sie die Instruktionen, die Bella notiert hatte und die ihr erklärten, wie man sich ins Netz einloggte. Auf dem Schreibtisch neben dem Computer lag der letzte Brief ihrer Pariser Freunde. Darin standen die Einzelheiten über die Website, deren Lektüre sie ihr empfahlen.

Nach drei Fehlschlägen – entweder war die Internetverbindung überlastet, oder die gesuchte Website hatte den Geist aufgegeben – war Lorna endlich drin.

Aufmerksam studierte sie den Text eine volle halbe Stunde lang. Was sie herausfand, nahm ihr den Atem. Zu ihrer Verblüffung schien das alles nicht einmal gegen das Gesetz zu verstoßen.

Und was jetzt? Sollte sie sich an Georgie, Elisabeth oder die Behörden wenden? Nach einer langwierigen, gründlichen Prüfung ihres Gewissens beschloss sie, mit Elisabeth anzufangen.

Nick warf sich auf Alisons weißes Sofa. Wenn er seinen ganzen Mut zusammennahm, müsste er es schaffen, Georgie anzurufen und zu fragen, ob er am nächsten Tag die Kinder besuchen dürfte. Irgendwie wollte er ihnen erklären, was derzeit geschah. Wenn er es bloß selber wüsste …

Plötzlich merkte er, dass Alison ihn unentwegt beobachtete. »Bitte, Nick …« Nur ihr Gesicht zeigte ein Lächeln, in ihrer Stimme schwang keines mit. »Nimm die Füße von der Couch.«

Mit seinen Gedanken ganz woanders gehorchte er. Nun musste er entscheiden, welche Maßnahmen er zunächst ergreifen würde. Hatte er sich wirklich für immer von seiner Familie getrennt? Wenn ja, wie könnte er ihren Kummer mildern? Seine Wut und Eifersucht waren ein wenig verebbt. Offenbar hatte Georgie nicht mit der Ankunft dieses Franzosen gerechnet. Wie hieß er doch gleich? Jean-Marie, wenn Rory sich nicht täuschte. Was für ein blöder Name …

Nick hatte ihn nur kurz durchs Schlafzimmerfenster gesehen. Klar, der Kerl sah nicht übel aus – falls man Rugbytypen mochte. Und er war zweifellos verrückt nach Georgie.

Um ehrlich zu sein, dachte Nick, ich kann mich nur schwer an die neue, glamouröse Georgie gewöhnen … Vielleicht fühlte er sich durch diese Veränderung bedroht. Hatte er im Lauf der Jahre, ohne es zu merken, seine Abenteuerlust verloren? Genau das, was früher einer seiner besonderen Charakterzüge gewesen war?

Alison hatte das Zimmer verlassen, um eine Flasche Wein zu holen. Bevor sie die Gläser füllte, schaltete sie den Anrufbeantworter ein. Georgies Stimme erschreckte Nick so sehr, dass er gar nicht wahrnahm, was sie sagte.

»Hast du diese Nachricht von deiner Psychofrau mitgekriegt?«, fragte Alison spöttisch. »Morgen sollen wir uns mit ihr zum Lunch treffen und ›die Situation diskutieren‹. Meinst du, sie wird über uns herfallen? Gestern auf dem Parkplatz hatte sie so ein unheimliches Glitzern in den Augen.«

»Was erwartest du denn?« Nick bemühte sich, seinen Ärger zu verbergen. »Dass sie uns als Geiseln nimmt oder einen Profikiller engagiert? Wohl kaum. Wahrscheinlich meint sie genau das, was sie sagt. Georgie hat sich immer klar und deutlich ausgedrückt.«

»Also willst du hingehen?« Wie Alisons Miene bezeugte, fand sie das *extrem* tolerant.

»Natürlich, wir müssen einiges regeln. Es geht nicht nur um dich und mich. Und es ist verdammt fair von ihr, dich einzubeziehen.«

Nachdenklich nippte sie an ihrem Wein. Sobald sich ihre Beziehung zu Nick gefestigt hatte, würde sie andere Saiten aufziehen. Georgie sollte bloß nicht glauben, sie hätte bis in alle Ewigkeit ein Recht auf Nick.

Außerdem war er viel zu naiv. Wie ihr ein Instinkt verriet, steckte hinter Georgies Vorschlag viel mehr, als er vermutete. Im Allgemeinen weigerten sich verlassene Ehefrauen, ihren Nachfolgerinnen beim Lunch gegenüberzusitzen. Vor allem, wenn die Ehemänner erst vor kurzem die Flucht ergriffen hatten …

Entweder war Georgie eine Heilige, oder sie führte irgendwas im Schilde.

Was genau, ahnte nicht einmal die superschlaue Alison.

Was zieht eine Frau an, wenn sie mit ihrem Mann und seiner widerwärtigen Geliebten essen geht, überlegte Georgie. Sollte sie die beiden mit ihrem eben erst erworbenen Glamour beeindrucken, oder die leidende Ehefrau spielen?

Schließlich wählte sie den Glamour. Leidende Ehefrauen hatten ihr schon immer missfallen. Vorsichtig nahm sie den Tweedrock und den Kaschmirpullover vom Bügel. Diese Sachen hatte sie seit den traumhaften Pariser Stunden mit Jean-Marie nicht mehr getragen. Während sie hineinschlüpfte, verdrängte sie die Erinnerung an seinen schmerzlichen Blick in jenem Moment, als sie ihm ihre Entscheidung mitgeteilt hatte.

Sie sah schick aus, aber vielleicht etwas zu konservativ. Deshalb zog sie den Pullover wieder aus und ersetzte ihn durch einen hübschen, eng anliegenden Cardigan von Jigsaw. Wenn sie den obersten Knopf offen ließ, blitzte der Spitzenbesatz ihres seidenen Bodys hervor. Perfekt.

Dann setzte sie sich an den Toilettentisch und dachte an die psychologischen Aspekte des bevorstehenden Treffens. Sollte sie die beiden erwarten oder warten lassen?

Sicher war Letzteres besser, sonst würde sie sich ein bisschen wie eine Lehrerin fühlen, die an einem Elternabend die Eltern eines problematischen Schülers sprechen wollte.

Sie hatte ihr Lieblingsrestaurant ausgesucht, eine altmodische italienische Trattoria, die Nick genauso gern mochte. Dort würde man ein Riesengetue um Georgie machen, das wusste sie.

Und sie wurde nicht enttäuscht. Außerhalb der Sichtweite wartete sie vor dem Lokal, bis sie Nick und Alison ankommen und dem Geschäftsführer die Hände schütteln sah. Dann geleitete er die beiden zu dem Fenstertisch, wo sie oft mit ihrem Mann gesessen hatte. Dafür hätte sie Guiseppe am liebsten umarmt.

»Ah, Signor Morrison!«, hörte sie ihn durch das geöffnete Fenster rufen. Nach italienischer Sitte küsste er Nick dreimal auf die Wangen. »Wie geht es Ihnen? Und wo ist die schöne Signora Morrison? So gern würde ich ihr danken. Sie hat meiner Frau ein Naturheilmittel für ihre Wallungen empfohlen.« Um die Unpässlichkeit zu demonstrieren, fächelte er sich theatralisch Kühlung zu. »Dauernd war ihr heiß. Oder sie fror. Manchmal stand sie stundenlang auf der Straße, um die Flammen ihrer inneren Hitze zu löschen. Und jetzt ist ein Wunder geschehen, denn sie hat stets die gleiche Temperatur.«

Seufzend und gelangweilt verdrehte Alison die Augen.

»Sie können ihr persönlich danken, Giuseppe«, erwiderte Nick. »Sie müsste bald kommen.«

Diesen Moment wählte Georgie, um die Trattoria zu betreten.

Wie ein gigantischer Panda stürzte sich Giuseppe auf sie. Effektvoll setzte sie sich in Szene, bejubelte die Genesung seiner Frau und spielte ihren Verdienst daran bescheiden herunter. Dann erkundigte sie sich nach dem Gesundheitszustand aller seiner Familienmitglieder und des vielköpfigen Personals, das im Restaurant arbeitete.

Aus den Augenwinkeln spähte sie zum Fenstertisch hinüber. Eifrig um gutes Benehmen bemüht, war Nick bei ihrer Ankunft aufgestanden und hatte sein Rotweinglas in den Schoß seiner Geliebten geworfen. Alisons Gesicht glühte vor Wut. Und Nick, dem das wirre dunkle Haar fast bis zu den lächerlich langen Wimpern in die Stirn hing, glich dem zehnjährigen Rory.

»Um Himmels willen, Nick, der Rock ist *brandneu!*«, kreischte Alison, wobei ihre Stimme eher an eine Polizei- als an eine Sexsirene erinnerte.

Nun musste Georgie nur noch die Nerven behalten und ihren Vorschlag erläutern.

Sobald sie alle am Tisch saßen, mit absurden, überdimensionalen Speisekarten versorgt, erschien ein strahlender Guiseppe und servierte drei Gläser Prosecco. »Das geht aufs Haus. Sicher feiern Sie was, nicht wahr? Sonst kommen Sie nie zu Mittag.«

Georgie biss auf ihre Lippen. Und dann wurde sie vom Teufel geritten. »Eine Feier ist es nicht. Aber wir *begehen* ein Ereignis – das Ende von zwanzig glücklichen Ehejahren. Im Großen und Ganzen waren sie *sehr* glücklich, nicht wahr, Nick?«

»O nein!« Guiseppe zuckte entsetzt zusammen, als wäre eine Granate in sein Restaurant geflogen. »Also ist Ihre Ehe zerbrochen? Das tut mir schrecklich Leid.« Betrübt verschwand er in der Küche, um sich bei seinen Landsleuten über die unmöglichen Engländer zu beklagen.

»Wollen wir bestellen?«, fragte Georgie fröhlich. »Ich nehme die Kalbsleber mit gebratenen Zucchini. Hier gibt's die besten Zucchini von der Welt. Was möchtest du, Nick?«

»Die Scaloppini.«

»Und Sie, Alison?«

»Nur ein Steak. Ohne Gemüse.«

»O Gott, nichts außer blutigem Fleisch? Zweifellos brauchen Sie viel Kraft für ...«

»Sag es nicht, Georgie«, unterbrach Nick die Anspielung. »Seit kurzem hält sich Alison an die Atkins-Diät.«

»Armer Nick ... Keine Pink Ladys mehr ...« Oft genug hatte er Charlies Lieblingsäpfel geklaut.

»Er muss nicht das Gleiche essen wie ich«, wandte Alison ein.

»Ist es nicht wahnsinnig kompliziert einzukaufen, wenn ihr verschiedene Lebensmittel bevorzugt?« Georgie hob die Brauen. »Und wer kümmert sich darum? Nick kennt sich nicht besonders gut im Tesco aus. Oder?«

Verlegen senkte er den Blick. Nachdem ihn sein Job immer stärker beansprucht hatte, war nur noch Georgie für die Einkäufe zuständig gewesen.

»Also?«, wechselte er das Thema. »Worüber willst du reden?«

Um sich zu ermutigen, nahm sie einen Schluck Prosecco. Wenn ihre Intuition Recht behielt, würde ihn ihr Vorschlag schockieren und vielleicht – nur *vielleicht* – zur Vernunft bringen. Doch falls er darauf einging, wäre das Desaster nicht mehr zu verhindern. »Seit deinem Auszug habe ich gründlich nachgedacht, Nick. Wie gesagt – wir waren fast zwanzig Jahre verheiratet. Wir haben ein gemeinsames Leben aufgebaut und drei Kinder bekommen, die immer noch einen Vater brauchen. Natürlich kennen sie die Statistiken und wissen, wie viele Scheidungskinder ihren Vater nie wiedersehen …«

»Bitte, Georgie!«, unterbrach er sie irritiert. »So ein Vater werde ich niemals sein, das weißt du.«

»Oft genug kommt so etwas vor, obwohl es manche Väter gar nicht beabsichtigen. Um das zu vermeiden, habe ich einen Ausweg gefunden.«

»Welchen?«, fragte Nick misstrauisch.

»Also, ich will verheiratet bleiben, denn du gehörst nun mal zum Leben der Kinder – und zu meinem. Bella und die Jungs wünschen sich, dass du weiterhin bei uns wohnst. Aber Alison will dich auch haben.« Georgie holte tief Atem. »Deshalb möchte ich dich mit ihr teilen.«

»*Was?*«, japste er. »Teilen? *Mich?*«

»In Frankreich passiert das ständig. Auch Präsident Mitterand hat sich dafür entschieden. Und bedenk doch, was Jimmy Goldsmith sagte, dieser Wallstreet-King – wenn ein Mann seine Geliebte heiratet, wird ein Arbeitsplatz frei. Bei den Franzosen kommt das jeden Tag vor. Warum machen wir es nicht genauso?«

Nick starrte immer noch geschockt vor sich hin.

»Überleg doch mal!«, fuhr Georgie eindringlich fort. »Wenn wir uns scheiden lassen, verbringen die Kinder die halbe Woche bei dir. In Alisons Apartment wäre das ein bisschen beengt. Außerdem würden sie es hassen und euch gewaltig nerven – mit Playstations und Bellas Popmusik, die den ganzen Tag plärrt. Dazu kommen die schulischen Probleme. Ihr müsst die Kinder zur Schule bringen und abholen und euch um ihre Aktivitäten am Nachmittag kümmern. Wie viel Zeit das alles kostet, ahnt ihr gar nicht.«

Unauffällig musterte sie seine Geliebte und sah sie erblassen. An *diesen* Aspekt der Affäre hatte Alison offenbar noch nicht gedacht.

»Und Pet …«, fügte Georgie hinzu und verbarg ihre Genugtuung. »Charlie will Ma fragen, ob er eins ihrer Hündchen behalten darf. Habe ich das schon erwähnt? Sie ist trächtig, von Buster, dem Nachbarhund. Angeblich sind Kreuzungen zwischen Rottweilern und Shih Tzus ganz besonders süß – allerdings etwas ungebärdig.«

Georgie trug ziemlich dick auf. Aber Alisons Miene war so wundervoll und animierte sie unwiderstehlich weiter.

»Nach ein paar Wochen wird das Hündchen jede Nacht durchschlafen.« Ob das stimmte, wusste sie nicht. *Aber was soll's, zum Teufel.* »Wie ihr das liebe Tierchen stubenrein kriegt, weiß ich auch nicht, wo ihr doch im zweiten Stock wohnt, nicht wahr? Jedenfalls werdet ihr viel Spaß mit dem kleinen Schätzchen haben. Und ihr werdet ihm bald abgewöhnen, eure Schuhe zu fressen.« Viel sagend musterte sie Alisons mädchenhafte Stilettos.

»Georgie …« In Nicks Augen erschien ein winziger humorvoller Funke. »Bist du sicher, dass du das alles nicht erfindest?«

»Völlig sicher«, log sie und stand auf. »Am besten verzichte ich auf meine Kalbsleber und lasse euch allein, damit ihr ungestört über meinen Vorschlag nachdenken könnt. Den Kindern würde es wirklich helfen, wenn sie möglichst bald erfahren, wie ihre Zukunft aussieht. Übrigens, ich hätte nichts dagegen, wenn sie die *ganze* Woche bei mir wohnen. Mitsamt dem Hündchen.«

»Hör mal, Georgie, das ist Erpressung«, mahnte Nick.

»Unsinn, ich stelle nur einiges klar, um die Situation für alle Beteiligten zu erleichtern.«

Als sie zur Tür ging, klopfte ihr Herz wie rasend. Wenn er ihren Plan vereitelte und den Vorschlag akzeptierte …

Guiseppe schüttelte ihr etwas weniger warmherzig die Hand, nachdem er herausgefunden hatte, dass sie weder eine Heilige noch eine Märtyrerin war, sondern eine Scheidung anstrebte.

»Verdammt, was hältst du davon?«, fauchte Alison, sobald Georgie das Lokal verlassen hatte.

Argwöhnisch beobachtete Nick seine Frau, die draußen am Fenster vorbeischlenderte. »Nun, du kannst wohl kaum behaupten, sie sei unvernünftig.«

»Da hast du Recht …« Alison ergriff ihren Proseccokelch. Verführerisch lächelte sie Nick über dem Rand des Glases an. »Weißt du was? Ich glaube, ich ziehe die Rolle der Geliebten vor. Immerhin haben es die Geliebten viel besser als die Ehefrauen. Spaß ohne Verantwortung. Meint sie das ernst, dass sie uns andernfalls für eine halbe Woche die Kinder aufhalsen will?«

»Dachtest du etwa, ich würde Bella und die Jungs nie wiedersehen?«

»Probieren wir ihren Vorschlag mal aus.« Ihre Stimme sank zu einem verlockenden Gurren herab. »Zieh doch für eine halbe Woche zu mir. Damit fangen wir gleich heute an. Schenken wir uns den Nachmittag im Büro. Gehen wir lieber ins Bett.«

Nick zerriss seine Papierserviette in winzige Fetzen. Eigentlich müsste er den Gedanken, zwei Frauen würden ihn teilen, irre sexy finden. Solche Arrangements propagierte man in Männermagazinen. Seltsam – statt sinnliche Erregung zu empfinden, geriet er in Panik. »Das würde ich gern tun ...« Als das Essen serviert wurde, blickte er erleichtert auf. »Aber ich habe um drei einen Termin, den ich nicht versäumen darf.«

»Doch, das darfst du.« Alisons Hand glitt unter dem Tisch zu seinem Hosenschlitz. Zu ihrer bitteren Enttäuschung spürte sie nicht die geringste Reaktion.

Abgesehen von der Tatsache, dass Nick allmählich die Komik der Situation erkannte ... Hatte Georgie diesen komplizierten Trick erfunden, um an sein Gewissen zu appellieren? Lächelnd betrachtete er seine Scaloppini alla Marsala.

Eins musste man Georgie lassen. Ihre Chuzpe war bewundernswert.

15

»Ist deine Mutter da, Rory?«

Lorna hatte sich die gewünschten Informationen verschafft und beschlossen, unter vier Augen mit Elisabeth zu reden. Deshalb wartete sie, bis sich Georgie in sicherer Entfernung befand.

»Nein, leider nicht – sie trifft sich mit Dad zum Lunch. Bella meint, sie würden über alles reden und deshalb hätte sich Mum so schön gemacht. Glaubst du, er kommt zu uns zurück, Gran Lorna? Ich vermisse ihn so sehr.«

»Ganz bestimmt ist er bald wieder da, Darling.« Die Stimme des kleinen Jungen klang so sehnsüchtig, dass Lorna die geplante Diskussion mit Elisabeth vorerst vergaß. Armer Rory …

In diesem Moment hätte sie Nick – obwohl sie ihren Sohn vergötterte – am liebsten geschüttelt, bis er Vernunft annehmen würde. Nach allem, was sie sich zusammenreimte, war *er* es gewesen, der diesen ganzen Unsinn heraufbeschworen und mit einer Arbeitskollegin geflirtet hatte. Trotzdem glaubte sie nicht, dass er seinem gewissenlosen Vater glich und seiner Familie einfach davonlaufen würde, ohne einen Blick über die Schulter zu werfen.

»In einer halben Stunde bin ich bei dir, Rory«, versprach sie und beendete das Telefonat. Von plötzlichen Schuldgefühlen und wachsender Sorge erfasst, stöhnte sie. Hatte ihre unerquickliche Scheidung einen Teufelskreis bewirkt, Nicks Seelenleben gestört und ihn bewogen, seine eigene Familie zu verlassen? Die Sünden der Väter – oder in diesem Fall der Mütter …

Darüber hatte Lorna niemals nachgedacht, weil Nick stets ein wundervoller Sohn gewesen war. Bis jetzt …

»Willst du knuddeln?«

Mit schmerzlich verzerrtem Gesicht warf sich Rory an Lornas Brust.

»Und wer sorgt nun für dich und Charlie?«

»Bella. In einer halben Stunde bringt sie uns zum Fußballtraining.« Rory befreite sich aus der Umarmung und versuchte, unbekümmert zu wirken, was beinahe Lornas Herz brach. »Heute hat sie nur eine Schulstunde, die Glückliche. Wäre ich bloß schon in der sechsten Klasse … Ach ja, und Elisabeth ist natürlich auch da. Jetzt schläft sie oben in ihrer Wohnung. Das machen die Franzosen immer nach dem Essen.«

Mit diesem Hinweis erinnerte er sie an ihr Anliegen. »Im Moment kommt dir das alles furchtbar vor, Rory. Aber vergiss nicht – dein Dad liebt dich wirklich.«

»Das sagt Mum auch. Trotzdem spür ich's nicht, das ist ja so schrecklich daran.«

Lorna seufzte. *Könnten wir doch alle die unkomplizierte Unschuld der Jugend behalten, statt dem Chaos ausgeliefert zu sein, das die Erwachsenen erzeugen …* Nun musste sie Elisabeth endlich zur Rede stellen.

Welch ein verdammtes Ärgernis, dass sich Isabel am anderen Ende der Welt herumtrieb … Wäre sie hier, hätte Elisabeth den Haushalt der Morrisons ganz sicher nicht durcheinander gebracht. Durch *ihre* Schuld war Georgie allein nach Paris gefahren, wo sie sich aufgetakelt, die Leidenschaft dieses Franzosen und die verhängnisvolle Eifersucht ihres Ehemanns erregt hatte. Nur deshalb war Nick aus dem Haus gestürmt.

Als sie an die Tür der Granny-Wohnung klopfte, rührte sich nichts. Irrte sich Rory? War Elisabeth ausgegangen?

Lorna wollte sich gerade abwenden, doch da knirschte der Schlüssel, und Elisabeth blinzelte durch den Türspalt ins Sonnenlicht.

»Ah – gut, dass Sie da sind, Elisabeth! Ich muss etwas Wichtiges mit Ihnen besprechen.«

»Kommen Sie herein ...« Erstaunt hob Elisabeth die Brauen. »Ich würde Ihnen gern eine Tasse Kaffee anbieten. Aber dies ist das Haus Ihres Sohnes, nicht meines.«

»Ich nehme an, mein Sohn hat ein paar Gläser Nescafé vorrätig.«

Gepeinigt verzog die Französin ihre Lippen. »Noch nie im Leben habe ich *Nescafé* getrunken.«

»Seien Sie nicht so dünkelhaft. Ich mache den Kaffee.«

Wenig später saßen sie unten am Küchentisch, mit Nescafé und Ingwerkeksen, einem weiteren Triumph britischer Tradition.

»Also, Lorna? Worum geht es?«

»Mit der Hilfe meiner Pariser Freunde habe ich Erkundigungen über Sie eingezogen.«

»Das dachte ich mir bereits«, erwiderte Elisabeth in aufreizend ruhigem Ton. »Und was haben Sie erfahren?«

»Zweifellos wissen Sie das. Und es ist verdammt unfair von Ihnen, trotz Ihrer Identität hier aufzutauchen und die nette alte Dame zu spielen. Die sind Sie nämlich nicht, oder?«

»Zumindest bin ich nicht *uralt*«, entgegnete Elisabeth und lächelte sanft. »Zum Glück habe ich mein Stützkorsett. Aber ich stimme Ihnen zu, Lorna. Ich hätte nicht herkommen dürfen. Andererseits gibt es stichhaltige Gründe, die mich veranlassen, mein wahres Ich zu verheimlichen.«

»Am besten reisen Sie sofort ab. Dazu würde ich Ihnen dringend raten, es wäre das Beste für alle Beteiligten. Das ist Ihnen hoffentlich klar.«

»Hat man Ihnen jemals erklärt, dass es eine höchst unerfreuliche Angewohnheit ist, unentwegt Recht zu behalten?«

»Ich meine es ernst. Falls Sie hier bleiben, bin ich gezwungen, die Behörden zu verständigen.« Das hatte Lorna nicht vor. Mit einer solchen Maßnahme würde sie nicht nur Elisabeth, sondern auch Georgie schaden. Doch sie hoffte, der Französin wenigstens Angst einzujagen und sie möglichst bald zu verscheuchen.

»*Merci de rien,* Lorna« , entgegnete Elisabeth frostig. »Ich habe verstanden.«

»Gut.« Nach dieser Konfrontation entschied Lorna, es wäre an der Zeit, ihr Wissen mit Georgie zu teilen.

Aber als sie nach unten ging, war ihre Schwiegertochter noch immer nicht da, und sie beschloss, das Gespräch zu verschieben. In der Diele traf sie Charlie an, bückte sich und gab ihm einen Abschiedskuss. »Darling, ich habe einen wichtigen Auftrag für dich.«

»Welchen?«, fragte er nicht besonders gefällig und überlegte, was dabei für ihn herausspringen könnte.

»Wenn deine Mum heimkommt, sag ihr, ich muss sie dringend sprechen. Merk dir das. *Sehr* dringend.«

»Okay«, versicherte er und stapfte davon, um seine Fußballtasche zu packen.

Beim Training wurde er zum Stürmer befördert. Dieses unerwartete Ereignisse begeisterte ihn dermaßen, dass er prompt vergaß, seiner Mum auszurichten, was ihm die Großmutter erklärt hatte.

Zu Hause eingetroffen, setzte sich Lorna an den Küchentisch und dachte nach. Sie wünschte, sie könnte mit irgendjemandem über das Problem reden. Doch die Menschen, denen sie sich für gewöhnlich anvertraut hatte, waren entweder zu direkt in die Schwierigkeiten verstrickt oder tot. Wäre Isabel hier, müsste sie sich um das alles kümmern.

Aber Isabel glänzte durch Abwesenheit. Also würde Lorna nichts anderes übrig bleiben, als ihrer Schwiegertochter die Wahrheit über Elisabeth zu erzählen.

16

Kurz nach vier kehrte Georgie von ihrem Lunch mit Nick und Alison zurück.

»Wie hat er dein Ansinnen aufgenommen?« Ruhig und gelassen wie eh und je saß Elisabeth in der Küche, wo sie auf Georgie gewartet hatte. »Gefällt ihm der Gedanke einer *ménage à trois?«*

Georgie kicherte. »Hättest du bloß sein Gesicht gesehen, als ich vorschlug, ich könnte ihn mit Alison teilen!«

»Erzähl mir alles.«

»Sicher weißt du, dass sehr viele Männer vom Sex mit *zwei* Frauen träumen.«

»Davon habe ich gehört«, antwortete Elisabeth mit einem dünnen Lächeln.

»Für Nick gilt das nicht. Um seine Reaktion zu beschreiben, fällt mir nur ein einziges Wort ein – entsetzt.«

»Oh, *entsetzt?* Sehr gut.«

»So stolz wärst du auf mich gewesen, Elisabeth! Ich habe die praktische Französin geradezu *bravourös* gespielt. Hätte ich meinem Mann die Affäre mit Alison erlaubt, wäre es nicht halb so lustig gewesen. Also musste ich dieser Beziehung die erregende Wirkung eines rund um die Uhr geöffneten MacDonald's anlasten und ihr den Reiz eines Leckerbissens nehmen, den er in heimlichen Stunden genießt.«

»Wie anschaulich du dich ausdrückst ...« Elisabeth erschauerte. »Hat sie den Köder geschluckt?«

»Ja, ich glaube schon. Vielleicht ist sie eine brillante Marketing-Direktorin. Aber sie besitzt keinerlei Menschenkenntnis. Worauf ich hinauswollte, verstand sie nicht. Außerdem erschreckte ich sie mit der Ankündigung, sie müsste die Kinder jede halbe Woche übernehmen, zu Tode. Ganz zu schweigen von Pets Nachwuchs.«

»Ist die Hündin denn trächtig?«

»Zumindest bilden sich die Jungs das ein.«

»Wie hinterlistig du sein kannst, wusste ich gar nicht, Georgie«, gestand Elisabeth bewundernd.

»Das wusste ich auch nicht. Ist es nicht fabelhaft?« Georgie grinste, dann runzelte sie nachdenklich die Stirn. »Es sei denn, Nick geht auf meinen Vorschlag ein ... Was zum Teufel soll ich dann tun?«

»Sag einfach, du hättest dich anders besonnen – das Privileg einer Frau, und du hättest inzwischen beschlossen, Alison zu ermorden.«

Eine geeignete Methode konnten sie nicht erörtern, denn in diesem Moment kamen Rory und Charlie mit einem Bärenhunger heim, und der Haushalt verwandelte sich in das übliche lautstarke Chaos.

Nach dem Dinner sah Elisabeth mit Rory und Charlie »Time Team« im TV, dann las sie jedem Jungen in seinem Zimmer eine Gutenachtgeschichte vor. Georgie erwartete, sie würden protestieren und behaupten, dafür seien sie zu alt. Das taten sie aber nicht. Vielleicht fühlten sie sich in diesen unsicheren Zeiten ein bisschen geborgener, wenn sie wie Kleinkinder behandelt wurden.

Gegen zehn Uhr kam Elisabeth in die Küche, wo Georgie widerwillig bügelte und Bella einem ernsthaften Studium auswich, indem sie eine Liste ihrer verschiedenen Prüfungstermine aufstellte. Dafür benutzte sie Filzstifte in allen Regenbogenfarben.

Eine Zeit lang beobachtete Elisabeth die beiden, und schließlich gab sie ihnen Gutenachtküsse, was ungewöhnlich war. »Wie glücklich musst du sein, weil du eine so zauberhafte Tochter hast, Georgie ... Die Beziehung zwischen Mutter und Tochter ist etwas ganz Besonderes.«

»Wenn sie funktioniert«, betonte Georgie, schnitt eine Grimasse und dachte an Isabel. Die Wohngemeinschaft mit Elisabeth war so angenehm und friedlich. Von ihrer Mutter durfte sie nichts dergleichen erwarten.

Offenbar erriet Elisabeth diese Gedanken. »Isabel macht's einem nicht leicht. Aber sie liebt dich sehr – obwohl sie das nicht zeigt.«

»Tatsächlich?«

Die Französin zögerte. »Vor langer Zeit musste sie eine schwierige Wahl treffen. Und sie entschied sich für dich, Georgie ...« Plötzlich wandte sie sich ab, als hätte sie zu viel gesagt. »Jetzt muss ich ins Bett. Vorhin wäre ich da oben fast eingeschlafen, während die Jungs putzmunter waren.«

»Danke, Elisabeth – weil du so bist, wie du bist.« Warum Georgie das sagte, wusste sie nicht. Erschien ihr die alte Dame so liebenswert, weil ihre Mutter bald heimkehren würde?

Elisabeths Gesicht nahm seltsam weiche Züge an. »Und ich danke dir für deine Gastfreundschaft – für die Chance, bei einer richtigen Familie zu leben. Niemals werde ich die Morrisons vergessen.«

»Wow«, bemerkte Bella, nachdem Elisabeth die Küche verlassen hatte. »Was hat das zu bedeuten? Kam sie dir heute Abend auch ein wenig sonderbar vor?«

»Nein, ich finde sie nie sonderbar. Für mich ist sie wundervoll.«

»Granny Lorna mag sie zwar, aber sie glaubt, Elisabeth würde was im Schilde führen.«

»Wie albern! Wahrscheinlich ist deine Großmutter eifersüchtig. Mit gutem Grund. Elisabeth strahlt irgendetwas aus, das einem hilft, sich besser zu fühlen.«

»Ja«, bestätigte Bella, »ich weiß, was du meinst.«

Georgie trat hinter den Stuhl ihrer Tochter. »Wie geht's dir, meine Süße?«

»Nun ja – Dad fehlt mir.« Bella drehte sich um und schaute sie mit den blauen Augen ihres Vaters an.

»Mir auch«, seufzte Georgie und nahm sie in die Arme.

»Sorg dich nicht, Mum. Er hat einfach nur ein Brett vorm Kopf. Bald wird er zur Vernunft kommen.«

Oh, dieser beneidenswerte jugendliche Optimismus …« Georgie küsste Bellas Scheitel. »Gute Nacht, Liebling. Geh nicht zu spät schlafen.«

»Wenn ich die Plastikschildchen auf meine Liste geklebt habe.«

An der Küchentür blieb Georgie stehen und blickte zurück. Von dem weißen Lichtkreis der Lampe umgeben, vertiefte sich Bella in ihre Aufgabe. Sie war stark. Was immer ihre Eltern beschließen mochten, sie würde es verkraften.

Im Gegensatz zu Rory und Charlie ... Bedrückt spähte Georgie in die Schlafzimmer ihrer Söhne, beide schliefen tief und fest. Rory hatte die Decke bis ans Kinn gezogen, als fürchtete er, seine Arme oder Beine könnten während der Nacht abgehackt werden, wenn sie hervorragten. Und Charlie streckte alle viere von sich. Seine Steppdecke war zu Boden gefallen. Leise schnarchte er. Mit einer verkrampften Hand umklammerte er sein altes Plüschlamm.

Behutsam deckte Georgie ihn zu. Dann kehrte sie zu Rory zurück und knipste lautlos die Nachttischlampe aus.

»Alles wird gut, Mum«, drang seine Flüsterstimme durch die Finsternis. »Darum habe ich gerade gebetet.«

Von heißer Mutterliebe erfüllt, küsste sie ihn und schmeckte salzige Tränen in ihrer Kehle.

»Was ist denn los, zum Teufel?« Georgie setzte sich im Bett auf und griff nach ihrem Wecker. So, wie sie sich fühlte, musste es mitten in der Nacht sein. Dann verschwanden die Nebel des Schlafs, und sie sah hellen Son nenschein zwischen den zugezogenen Vorhängen.

Aber es war nicht das Morgenlicht, das sie geweckt hatte, sondern die Türglocke. Mühsam schleppte sich Georgie aus dem Bett. Zwei Minuten später läutete es wieder. Ihr Magen drehte sich um, als würde sie in einer Achterbahn bergab rasen. Konnte das Nick sein?

Warum bellte Pet so frenetisch? Bildete sie sich ein, Außerirdische würden das Haus attackieren und sie wäre das letzte Tier auf dem Planeten? Normalerweise gab sie keinen Laut von sich, wenn jemand vor der Tür stand. Deshalb warf Charlie ihr immer wieder vor, sie sei ein miserabler Wachhund.

Georgie schlüpfte in die nächstbesten alten Jeans und ein Sweartshirt, band ihr Haar zu einem Pferdeschwanz zusammen und rannte die Treppe hinab.

Aber Charlie kam ihr zuvor und eilte zur Haustür. »Wer ist da?«, fragte er durch den Briefschlitz, so wie er es gelernt hatte, um unbekannte Gefahren abzuwenden.

Die Antwort versetzte ihn in einen Begeisterungstaumel.

»O Granddad!«, kreischte er, riss die Tür auf und sprang in die ausgebreiteten Arme seines Großvaters. Mit einem schrillen Schrei befreite er sich von der ganzen schmerzlichen Angst, die er in seinem Herzen verborgen hatte. »Mum und Dad trennen sich! Und Rory behauptet, Dad ist mit der grässlichen Alison weggelaufen!«

Entnervt unterdrückte Georgie ein Stöhnen. Sie hatte gehofft, sie könnte den Kindern diese Neuigkeit schonend beibringen. Nun würde ihr Isabel die übliche Tirade servieren, diesmal in verschärfter Version. *Das habe ich dir ja gleich gesagt.* Gewürzt mit einer ätzenden Prise im Stil von: *Daran bist du selber schuld.*

»Dad! Ma! Bella hat mir erzählt, ihr würdet früher zurückkommen. Aber ihr wolltet doch noch eine Woche in Nepal bleiben … Um Himmels willen, was ist passiert?« Georgie trat beiseite, um ihre Eltern hereinzulassen, und wartete die Reaktion ihrer Mutter auf die veränderte äußere Erscheinung der Tochter ab.

Erstaunlicherweise schien Isabel die neue Georgie gar nicht zu registrieren, ebenso wenig wie Charlies Information über Dads und Mums Trennung. Stattdessen verkündete sie schlicht: »Ich will mit Elisabeth reden.«

Georgie musterte sie etwas genauer. Stets war ihre Mutter eine autoritäre Frau von fast übermenschlicher Energie erfüllt und befähigt gewesen, an einem einzigen Tag so viel zu erledigen, dass andere Leute ermüdeten, wenn sie nur davon hörten. Jetzt wirkte Isabel irgendwie geschwächt. Im schick geschnittenen weißen Haar zeigten sich gelbliche Strähnen, als wäre sie eine Kettenraucherin.

»Leider bekam deine Ma einen schlimmen Dysenterie-Anfall«, berichtete Georgies Vater. »Auf halber Höhe eines Steilhangs im Hochgebirge war das ziemlich unangenehm …«

»Vor allem, wenn man so weit vom nächsten Friseur entfernt ist«, ergänzte Isabel mit unerwartetem Humor.

»Aber nichts konnte sie von ihrem Entschluss abbringen, sofort nach Hause zu reisen«, fuhr Bill fort.

»Wie wär's mit einer Tasse Tee?«, schlug Georgie vor. »Sicher seid ihr viele Stunden lang unterwegs gewesen.«

Sie führte ihre Eltern ins gemütliche Wohnzimmer. Zuletzt von Bella okkupiert war der Raum jetzt mit Zeitschriften, Pantoffeln, einem Föhn, Kosmetika und unverständlicherweise mit einem Kohlkopf übersät, den Georgie hinter dem Sofa hervorholte.

»Wie zum Teufel kommt denn *das* hierher?«

»Diesen Kohl hat Bella gezeichnet«, erkläre Rory. »Für ihren Kunstunterricht.«

»Okay.« Sie schaute ihre Mutter an und wappnete sich gegen jenen vernichtenden Blick, der besagen würde, Georgie könne nicht einmal in ihrem Haushalt für Ordnung sorgen und die Flucht ihres Ehemanns sei keineswegs verwunderlich.

Aber Isabel schob nur die Magazine beiseite und setzte sich auf die Couch.

»Ja, eine Tasse Tee wäre großartig«, meinte Bill erfreut. »Während der Trekkingtour haben wir nur so ein scheußliches grünes Zeug gekriegt.«

»Wieso seid ihr früher zurückgekommen«, fragte Georgie. »Wegen der Dysenterie?«

»Nein, ich will mit Elisabeth reden«, sagte Isabel.

»Gran!« In einem überdimensionalen Pullover über dem Pyjama tauchte Bella auf. »Wie geht's euch? War's eine schöne Reise?«

»Wo *ist* Elisabeth?« Allmählich verlor Isabel die Geduld.

Bella zuckte die Achseln. »Im Bett, nehme ich an. Es ist erst kurz vor sieben Uhr, und sie gehört nicht gerade zu den Frühaufstehern. Soll ich mal in der Granny-Wohnung nachschauen?«

Dankbar nickte Georgie, und das Mädchen rannte aus dem Zimmer.

»Was höre ich da von dir und Nick?« Besorgt ergriff Bill die Hände seiner Tochter.

»O Dad …«, würgte sie hervor und warf sich in die Geborgenheit seiner Arme, so wie vor vielen Jahren, als sie ein Kind gewesen war. »Ich hab's total vermasselt, eine riesige Dummheit gemacht und deshalb ist Nick aus unserem Haus ausgezogen.«

»Moment mal!« Besänftigend streichelte er ihr Haar. »Wieso ist es nur deine Schuld? Wann hat er dich verlassen?«

»Vor ein paar Tagen. Jetzt wohnt er bei Alison, seiner Marketing-Direktorin …«

Atemlos stürmte Bella herein. »Mum, Elisabeth ist verschwunden, alle ihre Sachen sind weg!«

»Warum laufen eigentlich alle Leute davon?«, jammerte Rory den Tränen nahe.

Bevor sie Zeit fanden, Elisabeths überraschende Abreise zu erörtern, läutete es wieder an der Tür.

»Wer kann denn *das* sein, verdammt noch mal?«, seufzte Georgie.

Beglückt über all die plötzlichen Aktivitäten begann Pet gellend zu kläffen.

»Nun geh schon, Charlie!«, befahl Georgie gereizt. »Und wenn es Mrs Boyd ist, die euch zur Schule bringen will, sag ihr, sie wäre erst morgen dran.« Inzwischen hatte sie mit einer Nachbarin dieses Arrangement getroffen, von dem sie beide profitierten. Wegen der gegenwärtigen deprimierenden Situation wollte sie ihre kleinen Söhne vorerst nicht mehr mit dem Bus fahren lassen.

Gehorsam trottete Charlie davon.

Wenige Minuten später kam er aufgeregt zurück. »Mum, es ist nicht Mrs Boyd. Da draußen wartet ein Polizist, der muss mit dir reden – unter vier Augen.«

Georgie wurde blass. Wenn aus heiterem Himmel ein Polizist erschien und sie allein sprechen wollte … Dafür konnte es nur einen einzigen Grund geben – ihrem Ehemann war irgendetwas Schreckliches zugestoßen.

Mühsam riss sie sich zusammen und führte den Beamten in die Küche. »Es geht doch nicht um Nick? Haben Sie schlechte Nachrichten über meinen Mann?«

»Nein, nein.« Der Officer lächelte und sah so unglaublich jung aus, als wäre er für einen Kostümball in die Uniform geschlüpft. »Mit Ihrem Mann hat es nichts zu tun. Ich suche eine Mademoiselle Aubigny.«

»Ist das eine Austauschschülerin?«, fragte sie verwirrt. »Da müssen Sie sich in der Adresse geirrt haben. Hier wohnt keine französische Schülerin.«

Der junge Mann schüttelte den Kopf. »Um eine Schülerin handelt es sich nicht, sondern um eine etwas reifere Dame. Mademoiselle Elisabeth Aubigny. Soviel ich weiß, wohnt sie seit einiger Zeit bei Ihnen.«

»Elisabeth? Was wollen Sie denn von ihr?«

»Die französische Polizei möchte sie wegen ihrer Aktivitäten im Zusammenhang mit der Leitung einer internationalen Hostessenagentur verhören, zu der möglicherweise ein illegaler Callgirl-Ring gehört. Gegen Mademoiselle Aubigny wurden von einer ihrer ehemaligen Kolleginnen Verdächtigungen geäußert. Angeblich hat Mademoiselle Aubigny ...« Der Officer zog ein Notizbuch hervor und schlug es auf. »... vierhundertdreißig junge Frauen unter Vertrag, die Männern in ganz Europa zu Diensten waren.«

»Was – *Elisabeth?* Einfach lächerlich! Sie ist eine nette, respektable alte Dame ...« Aber noch während Georgie sprach, geriet ihre Überzeugung ins Wanken. Beklommen erinnerte sie sich an gewisse Einzelheiten und Begegnungen. Max. Maya. Und Elisabeths offenkundiger Reichtum, für den sie nicht zu arbeiten schien ...

»Nach den Ermittlungen der französischen Polizei ist Mademoiselle Aubigny eine clevere Geschäftsfrau mit internationalen Kontakten, die ihr wöchentlich etwa hunderttausend Pfund einbringen. Auf mehreren ausländischen Konten hat sie ein Vermögen von zehn Millionen angehäuft.«

Georgie schwankte und musste sich setzen.

»Sowohl die Polizei als auch die Steuerbehörden haben Dossiers über die Dame angefertigt«, fuhr der Officer fort. »Die Franzosen vermuten, sie hätte sich nach England abgesetzt, weil ihr in Paris der Boden unter den Füßen zu heiß geworden war.«

»Wie konnte sie von Hadworth aus einen Callgirl-Ring leiten?«

»Mit der Hilfe ihrer Assistentin …« Er blätterte wieder in seinem Notizbuch. Aber Georgie wusste bereits, wen er meinte – Armande. »… einer gewissen Madame Choiseul, von der die französische Polizei glaubt, sie würde die alltäglichen Geschäfte regeln. Diese Frau wird gerade in Paris vernommen. Wohnt Mademoiselle Aubigny immer noch in diesem Haus?«

»Nein, nicht mehr …« Georgie schluckte krampfhaft. »Gestern Abend oder heute Morgen muss sie abgereist sein. Das Apartment über der Garage, in dem wir sie untergebracht haben, ist leer und verlassen. Vorhin ging meine Tochter hinauf, um nachzusehen …«

»Und Mademoiselle Aubigny hat Sie nicht über ihre Absichten informiert?«

»Mit keinem Wort.«

»Dürfte ich mich in diesem Apartment umsehen?«

»Natürlich.« Georgie ging mit dem Polizisten in die Diele und zeigte ihm die Tür, hinter der die Treppe zur Granny-Wohnung hinaufführte.

Bevor sie zu den anderen zurückkehrte, holte sie ein paar Mal tief Luft und versuchte sich zu fassen.

»Was wollte der Polizist, Mum?« Offenbar hoffte Charlie, seine Familie wäre mindestens in einen Bankraub verstrickt.

»Nichts Wichtiges«, lautete die enttäuschende Antwort. »Macht euch für die Schule fertig, Jungs. Wahrscheinlich muss ich Mrs Boyd doch noch bitten, euch hinzufahren.«

»O Mu-um«, klagte Charlie in jenem Tonfall, der bedeutete: *Du Spielverderberin!* »Hier ist es gerade so interessant!«

Aber Georgie kannte kein Pardon. Sobald er mit seinem Bruder das Zimmer verlassen hatte, wandte sie sich an die restliche Familie. »Stellt euch vor, die französische Polizei fahndet nach Elisabeth! Angeblich betreibt sie einen internationalen Callgirl-Ring.«

»Wow!« Bella stieß einen Pfiff aus. »Das ist ja irre … Nein, Mum, unmöglich. Ich meine – sie ist so *nett!* Außerdem sieht sie wie eine Großmutter aus dem Disneyland aus.«

»Das könnte eine Tarnung gewesen sein. Was glaubst du, Ma? Sie war doch deine Schulfreundin?« In ihrer Verblüffung über die Neuigkeiten hatte Georgie nicht gemerkt, dass ihre Mutter vom Sofa aufgesprungen war.

Jetzt klammerte sich Isabel von ihrer Krankheit ohnehin schon geschwächt und aschfahl im Gesicht an das Bücherregal.

»O Ma … Wann hast du Elisabeth zuletzt gesehen?«

»Seit unserem Schulabschluss nur selten. Der war vor über fünfzig Jahren …«

»Und in Paris, wo du als Übersetzerin gearbeitet hast? Während Dad bei der Army war, die er hasste? Ist dir Elisabeth damals begegnet?«

Kraftlos knickten Isabels Knie ein. Hätte Bill sie nicht festgehalten, wäre sie zusammengebrochen.

Georgie lief bestürzt zu ihrer Mutter, um ihr beizustehen. Und da erschien in ihrer Fantasie das Foto, das Isabel vor dem Eiffelturm zeigte. Todschick und glamourös … Hatte Elisabeth nicht erwähnt, ihre Schulfreundin sei eine graue Maus gewesen? Und in Paris habe sie sich mit ihrer Hilfe verwandelt?

So wie Elisabeth später für meine Veränderung sorgte …

Ein plötzlicher Verdacht, bedrohlich und messerscharf, schien Georgies Herz zu durchbohren und raubte ihr den Atem.

Hatte Elisabeth noch mehr getan, als das modische Image ihrer Freundin zu verbessern? Verschaffte sie ihr einen profitablen Job? Mit den Übersetzungen konnte Isabel nicht viel verdienen. Und sie brauchte dringend Geld, um ihren Ehemann von der Army freizukaufen. Auf welche Weise hatte sie die erforderliche Summe so schnell erworben?

Sekundenlang trafen sich ihre Blicke, und Georgie las eine stumme Bitte in den Augen ihrer Mutter – so schockierend, als hätte ihr Isabel ein schriftliches Geständnis überreicht.

Nachdem Georgie mit Mrs Boyd telefoniert hatte, wurden die Jungs wenig später abgeholt und zur Schule gefahren.

Inzwischen war der junge Polizist aus der Granny Wohnung zurückgekehrt, und Georgie traf ihn in der Diele. »Da oben ist es blitzsauber. Offensichtlich hat Ihr Hausgast alle Spuren sorgsam beseitigt.«

»Bitte, verständigen Sie uns, wenn Sie etwas von Mademoiselle Aubigny hören.«

Er nickte und gab ihr seine Visitenkarte. Dann verabschiedete er sich, und Georgie rief die Taxizentrale an, deren Dienste sie manchmal beanspruchte. Ja, bestätigte der Leiter des Unternehmens, eine französische Dame habe am frühen Morgen einen Wagen bestellt und dem Fahrer ausrichten lassen, er möge nicht an der Haustür läuten, sie würde draußen warten.

»Ist der Chauffeur zufällig in der Nähe?«, fragte Georgie.

»Wenn ja, werde ich ihm sagen, er soll sich bei Ihnen melden.«

Sie fand, das klänge irgendwie ausweichend. Entweder wollte der Mann nicht in Schwierigkeiten hineingezogen werden, oder er beschäftigte Schwarzarbeiter.

Zu ihrer Überraschung klingelte wenige Minuten später das Telefon, und der Fahrer war am Apparat. »Sie haben sich nach der Französin erkundigt, Ma'am? Heute Morgen brachte ich sie zur Waterloo Station. Diese Lady werde ich so schnell nicht vergessen. Dauernd stach sie mich mit ihrem Regenschirm ins Bein, warf mir Geschwindigkeitsüberschreitung vor, und ich wäre fast von der Straße abgekommen. Dann behauptete sie, *ich* hätte *sie* fast ermordet. Obwohl es genau umgekehrt war ... Ihr Zug ginge erst um zwei Uhr nachmittags, betonte sie. Deshalb müsse ich nicht wie ein Rallyefahrer rasen.«

»Vielen Dank«, erwiderte Georgie, »Sie haben mir sehr geholfen.«

»Eigentlich sollte ich die Frau anzeigen«, murrte der Mann.

»Oh, das würde ich an Ihrer Stelle nicht tun. Welchen Sinn hätte es, eine arme alte Pensionistin auf Schadenersatz zu verklagen?«

»Da haben Sie wohl Recht …«, stimmte er zögernd zu.

Nach diesem aufschlussreichen Telefonat kehrte sie zu ihrer Familie zurück. »Heute Morgen fuhr Elisabeth in einem Taxi zur Waterloo Station. Ihr Zug geht erst um zwei. Vielleicht dürfte ich nicht so denken … Aber ich hoffe inständig, die Polizei wird sie nicht aufspüren und sie kann ungehindert abreisen.«

»In Paris schnappt man sie so oder so«, wandte Bill ein. »Du sagtest doch, die französische Polizei würde nach ihr fahnden, nicht wahr?«

»Ja …«, seufzte Georgie. »Trotz allem wünsche ich mir, dass sie davonkommt. Wenn man sich das vorstellt – Elisabeth, eine *Madame* …«

»Ich muss sie sehen. Unbedingt.« Isabels Stimme klang so spröde wie verdorrtes Schilf.

»Warum?« In Bills Frage schwang schmerzlicher Argwohn mit. »Und wieso musstest du mich um die halbe Welt schleppen, sobald du gehört hattest, Elisabeth wäre hier?«

Blicklos starrte seine Frau ins Leere.

»Von alldem glaube ich ohnehin kein Wort.« Anscheinend fühlte sich Bella verpflichtet, das drückende Schweigen zu brechen. »Elisabeth – eine *Madame*? Undenkbar! So eine liebe, gutmütige Dame … Kein einziges Mal hat sie über Sex gesprochen. Wie könnte sie einen internationalen Callgirl-Ring betreiben?«

»Ganz einfach, fürchte ich«, entgegnete Lorna, die sich vor einer Viertelstunde dazugesellt hatte. »Ihre Assistentin Armande erledigt den Großteil der Kleinarbeit. Das erfuhr ich von meinen Pariser Freunden. Sie heuert die Mädchen an, kleidet sie ein und sorgt dafür, dass sie fantastisch aussehen. Übrigens sind Tante Elisabeths Damen nicht nur bildschön, sie verfügen auch über tadellose Manieren.« Automatisch sah sie sich um, als wollte sie feststellen, ob Rory und Charlie lauschten. Aber die Jungs waren längst in der Schule. »Allerdings bringt sie ihnen auch ziemlich extravagante Techniken bei. Einem Gerücht zufolge stecken immer ein paar Zucchini in Armandes Tasche, die sie für praktische Demonstrationen benutzt. Zum Beispiel stülpt sie Kondome drüber und zeigt ihren Schülerinnen, wie sie das beliebte Handgetriebe praktizieren müssen. Dafür sollen Tante Elisabeths Mädchen ganz besondere Talente entfalten.«

Bella begann zu kichern und verstummte sofort, als sie Isabels qualvolle Miene sah. »Geht's dir nicht gut, Granny? Möchtest du ein Glas Wasser? Sicher bist du völlig erschöpft von der langen Reise.«

Aber ihre Großmutter hörte kaum zu.

»Was ich so seltsam finde ...«, fuhr Lorna fort, die nicht zu merken schien, welche Wirkung ihre Worte auf Isabel ausübten. »Elisabeth konnte so viele Jahre lang den Behörden entrinnen, weil keines ihrer Mädchen gegen sie aussagt. Alle behaupten, sie sei eine wundervolle Arbeitgeberin. Früher wurden sie von brutalen Zuhältern herumkommandiert. Und Tante Elisabeth zahlt ihnen sogar Urlaubsgeld. In der französischen Öffentlichkeit wird sie als eine Art Heldin betrachtet. Typisch für dieses Volk ... Die Leute behaupten, es handle sich um ein Vergehen, das keine Opfer fordert. Und jetzt ist die Polizei nur hinter ihr her, weil sie von einer Rivalin verpfiffen wurde ...«

»Ich fahre zur Waterloo Station«, unterbrach Isabel

den ausführlichen Bericht. »Vielleicht reicht die Zeit, und ich erwische sie noch.«

»*Warum?*«, fragte Bill verwirrt und ärgerlich. »Wieso ist dir das so wichtig?«

Wehmütig schaute sie ihn an. »Weil ich dreißig Jahre lang davor weggelaufen bin. Das muss jetzt ein Ende haben.«

Bill ballte die Hände. Dann wandte er sich mit völlig ausdruckslosem Gesicht ab. »Also gut, ich fahre dich nach Hadworth zum Bahnhof.«

»Ich begleite euch«, schlug Georgie vor. Halb und halb erwartete sie, ihre Mutter würde das Angebot ablehnen.

Aber Isabel lächelte dankbar. »Ja, das wäre nett von dir.«

Während der Fahrt schwiegen sie beharrlich, als wäre soeben jemand gestorben, der ihnen sehr nahe gestanden hatte.

Isabel schien in ihrer eigenen undurchdringlichen Welt zu versinken. Am Ziel angekommen, stieg sie wortlos aus dem Auto und rannte zum Fahrkartenschalter, als würde Bill nicht mehr existieren.

»Danke, dass du uns hergebracht hast, Dad.« Georgie beugte sich zum Fenster an der Fahrerseite hinab und küsste ihn. »Mach dir keine Sorgen, alles wird gut.«

Sie hatten Glück, denn sieben Minuten später ging ein Zug zur Waterloo Station. Der Fahrtrichtung den Rücken gekehrt, saß Isabel reglos da und starrte aus dem Fenster. Bis sie den Stadtrand von London erreichten, sagte sie kein Wort.

Schließlich wollte Georgie das Schweigen brechen.

Aber im selben Moment erklang die leise Stimme ihrer Mutter monoton und eindringlich zugleich.

»Ich war erst sechsundzwanzig«, begann sie, ohne den Blick vom Fenster abzuwenden, als wäre es ein Schutz wie der Vorhang eines Beichtstuhls. »Weil sich dein Vater bei der Army so unglücklich fühlte, fürchtete ich, er würde zusammenbrechen und womöglich sogar Selbstmord begehen. Sein Vorgesetzter war ein gottverdammter sadistischer Bastard.«

Schockiert hörte Georgie zu. In ihrer Gegenwart hatte Isabel noch nie solche Wörter gebraucht.

»Ich war verzweifelt, und ich wusste, dass ich ihn da herausholen musste. Aber wir hatten kein Geld. Also besann ich mich auf meine Französischkenntnisse, fuhr nach Paris und suchte eine Stellung als Übersetzerin. Schon am ersten Tag lief mir Elisabeth über den Weg und erzählte, womit sie ihren Lebensunterhalt bestritt. Weil ich keinerlei Aussichten hatte, in absehbarer Zeit die benötigte Summe zu verdienen, fragte ich sie, ob sie mir einen Job verschaffen könnte. Mit Übersetzungen würde es nichts zu tun haben, das war mir klar. Sie kaufte mir schicke Kleider und verwandelte mich in eine andere Frau. Was ich jetzt am schlimmsten finde – ich genoss mein neues Ich, die bewundernden Blicke …« Zitternd schlang Isabel ihre Finger ineinander. »Mit den Männern ging ich nur aus. Wirklich – diese reichen Amerikaner und italienischen Industriellen behandelten mich wie ein Dekorationsstück. Elisabeth hatte sehr gute Kontakte. Deshalb dauerte es nicht lange. Höchstens drei Monate. Bill hatte keine Ahnung, was ich in Paris wirklich tat.«

Wie sollte Georgie ihre widersprüchlichen Gefühle bewältigen? Entsetzen über die Aktivitäten ihrer Mutter in Paris ... Empörung, weil Isabel sich stets so engstirnig und missbilligend benommen, die schwache Rebellion der Tochter im Keim erstickt und die ganze Zeit ihr eigenes beschämendes Geheimnis gehütet hatte ...

Nicht zuletzt erkannte Georgie in Isabels Worten auch sich selbst. Welch einer gefährlichen, lockenden Versuchung war sie in Paris ausgeliefert worden ...

»Also hast du niemals irgendwas übersetzt, Ma?«

Isabel schüttelte den Kopf. »Mit dem Verdienst hätte ich nicht einmal die Kleider bezahlen, geschweige denn deinen Vater von der Army loseisen können.«

»Und wie konntest du ihm das alles verheimlichen? Fand er deine lange Abwesenheit nicht seltsam?«

»Darüber dachte er gar nicht nach, weil er völlig in seinem eigenen Unglück aufging. Ich sah keinen anderen Ausweg.« Nun wandte sich Isabel vom Fenster ab und schaute in Georgies Augen. »Wäre er dahinter gekommen, hätte ihn der Schock umgebracht. Du wirst ihm doch nichts verraten?«

Eine Zeit lang kämpfte Georgie mit ihrem Zorn gegen die Mutter, deren Verhalten ihre ganze Kindheit überschattet hatte. So entmutigend war Isabel gewesen. So verletzend.

Scheinbar hatte sie weder ihre Tochter noch ihren Ehemann geliebt. Nur die diversen Hunde gewannen ihre Zuneigung. Was sogar komisch wäre, hätte es nicht so verdammt wehgetan ... Nach Georgies Meinung dürfte kein Kind hinter einem Shih Tzu an zweiter Stelle stehen.

Als sie ihrer Mutter einen Seitenblick zuwarf, wirkte Isabel zum ersten Mal in all den Jahren menschlich und verwundbar.

»Sicher war es schwierig für dich, diese Last mit dir herumzuschleppen«, bemerkte Georgie vorsichtig.

»O ja – das hinderte mich daran, mütterliche Gefühle zu entwickeln. Ich war niemals besonders offenherzig. Aber nach der Rückkehr aus Paris verkroch ich mich vollends in meinem Schneckenhaus. Ich hasste mich selber, weil ich weder dir noch deinem Vater meine Liebe zeigen konnte. Und so stürzte ich mich auf wohltätige und organisatorische Aktivitäten. Damit füllte ich meine innere Leere. Für dich war das nicht gerade hilfreich.«

»Nein, gewiss nicht.« Die Antwort klang messerscharf und bildete eine eisige Barriere zwischen Mutter und Tochter. Allzu leicht wollte Georgie diese Frau, der sie so großes Leid verdankte, nicht davonkommen lassen. »Zum Glück hatte ich Dad.«

Isabel zuckte zusammen. »Und wenn er herausfindet, was damals geschah? Jetzt weiß er über meine Kontakte zu Elisabeth Bescheid – wer sie wirklich ist, womöglich zählt er zwei und zwei zusammen.«

»Vielleicht solltest du ein Geständnis ablegen. Ich glaube, er schöpft ohnehin schon Verdacht. Immerhin hast du's für *ihn* getan.«

»O Gott, gerade *deshalb* wird er mich verabscheuen ...« Isabels Stimme sank zu einem fast unhörbaren Flüstern herab. »Das ist noch nicht alles. Da gab es einen Mann, der mir viel bedeutet hat. So gut und freundlich wie dein Vater war er nicht ...«

»Und du musstest eine Wahl treffen?«

»Ja – es war der schwierigste Entschluss meines Lebens.«

»Letzten Endes hast du dich für Dad entschieden.«

Isabel nickte. »Und für die Aussicht auf ein Kind. Für dich, Georgie.«

Verwundert hob Georgie die Brauen. So hatte die Mutter sie noch nie genannt. »War ich es wert – den ganzen Schmerz, den schweren Verlust?«

Isabel ergriff die Hände ihrer Tochter. Über ihr gebräuntes, knochiges Gesicht strömten Tränen. »Natürlich. Millionen Mal. In meinem Leben warst du das Beste, das Einzige.«

»Wirklich?« Georgies Kehle verengte sich. »Das hast du mir nie gezeigt.«

»Was ich bitter bereue ... Beinahe hätte die Liebe meine Welt zerstört. Wahrscheinlich lernte ich deshalb, dieses übermächtige Gefühl zu verbergen.«

»Auch *meine* Welt wäre fast daran zerbrochen. Als ich glaubte, Nick würde Alison lieben, floh ich nach Paris. Dort traf ich einen Mann, Jean-Marie, und Nick erfuhr davon. Jetzt hat sich die Kluft zwischen uns noch vergrößert. Und was am schrecklichsten ist – ich erkannte zu spät, dass ich im Grunde nur meinen Mann liebe.«

»O Georgie, es tut mir so Leid.« Isabel lächelte wehmütig. »Zum Teufel mit der Liebe!«

»Ja, zum Teufel damit«, stimmte Georgie zu. »War es sehr schlimm für dich, in Paris als Hostess zu arbeiten?«

Isabel dachte kurz nach. Dann lachte sie zu Georgies Verblüffung. »Offen gestanden, es hat mir Spaß gemacht. Wenn ich dich schockiere, verzeih mir.«

»O nein, das verstehe ich sehr gut«, beteuerte Georgie. »Eines Abends saß ich mit einigen von Elisabeths Mädchen in der Bar des Pariser Hotels, das sie für mich ausgesucht hatte. Dabei empfand ich prickelnde Erregung und genoss es in vollen Zügen. Nun, vermutlich sind wir beide ein bisschen lasterhaft.« Plötzlich war ihr viel leichter ums Herz. Mochte ihrer Ehe auch in einer Katastrophe enden, sie fühlte sich ihrer Mutter so nahe wie nie zuvor.

Der Zug hielt in der Waterloo Station, die Fahrgäste begannen auszusteigen, und Georgie schaute auf ihre Uhr. »Wenn wir den Eurostar erreichen wollen, müssen wir uns beeilen.«

Atemlos rannten sie den Bahnsteig entlang, wichen Menschen und Gepäckstücken aus, steuerten die Lifte an, die zu den Zügen nach Paris führten.

In der tiefer gelegenen Bahnhofshalle umarmten sich zahllose Liebespaare, um schmerzlichen Abschied zu nehmen, Geschäftsleute telefonierten mit ihren Handys, Fahrgäste drängten durch die Check-in-Sperre.

»Wurde der Zug nach Paris schon geschlossen?«, fragte Georgie einen Bahnbeamten.

»In ein paar Minuten ist es so weit. Fast alle Fahrgäste sind eingestiegen.«

Mutlos schaute Georgie sich um. »Ich fürchte, wir haben Elisabeth verpasst. Oder die Polizei hat sie doch noch abgefangen.«

Isabel blieb stehen, um nach Luft zu ringen. »In Paris wird sie ohnehin festgenommen ...«

Auf verschiedene Weise erkannten beide Frauen, dass sie sich etwas von Elisabeth wünschten, etwas brauchten, das nur sie ihnen geben konnte – mit ihrer inneren Kraft und ihrer Weisheit. Daran änderte die Tatsache, dass sie in Frankreich als kriminell galt, nicht das Geringste.

»Moment mal!«, rief Georgie. »Ist das nicht Elisabeth, die da drüben im Café sitzt?«

Unbeeindruckt von der Hektik und dem Chaos ringsum nippte die alte Dame an einem Espresso und las den *Daily Telegraph.*

Georgie rannte dicht gefolgt von Isabel zu ihr. »Bitte, Elisabeth, sei vorsichtig! Heute Morgen kam ein Polizist zu uns und erkundigte sich nach dir. Ich fürchte, man wird dich in Paris verhaften.«

Fasziniert blickten die anderen Kaffeetrinker auf, und Georgie wartete angespannt die Reaktion der Französin ab. Würde Elisabeth vorgeben, sie wüsste nicht, worum es ging?

Doch sie versicherte seelenruhig, als wäre die Situation völlig normal: »*C'est rien.* Alle paar Jahre schlagen die Wellen moralischer Entrüstung hoch, und die französischen Behörden sind hinter mir her. Die Ermittlungen verlaufen jedes Mal im Sande, denn die Mädchen, die für mich arbeiten, halten in unerschütterlicher Loyalität zu mir ... Hallo, Isabel.«

»Warum bist du hierher gekommen, Elisabeth?«, fragte Isabel leise und vorwurfsvoll. »Damals hast du versprochen, nie mehr Kontakt mit mir aufzunehmen. Und jetzt zerstörst du womöglich mein Leben.«

»Dein einstiger Freund hat dir ein Vermögen hinterlassen, das ich dir diskret aushändigen wollte. Dann hörte ich, dass du in Nepal warst.«

»Deshalb hättest du nicht in England bleiben müssen.«

Seufzend zuckte Elisabeth die Achseln. »Nein, sicher nicht. Da hast du Recht, ich hätte nicht bleiben dürfen. Vielleicht war es dir gegenüber unfair, denn es ging um *deine* Familie. Aber als ich bei Georgie wohnte, dachte ich schon bald, ich würde *gebraucht.* Für mich war das ein ganz neues Gefühl. Bis dahin hatte ich ein ziemlich selbstsüchtiges Leben geführt, war niemandem verpflichtet, nur meinen Geschäften.« Lächelnd schaute sie vor sich hin. »Wenn ich meine Arbeit auch liebe – man kann sie wohl kaum eine erstrebenswerte Karriere nennen. Und dann lernte ich den hinreißenden Charlie kennen, den zauberhaften Rory, die wundervolle Bella. Und alle – vielleicht übertreibe ich ein bisschen – schienen mich zu *brauchen.*«

»Weil sie eine zweite Großmutter vermissten«, meinte Isabel sanft. »Was das betrifft, habe ich ihnen nicht viel geboten.«

»Es fiel mir sehr schwer, euch alle zu verlassen, Georgie.« Bisher hatte Elisabeth leichthin gesprochen, doch jetzt nahm ihre Stimme einen ernsten Klang an. »Ist Nick wieder daheim?«

Wortlos schüttelte Georgie den Kopf von der Erkenntnis überwältigt, wie schmerzlich sie Elisabeth vermissen würde – eine liebevolle, einfühlsame, mütterliche Frau, wie es Isabel nie gewesen war.

»Tut mir so Leid, Georgie«, versicherte Elisabeth. »Ich hoffte, ich könnte dir helfen.«

»Das hast du getan. Was immer geschehen wird – ich fühle mich wie ein anderer Mensch, und das verdanke ich dir.«

Elisabeth stand auf und wischte über ihre Lider. »Nun muss ich gehen. Sonst versäume ich meinen Zug.«

Tief bewegt umarmte Georgie die alte Frau. »Ich glaube, die Mädchen, die für dich arbeiten, sind zu beneiden.«

»Wie nett von dir, das zu sagen ...« Elisabeth griff in ihren edlen Handkoffer und zog ein Kuvert hervor.« Das muss ich dir geben, Isabel.«

Bestürzt starrte Isabel den Umschlag an, als würde er

eine Bombe enthalten, die jeden Moment explodieren und ihr Leben in unzählige winzige Stücke zerreißen konnte.

17

»Auf Wiedersehen, Elisabeth.« Mühsam kämpfte Georgie mit den Tränen, als sie vor der Sperre standen.

Nur wenige Wochen hatte Elisabeth bei den Morrisons gewohnt. Trotzdem war es schwierig, in eine Zukunft ohne ihre beruhigende Charakterstärke zu blicken, ohne ihren inneren Anstand, ihre Bereitschaft, völlig im Familienkreis aufzugehen. Charlie würde ihre Konkurrenz beim »Italian Job« vermissen, Rory die Gutenachtgeschichten, Bella den funktionsfähigen Laptop.

»Komm wieder, wann immer dich dein Luxusleben nervt«, bat Georgie.

»Und wenn du jemals dein Haushaltsgeld aufbessern willst, weißt du, wo du eine Gelegenheit dazu findest.« Anzüglich zwinkerte Elisabeth ihr zu. Dann wandte sie sich zu ihrer alten Freundin. »Leb wohl, Isabel.« Ungerührt ignorierte sie die hektischen Gesten des Bahnangestellten, der ihr zu bedeuten versuchte, die Schranke hätte schon längst geschlossen werden müssen. »Bill *n'est pas stupide*, das sollte dir klar sein. Vielleicht reimt er sich viel mehr zusammen, als du ihm zutraust.«

Auf der Heimfahrt empfanden weder Georgie noch Isabel den Wunsch, viel zu reden. Beide fragten sich, was die Zukunft bringen mochte.

Plötzlich brach Isabel das Schweigen. »Das Leben war so langweilig. Und jetzt steckt es voller Überraschungen.«

»Da habe ich noch eine«, erinnerte sich Georgie. »Ich fürchte, Pet ist trächtig. Daran muss Buster schuld sein, der ehrlose Rottweiler von nebenan. Charlie würde so gern ein Hündchen behalten ... Tut mir wirklich Leid.«

Aber Isabel nahm die Neuigkeit erstaunlich gelassen auf. In diesem Moment rollte ein Zugbegleiter einen Servierwagen vorbei. »Tee, Madam?«

»Vergessen Sie den Tee. Zwei Piccolo Champagner, bitte.«

In wachsender Verwirrung musterte Georgie ihre Mutter, die *niemals* am Nachmittag Alkohol trank.

»Stoßen wir auf die Hundebabys an.« Isabel hob ihr Glas. »Oder auf uns. Auf das Leben, das manchmal so unerwartete Kapriolen schlägt.«

»Das kannst du zweimal sagen.« Lächelnd prostete Georgie ihr zu.

Vor der Hadworth Station stiegen sie in ein Taxi. Isabel hatte beschlossen, Bill nicht anzurufen, und Georgie vermutete, ihre Ma wollte die klärende Aussprache möglichst lange hinauszögern.

Und was stand ihr selbst bevor? Als sie den Schlüssel im Schloss der Haustür herumdrehte, fühlte sie sich völlig erschöpft.

Freudestrahlend rannte Rory ihr entgegen. »Mum! O Mum, Dad ist wieder da!«

Einen Arm um Bella und den anderen um Charlie geschlungen, lehnte Nick an der Küchentheke. Friedfertig kauerte Pet zu seinen Füßen, inzwischen war sie unübersehbar trächtig.

»Moment mal, Rory!« Nicks blaue Augen erforschten Georgies Gesicht. »Erst mal muss ich herausfinden, ob Mum mich überhaupt wiederhaben möchte und …«

»Natürlich«, fiel Bella ihm ins Wort. »Glaubst du etwa, sie hätte diese blödsinnige Idee, dich mit der grässlichen Alison zu teilen, ernst gemeint? Von Anfang wusste sie, dass du dich darauf nicht einlassen würdest. Das wäre ja auch das Ende aller Leidenschaft gewesen.«

»Dass du so viel Unternehmungsgeist entwickeln kannst, wusste ich gar nicht, Georgie«, erklärte Nick bewundernd.

»Wenn ich irgendwas wirklich will, kann ich sehr viel.«

»Also nimmst du mich zurück?«

Georgie ging aufs Ganze. »Unter einer Bedingung. Du feuerst Alison und holst eine andere Partnerin in die Firma – nämlich mich.«

»Schade …« Wie ihr sein funkelnder Blick verriet, wurde sie schamlos gehänselt. »Ich hatte mich so darauf gefreut, geteilt zu werden.«

»Hast du nicht.«

»Nein, allerdings nicht«, gab er lächelnd zu. »Du hast mir ganz schrecklich gefehlt.«

»Großartig!«, rief Charlie und begann erleichtert mit Pet zu spielen, nachdem das Liebesleben seiner Eltern endlich wieder in Ordnung war. »Jetzt ist Dad kein Idiot mehr.«

Während er die weichen Hundeohren kitzelte, umarmten sich Nick und Georgie.

»Übrigens«, vertraute Charlie ihnen an, »Jakes Mum und sein Dad wollen's noch mal miteinander versuchen. Sie verzichtet auf die Golfstunden. Und sie gehen zu einem Sextherapeuten. Jakes Mum hat seinem Dad gesagt, das ist so ähnlich wie Rad fahren lernen. Da hat sein Dad behauptet, er kann mit einem verdammten Rad fahren. Aber sie meint, er würde eine Lektion brauchen, damit er rauskriegt, wie man klingelt. Hört sich ziemlich blöd an. Eine Fahrradklingel zu läuten – das kriegt doch jeder hin.«

Belustigt fing Georgie den Blick ihres Mannes auf. »Wünschen wir den beiden viel Glück.« Einfach absurd, wie sehr sie sich freute, dass Jakes sexbesessene Eltern beisammen blieben …

»Hallo, Bill, mein Lieber.« Nachdem Isabel den Taxifahrer bezahlt hatte, war sie etwas später in die Küche gekommen. Nun betrachtete sie die ärgerlich versteiften Schultern ihres Ehemanns, der schweigend am Tisch saß. Mühelos erriet sie, womit er die letzten Stunden verbracht hatte – mit Erinnerungen an die Vergangenheit.

Auf seinen Knien lag das gerahmte Foto, das eine elegante junge Isabel in Paris zeigte. Offenbar hatte er sich die Mühe gemacht, nach Hause zu fahren und das Bild zu holen.

»Du hast dein Geld damals gar nicht mit Übersetzungen verdient«, sagte er tonlos. »Stattdessen warst du eine von Elisabeths Hostessen.«

Seufzend nickte Isabel. Sie wollte sich verteidigen und erzählen, wie verzweifelt sie gewesen war, wie besorgt um sein gestörtes Seelenleben, wie inständig sie sich nach Liebe gesehnt hatte oder einfach nur nach Normalität.

Doch sie fand keine Worte.

»Du musst ihr verzeihen, Granddad!« Beschwörend neigte sich Bella zu Bill hinab. »Ist das nicht herrlich romantisch?«

»Was denn?« Verdutzt schaute Nick von einem zum anderen.

»In Paris als Hostess zu arbeiten, um den unglücklichen Ehemann von der Army freizukaufen«, erläuterte Georgie. »Wie diese Ehefrau in Casablanca, die sich dem Polizeichef für einen Reisepass hingibt … Nur wenige Frauen lieben ihren Mann heiß genug, um so was zu tun.«

»Wovon um alles in der Welt redet ihr?«, fragte Nick genervt.

»Meine Arbeit damals war ganz unschuldig«, erklärte Isabel leise.

»Welch ein merkwürdiges Wort für das, was du getan hast!« Bills Stimme klang heiser vor Schmerz und Zorn.

»Also, ich find's cool«, wandte Bella ein. »Vielleicht versuche ich das auch mal, wenn ich Ferien habe.«

»Das verbiete ich dir!« Nick verstand noch immer nicht, worum es ging. Aber allmählich stieg eine vage Ahnung in ihm auf.

»Vielleicht wird Mum es tun«, schlug seine unverschämte Tochter vor. »Wie ich höre, hat sie schon ein bisschen geübt.«

»Lies das, Bill«, bat Isabel und gab ihrem Mann den Brief, den sie von Elisabeth bekommen hatte. »Nun bin ich eine reiche Erbin.«

Ohne eine Miene zu verziehen, überflog er das Schreiben. »Was willst du mit deinem Vermögen anfangen?«

»Ich dachte mir, Nick wird etwas Geld brauchen, um seine Partnerin auszubezahlen. Wenn Georgie wieder für

B&B arbeitet, sollte sie ein Au-Pair-Mädchen engagieren. Und außerdem würden sie sich vielleicht über ein Investment freuen.«

Abrupt stand Bill auf. »Ich gehe spazieren.«

»Darf ich dich begleiten?« Isabel schaute eindringlich in seine Augen.

Statt zu antworten, legte er das Foto beiseite und suchte die Hundeleine.

»Würde mir jemand verraten, was zum Teufel mit den beiden los ist?«, forderte Nick, sobald sie mit Pet das Haus verlassen hatten. »Irgendwie friere ich. Ist in diesem Zimmer eine neue Eiszeit angebrochen?«

Georgie ergriff seine Hand. »Vor vielen Jahren musste meine Ma meinen Dad von der Army freikaufen. Er nahm an, sie hätte das Geld in Paris mit Übersetzungen verdient. In Wirklichkeit war sie eine Hostess.«

»Was – deine *Mutter*?«

»Sie hat für Elisabeth gearbeitet. Stell dir das mal vor – die ist eine *Madame* mit internationalen Kontakten.«

»Meinst du *unsere* Elisabeth?«

Sie nickte. »Glaubst du, ich sollte meinen Eltern nachgehen?«

»Lass sie das lieber allein besprechen.« Nick befreite sich von den Jungs, die seine Arme umklammerten, holte eine Flasche Wein aus dem Kühlschrank und füllte zwei Gläser. »Verdammt noch mal ... Wann hast du das herausgefunden?«

»Heute Morgen kam ein Polizist hierher und erwähnte, Elisabeth hätte über vierhundert Mädchen unter Vertrag und zehn Millionen auf diversen Konten.«

»Du meine Güte! Wäre ich darüber informiert worden, hätte ich sie um geschäftliche Ratschläge gebeten, statt ihren Apfelkuchen zu essen.«

»Diese Mädchen sind einsame Spitze. In Paris lernte ich Maya kennen, die sieht wie eine Debütantin aus. Elisabeth schickt ihre Damen zu schwerreichen Typen, sicher auch zu Rockstars und Ölscheichs. Und was komisch ist – die Polizei kommt nicht an sie ran, weil niemand gegen sie aussagt. Die Mädchen sagen, ohne Elisabeth müssten sie auf den Straßenstrich gehen oder sich von brutalen Zuhältern drangsalieren lassen.«

»Unfassbar! Elisabeth – eine *Madame!* Aber vielleicht erklärt das dein Outfit an jenem Abend. Offensichtlich hat sie einen gewissen Einfluss auf dich ausgeübt.«

Seine Stimme klang sehr liebevoll. Und noch etwas anderes schwang darin mit, das einen wohligen Schauer durch Georgies Körper jagte und die Vermutung nahe legte, es wäre eine überschätzte Freizeitbeschäftigung, den Wäschetrockenschrank aufzuräumen.

Zärtlich küsste Nick ihren Hals. »Wenn du willst, kannst du dieses schwarze Kleid jederzeit anziehen. Damals hast du verdammt sexy ausgesehen. Auf so was fliegen wir Männer nun mal.«

»Welch ein wahres Wort …«, murmelte Bella. Als sie das verheißungsvolle erotische Knistern zwischen ihren Eltern spürte, scheuchte sie Rory und Charlie taktvoll aus der Küche. »Kommt, Jungs, wir wollen fernsehen. Mum und Dad haben einiges zu besprechen.«

Sobald sich die Wohnzimmertür hinter den Kindern geschlossen hatte, küsste Nick seine Frau voller Leidenschaft. »Ich muss verrückt gewesen sein«, flüsterte er an ihren Lippen. »Wie konnte ich das alles aufs Spiel setzen?« Prüfend schaute er in ihre Augen. »Wünschst du dir wirklich nicht, du wärst in Frankreich? Bei ihm? Bist du dir sicher?«

»O ja. Er war ein wundervoller Mann. Trotzdem gehöre ich hierher, zu dir.«

»Nicht nur wegen der Kinder?«

»Was glaubst du denn?«

Statt zu antworten, umfasste er sanft, aber entschieden ihr Handgelenk und führte sie zur Treppe.

Im Schlafzimmer drückte er sie gegen die versperrte Tür, und seine Hand suchte die empfindsame Stelle zwischen ihren Schenkeln. Zitternd genoss Georgie die betörenden, federleichten Liebkosungen seiner Fingerspitzen, die schon nach wenigen Sekunden ihr spezielles Ziel fanden. »Übrigens«, wisperte er heiser in ihr Ohr, »das habe ich zu fragen vergessen. Wie viel kostest du?«

Weil ihr ein neuer heißer Kuss den Mund verschloss, konnte sie nicht antworten.

Zwanzig Minuten später öffnete sich die vordere Tür. Erstaunliche Stille erfüllte das Haus.

»Wo sind Nick und Georgina?«, fragte Isabel, als sie das Wohnzimmer betrat. Bill folgte ihr auf den Fersen.

»Heute sind sie früher ins Bett gegangen«, erwiderte Bella, ohne mit der Wimper zu zucken.

»Aber es ist erst vier Uhr.«

»Vielleicht waren sie ganz besonders müde.«

Wie Bella feststellte, redeten ihre Großeltern noch immer nicht miteinander. Die Atmosphäre zwischen den beiden wirkte nach wie vor frostig und angespannt.

Plötzlich ertrug sie das alles nicht mehr. »Hört mir mal gut zu!«, befahl sie wütend mit einer Stimme, die wie ein loderndes Kohlenfeuer zischte. »Hier sind *wir* die Kinder.« Sie zeigte auf Rory und Charlie, die vor dem Fernseher am Boden kauerten, das Drama hinter ihrem Rücken nahmen sie gar nicht wahr. »Und wir haben erwachsene Leute, die sich idiotisch benehmen, endgültig satt. Also kommt her und setzt euch!« Einladend klopfte sie neben sich auf das Sofa.

Mit gesenktem Kopf nahm Bill neben ihr Platz, und sie lehnte den Kopf an seine Schulter.

»Los, Gran! Du auch!« Gebieterisch wies sie auf ihre andere Seite.

Isabel gehorchte unsicher.

»Und jetzt …« Bella hatte nicht nur die funkelnden blauen Augen ihres Vaters geerbt, sondern auch seinen unverwüstlichen Humor. »… schauen wir uns alle zusammen die ›Simpsons‹ an.« Grinsend griff sie nach der TV-Fernbedienung und schaltete den Ton lauter. »Also, *das* ist *wirklich* eine total verkorkste Familie.«

»Nicht so wie wir?« Bill drückte ihre Hand.

»Natürlich nicht«, bestätigte Bella und grinste optimistisch. »Ganz anders als wir.«